ELBE HAFEN BULLE

Ben Westphal, 1981 in Hamburg geboren, machte nach dem Abitur eine Ausbildung als Kriminalbeamter. 2006 wechselte er ins Rauschgiftdezernat. Einige Jahre später begann er, Rauschgift-Krimis mit Hamburg-Bezug zu schreiben – und was als einmaliges Pensionsgeschenk für einen Kollegen begann, wurde zu einer Leidenschaft fürs Schreiben.

Der Kampf gegen die Drogen
kann nicht gewonnen werden,
aber das ist kein Grund,
ihn nicht zu führen.

Bernd Buchali, Rauschgiftfahnder

Prolog

Am braunen Río Guayas in Ecuador liegt das farbenprächtige Guayaquil. Fast drei Millionen Menschen leben von Geburt an hier oder sind in die pulsierende Hafenmetropole gezogen, um ihr Glück zu suchen. Im Schatten des modernen Übersee-Terminals erheben sich auf einem Hügel viele flache Hütten, in denen die Armen der Stadt ein Zuhause gefunden haben.

Etliche Containerschiffe verlassen in Guayaquil tagtäglich über einen Meereszufluss den südamerikanischen Kontinent, um die beliebten Güter des Landes wie Kakao, Kaffee und Bananen in die ganze Welt zu transportieren.

José Lima de Soares, den alle nur Pescadinho nennen, steht am groben Sandstrand gegenüber dem Containerhafen und blickt auf die MS Santa Rosa, die gerade beladen wird. Der Nachthimmel ist dunkel, nur der gelbliche Schein der Hafenbeleuchtung liegt flackernd auf dem Wasser. Der gerade eben erwachsene Mann steht bis zu den Knöcheln im kühlen Wasser des pazifischen Ozeans, die Arme in die schmalen Hüften gestemmt. Er hat seine dunklen Haare zu einem Zopf zusammengebunden. Der hagere Körper steckt in einem dünnen Neoprenanzug. Den Reißverschluss hat er noch nicht hochgezogen.

Josés brauner Rücken ist übersät mit Narben, die sich über die Schulterblätter ziehen. Er hatte keine einfache Kindheit. Immer wieder zog sein Vater den Gürtel aus seiner Hose, wenn er gefrustet war von seinem Leben. Das Leder ließ er dann auf den Sohn niedersausen, der zu klein und zu schwach war, um sich gegen den stämmigen Mann zur Wehr zu setzen. Nicht selten ertrug José es sogar freiwillig, um seine jüngeren Geschwister vor der Wut des Vaters zu schützen.

In manchen Momenten empfand er Hass gegenüber seinem Vater, doch häufiger war es Mitleid. Der Alkohol hatte Carlos Lima de Soares' Wesen zerstört. Der stetig abnehmende Ertrag mit dem Fischkutter und das drohende Ende der langen Familientradition taten ihr Übriges.

Als die letzte Fahrt des Vaters hinaus auf den Pazifik ohne

Wiederkehr endete, war José von seinem Peiniger erlöst, aber auch in der Pflicht, für seine Familie zu sorgen.

Die Arbeit auf der nahe gelegenen Fischfarm brachte kaum ausreichend Geld, um sich selbst, die Mutter und seine Geschwister zu ernähren. Hunger war ihr steter Begleiter. An die Bezahlung eines Schulgeldes war kaum zu denken.

Josés Leidenschaft für das Schwimmen sollte ihm aber eine Tür öffnen, mit der er nicht gerechnet hatte.

An einem Abend, unmittelbar nach dem allabendlichen Training, stand ein Mann neben seinem Spind. Er kannte ihn bereits von den letzten Einheiten, bei denen er als Zuschauer am Beckenrand stand. Die lockigen, zurückgegelten Haare lagen eng am Kopf an. Sein Blick aus dunklen Augen wirkte offen und freundlich.

José schaute den Mann fragend an. Hatte er richtig gehört? Dieser blasshäutige Fremde bot ihm einen lukrativen Job als Schwimmer an, der ihm neue Möglichkeiten eröffnen sollte. Der Akzent verriet, dass der Mann vermutlich Kolumbianer war. Einen Namen nannte er ihm nicht. Er drückte ihm nur ein Telefon in die Hand und sagte, er solle sich bereithalten.

Bei seinen ersten Aufträgen wurde er von einem erfahrenen Schwimmer begleitet. Damals musste er nur halb so viel leisten wie heute. Doch ein gutes Maß an Übung und das angepasste Training ließen ihn immer besser mit der Arbeit zurechtkommen, und lange schon schafft er es auch allein.

Das Erklimmen der wackeligen Strickleiter mit der schweren Tasche auf dem Rücken ist besonders ermüdend. Wenn es lediglich um das Schwimmen ginge – es wäre keine Herausforderung für ihn. Auch wenn die Strömungen teilweise tückisch sein können. Er muss den richtigen Moment der Gezeiten abwarten, um nicht zu weit abzutreiben.

Wie immer liegen vier dunkle, wasserdichte Taschen neben ihm am Ufer. An jeder von ihnen hat er dunkle Bojen befestigt, die ihnen im Wasser ausreichend Auftrieb verleihen sollen. Viermal nacheinander wird er nun mit jeder Tasche einzeln zur MS Santa Rosa schwimmen. Vorher wartet er allerdings noch auf das Lichtzeichen vom Schiff. Die Antwort auf sein selbst gegebenes Lichtzeichen mit der Taschenlampe.

Die Minuten ziehen sich. Er ist ungeduldig. Die Patrouillenboote sind fest an Land vertäut. Der Schiffsverkehr ruht in der Nacht, während die zwei Ozeanriesen mit Containern beladen werden. Doch schon bald wird die Morgendämmerung einsetzen, und dann fehlt ihm der Schutz der Dunkelheit.

Ein sanftes Leuchten strahlt zu ihm herüber. »Endlich!«, murmelt er erleichtert, greift nach der ersten der schweren Taschen und geht weiter ins Wasser hinein, bis es ihm um die Hüften schlägt. Mit einem leichten Surren schließt er den Reißverschluss seines Neoprenanzugs.

Er legt die Tasche sanft ins Wasser, lässt sie erst los, als er spürt, dass sie von der Boje getragen wird.

Wie ein Rettungsschwimmer wirft er sich eine Schlinge über den Oberkörper, an der die Tasche festgebunden ist, und gleitet nahezu lautlos ins Wasser.

Mit langsamen, kräftigen Zügen schwimmt er durch das erdig schmeckende Wasser. Ungefähr zweihundert Meter muss er zurücklegen, bis er am Rumpf der Santa Rosa ankommt. Das Wasser schlägt immer wieder leicht gegen die dunkle Metallwand des Containerschiffs. In ihrem Schatten schwimmt er zum Heck, wo er bereits schemenhaft die gesuchte Strickleiter entdecken kann. Die an den Seilen festgeknoteten Planken hängen an dicken Tampen.

Er ergreift mit einer Hand die unterste Stufe, um sich erst einmal festzuhalten. Dann streift er sich einen Trageriemen der Tasche über die linke und den anderen über die rechte Schulter. Er stemmt sich gegen das Gewicht des schweren Packsacks und versucht, sich möglichst lautlos aus dem Wasser zu ziehen. Stufe für Stufe erklimmt er die Leiter, bis er in zwanzig Meter Höhe die Reling des Containerschiffs erreicht. Vorsichtig schaut er über das Deck. Es ist menschenleer und dunkel. Kein Licht brennt hier. Die Container scheinen inzwischen verladen worden zu sein, denn das Scheppern der alles überragenden Containerbrücken ist verstummt.

José klettert über die Reling und steigt auf ein Metallgitter, durch das er tief hinunter in den Laderaum des Schiffs blicken kann. Er stellt die Tasche neben sich ab, löst das Seil mit der Boje und steigt damit auf der Strickleiter wieder nach unten. Noch nie hat er diejenigen gesehen, die von ihm die Taschen entgegennehmen. Er weiß nur, dass die zuletzt gebrachte stets weg ist, wenn er mit der nächsten die Strickleiter hinaufklettert.

Die Strecke zurück zum Ufer will er etwas schneller schwimmen. Noch drei weitere Male, dann kann er sich wieder auf den Heimweg machen.

Morgen früh wird er einen Umschlag mit zweitausend Dollar in bar erhalten. So wie jedes Mal, seit er diesen Job erledigt. Seine Geschwister werden auch weiterhin die gute Schule besuchen, und seiner Mutter wird er kleine Wünsche erfüllen können.

Leise gleitet er am Fuß der Strickleiter ins Wasser. Heute ist ein guter Tag, denkt er und beginnt, mit kräftigen Zügen zum Ufer zurückzuschwimmen.

1

Mit einem dumpfen Brummen schiebt die MS Valderrama eine kräftige Bugwelle vor sich her. Das knapp vierhundert Meter lange Schiff türmt das Wasser regelrecht auf. Es liegt tief in der Elbe. Auf den Decks des Ozeanriesen stapeln sich die bunten Container. Darin werden Südfrüchte, Fleisch und andere Waren aus Südamerika hierher nach Hamburg transportiert und später per Bahn und Laster zu ihren Zielorten in Europa gebracht. Das braungelbe Wasser läuft in größer werdenden Wellen zum Ufer der Elbstrände, wo es auf den hellen Sand schwemmt. Die dort buddelnden Kinder schreien auf, weil ihre Staudämme das Wasser nicht von den kunstvoll errichteten Sandburgen fernhalten können.

Mitten zwischen den Kindern sitzt auch Gerd Sehling, eine kleine blaue Schaufel in der Hand. Der ehemalige Rauschgiftfahnder, der sich seit einem guten Jahr in Pension befindet, häuft den feuchten Sand aus einem tiefen Loch zu einem Berg auf. Dass er mal Förmchen mit Sand füllen wird, statt den bösen Jungs hinterherzujagen, und das auch noch gerne, hätte er sich vor der Pensionierung auch nicht träumen lassen. Neben ihm hockt ein kleines blondes Mädchen, dessen Haare seitlich am Kopf entlang zu einem Zopf geflochten sind. Die Kleine versucht, ihre Sandburg mit immer mehr Türmen auszustatten.

»Siehste! Gut, dass wir deine Burg weiter oben aufgebaut haben. Jedes Mal, wenn so ein großer Pott kommt, gibt es 'ne ordentliche Brandung«, sagt Gerd zufrieden und sonnt sich in seiner weitsichtigen Entscheidung.

»Das ist keine Burg. Das wird ein Schloss, Onkel Gerd! Für eine wunderschöne Prinzessin«, erklärt Emilia ernst.

»Na klar. Ein Schloss. Natürlich. Wie konnte ich das nicht erkennen.« Gerd strahlt das sechsjährige Mädchen an, um das er sich in letzter Zeit häufig kümmert, wenn die Eltern arbeiten. »Emilia, kannst du den Schiffsnamen von dem großen Containerschiff dort vorne lesen? Ich bin ja schon ein bisschen älter. Das kann ich nicht mehr so gut erkennen.«

Emilia schaut auf, blickt zu dem Schiff und dann zu Gerd. Sie schüttelt lachend den Kopf. »Ich bin doch gerade erst eingeschult worden, Onkel Gerd. Aber ich kenne schon die Buchstaben. V-A-L-D-E-R-R-A-M-A«, liest sie nacheinander vor.

»Oh, dann muss ich gleich rüber zu den Duckdalben. Das ist der Kahn, bei dem ich helfen soll«, erklärt Gerd und schaut zum Hafenbecken des Eurogates am anderen Elbufer.

Während er das Entladen der bereits vertäuten Containerschiffe und die Bewegungen der großen Kräne beobachtet, muss er an den Vater von Emilia denken, Steven Winter, der dort auf dem Gelände des Eurogates seit Kurzem als Lascher arbeitet. Der Job wurde ihm für den Freigang aus der Justizvollzugsanstalt Glasmoor vermittelt. Gerd überkommt bei dem Gedanken daran regelmäßig ein ungutes Gefühl. Er befürchtet, dass Steven durch die Arbeit im Hafen womöglich von seiner Vergangenheit als Drogendealer eingeholt werden wird. Seine Gläubiger könnten ihn unter Druck setzen, die neuen Kontakte zu nutzen und Dinge zu tun, die er eigentlich nicht mehr tun will.

Nachdem Steven von Gerds Kollegen im letzten Jahr, am Tag nach Gerds Pensionierung, beim Handel mit Marihuana erwischt worden war, hatte man ihn zu drei Jahren Haft verurteilt. Doch aufgrund des in Aussicht gestellten Jobs im Hafen, der zu betreuenden Tochter und der umfassenden Aussage im Verfahren gegen seine damaligen Hinterleute kam er bereits nach wenigen Wochen in den offenen Vollzug. Er muss inzwischen nur noch unter der Woche im Gefängnis schlafen, hat jeden Tag sechs Sozialstunden Zeit für Emilia und am Wochenende Hafturlaub.

Gerd hätte vor einem Jahr noch jeden für verrückt erklärt, der ihm prophezeit hätte, dass er einmal eine enge Freundschaft zu einem verurteilten Straftäter aufbauen würde. Doch nachdem er und seine Frau Dörte in Barcelona unverhofft die Bekanntschaft von Emilia und ihren Eltern gemacht hatten, verdeutlichte ihm Stevens gelebte Fürsorge und Liebe zu seiner Stieftochter Emilia schnell, dass tief in Stevens harter Schale ein herzensguter Mensch steckt.

Auch in Gerds Leben lief nicht immer alles rund. Er hatte Glück, dass ihm in jungen Jahren stets der rechte Weg aufgezeigt wurde, wenn er abzugleiten drohte. Vielleicht fühlt er sich auch deswegen ein wenig in der Pflicht, Steven als väterlicher Freund auf dieselbe Weise beizustehen.

»Wieso musst du da denn hin?«, fragt Emilia. »Wir wollen doch unser Schloss fertig bauen.« Sie sieht Gerd mit skeptischer Miene an.

»Auf dem Schiff sind einige Matrosen, die sind seit Wochen und Monaten unterwegs. Die konnten in keinen Supermarkt, möchten gerne mit ihren Kindern zu Hause telefonieren, Geld in die Heimat schicken oder einfach ein paar Kleidungsstücke kaufen. Sie können aber kein Deutsch und nur wenig Englisch. Da muss man ihnen helfen, damit sie sich hier zurechtfinden und nicht an böse Menschen geraten, die sie um ihr hart verdientes Geld bringen«, erklärt Gerd.

»Ach so. Kriegst du dafür viel Geld, Onkel Gerd?«, will Emilia wissen.

Gerd fängt laut an zu lachen, wobei sich um seine Augen viele kleine Falten bilden. Die Schiebermütze hat er leicht nach oben geschoben. »Nein, Emilia. Ich kriege gar kein Geld dafür. Ich mache das ehrenamtlich. Ich helfe gerne. Dafür braucht man mir kein Geld geben.«

»Meine Mama sagt immer, dass sie arbeiten geht, damit wir viel Geld haben, um uns alle Wünsche erfüllen zu können. Du kannst dir doch gar nichts Tolles kaufen, wenn du kein Geld dafür bekommst«, stellt Emilia irritiert fest.

»Ich habe ja schon alles, was ich brauche, Emilia. Unser schönes kleines Haus in Dalldorf, dazu noch ein fahrbares Heim, und von meiner Pension und Tante Dörtes Rente können wir so leben, wie wir es uns vorstellen, und auch immer mal wieder in den Urlaub fahren. Außerdem gibt es Dinge auf der Welt, die wesentlich mehr wert sind als Geld. Zum Beispiel hier mit dir zu sitzen, zu buddeln und die Schiffe zu beobachten. Aber auch den Matrosen das Leben leichter zu machen und dafür ein Stück Dankbarkeit geschenkt zu bekommen, gehört dazu.

Das ist etwas sehr Wertvolles, denn ein ehrliches Lächeln kann man nicht kaufen.«

Emilia schweigt und grübelt über Gerds Worte nach. »Ich mag aber auch Geld. Für Geld kann man sich ein Eis kaufen«, erwidert sie nach einer längeren Pause.

»Mmh. Da magst du recht haben. Aber ich bin mir ziemlich sicher, wenn du jetzt zu Tante Dörte läufst und ihr dein schönstes Lächeln schenkst, bekommst du von ihr ebenfalls einen großen Eisbecher. Und wenn du in der ›Strandperle‹ dann noch den Kellner anstrahlst, kriegst du bestimmt eine Waffel mehr ins Eis gesteckt als ein muffeliger Gast, der nur mit Geld bezahlt.«

Ohne weitere Worte springt Emilia auf und rennt zu Gerds Ehefrau, die ganz in der Nähe auf einer Picknickdecke sitzt und in einem dicken Buch liest.

Gerd sucht das Sandspielzeug zusammen, steht auf und schlendert ebenfalls zu Dörte hinüber, die bereits ihre Sachen einpackt, um dem aufgeregt um sie herumhüpfenden Mädchen den freudig geäußerten Wunsch zu erfüllen.

2

Gegenüber dem Elbstrand ragen die rot-blauen Containerbrücken empor und prägen das Bild des Containerhafens. Die Kräne, die sich stoisch über den im Wasser liegenden Ozeanriesen erheben, bilden die Skyline. Gerade wird die MS Valderrama von ihrem Kapitän vorsichtig an die Kaimauer herangesteuert. Dort warten auch schon die ersten Hafenarbeiter, um sie an der über einen Kilometer langen Kaimauer zu befestigen.

In den Umkleideräumen des Eurogate-Terminals steht Steven Winter mit nacktem Oberkörper vor einem offenen Spind. Er verstaut seine Alltagskleidung in dem grauen Stahlschrank und schaut, während er sich wieder aufrichtet, auf das an der Innentür klebende Bild seiner Tochter. Um Stevens Hüften hängt das Oberteil des Arbeitsanzugs, den er gerade angezogen hat. An den Füßen trägt er dunkle, mit Stahlkappen verstärkte Arbeitsstiefel. Er entnimmt dem Schrank ein rotes Arbeitshemd und zieht es über. An den Schultern und den Oberarmen spannt der Stoff über der dunkel tätowierten Haut. Er richtet sich den kleinen Pferdeschwanz am Hinterkopf. An den Seiten sind die blonden Haare, die er streng nach hinten gebunden trägt, wegrasiert.

Als Steven sich das Oberteil des Arbeitsoveralls über die breiten Schultern zieht, tritt jemand von hinten an ihn heran. Der Mann hat kurz geschnittene Haare, trägt den gleichen Arbeitsoverall wie Steven und darüber eine grellgelbe Warnweste, auf der in breiten Lettern »Eurogate« steht. Über seiner Schulter hängen zwei große, leere Rücksäcke. Er ist deutlich kleiner als Steven, doch seine dunklen Augen blitzen angriffslustig. Von unten schaut er Steven an.

»Herzlichen Glückwunsch zum Geburtstag, Digger«, sagt er und klopft mit einem Umschlag gegen Stevens Unterarm.

»Heute ist nicht mein Geburtstag«, erwidert Steven, ohne ihn anzusehen.

»Wenn ich sage, dass du Geburtstag hast, dann hast du Geburtstag. Verstanden?« Erneut schlägt er mit dem Umschlag gegen Stevens Arm und hält ihm zudem einen der beiden Rucksäcke entgegen.

Jetzt wendet sich Steven zu ihm um und schaut ihn von oben herab an. »Was wird das?«, fragt er, ohne Anstalten zu machen, den Umschlag oder den Rucksack an sich zu nehmen.

»Nimm!«, sagt sein Gegenüber, ohne eine Miene zu verziehen.

Steven nimmt den Umschlag entgegen und schaut hinein. In dem Kuvert reihen sich viele gelbe Euroscheine aneinander. Auf den ersten Blick sind es mehr als zwanzig Stück. »Was wird das?«, wiederholt er.

»Heute ist dein Glückstag. Du arbeitest mit mir und Ivan auf der Valderrama. Den zweiten Teil der Treueprämie gibt es zum Feierabend. Jetzt nimm den Rucksack und stell nicht so viele Fragen. Wir gehen aufs Schiff, arbeiten, gehen runter und geben die Rucksäcke wieder ab«, erklärt der Mann, der ungefähr dreißig Jahre alt ist. In seinem Gesicht ist eine tiefe Narbe, die über die Wange bis zum Hals verläuft.

»Ich bau keine Scheiße mehr. Vergiss es, Ashraf.« Steven drückt ihm den Umschlag wieder in die Hand, bevor er seinen Helm und die Weste überzieht. »Ich hab Familie.«

»Digger, von mir erfährt es keiner. Wir sind hier auch Familie. Heute haben wir Geburtstag. Beim nächsten Mal sind vielleicht wieder andere an der Reihe.« Ashraf streckt den Arm aus und hält die Hand in Stevens Spind, bevor dieser die Tür schließen kann. Er legt den Umschlag hinein, direkt unter Stevens Klamotten. Anschließend drückt er ihm den Rucksack gegen die Brust. »Jeder macht mit. Verstehst du? Du bist jetzt dabei, ob du willst oder nicht. Tu es, ansonsten wird der Chef ungemütlich. Wir sind ein Team. Es trifft uns alle, wenn der Job nicht erledigt wird. Und das Hafenbecken ist tief, Digger. Überall Eisenstangen, die einem das Leben schwer machen können, wenn du verstehst, was ich meine, Digger. Is besser für dich. Und für deine Familie!«

Steven betrachtet Ashraf nachdenklich, er sieht ihm direkt in die nachdrücklich funkelnden Augen. Dann verschließt er, ohne den Blick von ihm zu lösen, das kräftige Bügelschloss am Schrank, schultert den leeren Rucksack und verlässt wortlos die Umkleideräume.

3

In seiner Wohnung in einem Mehrfamilienhaus in der Walddörferstraße in Hamburg-Wandsbek liegt Tim Dombrowski im Bett und schaut immer wieder zu seinem linken Arm, auf dem ein braunhaariger, wuscheliger Kopf ruht. Gelegentlich riecht er an den Haaren und genießt den süßlichen Duft, der von dem französischen Parfüm ausgeht.

Der weite Ausschnitt des T-Shirts gibt die braune Haut von Claires Hals preis. Gelegentlich drückt er einen leichten Kuss auf ihren Nacken, doch außer einem tiefen Schnaufen oder einem leichten, lieblichen Grunzen gibt sie keine Regung von sich.

Die Sonne strahlt inzwischen kräftig durch die Lamellen der Rollos hindurch. Auch die Vögel zwitschern im Eichtalpark, der direkt an den rückwärtigen Teil der Wohnung grenzt. Von der anderen Seite dröhnen die Geräusche der fahrenden Autos von der Walddörferstraße wie Meeresrauschen zu ihm herauf.

Seinen Arm spürt Dombrowski schon seit Längerem nicht mehr. Der schläft ähnlich tief wie seine Freundin, die ihn nun seit mehreren Monaten am Wochenende besucht. Bislang haben sie keine Lösung für ihre Fernbeziehung gefunden, denn Claire arbeitet in der französischen Botschaft in Berlin und Tim als Landesbeamter im Hamburger Rauschgiftdezernat. Die Arbeit war bislang sein Leben, die Kollegen seine Freunde, und Claire ist nun sein unverhofftes Glück.

Dombrowski versucht, keine tieferen Gedanken an ihre mittelbare Zukunft zu verschwenden. Er genießt lieber den Moment, der so zerbrechlich wirkt. Er will ihn unter keinen Umständen gefährden. Am liebsten würde er ihn ewig festhalten und einfach so liegen bleiben.

Mit einem lauten Kreischen durchbricht das Klingeln von Dombrowskis Handy die Stille im Schlafzimmer. Mühsam zieht er den Arm unter Claire hervor, die sich brummend zur Seite rollt, und steht auf. Er läuft zum Schreibtisch, auf dem er das Smartphone abgelegt hat.

Auf dem Display prangt der Schriftzug »Harry Goldutt« und blinkt immer wieder auf, während darunter ein roter und ein grüner Hörer aufleuchten. Dombrowski will mit der linken Hand nach dem Telefon greifen, doch der Arm ist noch immer taub und unbeweglich. Mit der rechten Hand nimmt er das brummende und schreiende Gerät und drückt den grünen Hörer.

»Harry, wat is los?«, fragt er seinen Chef genervt, während der linke Arm zu kribbeln beginnt. Mit einem Kopfschütteln versucht er, die halblangen braunen Haare aus der Stirn zu wedeln, deren Enden ihm in die Augen piksen. »Hast du vergessen, dass heute Samstag ist?«

»Guten Morgen, Dumbo. Ich freue mich auch, deine Stimme zu hören.« Ein schadenfrohes Kichern liegt in Harry Goldutts Stimme, das aber zum Ende hin einer ruhigen Strenge weicht. »Hast du vielleicht vergessen, dass du heute Rufbereitschaft hast?«

»Wieso das denn? Ehrlich jetzt? Claire ist da. Das ist nicht dein Ernst, oder?« Dombrowski hat genug vom erfolglosen Kopfschütteln und wischt sich mit der kribbelnden Hand die Haare aus dem Gesicht.

»Eigentlich nicht, aber Otto hat sich krankgemeldet. Er hätte Bereitschaft gehabt, und jetzt haben wir einen Fall reinbekommen«, erklärt Harry sein Anliegen.

»Otto ist doch nie krank.«

»Heute ist er es. Ich möchte dich daher bitten, den Fall für ihn zu übernehmen. Es geht erst mal nur um eine Vernehmung. Die Kollegen vom Straßendeal haben einen Jungen aus Hamm festgenommen, und der will umfassend aussagen. Soll ein großes Ding sein. Sie bringen ihn gerade zum Erkennungsdienst ins Präsidium. Vielleicht bist du ja fertig, bevor deine Freundin richtig wach wird.«

Harrys letzter Kommentar wird von einem schnarchenden Grunzen aus der Ecke von Dombrowskis Schlafzimmer quittiert.

»Okay, Chef. Ich fahre ins Büro und melde mich, wenn ich mehr weiß.«

Ernüchtert beendet Dombrowski das Gespräch, nachdem sich Harry dankend von ihm verabschiedet hat.

4

Zwischen dem Eurogate-Containerterminal und dem Hauptzollamt in Hamburg liegt das Quartier der Duckdalben. Der

Rotklinkerbau ist eine Anlaufstation und oft auch ein Stück Heimat für jeden Matrosen. Seemänner haben hier die Möglichkeit, Kontakt zu ihren Familien aufzunehmen, was an Bord oft lange Zeit nicht möglich ist. Gefahrlos können sie das hart verdiente Geld in die Heimat überweisen. Kostengünstig sich mit Zahnpasta, Kleidung oder Naschereien eindecken. Einfach mal eine Runde Billard oder Kicker spielen, während die Kollegen der anderen Schiffe an der Karaokemaschine ihre liebsten Lieder zum Besten geben.

Gerd Sehling hat in diesem Verein der Deutschen Seemannsmission eine Aufgabe für sich gefunden. Er fährt regelmäßig das Shuttle, mit dem die Matrosen kostenfrei vom Schiff in die Mission gelangen. Die wenigen Stunden des Landgangs können so optimal genutzt werden, ehe die Fahrten nach Asien oder Südamerika fortgesetzt werden.

Gerd chauffiert sie zum Vereinsheim und betreut sie vor Ort. Seine Erfahrungen aus den langen Jahren bei der Polizei und der freiwilligen Feuerwehr helfen ihm dabei, den vertrauensvollen Kontakt zu den Gästen herzustellen.

Schon in seinem Berufsleben hatte er immer ein offenes Ohr für die Kollegen und war jederzeit für sie erreichbar, wenn ihnen etwas auf der Seele brannte. Jetzt hilft er den Matrosen mit seinem großen Herzen, versucht, sich irgendwie auf Englisch, Deutsch oder mit Händen und Füßen mit ihnen zu verständigen und dabei ein Lachen auf ihre Gesichter zu zaubern.

Gerade ist Gerd in einen roten Bus eingestiegen, der den Namen Elmo trägt. Gemütlich fährt er in Richtung der Kaimauer, an der die MS Valderrama angelegt hat und von den Hafenarbeitern vertäut wird. Die Landungsluke des Schiffs ist geöffnet. Ein, zwei bekannte Gesichter hat er bereits ausgemacht. Bei ihrer letzten Ankunft im Hafen hatte er die Matrosen der MS Valderrama zum ersten Mal betreut und sich auch deswegen heute freiwillig zum Dienst gemeldet.

Gerd bleibt vor der Gangway stehen und hupt dreimal kräftig zur Begrüßung. Er schaltet den Motor aus und steigt vom

Fahrersitz. Die ihm schon vertrauten Matrosen will er persönlich empfangen.

Mit einem breiten Lächeln tritt er ihnen entgegen und steckt sie mit seiner guten Laune sogleich an. Auch sie zeigen all ihre Zähne, mit vor Freude strahlenden Gesichtern.

»Moin moin, Gerd!«, ruft Joe und winkt ausufernd mit beiden Armen. Über der Schulter trägt er eine kleine Umhängetasche. Die dunkelblaue Jeans und das rote Hemd sind, vermutlich ungewollt, farblich perfekt auf die Containerbrücken am Eurogate abgestimmt.

»Moin moin! Ich freue mich, euch zu sehen. *Welcome to Hamburg!*«, begrüßt Gerd die fünf Matrosen. Mit einem kräftigen Ruck zieht er die Seitentür des Busses auf.

Joe bleibt neben ihm stehen, während die anderen in den Bus einsteigen.

»Na, mien Jung? Willste vorne sitzen?«, fragt Gerd mit einem Augenzwinkern.

»Sehr gerne, mein Freund. Wie geht es dir?«, erwidert Joe, der aus seiner Zeit auf exklusiven Kreuzfahrtschiffen fließend Deutsch sprechen kann, und grinst. Seine sonnengegerbte Haut lässt die weißen Zähne dabei noch heller wirken. Er ist einen ganzen Kopf kleiner als Gerd. Das dunkle Haar hat er mit einem Scheitel zur Seite gekämmt. Er ist frisch rasiert. Nur ein paar vereinzelte, tiefe Lachfalten an den Augen verraten, dass Joe bereits ein wenig älter ist.

»Gut. Sehr gut. Wie immer, wenn ich dich sehe.«

Beide lachen heiter. Während Joe zur Beifahrerseite schlendert, sieht Gerd, wie Steven mit zwei Kollegen die Gangway hinaufsteigt, um mit der Arbeit zu beginnen. Etwas stört ihn bei dem Anblick, doch er weiß nicht genau, was. Ist es die Körpersprache seines Freundes oder dessen Kleidung? Gerds Bauch sagt ihm, dass hier etwas nicht stimmt, und sein Bauch irrt sich eigentlich nie.

Gerd betätigt mehrfach die Zündung und würgt Elmos startenden Motor dabei immer wieder ab. *»One moment please. I will do the problem away!«*, ruft er den wartenden Fahrgästen im Fond zu, steigt aus, öffnet die Motorhaube und sieht mit fachmännischem Blick in den Motorraum. Er prüft allerdings nicht ein mögliches Problem, sondern starrt den Personen auf der Gangway hinterher.

Schweigend folgt Steven seinen Kollegen in den Bauch des Schiffes hinein. Hätte er Gerds Anwesenheit bemerkt, wäre er jetzt sicherlich beunruhigt. Er hat sich entschlossen, einfach geschehen zu lassen, was gleich passieren wird. Dennoch überlegt er bereits, wie er sich solchen Aktionen zukünftig entziehen kann. Bei diesem einen Mal wird schon nichts schiefgehen.

In Glasmoor hatten die Mitinsassen ihm zu dem neuen Job gratuliert. Manche zeigten sich gar neidisch angesichts von Stevens Glück. Dort ist jedem bekannt, dass man sich im Hafen immer mal wieder ein sattes Zubrot verdienen kann. Steven ging allerdings davon aus, dass man sich aktiv darum bemühen muss. Er hat nicht damit gerechnet, dass er von den Kollegen vor vollendete Tatsachen gestellt wird. Ganz so, als wäre das, was hier gemacht werden soll, das Normalste auf der Welt.

An Deck kommt ihnen ein Offizier entgegen. Er trägt eine dunkle Hose. Das weiße Hemd hat er tief in den Bund gesteckt. Auf den Schultern prangen vier goldene Streifen.

Ashraf geht direkt auf den Mann zu. Dabei zieht er locker den Rucksack von Stevens Schulter, und auch den dritten Rucksack von Ivan trägt er bereits in der Hand. Er gibt sie dem Offizier. Der nickt bestätigend, woraufhin Ashraf sich zu seinen Kollegen umdreht. »An die Arbeit, Jungs. Es ist viel zu tun.«

Die drei teilen sich auf und klettern in verschiedenen Gängen die steilen Treppen hinauf, um die Verankerungen durch das Laschen zu lösen. Sie werden nun einige Stunden zu tun haben. Steven dreht sich noch einmal zu dem Offizier um, doch der ist vom Deck verschwunden. Ebenso ihre ihm übergebenen Rucksäcke.

Am Sockel der Gangway klappt Gerd Elmos Motorhaube zu. Wider Erwarten konnte er doch nichts weiter beobachten. Mit einem unguten Gefühl klettert er hinter das Steuer.

Kurz bevor er den Schlüssel in die Zündung steckt, sieht er einen Mann mit blonden Haaren und hellem Hemd die Gangway hinablaufen. Den Uniformstreifen nach ist es ein Schiffsoffizier. Gerd wartet einen Moment, um zu sehen, ob der mittelalte Mann ebenfalls mit ihm ins Vereinshaus fahren will. Doch dann eilt ein weiterer Mann im Arbeitsanzug herbei und marschiert zielgerichtet auf den Schiffsoffizier zu. Die beiden scheinen sich zu kennen.

Während der Arbeiter dem Schiffsoffizier freundlich entgegensieht, schaut der den anderen eher verbissen an.

Sie begrüßen sich am Kai. Gerd sieht, wie der Mitarbeiter einen Briefumschlag an den Offizier übergibt.

»Worauf warten wir?«, fragt Joe ein wenig ungeduldig. Er sehnt sich nach dem Kontakt zu seiner Familie auf den Philippinen.

»Wer is denn der Typ im Hemd, Joe?«, fragt Gerd interessiert, ohne auf Joes Frage einzugehen.

»Das ist Chief Mate Sergej Kruschkow«, erklärt Joe, der sich vorgebeugt hat und die Situation nun ebenfalls mit kritischem Blick beobachtet.

»Wat kriegt der denn von dem Hafenarbeiter übergeben? Frachtpapiere?«, überlegt Gerd laut, als der Chief Mate den Inhalt des Umschlags überprüft. Er scheint unzufrieden zu sein mit dem, was er sieht, und beginnt, mit dem Mitarbeiter vom Eurogate zu diskutieren. Der hat offenbar kein Einsehen. Er steht stocksteif da, schüttelt gelegentlich den Kopf und antwortet schmallippig mit wenigen Worten auf Kruschkows Tiraden.

»Frachtpapiere nicht. Die kommen per E-Mail. Ich weiß nicht«, antwortet Joe nach einer kurzen Denkpause. In dem Moment zieht der Eurogate-Mitarbeiter aus seiner Hosentasche ein dickes Bündel grüner und gelber Geldscheine. Er nimmt einige und gibt sie dem Chief Mate, der sie missmutig in die Hemdtasche steckt. Mit forderndem Blick bleibt er noch kurz stehen, wendet sich dann aber wieder der Gangway zu, als der Mann in Arbeitskleidung abdreht und in Richtung der Mitarbeitergebäude davongeht.

»Hier stimmt was nich«, brummt Gerd leise in seinen Bart und startet widerwillig den Motor.

5

Die vielen Krähen hüpfen in den Baumwipfeln vor dem Polizeipräsidium in Hamburg-Alsterdorf in ihren Nestern umher und krächzen dabei immer wieder laut. Ebenfalls leicht hüpfend, fast springend, eilt Tim Dombrowski die lange Treppe zum Präsidium hinauf.

Er will keine Zeit verlieren und sich möglichst schnell wieder aus den Büroräumlichkeiten des Rauschgiftdezernats verabschieden. Immerhin ist Claire nur noch einen Tag da, bevor sie wieder nach Berlin zurückmuss.

Er geht durch die Sicherheitsschleuse und zum Fahrstuhl, der im Erdgeschoss auf ihn wartet. Langsam schließen sich die Türen. Im zweiten Stockwerk steigt er wieder aus, um zu dem Gebäudefinger zu gehen, in dem das Rauschgiftdezernat beheimatet ist. Mit einem leichten Surren entriegelt sich die Tür zur Dienststelle, ehe sie sich mit einem lauten Klacken aufreißen lässt.

Die Geräusche des Türmechanismus scheinen den auf Dombrowski wartenden Kollegen vom Straßendeal aufgeschreckt zu haben. Zumindest tritt er aus der Tür des Besprechungsraums und begrüßt ihn freudig mit einem lang gezogenen »Naaa!«.

Auch Dombrowski freut sich, endlich den langjährigen Kollegen wiederzusehen, den es aufgrund einer in Aussicht gestellten Beförderung in die andere Ermittlungsgruppe zog.

»Olli, mein Freund. Ich hoffe, du bescherst uns nur Gutes am heiligen Wochenende«, begrüßt er ihn und schlägt kräftig in die ausgestreckte Hand ein.

»Immer! Weißt du doch«, erwidert Olli grinsend, schließt die Lippen dann aber sogleich wieder zu einem leicht grimmigen Gesichtsausdruck. Nur mit wenigen Leuten spricht Olli mehr als das Nötigste. Es soll sogar Kriminalbeamte geben, die sich mehrere Monate lang vor ihm fürchteten, bevor sie es wagten, ihn anzusprechen. Eine gewisse ablehnende Körpersprache mit einem durchdringenden Blick, der immer von oben herab auf einen gerichtet ist, weil Olli knapp zwei Meter groß ist, scheinen unbewusst abschreckend zu wirken.

Dombrowski hat längst keine Angst mehr vor ihm und biegt sogleich in den Besprechungsraum ab. Dort nimmt er erst einmal einen Schokoriegel aus dem Kühlschrank und lässt sich dann erwartungsvoll auf einen Stuhl fallen.

»Also, pass auf, Dumbo«, beginnt Olli zu erklären und lehnt sich mit dem Rücken gegen einen Schrank. »Wir haben unten in der Zelle einen gewissen Dominik Nguyen sitzen. Den haben wir auf der Straße mit einem Kilogramm Gras angehalten. Er hatte einen Schlagring in der Jacke und ein Messer in der Hosentasche. Bei ihm zu Hause lagen weitere vier Kilogramm im Keller. Das Ganze arbeiten wir jetzt ab. Er ist auf Bewährung draußen und wird heute zugeführt. Das weiß er auch schon. Er will darum umfassend gegen Alex Freiberg aussagen und so noch etwas für sich rausholen.«

»Ach was! Jetzt wird es aber mal interessant. Ist der schon wieder draußen?«, fragt Dombrowski seinen Kollegen. Die Neugier ist geweckt. Immerhin hat er Freiberg erst vor drei Jahren bei der Einfuhr von zehn Kilogramm Kokain aus den Niederlanden festgenommen. »Der hatte doch sieben Jahre bekommen«, ergänzt er verwundert.

»Der ist im offenen Vollzug und arbeitet jetzt im Hafen am Eurogate«, erklärt Olli.

»Ein Einfuhrschmuggler von Kokain am Terminal für Frachter aus Südamerika. Na, das passt ja. Demnächst arbeiten die Marihuanaplantagen-Betreiber in Gewächshäusern und die Grasdealer in Shishalounges, wenn sie in den offenen Vollzug kommen.«

»Ja, so ungefähr«, entgegnet Olli wortkarg. »In jedem Fall will Nguyen umfassend aussagen. Ich dachte mir, dass du das lieber sofort machen willst, bevor sein Anwalt ihm das Ganze ausredet. Dann kannst du ihn gleich erstens, zwotens, drittens und hast du nicht gesehen abfragen. Was du halt wissen musst und wissen willst.«

»Geht klar. Ich hol ihn mir gleich rauf. Und bei dir so? Schmeckt es noch am Straßendeal?«, erkundigt sich Dombrowski.

»Geht so, ne. Viel zu tun. Ich habe in den letzten drei Jahren vielleicht zweimal Zeit für eine Mittagspause gehabt. Alle müssen ackern. Masse halt. Hab mich schon öfter gefragt, ob es das wert war. Aber ich stehe dort im Wort und haue jetzt auch erst mal nicht wieder ab. So denn. Ich muss los. Bis bald.« Olli verabschiedet sich und geht aus dem Besprechungsraum, ohne auf eine Erwiderung zu warten.

Unter leisem Knistern wickelt Dombrowski den Schokoriegel aus und beißt ab. Während er kaut, denkt er zurück an das damalige Verfahren und versucht, sich an die Mittäter von Freiberg zu erinnern.

Nachdem er den Riegel komplett vertilgt hat, erhebt er sich und geht zum Fahrstuhl, um zum Zellentrakt hinabzufahren.

6

Vor dem Vereinshaus der Duckdalben parkt Gerd den roten Bus und schaltet den Motor aus. »Vereinshaus Duckdalben«, ruft er grölend, »Endstation!«, und zwinkert Joe zu. Er steigt aus, eilt im Laufschritt um den Bus herum und reißt laut scheppernd die Schiebetür auf. Er mag es einfach, den Chauffeur für die Matrosen zu spielen. Ihnen zur Abwechslung einmal das Gefühl zu geben, Könige zu sein. Ihr erfreutes Lächeln ist ihm Dank genug.

Mit Schwung schließt Gerd die Tür hinter den Männern und

folgt ihnen zum Eingang. Er freut sich bereits auf die Einlagen an der Karaokemaschine. Dieses Mal wird er sich jedoch nicht animieren lassen, ebenfalls am Gesang teilzunehmen. Das letzte Mal ließ er sich breitschlagen. Noch immer ist er den Matrosen dankbar dafür, dass sie seinen hilfesuchenden Blicken schnell folgten und ihn auf der Bühne bei »You're My Heart, You're My Soul« lautstark übertönten.

Vor dem Clubhaus steht bereits Frau Windheim, die Leiterin der Duckdalben, in ihrer gelben Windjacke, die sie halb geschlossen trägt. Die kurzen grauen Haare wehen im Wind. Sie schenkt jedem Ankömmling ein Lächeln. Ihre hellen Augen leuchten geradezu im Sonnenlicht. Anschließend kommt sie auf Gerd zu. Sie begrüßt ihn und Joe freundlich. Dann sagt sie: »Mein lieber Gerd, magst du uns einen Gefallen tun?«

»Dafür bin ich hier. Euer Wunsch ist mir Befehl«, erwidert Gerd mit einer galanten Verbeugung. »Wat darf ich denn tun?«

»Nun, wir wollen eine kleine Außenterrasse aus Holzplanken bauen. Unsere Tischler sind schon dabei und haben mir einen Einkaufszettel mit ein paar Dingen geschrieben, die noch fehlen. Wäre toll, wenn du das aus dem Baumarkt holen könntest.« Sie hält ihm den vorbereiteten Einkaufszettel entgegen.

»Logo. Ich fahr gleich los.« Gerd schnappt sich den Zettel, wendet sich ab und geht wieder in Richtung Fahrertür.

»Ich helfe dir, Gerd«, sagt Joe und läuft um das Auto herum.

»Aber deine Familie? Du willst doch sicher zu Hause anrufen?«

»Ich habe noch viel Zeit. Ihr seid so nett zu uns. Ich will etwas machen und Danke sagen. Außerdem bist du ein alter Mann. Ich kann dich nicht allein schwere Dinge tragen lassen«, antwortet Joe feixend.

Gerd lacht mit ihm. »Na, dann steig mal ein, mein Lieber. Auf geht's!«

»Wartet, ich gebe euch noch Geld mit«, ruft Petra Windheim den beiden hinterher.

»Dat können wir nachher abrechnen«, erwidert Gerd durch das offene Fenster und startet den Motor. Kurz darauf fährt er bereits auf die Autobahn, um zum nahe gelegenen Baumarkt an der Abfahrt Heimfeld zu kommen.

»Und? Alles gut bei dir an Bord?«, fragt Gerd, nachdem sie eine Weile gefahren sind.

»Ja. Alles gut. Eine gute Arbeit. Aber der Chief Mate ist nicht normal. Und manchmal geschehen komische Dinge«, beginnt Joe zu erzählen. »Heute hat er uns fast von Bord gejagt, kaum dass die Taue an der Mauer befestigt waren. Er wurde richtig sauer, als zwei Kollegen zu lange brauchten. Und in Ecuador hat er meine Nachtwache übernommen, obwohl ich Dienst hatte. Am nächsten Morgen schwammen im Meer Bananen. Stell dir das mal vor! Als wir ankamen, waren noch keine Bananen im Wasser. Ich habe extra geguckt, das war mir nämlich beim letzten Mal schon aufgefallen.«

»Du meinst den Typen, der vorhin mit dem Hafenarbeiter gestritten hat?«, hakt Gerd nach.

»Ja, genau. Der ist neu an Bord. Kam vor vier Monaten zu uns. War wohl vorher auf einem anderen Containerschiff der Reederei.«

»Ist dir noch mehr aufgefallen bei ihm?«, fragt Gerd interessiert. »Macht der auf See auch komische Sachen?«

»Nein. Auf See ist kaum was von ihm zu sehen. Da ist er ganz normal. Macht seine Arbeit, aber auch nicht mehr«, antwortet Joe.

Das Klackern des Blinkers ertönt. Gerd steuert Elmo auf den Parkplatz vor dem Baumarkt, parkt ihn nahe der Eingangstür ein und schaltet den Motor aus.

»Wenn beim nächsten Mal Bananen im Meer schwimmen in Ecuador, sagst du mir dann Bescheid?«, fragt er Joe vorsichtig und schaut ihn abschätzend an.

»Kommst du dann vorbei und fischst sie aus dem Wasser? Die sind noch ganz grün. Das lohnt sich nicht«, erwidert Joe. Er lacht gackernd und präsentiert seine weißen Zähne.

»Würde mich einfach interessieren, wenn das noch einmal passiert. Tu mir bitte den Gefallen. Dafür gebe ich dir jetzt ein original Mettbrötchen mit extra viel Zwiebeln aus«, schlägt Gerd grinsend vor.

»Ich werde dir ein Foto schicken, wenn es dich so glücklich macht«, sagt Joe beim Aussteigen und schlendert mit Gerd zum Bäcker des Baumarktes hinüber.

7

Im Erdgeschoss des Polizeipräsidiums steht Tim Dombrowski vor einer schweren Holztür. Ein grelles Piepen ist zu hören, seit er vor einer halben Minute die Klingel betätigt hat.

Das erlösende Surren im Schloss beendet das nervtötende Geräusch. Erleichtert schiebt Dombrowski die wuchtige Tür auf und betritt den Flur des Erkennungsdienstes. Hier befinden sich die achtzehn Zellen des Polizeipräsidiums, die mit grauen Stahltüren sowie jeweils zwei Sicherheitsriegeln verschlossen sind. In den Zellen schimmert grelles Licht aus Neonröhren. Auf harten Holzbänken liegen die Festnahmen der letzten Nacht, die ihren Rausch ausschlafen, auf die Abnahme von Fingerabdrücken und die Fertigung von Fotos warten oder auf den Gefangenentransporter, der sie ins Untersuchungsgefängnis zum Haftrichter bringt.

Dombrowski geht am Zugang zum Zellentrakt vorbei, wo er kurzzeitig einen Mann im Blick hat, der gerade torkelnd von der Toilette zurück in seine Zelle geführt wird. Das grün und blau angeschwollene Gesicht sowie die genähten Wunden auf Stirn und Nase deuten darauf hin, dass er nicht unbedingt als Gewinner aus der Auseinandersetzung hervorgegangen ist.

Ein paar Schritte weiter kommt er in den Raum des Wachhabenden, der in einem überdimensional großen Chefsessel sitzt und ihm erwartungsvoll entgegenblickt.

»Ich möchte Dominik Nguyen abholen«, erklärt Dombrowski sein Anliegen und lehnt sich gegen den Türrahmen.

»Zelle drei«, lautet die knappe Antwort.

Dombrowski will sich gerade abwenden, als der Wachhabende »Halt!« schreit.

»Was ist denn noch?«, fragt Dombrowski irritiert.

»Du hast das Schild vergessen.« Er drückt Dombrowski ein Papierschild mit der Aufschrift »Vernehmung« in die Hand.

»Jo. Häng ich an die Tür«, versichert Dombrowski und geht zur Zelle mit der großen Nummer »3«.

Er öffnet eine graue Klappe in der Tür, um kurz in das Innere der Zelle zu schauen. Dort sitzt ein junger Mann mit blondierten Haaren, der sich nervös in die Handflächen schaut und dabei auf und ab schaukelt.

Dombrowski hängt das Schild an die Klappe und öffnet die Metallriegel an der Tür.

Dominik Nguyen schaut ihm schweigend entgegen, als er die Tür aufzieht, und wartet offenbar auf eine Aufforderung.

»Moin. Mein Name ist Dombrowski. Sie wollen mir etwas erzählen, wurde mir angekündigt.«

Der Junge springt geradezu auf und nickt Dombrowski eifrig zu. Er tritt aus der Zelle und schlüpft in die durchgetretenen Turnschuhe vor der Tür. Die Hosenbeine seiner weiten Jeans hängen über die Schuhe, während sein eng anliegendes T-Shirt den Oberkörper deutlich vom Unterkörper absetzt.

Dombrowski geht an dem hageren Jungen vorbei, dessen hochgestyltes Haar ihn größer wirken lässt, als er wirklich ist. Die Tür des Erkennungsdienstes surrt, und Dombrowski schiebt sie auf. Gemeinsam gehen sie bis zum Fahrstuhl. Dann stehen sie schweigend da und warten. Der eine in Unwissenheit darüber, was auf ihn zukommt, der andere in dem Wissen, dass er erst im Vernehmungsraum mit dem Gespräch beginnen möchte, nachdem er die förmliche Belehrung abgeschlossen hat.

Der Gang, in dem sich die Vernehmungsräume befinden, liegt still vor ihnen, als sie aus dem Fahrstuhl steigen. Sämtliche Mitarbeiter, die hier sonst in Hektik hin und her laufen, befinden sich im verdienten Wochenende. Mit schnellen Schritten geht Dombrowski voran bis zum Ende des Flurs, betritt eins der Zimmer und lässt sich auf dem Bürostuhl am Computer nieder, während Nguyen auf einem grünen Stuhl am Kopf des Schreibtisches Platz nimmt.

»Okay, Herr Nguyen. Dann wollen wir mal. Zunächst muss ich Ihnen sagen, dass Sie sich nicht selber belasten müssen. Auch nicht direkte Familienangehörige. Sie dürfen sich natürlich vollumfänglich äußern. Wenn Sie im Rahmen der Kronzeugenregelung aussagen, dann kann sich das strafmildernd für Sie auswirken. Ich darf Ihnen aber nichts versprechen, denn darüber entscheidet am Ende der Richter in Ihrem Gerichtsverfahren.«

Nach ein paar Klicks auf dem PC rattert der Drucker hinter Dombrowski. Er nimmt zwei Blätter aus dem Auswurf und legt sie Nguyen zusammen mit einem Kugelschreiber vor.

»Sie wollten ja gerne aussagen, dann lesen Sie sich die Belehrung bitte noch einmal durch und machen Sie das Kreuz an der richtigen Stelle, damit wir dann anfangen können«, fordert er ihn auf.

»Ja, nee. Ich will erst mal sprechen, wenn Sie verstehen, wie ich meine. Ich will eine Zusage, dass ich rauskomme. Sie müssen mit dem Staatsanwalt reden. Ich will nicht in 'n Knast. Verstehen Sie? Da bin ich nicht der Typ für, wenn Sie verstehen, wie ich mein.« Nguyen schaut Dombrowski eindringlich an.

»Na, wenn das so ist. Dann rufe ich mal den Staatsanwalt an und bitte um Ihre Freilassung.« Dombrowski nimmt den Hörer vom Telefon, während sich Nguyen zufrieden zurücklehnt.

Doch statt zu wählen, legt Dombrowski den Hörer wieder auf. »Glauben Sie wirklich, dass es hier so abläuft? Wir sind hier nicht in Hollywood, Freundchen. Nun pass mal auf. Bei uns läuft das ungefähr so: Du lässt die Hosen runter und erzählst alles, was uns hilft, die großen Jungs einzufangen und viel Stoff sicherzustellen. Dann betest du, dass der Richter in deinem Verfahren die Hose wieder ein Stück weit hochzieht. Hier gibt es keine Versprechungen oder Vorableistungen. Erst einmal bist du dran und kannst dir damit vielleicht eine ordentliche Haft ersparen. Das zeigt sich aber erst, wenn wir unsere Arbeit erledigt haben. Dann wissen wir nämlich, ob deine Geschichte stimmt oder nicht. Verstanden?« Zwischen Dombrowskis Augenbrauen hat sich vor Ärger eine tiefe Furche gebildet. Er ist es leid, dass die kleinen Jungs von der Straße immer denken, sie seien der Nabel der Welt.

»Ich kann euch helfen. Ich kann euch richtig helfen«, beteuert Nguyen. »Das sind krasse Typen. Wenn die das erfahren, dann töten die mich. Das geht ganz schnell, wenn Sie verstehen, wie ich mein. Ich brauche da eine Sicherheit. Keinen Schutz, okay, aber ich muss raus, dann tauche ich unter, und ihr seht mich nie wieder.« Zufrieden mit der Erklärung beugt sich Nguyen vor und greift nach dem Kugelschreiber, auf dem er mehrfach herumklickt, ohne die Belehrung auch nur anzusehen.

»Kannste vergessen«, erwidert Dombrowski emotionslos.

Stille kehrt im Raum ein. Nguyen grübelt und klickt mit dem Kugelschreiber. Dombrowski schaut ihn abwartend an.

»Du hast nicht einmal gesagt, was du überhaupt aussagen willst, und stellst hier sonst was für Forderungen. So wird das nichts. Der Tatvorwurf gegen dich bedeutet nicht weniger als fünf Jahre Freiheitsstrafe. Ist dir das eigentlich klar?«

»Ich kann ganz dicke Fische liefern«, wiederholt Nguyen.

»Dann mach das Kreuz, unterschreib die Belehrung, und wir schauen weiter.«

»Aber lesen die das dann?«, fragt Nguyen mit schockiertem Blick.

»Ja, klar. Was hast du denn gedacht? Das gehört zu einem ordentlichen Verfahren dazu. Du sagst jetzt gegen die Jungs aus, und später vor Gericht darfst du das Ganze noch einmal wiederholen«, macht Dombrowski deutlich.

»Sitzen die dann auch im Raum?«, will Nguyen mit besorgter Miene wissen.

»Jupp. So wird es sein. Das ist unser Rechtsstaat. Da hat man das Recht, in das Gesicht desjenigen zu schauen, der einen beschuldigt, und sich gegen die Vorwürfe zu verteidigen. Aber bevor wir uns jetzt endlos im Kreis drehen. Vielleicht gibst du mir mal ein paar Hinweise, worüber du mir etwas erzählen möchtest, wer die dicken Fische sind, und dann schauen wir zusammen, ob es sich lohnt, die Geschichte zu erzählen«, lenkt Dombrowski ein. Auch um endlich ein Gefühl dafür zu bekommen, ob er hier seine eigentlich mit Claire verplante Freizeit verschwendet.

»Okay. Passen Sie auf. Ich sage Ihnen, was ich weiß. Aber Sie müssen echt ein gutes Wort für mich einlegen. Wenn die das rauskriegen, dann jagen die mich«, beginnt Nguyen.

Dombrowski wagt es nicht, ihn zu unterbrechen, und nickt ihm nur leicht aufmunternd zu. Mit einem wilden Rucken unterschreibt Nguyen den Belehrungsbogen und kreuzt an, dass er vor der Polizei aussagen will.

»Ich habe über meinen Marihuanadealer einen krassen Typen kennengelernt. Der heißt Alex Freiberg und handelt im ganz großen Stil mit Kokain. Der hat eine direkte Quelle aus Südamerika. Soweit ich weiß, kriegt er es aus dem Hafen.«

»Und wer ist dein Marihuanadealer?«, fragt Dombrowski, als Nguyen kurz innehält.

»Den will ich eigentlich nicht nennen. Das ist ein feiner Kerl, der tut keinem was«, sagt Nguyen zögernd und streicht sich durch die blondierten Haare, die er dabei wieder ein wenig aufrichtet.

»Wennschon, dennschon, würde ich mal sagen«, erwidert Dombrowski ungerührt.

Nguyen betrachtet grübelnd seine Handinnenflächen. Dann schaut er Dombrowski an, der fordernd die Augenbrauen hebt. »Nee, wirklich nicht. Der tut mir leid. Den will ich nicht weiter belasten. Wenn Sie Alex Freiberg verfolgen, werden Sie vermutlich eh auf ihn kommen. Die hängen irgendwie zusammen, obwohl sie sehr unterschiedlich sind.«

»Dann kannst du mir auch gleich seinen Namen nennen. Woher holt er es denn? Aus Holland? Aus Spanien oder vielleicht sogar von Freiberg?«

»Nee. Der baut selber an, aber mehr will ich dazu wirklich nicht sagen. Freiberg ist der dicke Fisch. Den müssen Sie sich holen. Ich weiß, dass der kilogrammweise mit Kokain handelt. Richtig große Mengen.« Nguyen schaut kurz aus dem Fenster und beobachtet ein Flugzeug, das am Horizont am Hamburger Flughafen in die Lüfte aufsteigt.

»Woher weißt du das denn? Hast du bei ihm Kokain eingekauft?«, fragt Dombrowski vorsichtig, wohl wissend, dass Nguyen sich mit einer positiven Antwort erheblich selbst belasten würde.

»Nee, sind Sie verrückt? Mit solchen Leuten mache ich keine Geschäfte. Kokain ist nicht mein Business. Ich weiß es von meinem Dealer. Der hat mir davon erzählt. Bei ihm habe ich den Freiberg dann auch gesehen und kennengelernt. Der hat eiskalte Augen. Ich frage mich schon die ganze Zeit, warum die beiden überhaupt etwas miteinander zu tun haben. Mein Dealer sagt, dass Freiberg ihn dazu bringen will zu expandieren. Der soll bei ihm einsteigen, beim Verkaufen helfen. Ich habe ihm davon abgeraten. Mit solchen Leuten sollte man nichts machen, wenn Sie verstehen, wie ich mein«, erzählt Nguyen immer aufgeregter und verstummt schließlich.

»Also, wenn ich das mal zusammenfassen darf. Du weißt von deinem Kumpel, dem Dealer, dass Alex Freiberg mit Kokain handelt. Direktware aus Südamerika, die er aus dem Hafen bekommt. Hast es nie selber gesehen, weißt weder, wie er es aus dem Hafen bekommt, noch, wo er es lagert oder an wen er es verkauft. Und den Namen von deinem Kumpel willst du mir auch nicht sagen.« Dombrowski bläst mit pessimistischer Miene die Wangen auf.

»Das hört sich bei Ihnen jetzt so negativ an«, sagt Nguyen unzufrieden. »Das ist ein fetter Fisch, den ich Ihnen liefere. Ach ja, der sitzt eigentlich im Knast. Kommt aber immer raus zum Arbeiten. Der ist kaum noch drinnen. Den müssen Sie nur zwei, drei Tage observieren, wenn er draußen ist, dann finden Sie das schon alles selbst heraus«, versichert er voller Überzeugung.

»Mehr kannst du mir nicht sagen?«, hakt Dombrowski noch einmal nach.

»Das ist schon eine Menge, das ist ein ganz Großer, wenn Sie verstehen, wie ich mein.«

»Na, die einen meinen so, die anderen meinen anders.« Dombrowski hat genug gehört. Er speichert das bisherige Protokoll. Der Drucker beginnt zu brummen und wirft zwei Seiten Papier aus, die Dombrowski zu Nguyen über den Tisch schiebt. »Einmal durchlesen und auf jeder Seite einmal unterschreiben. Dann bringe ich dich wieder runter.«

Ohne die Aussage zu prüfen, unterschreibt Nguyen hastig die Zettel und erhebt sich vom Stuhl.

»Willst du nicht lesen, was ich aufgeschrieben habe?«, wundert sich Dombrowski.

»Ich vertraue Ihnen. Das stimmt schon alles. Ich habe ja gesehen, dass Sie mitgeschrieben haben«, erwidert Nguyen und zieht sein Shirt über die weite Hose.

»Wie du meinst.« Dombrowski steht schulterzuckend auf. »Dann wollen wir mal.«

Zufrieden verlässt Dombrowski den Vernehmungsraum. Der Einsatz war so kurz, wie er ihn sich erhofft hatte. Bei so einer inhaltslosen Vernehmung kann er sich den Freiberg auch in den nächsten Tagen noch genauer anschauen. In Gedanken ist er bereits wieder bei Claire, die er gleich mit frischen Brötchen und Croissants überraschen will.

8

Gerd und Joe sitzen in der Bäckerei des Baumarkts und beobachten die Kundschaft. Vor ihnen stehen vier halbe Mettbrötchen und zwei Tassen Filterkaffee.

»Jetzt lernst du mal was Gutes kennen, mien Jung«, sagt Gerd und greift nach der ersten Hälfte, auf der besonders viele rohe Zwiebeln angehäuft sind. Als er hineinbeißt, fallen gleich mehrere davon auf den Boden, aber das stört ihn nicht.

Nach kurzem Zögern greift Joe ebenfalls nach einer Hälfte und beißt vorsichtig hinein. Gerd beobachtet seinen Gast aufmerksam. Zu seiner Freude beginnt Joe, zustimmend zu nicken, und streckt den Daumen der freien Hand nach oben.

»Das ist ein Sterneessen. Das hat ein Sternekoch sogar mal im deutschen Fernsehen gezeigt, wie man das macht. Lecker, oder?«

Joe grinst bestätigend, wobei zwischen den weißen Zähnen überall noch Reste vom Mett kleben. Anschließend beißt er ein zweites Mal ab.

Genüsslich essen beide ihre Brötchenhälften und trinken den Kaffee.

»Magst noch was Süßes zum Nachtisch?«, fragt Gerd und erhebt sich bereits, ohne eine Antwort abzuwarten. Watschelnd bewegt er sich zum Verkaufstresen und bestellt zwei Franzbrötchen.

Als er mit den beiden Tellern zum Tisch zurückgeht, fällt sein Blick auf einen jungen Mann mit dunkelblonden Haaren und schwarzer Hornbrille, der mit schlurfenden Schritten einen mit Erde und Pflanzböden bepackten Lastentrolley Richtung Ausgang schiebt.

»Sag mal, hab ich 'n Déjà-vu, oder wat?«, spricht er leise mit sich selbst. Gerd ist sich sicher, dass er bereits vor einer halben Stunde gesehen hat, wie der Mann mit gleichen Einkäufen den Laden verließ. Schon zuvor hat es ihn gestört, dass der Kerl die Füße beim Gehen nicht angehoben bekommt.

Gerd geht an Joe vorbei, der voller Vorfreude auf die beiden Teller mit dem karamellisierten Plunderteiggebäck in Gerds Händen blickt und umso irritierter dreinschaut, als der seinen Weg einfach fortsetzt. In der Lobby des Baumarktes bleibt Gerd stehen und beobachtet durch das Schaufenster den Kunden, der seine Einkäufe in einen grünen Transporter lädt. Irritiert betrachtet er die Seitenwand des Lieferwagens, die Werbung für ein Gartenbauunternehmen zeigt.

Er spürt einen leichten Druck auf einem der Teller in seinen Händen. Im Augenwinkel sieht er, dass Joe sich neben ihn gestellt hat und vollmundig in das Franzbrötchen beißt.

»Kenn ich schon. Lecker. Esse ich immer in Hamburg«, erzählt er selig schmatzend und folgt dann Gerds Blick zum Transporter. »Was ist los?«

»Da stimmt was nicht«, antwortet Gerd.

»Sagst du das öfter? Das hast du im Hafen schon gesagt.«

»Los. Zurück an unseren Platz. Der kommt noch einmal rein«, ruft Gerd fast zu laut. Er eilt an ihren Tisch zurück und greift nach der eigentlich leeren Kaffeetasse. Dabei beobachtet er den Mann, der erneut den Laden betritt und schnellen Schrittes die Sicherheitsschranken passiert. »Hör zu, Joe. Du holst 'nen Einkaufswagen, und ich folge dem Typen. Er geht nach rechts zu den Baustoffen. Da müssen wir eh hin.« Gerd nippt an der leeren Kaffeetasse, schaut verwundert hinein und stellt sie wieder ab. Dann reißt er die Hälfte vom Franzbrötchen ab und steckt sie sich in den Mund, ehe er dem Mann hinterhereilt.

Joe nimmt den Rest und geht nach draußen, um, wie ihm aufgetragen wurde, einen Einkaufswagen zu holen.

9

Auf den Decks der MS Valderrama laufen Steven und seine beiden Kollegen mit Metallstäben in ihren Händen über unterschiedliche Traversen und öffnen die Verbindungslaschen an den Containern. Über ihnen rauscht immer wieder der Ausleger der Containerbrücke hinweg. Der Brückenfahrzeugführer hat bereits begonnen, weiter vorne die ersten Container zu verladen.

Steven gelingt das Laschen noch nicht so souverän wie Ashraf und Ivan, die beide bereits seit mehreren Jahren als Lascher am Eurogate arbeiten. Er muss bei weiter entfernten Ösen sehr genau zielen, um sie zu treffen und im Anschluss zu lockern.

In die Ohren hat er Kopfhörer gesteckt und lauscht einer rhythmischen Reggaemusik. Im Takt von Bob-Marley-Songs geht er über die verschiedenen Brücken. Manchmal muss er sich zusammenreißen, denn durch die Metallgitter der Traversen kann man bis zu vierzig Meter tief in den Schiffsbauch hinabblicken. Die Höhe war noch nie sein bester Freund, aber er arrangiert sich inzwischen mit ihr.

Auf dem Unterdeck sieht er in einiger Entfernung auf einmal einen Schatten vorbeihuschen. Eine Person scheint sich dort zwischen den Containern zu bewegen. Es war aber weder Ashraf noch Ivan. Die Person trägt keine gelbe Warnweste wie seine Kollegen. Es wirkte eher wie das helle Hemd eines Schiffsoffiziers. Doch warum treibt der sich hier unten herum? Noch dazu, während sie die schweren Metalllaschen lösen? Immerhin hatte der Kerl einen Helm auf dem Kopf.

Irritiert zieht Steven die Kopfhörer aus den Ohren. Er macht ein paar Schritte vorwärts und schaut, ob er den Mann dort irgendwo entdecken kann. Vorsorglich blickt er sich um, ob Ashraf oder Ivan in der Nähe sind. Sie sollen nicht sehen, dass er die Arbeit kurzzeitig unterbricht. Sie haben ihn vorhin bereits argwöhnisch beobachtet. Er will keine weitere Missgunst schüren. Dennoch will er wissen, was hier vor sich geht. Ein Verdacht treibt ihn an, der ihn zugleich auch beunruhigt.

Ein metallisches Ratschen tönt von unten zu ihm herauf. Steven kann es kaum lokalisieren. Das Echo erschwert es ihm zusätzlich.

Vorsichtig nähert er sich den Containern. Eine Brücke weiter sieht er Ashraf beim Lösen der Laschen. Ebenso schnell, wie er aufgetaucht war, ist der Kollege auch schon wieder verschwunden. Sichtlich in Gedanken vertieft, schenkte er Steven keine Beachtung.

Wieder hört er ein Klirren. Scheppernd und dumpf. Dann erblickt er den Mann. Zwanzig Meter unter Steven steht er vor einem roten Container. Ein Metallriegel ist geöffnet. Quietschend öffnet er die rechte Tür des Containers. Direkt dahinter stehen bis zur Decke gestapelt Kartons mit Bananen. Steven kneift die Augen zusammen. Er meint, den Offizier zu erkennen, dem Ashraf vorhin die Rucksäcke gegeben hat.

Der Mann nimmt einige Kartons aus dem Container und stellt sie neben sich auf den Boden. Anschließend holt er daraus diverse Pakete hervor, die er in die besagten Rucksäcke steckt.

»Fuck!«, flucht Steven leise. Er schaut sich kurz um, kann aber weder Ivan noch Ashraf entdecken. Rasch zieht er sein

Handy aus dem Overall und filmt die Entnahme mehrerer Pakete aus den Kartons. Er steckt das Handy wieder weg und beobachtet den Offizier weiter bei dessen Tun.

»Digger!«, tönt es plötzlich lautstark über die Traverse. Der Mann schaut sich hektisch in alle Richtungen um, doch bevor er Steven erblicken kann, hat der sich weit genug zurückgelehnt.

Ashraf kommt mit ärgerlicher Miene auf ihn zu. »Steven, Digger. Nichts hier mit Pause, was is los mit dir? Was machst du da?«, ruft er wütend.

Steven springt aufgeschreckt vorwärts, um zu verhindern, dass er den Offizier auf dem Unterdeck entdeckt. »Ich habe nur ... also die Höhe ist echt krass hier, weißt du. Manchmal muss ich dabei an eine alte Schulfreundin aus Steilshoop denken. Die hat den Adler gemacht«, bemüht er sich um eine plausible Erklärung.

Ashraf tritt an ihn heran und wirft einen Blick auf die unten stehenden Container. Bohrend schaut er Steven in die Augen. »Pass lieber auf, dass du hier nicht den Adler machst! Und jetzt ab an die Arbeit. Dann kannst du auch bald wieder zu deiner Tochter.« Grimmig dreinschauend wendet er sich ab und verschwindet hinter einem Containerturm.

Steven atmet tief durch. Schweiß läuft ihm im Nacken den Rücken hinab. Sein Herz rast. Mit zitternden Händen geht er zum nächsten Container und versucht, in die Lasche zu stechen, um sie zu lösen. Er braucht zwei Versuche. Tränen steigen ihm in die Augen und verwässern den Blick. »Fuck. Mann. Fuck«, wispert er leise vor sich hin und schüttelt dabei den Kopf.

10

Fröhlich hüpft Tim Dombrowski die Treppe des Polizeipräsidiums hinab. Die Vernehmung konnte er schneller als gedacht hinter sich bringen. Die Aussage war viel zu schwammig, um heute noch aktiv werden zu müssen. Es gab auch keine konkreten Hinweise auf bevorstehende Lieferungen.

Während er zu seinem Kleinwagen schlendert, wählt er auf dem Handy die Nummer von Harry Goldutt.

Nach längerem Klingeln nimmt sein Chef den Anruf entgegen. »Na, Dumbo? Kurze Pause, oder war nichts?«, fragt er neugierig zur Begrüßung.

»›Nichts‹ würde ich nicht sagen, aber auch nicht viel mehr. Das werden die nächsten Tage zeigen. Ich ruf ein paar Leute an, aber es ist nichts Akutes, was uns mal wieder den freien Tag klauen würde«, erzählt Dombrowski erfreut, ohne weiter ins Detail zu gehen.

»Bist du dir sicher? Bei Olli hörte sich das ganz anders an.«

»Du kennst mich. Wäre der Typ heiß gewesen, hätte ich alles aus ihm rausgeholt. Der wollte bloß mit irgendwelchem Halbwissen seinen Arsch retten. Aber dem Hauch eines Verdachts werde ich natürlich nachgehen. Ich kenne Freiberg, und immerhin habe ich jetzt einen Grund, gegen ihn zu ermitteln. Ab Montag!«, setzt Dombrowski entschieden nach. Er ist ein wenig enttäuscht, dass ihm hier unterschwellig mangelnder Ehrgeiz unterstellt wird. So etwas ist ihm noch nie untergekommen.

»Wenn du das sagst, dann ist das auch so«, erwidert Harry gleich viel freundlicher und verabschiedet sich mit besten Grüßen an Claire.

Unzufrieden setzt Dombrowski sich hinter das Steuer seines Autos. Er steckt den Schlüssel in die Zündung, startet den Motor aber noch nicht. Hat er wirklich alles versucht, um jede verwertbare Information aus Nguyen herauszubekommen? Oder hat er zu früh aufgegeben? Hätte er stärker nachbohren sollen? Er ist sich nach dem Telefonat mit Harry nicht mehr sicher, ob er den eigenen Ansprüchen gerecht geworden ist. Mit der linken Hand fasst er sich ins Gesicht und streicht sich nachdenklich über den Dreitagebart. Anschließend wischt er sich die Haare aus der Stirn und startet den Motor.

Bevor er losfährt, zieht er aber noch das Handy aus der Jackentasche und sucht in den Kontakten nach Toni. Sein ehemaliger Büropartner kümmert sich bereits seit mehreren Jahren um Vertrauenspersonen der Polizei aus dem Milieu, die ihn mit

Informationen versorgen. Gelegentlich schreibt er auf, was ihm zu Ohren kommt. Meistens erzählt er es den Kollegen jedoch als heißen Tipp und überlässt den Rest der Arbeit dann ihnen. Wenn einer etwas Aktuelles und Konkretes über Alex Freibergs derzeitige Geschäfte weiß, ist das Toni.

Dombrowski wählt seine Nummer, und auf dem Display erscheint der Schnappschuss eines mittelalten rotblonden Mannes, dessen spitzbübisch grinsender Mund von einem kurzen, gepflegten Bart umrahmt wird.

»Dumbo, altes Haus. Was kann ich für dich tun?«, meldet sich Toni. »Ich schätze mal, es ist dienstlich?«

»Moin moin. Da schätzt du richtig. Ich komme gerade aus einer Vernehmung. Und zwar habe ich eine Ansage auf Alex Freiberg bekommen. Kannst du dich noch erinnern?«

»An Freiberg? Na klar. Mmh. Der wuselt doch inzwischen im Hafen als Vorarbeiter bei den Laschern rum. Ich kann mich mal umhören. Würde mich nicht wundern, wenn der wieder im Geschäft ist. Reicht es dir am Montag? Oder lieber gestern?«, will Toni wissen. Der Vorschlag kommt etwas zögerlich, denn eigentlich genießt er gerne das Wochenende mit seiner Familie.

»›Gestern‹ klingt gut, wenn du das bis Montag schaffst«, entgegnet Dombrowski amüsiert. »Ich will am Montag mit den Ermittlungen starten. Wenn du was beisteuern kannst, wäre das gut. Ansonsten schaffe ich es auch ohne dich«, frotzelt er.

»Ey, ey, ey. So nich, mein Lieber. Ohne mich kriegst du doch gar nichts hin«, stellt Toni klar und lacht. »Ich gebe mein Bestes. Ich hab schon eine Idee, wen ich jetzt anrufe, und bis Montag kann ich dir mehr sagen. Okay?«

»Ja, geht in Ordnung. Bis Montag. Ich genieße solange mein Wochenende.« Lachend legt Dombrowski auf und betätigt den Blinker. Jetzt noch ein paar Croissants auf dem Rückweg holen, und dann kann der Tag so richtig beginnen.

11

Im Baumarkt in Neugraben schleicht Gerd hinter dem jungen Mann mit den dunkelblonden Haaren her, der sich suchend in der Abteilung mit den Baustoffen umschaut.

»Häufig bist du noch nicht hier gewesen«, stellt Gerd leise murmelnd fest und greift nach einem Zollstock in einer Auslage. Er misst Gang für Gang die Länge eines Bretts oder die Breite von Kanthölzern ab, ohne den Mann aus den Augen zu verlieren.

Als sie den Gang mit den Holzdielen erreichen, schaut er kurz auf den Zettel, den Petra Windheim ihm mitgegeben hat, und fragt sich, wo Joe bleibt. Da sieht er ihn strahlend auf sich zukommen. Er schiebt einen großen Lastenwagen vor sich her und tänzelt dabei fröhlich von links nach rechts.

Gerd dreht sich wieder um und beobachtet seine Zielperson. Der Mann steht vor einer Auslage mit dicken Sperrholzplatten. Er inspiziert sie genau, nimmt eine von dem flachen Stapel und lehnt sie mit einer Seite schräg dagegen.

Mehrfach schaut er in alle Richtungen, dann stellt er sich auf die abgelegte Platte, die nun wie eine Rampe vom Boden nach oben führt, und beginnt, darauf auf und ab zu wippen. Schließlich hält er inne, blickt sich erneut um und springt hinunter. Zufrieden kontrolliert er noch einmal das Preisetikett am Regal und lädt im Anschluss mehrere Platten auf seinen Lastenwagen.

Gerd schaut nach Joe und schrickt zusammen. Joe steht längst direkt hinter ihm und schaut über Gerds Schulter hinweg zu dem jungen Mann am anderen Ende des Ganges.

»Joe, dat kannst du nich mit mir machen. Ich krieg sonst noch 'nen Herzstillstand«, beschwert er sich. »Hier, von diesen Latten brauchen wir fünfundzwanzig Stück. Leg du die Planken schon mal auf den Trolley, und ich behalte den Typen im Auge«, ergänzt er flüsternd und nickt leicht in Richtung des Mannes.

»Okay.« Joe greift eifrig nach den ersten Latten, um sie aufzuladen.

Wenig später schiebt Gerds Verdächtiger seinen Trolley Richtung Kasse. Gerd packt noch schnell mit an, um die letzten benötigten Gegenstände von der Einkaufsliste aufzuladen, und steuert den schweren, sperrigen Wagen hastig durch die Einkaufsgänge. Es kostet ihn viel Mühe, nicht gegen aufgetürmte Lackdosen zu stoßen, doch es geht gerade noch einmal gut.

Zu Gerds Verwunderung hält der Mann auf die letzte Kasse zu, deren Schlange sichtlich die längste ist. Er selbst schiebt den Wagen mit Joe zur Expresskasse, für die sie eigentlich zu viele Balken und Bretter auf dem Wagen liegen haben.

»Die Kleinteile bitte aufs Band!«, raunzt die Kassiererin Gerd kaugummikauend an und schleicht um den Kassentresen herum, um mit dem Handgerät die Balken und Bretter einzuscannen.

»Wir haben doch gar keine Kleinteile«, stellt Joe irritiert fest. Gerd zuckt nur mit den Achseln. Er schaut noch einmal zur anderen Kasse hinüber und sieht, dass der Mann ihn und Joe betrachtet, aber sogleich wegschaut, als er Gerds Aufmerksamkeit bemerkt.

»Hundertfünfundneunzig dreiundachtzig macht das. Haben Sie schon unsere Kundenkarte?«, fragt die Kassiererin schmatzend und schaut Gerd ausdruckslos an.

»Nee, habe ich nicht. Mit Karte bitte«, antwortet er und öffnet seine Geldbörse.

»Wollen Sie eine haben?«, hakt die Kassiererin monoton nach.

»Nee, auch nicht. Danke«, erwidert Gerd genervt, bezahlt und schiebt den Lastentrolley hinaus, ohne auf den ihm von der Kassiererin entgegengestreckten Kassenbeleg zu warten.

Mit Joes Hilfe verlädt Gerd die Einkäufe im Fahrzeug der Duckdalben und wartet geduldig, bis auch der junge Mann seinen Lieferwagen beladen hat und abfährt.

Mit mehreren Autos zwischen ihnen folgt Gerd dem grünen Transporter und lässt ihn nicht aus den Augen. Über den Süderelbebogen geht es raus aus Neugraben. Die Anzahl der

Häuser an der Straße nimmt zusehends ab. Weite Felder erstrecken sich auf der Fahrerseite. Gerd hat mit vielem gerechnet, aber er dachte nicht, dass es sie ins Alte Land verschlagen würde.

»Hier gibt es die leckersten Äpfel, die du dir vorstellen kannst«, erklärt er seinem Beifahrer, der munter die vorbeiziehende Landschaft bestaunt.

»Warum folgen wir dem Mann eigentlich? Ist es in Deutschland verboten, Erde und Holz gleichzeitig zu kaufen?«, fragt Joe vorsichtig nach, auch wenn er eigentlich spannend findet, was sie gerade machen.

»Ich hör immer auf meinen Bauch. Und dieser Typ ist eigenartig. Der fährt einen Transporter mit Gartenbauschriftzug, kauft aber Pflanzerde im Baumarkt ein.«

»Braucht man hier keine Erde zum Pflanzen?«, wundert sich Joe und beginnt verlegen zu lachen.

»Als Gärtner kauft man doch keine Plastiksäcke im Baumarkt. Die kaufen betriebsbedingt viel größere Mengen ein. Außerdem schlurft der durch die Gänge wie ein Kiffer. Ein Handwerker zieht die Füße nicht derart über den Boden und hat auch nicht so saubere Hände. Nee, nee, hier stimmt was nicht.«

Drei Wagen voraus setzt der Verfolgte den Blinker.

»Da schau an. Hier biegt er ab. Direkt auf einen alten Obsthof. Und neben der Einfahrt hängt noch ein Schild vom Makler, dass der Hof zu vermieten war und jetzt vergeben ist«, stellt Gerd fest und fährt erst mal weiter. »Verdammt! Is natürlich am Arsch der Welt hier. Wir drehen im nächsten Ort um und fahr'n noch mal an dem Schuppen vorbei. Ich wett mit dir, dass der die ganze Erde ins Haus schleppt.«

Gerd drückt das Gaspedal durch, um schnellstmöglich zu wenden. Dass er mit Joe eigentlich zurück zu den Duckdalben fahren müsste, hat er total vergessen.

12

Sprosse um Sprosse ergreift Steven und klettert die Metallleiter hinauf bis zur höchsten Traverse, um von dort aus die Stahlverstrebungen der Container zu lösen. Direkt hinter ihm folgt Ashraf, der mit ihm zusammen auf dieser Ebene arbeiten wird.

Am Kopf der Leiter angekommen, richtet Steven sich auf und blickt über das Geländer hinab in den Schiffsbauch. Die Tiefe drückt ihm den Magen zusammen. Der Wind aus Nordwesten weht hier wesentlich stärker als auf den unteren Brücken. Er schlägt Steven mit einer feuchten Kälte ins Gesicht und lässt ihn kurzzeitig erschaudern. Eine Mischung aus Höhenangst und Misstrauen stellt ihm unbewusst die Rückenhaare auf.

Ein Scheppern verrät Steven, dass auch Ashraf das Ende der Leiter erreicht hat. Mit stampfendem Schritt geht er an Steven vorbei, ergreift die erste Verstrebung und beginnt sie zu lösen. Dabei blickt er über die Schulter zu Steven, der noch immer mit der rechten Hand das Geländer umfasst hält. Ashrafs dunkle Augen stechen mit Feuer in die Leere, die sich kurzzeitig in Stevens Kopf gebildet hat.

Er weiß genau, was hier geplant ist und was von ihm erwartet wird. Der Kummer darüber lässt ihn kaum klar denken. Ein Ausweichen erscheint unmöglich.

Tapfer geht er auf Ashraf zu und nimmt das soeben gelöste Ende der Metallstange entgegen, um sie auch aus der oberen Öse auszuhaken und auf der Traverse abzulegen.

Verstohlen beobachtet Steven Ashrafs verbissenen Gesichtsausdruck. Ist es die pure Anstrengung, oder hegt der Kollege ein emotionales Misstrauen gegen ihn? Stück für Stück arbeiten sie sich vor. Ashraf löst die Elemente, Steven nimmt sie entgegen und deponiert sie auf dem Boden.

Immer wieder schlägt die nächste Stange Steven entgegen, ehe er die davor losgeworden ist. Als würde Ashraf es besonders eilig haben, schraubt und zieht er an den Gewinden. Eine Stange kommt mit bedrohlichem Schwung auf Steven zugeflogen und stößt gegen seine Schulter. Ashraf zeigt keine Regung. Keine

Entschuldigung für den versehentlichen Rempler, den er wahrgenommen haben muss.

Die nächste Stange schlägt er Steven geradezu vors Gesicht. Gerade noch kann er ausweichen.

»Digger, pass mal auf, bitte. Ich hab keinen Bock, so ein Ding gegen den Kopf zu bekommen«, fährt er Ashraf barsch an und bleibt vor ihm stehen.

Der Kollege baut sich, obwohl kleiner, wortlos vor Steven auf. Die Kiefermuskulatur spannt sich zu sehnigen Striemen im ansonsten glatt rasierten Gesicht, wodurch seine Narbe auf der Wange und dem Hals stark hervortritt. An der rechten Schläfe wölbt sich eine Ader empor. Ohne ein Wort zu sprechen, sieht er ihn an, dann geht Ashraf ein paar Schritte rückwärts und ergreift die nächste Strebe. Sein stechender Blick liegt weiter auf Steven, der diesem emotionslos standhält.

»Was ist dein Problem, Digger?«, fragt Steven, aufrichtig interessiert, die angespannte Situation zu lösen.

Ashraf starrt ihn bloß ungerührt an und schnalzt mit der Zunge.

Steven gibt auf. Er hebt gleichgültig die Schultern, geht an Ashraf vorbei auf die nächste Metallstange zu und beginnt, selbst die Schraube zu lösen. Mit Ungemach lauscht er den Geräuschen, die Ashraf hinter ihm beim Lockern der Stangen verursacht.

Das metallische Scheppern wird übertönt von den Auflegern der Containerbrücken, die über ihnen entlangrollen, um die nächsten Container zu bergen. Kaum entfernen sie sich wieder, werden die Geräusche hinter Steven deutlicher. Eine Stange fällt neben ihm zu Boden und lässt die Traverse unter seinen Füßen spürbar vibrieren.

Steven dreht sich reflexartig um und steht Ashraf unmittelbar gegenüber. »Was willst du? Wollen wir es hier und jetzt klären?«, schreit er ihm verbissen ins Gesicht. Seine sich überschlagende Stimme wird von der Containerbrücke übertönt, doch Ashraf hat ihn genau verstanden. Er spürt den Hauch seines Atems und riecht einen Mix aus Tabak und Kaffee, der aus Ashrafs leicht geöffnetem Mund entströmt.

Auge in Auge stehen sie regungslos da. Die Körper angespannt, wie elektrisiert. Ashrafs Augenlid beginnt leicht zu zucken. Seine Nasenflügel blähen sich auf. Er hebt langsam die rechte Hand und zieht mit der anderen den Handschuh ab. Mit halb zur Faust gekrümmten Fingern hält er sie vor Stevens Brust.

Steven wartet einen Moment, dann tut er es Ashraf gleich, ohne den Blick von ihm abzuwenden. Kurz darauf greifen die kräftigen Hände ineinander. Ashraf verengt seine Augen und beginnt anerkennend zu nicken.

»Willkommen in der Familie, Bruder. Hier halten wir zusammen. Keiner verschließt sich, jeder ist für den anderen da, wenn er ihn braucht«, sagt er mit rauer Stimme.

»So soll es sein«, erwidert Steven und nickt ebenfalls.

13

Umgeben vom majestätischen Museumsschiff »Rickmer Rickmers« in seinen grünen Farben, den Hafenbarkassen und deren lauthals werbendem Landpersonal, den vielen Touristen und Kleinkünstlern liegen die Landungsbrücken des Hamburger Hafens. Nur ein paar Meter weiter befindet sich das Eingangsgebäude zum Alten Elbtunnel. Zu Fuß, mit dem Fahrrad oder dem Auto kann man hier eine halbe Körperlänge getrennt vom Grund der Elbe entlanggehen oder -fahren.

Unter Einheimischen wie Touristen gilt der Tunnel als eine von Hamburgs Sehenswürdigkeiten. Über eine scheppernde Metalltreppe steigt man die vierundzwanzig Meter hinab, um auf die andere, vierhundertfünfzig Meter entfernte Seite der Elbe zu gelangen. Fahrzeuge nehmen einen klapprigen Autofahrstuhl.

Auch Dörte will Emilia heute, nachdem sie in der Strandperle beide einen großen Eisbecher verdrückt haben, den denkmalgeschützten Tunnel zeigen, durch den sie bereits vor über fünfzig Jahren mit ihrer Großmutter gelaufen ist. Ein Kulturgut, das stets restauriert und instand gehalten wird und nie den wirtschaftlichen Interessen weichen musste. Stattdessen muss der Frachtverkehr mit zu großem Tiefgang vor dem Alten Elbtunnel abbiegen und an den extra dafür gebauten modernen Containerterminals anlegen.

»Hier kann man ja bis zum Boden runterschauen«, ruft Emilia begeistert. Ihre Stimme schallt durch den großen turmartigen Kuppelbau, an dessen Wänden die Treppen entlangführen.

Die hell gekachelten Wände vermitteln bereits einen ersten Eindruck von dem, was auf die beiden in den Röhren zukommt.

Hand in Hand gehen sie die Treppenstufen hinab. Unten angekommen hüpft Emilia an Dörtes Seite in den langen Tunnel hinein. An der Wand befinden sich reliefartige Ziertafeln, auf denen verschiedene Meerestiere abgebildet sind. Vor einigen davon bleiben die beiden stehen und betrachten die Bilder.

»Ich kann mir gar nicht vorstellen, dass auf dieser schmalen Straße ein Auto fahren kann«, sagt Emilia erstaunt.

»Vielleicht fährt ja noch eins an uns vorbei.« Dörte blickt nach hinten, um zu sehen, ob vielleicht gerade ein Auto von einem Fahrstuhl nach unten gebracht wird, und schaut einem grimmig dreinschauenden Glatzkopf ins Gesicht, der rund dreißig Meter hinter ihnen geht. Er bleibt umgehend stehen, als ihre Blicke sich treffen, und betrachtet eines der Reliefs. Das Ganze dauerte nur einen Moment, aber lange genug, um bei Dörte ein ungutes Gefühl auszulösen. Hatte er eigentlich Emilia fokussiert? Dörte war so, als hätte er den Blick erst in der Sekunde von Emilia gelöst, als sie sich umdrehte. Vielleicht fühlte er sich von ihr ertappt?

Sie wendet sich ab und drückt leicht gegen Emilias Rücken. »Lass uns mal ein wenig schneller gehen«, drängt sie mit zittriger Stimme.

Dörte hört, wie auch die Schritte des Mannes hinter ihnen wieder einsetzen. Eines der beiden Beine zieht der Mann nach. Das Schlurfen der Schuhsohle durchbricht im Wechsel mit einem normalen Schritt die Stille im Tunnel, den sie gerade für sich ganz allein haben. Eine Seltenheit, die keinen unpassenderen Zeitpunkt hätte finden können.

Dörte erhöht weiter das Tempo und versucht, den Schritten zu entkommen. Sie widersteht dem Drang, sich umzudrehen. Zu gern würde sie überprüfen, ob sich der Abstand zu dem Mann vergrößert. Doch ihr gutes Gehör vermittelt ihr, dass dem nicht so ist. Die Schritte kommen eher näher, als dass sie sich entfernen.

»Tante Dörte, ich kann nicht mehr. Du bist zu schnell«, klagt Emilia, die bereits ganz außer Atem ist, und Dörte entschließt sich zur direkten Konfrontation. Sie wird sowieso nicht genug Abstand zwischen sich und den Mann bringen können, der ihnen mit immer schwerer werdenden Schritten folgt. Vor dem nächsten Relief bleibt sie stehen und ergreift Emilias Hand.

»Schön, oder?«, sagt sie zu dem kleinen Mädchen. Emilia streckt ihr die Arme entgegen, damit Dörte sie hochhebt. Sie will sich das Bild genauer anschauen.

Der kahlköpfige Mann, der einen dreckigen Blaumann trägt und an dessen Hals ein tätowierter Totenkopf mit drei Sechsen zu sehen ist, schlurft in unvermindertem Tempo auf sie zu. Ein Lächeln legt sich auf seine Lippen und offenbart eine Zahnlücke, wo sich eigentlich ein Schneidezahn befinden sollte. Die dunklen Bartstoppeln und struppigen Augenbrauen lassen ihn ungepflegt aussehen.

»Hallo, Emilia, kennst mich noch?«, fragt er mit einer überraschend hellen und freundlichen Stimme, als er vor ihnen steht.

Emilia sieht ein wenig verängstigt zu dem großen, kräftigen Mann und schmiegt sich sogleich fester an Dörtes Oberkörper.

»Brauchst nich schüchtern sein, junge Deern. Ich bin doch ein Freund von deinem Vater«, fährt er fort und will ihr mit seinen dreckigen Fingern über die Wange streichen. Rasch dreht Dörte sie weg, und Emilia verbirgt ihr Gesicht zwischen Dörtes wilden Locken.

»Lassen Sie es gut sein. Das Mädchen mag nicht jeden begrüßen«, sagt Dörte barsch. Giftig blickt sie dem Mann in dessen grünblaue Augen.

»Alles gut!«, erwidert der Glatzkopf mit abwehrend erhobenen Händen. »Grüß deinen Vater schön von mir, Emilia.« Er wendet sich von Dörte und Emilia ab und geht weiter durch den Tunnel, bis er an dessen Ende auf einer der Treppen in Richtung Ausgang verschwindet.

»Wer war das, Tante Dörte? Woher kennt der meinen Namen?«, fragt Emilia ängstlich.

»Kennst du den Mann denn nicht?«

»Nein. Ich weiß nicht, wer das war.«

Dörte setzt Emilia ab und hockt sich vor sie, um ihr in die Augen zu sehen. »Anscheinend kennt der Mann deinen Vater. Du brauchst keine Angst zu haben. Ich bin ja da. Dir passiert nichts. Und jetzt gehen wir schnell zurück und kaufen uns noch ein großes Eis mit Streuseln, ja? Was hältst du davon?« Sie zwinkert verschwörerisch, richtet sich auf und streckt die Hand nach Emilia aus. Deren Miene hellt sich umgehend auf.

»Mmmh, das ist eine sehr gute Idee!«, entgegnet die Kleine entschieden und schlägt lachend ein.

14

»Du wartest hier im Auto. Ich bin gleich wieder da«, sagt Gerd zu Joe. Der wäre zwar gerne mitgekommen, aber als Philippiner würde er hier, in diesem kleinen Dorf im Alten Land, doch zu sehr auffallen.

Ein Typ wie Gerd wiederum, mit kariertem Holzfällerhemd, Jeans und Arbeitsschuhen und dem knurrigen Gesichtsausdruck rund um die knollige Nase sieht genauso aus, wie man sich einen Dorfbewohner im Alten Land vorstellt.

Vom Parkplatz eines Supermarkts aus spaziert er die Hauptstraße entlang. Wie eine Ente watschelt er über die Betongehwegplatten. Gelegentlich fährt ein Auto an ihm vorbei und hinterlässt ein Rauschen in der Luft.

Kurz vor dem Hof, auf den das Auto vorhin abgebogen ist,

verlangsamt Gerd sein Tempo. Abwechselnd schaut er zu dem Gebäude, vor dem rückwärts eingeparkt der Lieferwagen steht, und suchend nach einem möglichen Versteck, von dem aus er das Haus in Ruhe beobachten kann.

Die Heckklappen des Fahrzeugs sind geöffnet, allerdings kann er den jungen Mann nirgends entdecken. Ein möglicher Beobachtungsort ist ihm auch noch nicht ins Auge gefallen. Außerdem muss er umsichtig vorgehen, wenn er entscheidet, wen er womöglich ansprechen kann. Wenn er dem falschen Ortsbewohner erzählt, was er hier macht, ist das sonst schon am Nachmittag das Dorfgespräch Nummer eins.

Andersherum kann er seinen Verdacht nicht erhärten, wenn er keine triftigen Hinweise erhält oder selbst entscheidende Beobachtungen macht.

Vor dem Haus auf der gegenüberliegenden Straßenseite entdeckt Gerd eine grün angemalte Sitzbank, auf der soeben eine ältere Dame mit einem Sack Kartoffeln Platz genommen hat. Leicht humpelnd geht er auf sie zu und setzt ein freundliches Lächeln auf.

»Wat kann ich für dich tun, mien Jung?«, fragt sie geradeheraus, als er vor ihr steht. Dabei setzt sie ihr Schälmesser an der ersten Kartoffel an, die sie nach wenigen gekonnten Drehbewegungen geschält in einen Topf mit Wasser wirft.

»Ich spazier ein wenig, würd aber gern mal kurz die Plattfüße ausruhen«, äußert Gerd halb fragend, halb fordernd.

»Jo«, antwortet die Frau, ohne dabei von ihrer Arbeit aufzusehen.

»Darf ich mich setzen?«, fragt Gerd jetzt fast unterwürfig.

»Jo.« Sie wartet geduldig, bis Gerd neben ihr Platz genommen hat. »Zum Schälen brauchst du ja keine Füße«, erklärt sie dann und drückt Gerd das Schälmesser in die Hand. Den Wassertopf stellt sie mit einem kurzen Ruck vor Gerds Schuhspitzen ab und schiebt den Sack Kartoffeln zu ihm rüber.

»Das krieg ich hin.« Gerd freut sich über die perfekte Alibitätigkeit, bei der er den gegenüberliegenden Hof beobachten kann.

»Aber schön dünn schälen. Von dem Sack soll am Ende auch wat im Topf landen«, ermahnt ihn die Frau und erhebt sich von der Bank.

»Und wo gehst du jetzt hin?«, fragt Gerd neugierig, als sie in Richtung Hauseingang stapft.

»Ich hol den Rosenkohl. Den kannst du dann als Nächstes für mich schnibbeln.«

Zufrieden schält Gerd die Kartoffeln, während er beobachtet, wie der junge Mann auf dem gegenüberliegenden Grundstück einen Sack Blumenerde ins Haus trägt.

Stück für Stück schleppt er alles hinein, was er im Baumarkt eingekauft hat. Unermüdlich und ununterbrochen.

»Schön dünn schälen«, wiederholt die Frau, als sie mit dem Rosenkohl zurückkehrt, und begutachtet mehrere hinuntergefallene Kartoffelschalen, ob sie auch nicht zu dick sind. »Jo. Sieht gut aus«, lobt sie.

»Gelernt ist gelernt. Ich war Feldkoch. Damals musste ich jeden Tag für einhundert Kollegen kochen. Die wollten alle ausreichend Kartoffeln zum Mittag serviert bekommen«, erklärt Gerd.

Die alte Dame tauscht in der Zwischenzeit den leeren Sack Kartoffeln gegen den Rosenkohl aus und erfreut sich sichtlich an der neu gewonnenen Haushaltshilfe.

Nachdem gegenüber seit längerer Zeit niemand mehr aus dem Haus gekommen ist, Gerd ausreichend geschnibbelt hat und der Topf mit dem Rosenkohl gut gefüllt ist, erhebt er sich von der Bank.

»Vielen Dank, mien Deern, dass ich mich ausruhen durfte. Ich wünsche einen guten Appetit.« Er hebt zum Gruß kurz seine Schiebermütze und schlendert dann langsam davon. Er hat genug gesehen und sich wieder daran erinnert, dass er Joe und das Material mal zu den Duckdalben bringen sollte. Schließlich will der nicht seine gesamte Freizeit in Elmo verbringen, und auch Gerd möchte irgendwann in den Feierabend gehen, um Dörte und Emilia am Elbstrand abzuholen.

Außerdem kann er es kaum erwarten, seinen ehemaligen

Kollegen von dem Verdacht auf eine Marihuanaplantage zu berichten, den er nun abschließend gefasst hat.

15

Am südlichen Ausgang des Alten Elbtunnels befindet sich ein kleiner Geheimtipp für Touristen sowie Einheimische, die einen ganz besonderen Blick auf die Stadt werfen wollen. Doch nur die wenigsten nehmen sich die Zeit, die Treppen zur Aussichtsplattform hinaufzusteigen. Von hier aus kann man das gesamte Hamburg-Panorama von den Docklands bis hin zu den Elbbrücken genießen. Ganz ohne Gedränge, teure Eintrittskarten oder die Not, ein Getränk oder ein Essen zu völlig überzogenen Preisen zu bestellen.

Auf einer der fest im Boden verankerten Bänke sitzt Toni Schäfer und wartet auf seinen Informanten. Eine dunkle, sportliche Sonnenbrille verdeckt seine Augen. Schräg in seinem Mundwinkel hängt der weiße Stiel eines Lollis. Toni hat vor Kurzem das Rauchen aufgegeben und ist seitdem den rot-weißen Lollis mit Kirschgeschmack verfallen. Insbesondere der Moment, wenn der Lolli so weit abgelutscht ist, dass man Luft durch den hohlen Halm saugen kann, löst ein beruhigendes Gefühl der Befriedigung in ihm aus, das ihn die Lust auf Zigaretten für eine Weile vergessen lässt.

Neben ihm auf der Bank nimmt ein bulliger Kerl Platz, dessen Hals ein Totenkopf-Tattoo ziert. Schweigend sitzen die beiden Männer da und betrachten das Hamburger Panorama.

»Was gibt's Neues?«, fragt Toni irgendwann.

»Das Schiff, von dem ich dir neulich erzählt habe, ist wieder angekommen. Da läuft auf jeden Fall etwas. Eigentlich wäre ich heute mit Ashraf und Ivan auf dem Kahn gewesen, ich hatte schon öfter von anderen Jungs gehört, dass man bei denen im Trupp gutes Geld extra verdienen kann. Aber dann bekomme ich auf einmal von Alex total abwegige Aufgaben. Grundlos.

Stattdessen sind Ivan, Ashraf und Steven raufgegangen«, erzählt der Mann und schaut dabei kurz zu Toni hinüber.

»Welcher Steven?«, hakt Toni nach. Der Name ist ihm bisher noch nicht untergekommen.

»Na, der Neue. Winter heißt der, Steven Winter. Ich kenn den noch aus Steilo. Stabiler Typ. Hat früher immer ordentlich Gras vertickt. Unsere Töchter sind gleich alt. Wir hatten uns auch ein, zwei Mal so getroffen gehabt. Dann ist er aber in den Bau gegangen. Der ist jetzt auch Freigänger in Glasmoor. So wie Ashraf und Alex. Aber pass auf, das könnte interessant für euch sein. Der ist ganz eng mit dem Alex und wird heute gleich aufs Schiff mitgenommen. Der holt bestimmt was runter mit den anderen. Ich weiß noch nicht, wie sie es machen. Das kriegt man immer gar nicht mit. Aber da geht was. Alex ist bestimmt der Drahtzieher dabei.«

Der Glatzköpfige erhebt sich von der Bank und zieht eine Schachtel Zigaretten aus der Hosentasche seines verdreckten Blaumanns. Nachdem er sich eine angesteckt hat, hält er die Schachtel Toni hin. Der lehnt wehmütig ab und saugt weiterhin am Lollistiel.

»Woher willst du das wissen?«, fragt er nach kurzem Überlegen.

»So was spürt man. Ich bin mir sicher«, erklärt der Mann und nimmt einen tiefen Zug von seiner Zigarette.

»Das reicht nicht. Mit Gefühlen kann ich nichts anfangen, ich brauche Fakten«, fordert Toni ungehalten.

»Schwer, schwer. Ich werde versuchen, in die Gruppe reinzukommen. Ist großes Risiko, sich da einzumischen. Das geht nicht so leicht«, erklärt der Glatzköpfige und lässt sich wieder auf die Bank fallen. Toni atmet den Qualm, der seinem Sitznachbarn aus der Nase entweicht, tief ein. »Ich könnte es trotzdem schaffen. Dafür müsste ich mich aber bisschen mehr zeigen können, auch mal abends einen ausgeben in der Kneipe.« Er lehnt sich Toni entgegen, reibt Zeigefinger und Daumen aneinander und zieht ein paarmal bedeutungsvoll die Augenbrauen hoch.

»Marek, da muss langsam was kommen. Ich muss die Gelder

schließlich begründen. Irgendwann kriege ich die nicht mehr durch. Gib mal Gas. Bring dich irgendwie ein, dass sie an dir als Kollegen gar nicht mehr vorbeikommen.« Toni zieht aus der Innentasche seiner neben ihm liegenden Jacke einen weißen Briefumschlag und schlägt diesen gegen die Brust von Marek, der ihm mit einem Lächeln zuzwinkert. Er greift nach dem Kuvert und steckt es in die Brusttasche des Blaumanns.

»Ich werde alles geben, Chef. Abends treffen sich immer alle nach der Schicht im Blauen Dreimaster. Da werde ich heute dabei sein und mehr rausbekommen. Der Alkohol lockert die Zunge.« Marek zwinkert erneut. Dann erhebt er sich, wirft die halb aufgerauchte Zigarette auf den Boden und tritt sie mit der Schuhsohle aus. »Ich melde mich morgen bei dir.« Mit diesen Worten stapft er davon.

»Jo«, antwortet Toni, lehnt sich noch einmal entspannt zurück und genießt den Blick auf Michel und Elbphilharmonie.

16

An Bord der MS Valderrama herrscht noch immer reges Treiben. Die Sonne brennt mit frühherbstlicher Kraft auf die Häupter der Lascher. Die kräftezehrende Arbeit nagt zusätzlich an der Motivation von Ashraf, Ivan und Steven.

Die allgegenwärtige Containerbrücke zeigt ihnen auf, dass sie weiterarbeiten müssen, damit die Containerladungen geborgen werden können. Doch sie haben sich immerhin einen ordentlichen Vorsprung von mehreren Reihen erarbeitet.

Der Zeitpunkt der Mittagspause rückt Schraube um Schraube näher. Steven läuft unter dem gelben Helm der Schweiß vom Kopf. Mühsam kämpft er sich vorwärts und lockert die Laschen der Containerverbindungen. Die schweren Eisenstangen legt er auf den Gängen ab und stemmt am Ende des Gangs die Hände in die Hüften. Er macht ein Hohlkreuz und drückt den Rücken durch.

Links von ihm erscheint Ashraf, gefolgt von Ivan. Sie blasen angestrengt die Wangen auf. Ivan wischt sich mit dem Ärmel den Schweiß von der Stirn.

Der Zeitdruck und die körperliche Anstrengung bringen auch erfahrene Lascher ins Schwitzen.

»Pause!«, ruft Ashraf und geht die Treppe zu seiner Linken hinab, um ein Deck tiefer das Schiff zu verlassen, wie Steven glaubt. Doch anstatt auf die Gangway zu gehen, hält er geradewegs auf die Aufbauten am Heck des Schiffs zu.

Ein ungutes Gefühl macht sich in Stevens Magen breit. Normalerweise nehmen sie ihr Mittagsessen an Land zu sich. Das Aufsuchen der Schiffsräumlichkeiten ist ungewöhnlich. Lediglich bei Sturm und Hagel verbringen die Lascher ihre Pause im Schutz der Katakomben.

Als Steven die Gangway erreicht und ebenfalls links liegen lässt, dreht sich Ashraf um und überzeugt sich von Stevens Loyalität. Er bestätigt mit einem kaum merklichen Nicken, dass Steven seine Erwartung erfüllt hat.

Ihre Arbeitsschuhe schlagen bei jedem Schritt geräuschvoll auf den Metallboden. Steven werden die Beine schwer bei dem Gedanken an die vor Kurzem gemachten Beobachtungen.

Ashraf bleibt vor einer weißen Metalltür stehen und donnert dreimal mit der Faust gegen das Türblatt. Ein hohles, dumpfes Klopfgeräusch ertönt. Ein Schnarren und Quietschen hinter der Tür zeigt ihnen, dass sie bereits erwartet werden.

Die Metalltür schwingt nach innen auf, und im Rahmen erscheint der Offizier, den Steven vorhin am Container beobachtet hat. Gewissheit über das, was jetzt kommen muss, macht sich in ihm breit.

Nacheinander treten sie ein und folgen dem Offizier in einen finsteren Vorratsraum mit schweren Regensachen, die nach Größen sortiert in Regalen liegen.

Davor liegen die drei Rucksäcke, die am Morgen leer von ihnen an Deck getragen und abgegeben wurden. Jetzt sind sie prall gefüllt.

Der Offizier hilft ihnen, die schweren Rucksäcke auf ihre

Rücken zu wuchten. Nach den Stunden der harten Arbeit fällt es keinem von ihnen leicht, die Last zu schultern. Erst nachdem die Bauchgurte straff gezogen sind, können sie sich aufrichten.

»Auf geht's!«, erklärt Ashraf und geht zurück in Richtung Deck. Ivan und Steven folgen ihm. Steven muss sich konzentrieren, um nicht zu stolpern oder ins Straucheln zu geraten. Dennoch hat er bei jedem Schritt Emilias Lächeln vor Augen, das er mit jeder Stufe, die er die Gangway hinabschreitet, zunehmend gefährdet.

17

Es geht zum Mitarbeiterparkplatz gegenüber dem Eurogate-Terminal. Dort steht, etwas abseits, ein dunkler, alter Jeep. Er wirkt ein wenig verloren in seiner von mehreren freien Flächen umgebenen Parklücke.

Durch die Windschutzscheibe kann Steven einen blonden Mann erspähen, der reglos und ruhig auf dem Fahrersitz verharrt, den Kopf abwartend gegen die Kopfstütze gelehnt. Es ist Alex Freiberg, ihr Vorarbeiter, der genau wie er und Ashraf in Glasmoor einsitzt. Er hatte Steven schon ein paarmal in seinem Wagen zur Arbeit mitgenommen. Ihm aus seiner Vergangenheit erzählt. Alex Freibergs Hals ist beinahe breiter als der Kopf und endet in äußerst breiten Schultern, über die sich ein dunkelblaues T-Shirt spannt. Sein Blick ist auf das vor ihm liegende Gelände gerichtet. Die Augen wirken leer und ausdruckslos. Als sie um die Ecke der Halle bogen, blitzte Aufmerksamkeit darin auf. Dennoch verharrt er weiter unbewegt auf seinem Platz, während sie sich mit den vollgepackten Taschen nähern.

Steven schaut sich nervös um. Sie wären alle vier nicht hier, wenn sich jemand in der Nähe befände, den sie fürchten müssten. Gänzlich unbeobachtet sind sie aber nicht.

Mühsam schleppen Ashraf, Ivan und Steven ihre Last zur Heckklappe des Geländewagens. Dort stellen sie die Rucksäcke nacheinander vor dem Kofferraum ab, ohne das Wort an den Fahrer zu richten oder auf eine Reaktion zu warten. Steven macht einfach alles nach, was Ashraf und Ivan tun. Die beiden wirken vollkommen routiniert, was ihn in seiner Annahme bestätigt, dass sie diesen Job nicht zum ersten Mal erledigen.

Er kann es ihnen nicht verdenken bei einer so fürstlichen Bezahlung. Es ist einfach und schnell verdientes, gutes Geld. Und noch dazu steuerfrei. Eine spürbare Gefährdung kann er auch nicht feststellen. Lediglich beim Durchschreiten der Sicherheitsschranke hat sich sein Magen vorhin eng zusammengezogen. Doch die Aufregung schien unbegründet, zumindest ließ das zustimmende Nicken und Zwinkern der beiden Sicherheitsleute darauf schließen.

Als sie den Rückzug antreten, fährt Alex die Beifahrerscheibe nach unten.

»Ashraf, mein Freund. Steig bitte kurz ein«, fordert er den Vorarbeiter auf. In seiner dunklen Stimme liegt ein natürlicher Nachdruck. Ashraf reagiert sofort und umfasst den Griff des Geländewagens.

»Was kann ich für dich tun?«, fragt er interessiert, als er auf dem Beifahrersitz Platz nimmt.

»Ich habe eine Bitte an dich.«

In diesem Moment schließen sich Tür und Beifahrerfenster, und Steven kann kein Wort mehr verstehen. Er folgt Ivan, der ein paar Meter weitergeht, kurz innehält, als würde er überlegen, auf Ashraf zu warten, und dann die Kantine ansteuert, wo sie sich einen frischen Kaffee holen.

Nach mehreren Minuten steht Ashraf ebenfalls in der Halle und sieht sich nach ihnen um. Ivan hebt die Hand und winkt ihm zu. Ashraf kommt direkt auf sie zu, ohne sich etwas zu essen oder zu trinken zu besorgen. Mit ernstem Blick setzt er sich vor Steven auf einen Stuhl und holt einmal tief Luft. Mit einem Kopfnicken zur Seite bedeutet er Ivan, dass er allein mit Steven sprechen will. Ivan versteht die Geste sofort, erhebt sich ohne Murren und geht mit seinem Kaffeebecher durch eine Glastür auf die Terrasse der Betriebskantine. Dort zündet er sich eine Zigarette zum Kaffee an und bläst den Rauch in die Luft, ohne Ashraf und Steven weiter zu beachten.

»Digger, pass auf. Der Chef hat ein wichtiges Anliegen, und er braucht dafür deine Hilfe«, beginnt Ashraf zu erklären. Er tut es zunehmend leise, damit niemand ihrem Gespräch lauschen kann.

18

In einem Garten vor den Toren Hamburgs sitzt Ali Bernbuch am Gartentisch und blättert im »Hamburger Abendblatt«. Seine dunkelgrauen borstigen Haare kleben eng am Kopf. Die braunen Augen, die von einem grauen Schleier umhüllt sind, schauen durch eine schmale Lesebrille auf die neuesten Nachrichten aus der Hansestadt. Immer wieder schüttelt er entrüstet den Kopf. »Das gibt es doch gar nicht«, oder »Typisch, mit uns können sie es ja machen«, erregt er sich dann. Lediglich der dunkle Labrador zu seinen Füßen hört, was er sagt, bleibt jedoch gemütlich liegen, denn er kennt es nicht anders von seinem Herrchen.

Ali trägt sein blau-grau kariertes Hemd zu Hause lässig über der Jeans. Aus dem drei Knöpfe weit geöffneten Revers lugt ein helles Feinrippunterhemd hervor, darüber hängt an einer dünnen Kette ein kreisrunder goldener Sternzeichenanhänger. Die Beine hat Ali locker übereinandergeschlagen und die dicke Wochenendausgabe der Zeitung auf den Oberschenkeln ausgebreitet.

Gelegentlich streicht er mit den Fingern über seinen gepflegten dunkelgrauen Schnurrbart, dessen Enden er knapp unterhalb der Mundwinkel gekappt hat.

Dann greift er nach einer auf dem Tisch abgestellten Tasse Kaffee, nippt daran und steckt sich genüsslich einen dänischen Keks aus einer blauen Blechdose in den Mund.

Im Wohnzimmer beginnt lautstark ein Handy zu klingeln. Es ist auf die höchste Lautstärke gestellt. Ali lässt sich davon jedoch nicht aus der Ruhe bringen. Tief versunken in das Abendblatt und konzentriert auf den Groll über die regionale Politik, aber auch, weil er seit vielen Jahren mit seinem nachlassenden Gehör kämpft, überhört er das durchdringende Läuten des Telefons.

Er nimmt erneut einen Schluck aus der Tasse und greift nach einem Keks. Kurz schaut er auf, um aus der Blechdose sein Lieblingsgebäck auszusuchen. Doch irgendetwas irritiert ihn.

Verdutzt guckt er über den gepflegten Rasen. Dann, endlich, bemerkt er, dass das Handy nach ihm ruft.

Der Labrador blickt treuherzig auf, als sein Herrchen sich aus dem Stuhl drückt und mit polternden Schritten ins Wohnzimmer eilt. Gerade noch rechtzeitig erreicht er das Telefon und nimmt den Anruf entgegen.

»Heeey! Gerd, mein Bester!« Hocherfreut und mit lang gezogenen Silben begrüßt er den auf dem Display angekündigten Anrufer, während er zum Gartentisch zurückgeht und sich wieder auf den Stuhl setzt.

»Ali! Liegst du in deinem Garten? Töchterchen und Frau am Einkaufen?«, fragt Gerd neugierig. Das Lächeln, das dabei auf seinem Gesicht liegt, ist seiner ruppigen Stimme anzuhören.

»Genauso ist es.« Ali nimmt schlürfend einen weiteren Schluck Kaffee und lehnt sich in seinem Stuhl zurück. »Was verschafft mir die Ehre deines Anrufs?« Er ist schon seit Ewigkeiten nicht mehr am Wochenende von seinen Kollegen gestört worden. Oder Ex-Kollegen, in Gerds Fall.

»Du, ich habe hier einen Verdacht auf eine Plantage. Aber nicht für Chilipflanzen, wenn du verstehst, was ich meine.«

In Alis Kopf kreisen bereits die Gedanken über mögliche Maßnahmen, noch bevor er erfahren hat, was überhaupt vorliegt.

»Bin einem Kerl mit Gartenbautransporter begegnet, der in einem Baumarkt viele, viele Säcke Blumenerde und anderes Zubehör gekauft und anschließend auf einem alten Obsthof in ein Wohnhaus getragen hat. Der Typ sieht nicht gerade nach einem Handwerker oder Gärtner aus, und dass der Unmengen

Erde im Baumarkt kauft, um sie in ein gerade erst angemietetes Haus zu schleppen, kommt mir erst recht komisch vor.«

»Wo bist du denn jetzt?«, will Ali wissen. Er stellt beide Beine auf den Boden und beugt sich vor. Dabei nimmt er die Lesebrille von der Nase und beginnt, sie am Bügel immer wieder um die eigene Hand zu schwingen.

»Kurz vorm Elbtunnel. Ich hab gerade ein paar Baumaterialien bei den Duckdalben abgeliefert und fahre jetzt zurück zum Elbstrand, um Dörte und Emilia abzuholen.«

»Ach, du bist nicht mehr vor Ort? Kannst du sagen, ob der Verdächtige noch dort ist?«

»Nee, ich musste los. Ich hatte einen der Matrosen dabei. Außerdem weißt du doch, wie ungern Dörte wartet.«

»Hast recht, logisch.« Mit fahrigen Bewegungen sucht Ali auf dem noch gedeckten Frühstückstisch nach dem Stift, den seine Frau vorhin für das Kreuzworträtsel genutzt hat. »Dann schieß mal los.«

Während Gerd die Adresse und das Kennzeichen durchgibt, spürt Ali bereits wieder das Kribbeln der Anspannung in seinen Gliedmaßen. Aus einer Schachtel zieht er eine Zigarette und steckt sie sich in den Mund. Er greift zum Feuerzeug, lässt das Ende aufglimmen und zieht kräftig am Filter, die Zigarette mittig zwischen seinen Fingern haltend. Aus den Nasenlöchern seiner schmalen Nase verbreitet sich der inhalierte Qualm.

»Okay. Das hört sich spannend an. Ich muss im Büro in meinem Plantagenordner nachschauen. Das Auto kommt mir irgendwie bekannt vor. Ich werd das am Montag gleich mal überprüfen«, erklärt Ali.

»Mach was draus, mien Jung«, fordert Gerd ihn auf und lacht.

Im Hamburger Rauschgiftdezernat ist Ali der dienstälteste Mitarbeiter, seit Gerd vor gut einem Jahr pensioniert wurde. Ali wäre eigentlich auch schon ausgeschieden, hat auf Harry Goldutts gutes Zureden hin aber noch einmal um ein Jahr verlängert. Im Dezernat konnte und wollte man nicht auf sein Fachwissen über Marihuanaplantagen verzichten.

Ganz anders als bei Gerd, der auf die gleiche Idee gekommen war, unterzeichnete Kriminaldirektorin Baake in Alis Fall umgehend die zeitnah beantragte Dienstzeitverlängerung. Gerd offenbarte sie damals vor versammelter Mannschaft in einer Besprechung, dass »ein Mann wie Ali Bernbuch« ihrer Meinung nach einen wesentlich höheren »Unique Selling Point« besitze als er und im Gegensatz zu ihm nur schwer zu ersetzen sei. Diese verbale Ohrfeige sitzt noch immer wie ein Stachel tief in Gerds Herz, da er gerne noch ein wenig länger beim Rauschgiftdezernat geblieben wäre.

»Gut, Gerd. Ich werde mich ab Montag darum kümmern. Das Ding läuft uns ja nicht weg, wenn der jetzt erst die Erde reinschleppt. Bis dahin hat er höchstens die Stecklinge eingepflanzt, und es bleiben noch gut zehn Wochen Zeit bis zur Ernte. Ich melde mich bei dir, sobald es etwas zu berichten gibt«, erklärt Ali und nimmt noch einen Keks aus der Metalldose.

»Jo. Dann bis bald«, verabschiedet sich Gerd.

»Tschüss.« Ali schaut auf das in seiner Hand liegende Telefon, drückt mit konzentriertem Blick die rote Taste und legt es neben sich auf den Tisch. Gemächlich, als wäre nichts passiert, lehnt er sich im Stuhl zurück. Er setzt die Lesebrille wieder auf, nachdem er sie einmal um seine Hand geschwungen hat, und legt die Tageszeitung aufgeschlagen auf seine Beine. Schon nach kurzer Zeit beginnt er, nachdrücklich den Kopf zu schütteln und leise zu schimpfen.

19

Hell leuchtet der Asphalt vor Gerd Sehling auf. Das gelbweiße Licht der Elbtunnelbeleuchtung flackert durch die Fahrerkabine von Gerds »Lovemobil«, begleitet vom Rauschen der Belüftungsventilatoren. Dörte und er hatten das alte eierschalenfarbene Wohnmobil, das sich ächzend die Steigung im Elbtunnel hinaufkämpft, vor mittlerweile dreißig Jahren gekauft und viele schöne Urlaube darin verbracht. Inzwischen dient es als Erstwagen und Übernachtungsmöglichkeit, wenn es bei Ausflügen in die Stadt mal etwas später wird.

Gerd sucht in den Handykontakten nach Dombrowskis Nummer und drückt auf »Anrufen«, als er sie gefunden hat. Mehrfach klingelt es über die Lautsprecher des alten Kassettenradios, das er per Kassettenadapter mit dem Telefon verbunden hat.

»Moin, mein Dickerchen«, begrüßt ihn gleich darauf Dombrowskis freudige Stimme.

»Bonjour, Gerde!«, hört er auch dessen Freundin Claire mit leicht französischem Akzent sagen.

»Oh, stör ich, Dumbo?«, fragt Gerd vorsichtig.

»Du? Nie. Aber es könnte sein, dass wir schmatzen, denn wir sitzen noch bei Croissants und einer Bol de Chocolat im Bett«, erwidert Dombrowski und schlürft lautstark am Kakao.

»Lasst euch von mir nicht abhalten. Ich wollte bloß fragen, ob wir uns nicht mal wieder auf ein Bier treffen wollen. Heute Abend?«

»Ich weiß nicht«, erwidert Dombrowski ein wenig zögerlich.

»Na klar!«, ruft Claire mit vollem Mund. »Wo wollen wir uns treffen?«

»Öhm, ach so, ja. Was meint ihr denn? Irgendwas Nettes?«, schlägt Gerd vor, ohne dabei konkret zu werden. Er ist ein wenig überrascht, dass sie sich zu dritt treffen werden.

»Wie wäre es mit 'ner netten Bar in der Schanze?«, schlägt Dombrowski vor. »Ich wüsste da –«

»Waaa? Nee, nä?«, fällt ihm Gerd ins Wort. »Bist du jetzt unter die Yuppies gegangen, oder was? Nee, nee. Wir treffen uns auf dem ehrlichen Hamburger Berg. Da gibt es anständiges Bier vom Fass, und man versteht auch noch sein eigenes Wort, wenn man sich mal unterhalten will.«

»Okay. Dann bis heute Abend. Sagen wir, um neun?«

»Vernünftige Uhrzeit. Dann bis nachher. Tschüss.« Gerd legt auf und schaut dem Licht am Ende des Elbtunnels entgegen.

Gleich muss er abfahren und Dörte und Emilia einsammeln. Doch noch mehr freut er sich darauf, am Abend auch seinem alten Kumpel von den Beobachtungen zu berichten, die er heute gemacht hat.

20

Unweit des Eurogate-Terminals sitzen Steffen Hübner und Gabriele Dettmer in einer zwischen zwei Lastern geparkten dunklen Limousine und lauschen den Funksprüchen der Kollegen. Sie haben sich heute gegenüber dem Terminal positioniert, um verdächtige Bewegungen festzustellen. Die fehlende Kontrolle auf dem Gelände ist den Zöllnern schon lange ein Dorn im Auge. Unbehelligt können die Angestellten auf die Schiffe. Es findet kaum eine Überprüfung statt, und die Klientel, die dort inzwischen arbeitet, treibt ihnen die Sorgenfalten auf die Stirn. Immer mehr Ehemalige oder Insassen und Freigänger der Hamburger Justizvollzugsanstalten tummeln sich bei diesem Arbeitgeber und sollen dort ihre Resozialisierung finden.

Hübner und Dettmer sind ein wahrlich ungleiches Team. Hübner ist ein kleiner, untersetzter Mann, der gerade so die Mindestgröße für eine Laufbahn beim Zoll hat. Viele unken, dass er die Voraussetzung nur wegen seiner hochtoupierten Lockenpracht erfüllte. Ein kleiner goldener Ohrring steckt in seinem linken Ohrläppchen, während ein buschiger Vollbart das Gesicht fast vollständig verdeckt.

Dettmer ist groß gewachsen und schlank. Ihre dunkelroten Haare trägt sie zu einem strengen Pferdeschwanz zusammengebunden. Viele Sommersprossen zieren das Gesicht mit den klaren blauen Augen.

Beide tragen Jeans und Lederjacke, und wären die beiden nicht so unterschiedlich, könnte man sie glatt für ein Ehepaar im Partnerlook halten.

Hübner kaut hektisch auf einem Kaugummi herum, denn gerade wurde über Funk gemeldet, dass drei Eurogate-Mitarbeiter jeweils einen Rucksack auf den Mitarbeiterparkplatz getragen haben und ohne die Rucksäcke wieder auf das Gelände zurückkehrten. Das nächste Auto, das den Parkplatz verlässt, wollen sie überprüfen.

Was auf dem Parkplatz ablief oder wohin die drei Mitarbeiter im Anschluss gegangen waren, konnten die Kollegen leider nicht beobachten. Auf dem Parkplatz haben sie keine Beamten stehen, die würden zu sehr auffallen. Dann könnten sie auch gleich am Schwarzen Brett darauf hinweisen, dass hier und heute der Zoll observiert und kontrolliert. Aber irgendwo müssen die drei ja hin sein. Spätestens, wenn sie Feierabend machen, werden sie komplett auf links gedreht.

»Achtung. Von dem Parkplatz kommt ein dunkler Jeep. Es könnte die Kontaktperson sein. Er biegt ab und fährt in eure Richtung, Hübner«, dröhnt es blechern aus dem Funkgerät.

»Na, dann mal los«, erklärt Hübner grimmig und startet den Motor. Er manövriert den Wagen aus der Parklücke und fährt den Altenwerder Damm entlang, um den dunklen Geländewagen ein Stück weiter vorne auf dem Waltershofer Damm abzupassen. Nur wenige Augenblicke später sehen sie ihn von der Brücke, die über den Altenwerder Damm führt.

»Da is er. Auf geht's!«, feuert Hübner sich selber an und stellt das Blaulicht auf das Dach. Mit eingeschaltetem Martinshorn gibt er Gas und setzt sich mit einem gut getimten Überholmanöver direkt vor den Geländewagen. Sie zeigen dem Fahrer an, dass er ihnen folgen soll, und biegen in die Finkenwerder Straße ein. Der Mann am Steuer des Jeeps zeigt kaum eine Regung, soweit Hübner das erkennen kann.

Ein paar Meter weiter ziehen sie rüber auf das Zollamtsgelände, um das Fahrzeug dort in Ruhe nach Zigaretten, Drogen oder anderen illegalen Gütern zu durchsuchen. Bei den Mitarbeitern des Eurogate-Terminals wurde schon alles gefunden. Sogar Rohdiamanten lagen mal in einem kleinen schwarzen Filzsack in der Mittelkonsole eines Fahrzeugs.

Der Jeep folgt ihnen wie verlangt.

Vermutlich weiß er, dass eine Flucht sich nicht lohnen würde, denkt Hübner und beobachtet im Rückspiegel die Mimik des Fahrers. Er bildet sich ein, an den Gesichtsregungen schon im Vorfeld erkennen zu können, ob sie fündig werden.

Der Fahrer wirkt total entspannt, was Hübners Euphorie ziemlich dämpft.

Auf dem Parkplatz des Zollamts kommen die Fahrzeuge hintereinander zum Stehen. Hübner und Dettmer steigen aus ihrem Dienstwagen und gehen langsam auf den dunklen Jeep zu. Der Fahrer scheint zu grinsen, als er das Fenster nach unten fährt. Wortlos bauen die beiden Zöllner sich vor ihm auf und umgreifen ihre Einsatzgürtel.

»Was haben wir denn falsch gemacht?«, fragt Hübner den Mann ernst.

»Was ihr falsch gemacht habt, weiß ich nicht. Bei mir ist alles sauber«, entgegnet der Fahrer und lehnt sich dabei mit dem linken Arm aus dem Fenster.

»Na, dann steigen Sie mal bitte aus.« Dettmer tritt beiseite und winkt ihn mit einer Hand aus dem Fahrzeug. »Drogen, Zigaretten oder zu verzollende Waren in Ihrem Fahrzeug?«, fragt sie routiniert.

»Nein. Nichts von alledem. Aber gucken Sie ruhig. Ich habe nichts zu verbergen«, erklärt der Fahrer beim Aussteigen.

»Einmal bitte den Ausweis und anschließend den Kofferraum öffnen«, ordnet Hübner an. Dabei geht er um das Auto herum und blickt durch die Scheiben in das Fahrzeuginnere. Auf den ersten Blick wirkt das Fahrzeug wie leer geräumt. Der Verdacht bestätigt sich, als der Fahrer den Kofferraum öffnet, nachdem er Hübner seinen Personalausweis übergeben hat. In der Reserveradmulde liegen ein Ersatzrad sowie das Warndreieck und in einer Abseite das Verbandszeug. Ansonsten befindet sich nichts in dem Kofferraum. Auch auf der Rückbank und unter den Sitzen ist nichts zu finden.

In der Mittelkonsole lässt sich auch nichts Nennenswertes entdecken. Enttäuschung macht sich bei den beiden Zöllnern breit. Sie waren sich sicher gewesen, dass dieses Auto das gesuchte sein könnte. Hübner öffnet das Handschuhfach.

»Ah. Einweghandschuhe. Wofür brauchen Sie die denn, bitte schön?«, fragt er scharf und betrachtet sein Gegenüber dabei eindringlich.

»Zum Tanken und Ölstandmessen. Ich hasse schmierige Finger«, erklärt der mit treuem Blick.

»Aha.« Hübner schaut skeptisch.

»Also, ich versteh das nur zu gut. Das mach ich auch so«, wendet Dettmer ein und schlägt sich damit auf die Seite des Fahrers.

»Dann mal 'ne schöne Fahrt, Herr Freiberg«, sagt Hübner mit einem Blick auf den Ausweis und gibt dem Fahrer die Plastikkarte zurück. Unzufrieden steigt er in den Dienstwagen.

Sie werden wieder zurückfahren und auf das nächste Fahrzeug warten, das ihnen von den Kollegen angesagt wird. Auch wenn weitere Kontrollen nach dieser Überprüfung kaum noch Sinn ergeben. Erfahrungsgemäß wird sich jetzt wie ein Lauffeuer in den Terminals rumsprechen, dass der Zoll heute vor dem Eurogate patrouilliert.

21

Gerd tuckert im eierschalenfarbenen Wohnmobil an den Hamburger Landungsbrücken entlang. Er sucht nach einem Parkplatz, was sich aufgrund der Ausmaße des in die Jahre gekommenen Gefährts mal wieder als nicht so leicht erweist. Letzten Endes hat er Glück, und eine große Geländelimousine aus Bad Tölz macht ihm Platz in einer Haltebucht unmittelbar vor dem Hard Rock Cafe.

Er schaltet den Motor ab und zieht das überdimensional große Smartphone aus der Hemdtasche, um seine Frau anzurufen. Da kommt Dörte, wie herbeigerufen, mit Emilia an der Hand um die Hausecke geschlendert.

»Hallo, Onkel Gerd. Wir haben dich kommen gehört«, ruft Emilia fröhlich, als Dörte die Seitentür aufschiebt.

»Gerd, du musst langsam mal mit dem Auto in die Werkstatt. Der Lärm ist doch nicht normal«, wirft Dörte ein und steigt mit Emilia in den Sitzbereich des Campingbusses.

»Das gehört so. Und irgendwelchen halb garen Schraubern werde ich mein Herzstück bestimmt nicht anvertrauen. Wenn da wat is, dann mach ich dat selber. So wie immer«, wettert Gerd am Steuer, den beiden zugewandt. »Habt ihr denn noch ein paar schöne Stunden zusammen verbracht?«

»Wir haben zwei Eis gegessen, Onkel Gerd!« Emilia schleckt sich begeistert über die mit Schokoladenresten beschmierten Lippen.

Dörte holt einen Waschlappen aus einem der Schränke, befeuchtet ihn unter dem Wasserhahn und wischt Emilia den Mund sauber.

»Und wir waren im Alten Elbtunnel. Da kann man durchlaufen. Und mit dem Auto kann man da im Fahrstuhl runterfahren«, berichtet Emilia aufgeregt. »Das war aber nicht so schön«, ergänzt sie leise, und ihre vor Freude glänzenden Augen trüben sich. Sie wirkt beinahe ängstlich.

»Emilia, wat war denn los? Der Tunnel steht schon Hunderte Jahre, der bricht nich ein«, versichert Gerd, verwundert, was das Problem gewesen sein könnte.

»Nee, Gerd. Das war's nich. Da kam so ein grober Kerl und hat Emilia angesprochen. Sie kannte ihn aber nicht. Der sah furchterregend aus mit seinem vernarbten Gesicht, den Tätowierungen und der Glatze«, erzählt Dörte. Sie streicht Emilia eine kullernde Träne von der Wange.

»Wer war das denn?«, fragt Gerd besorgt.

»Keine Ahnung. Er sagte, er sei ein Freund von Steven. Er kannte auch Emilias Namen.« Dörte stellt Emilia ein Glas hin und füllt es mit Apfelsaft. »Wer weiß, vielleicht stimmt es. Ich hatte trotzdem ein ganz schlechtes Gefühl.«

»Steven hast du davon aber nichts gesagt, oder?«

»Doch. Den hab ich gleich angerufen. Der muss das doch

wissen, wenn so wat passiert«, erwidert Dörte entrüstet. »Aber der war ganz kurz angebunden, er musste gleich wieder arbeiten. Ich glaube, der hat gar nicht richtig zugehört. Ich werde ihm heute Abend noch mal in Ruhe alles erzählen.«

»Oh, Dörte. Das is keine gute Idee. Das bringt Ärger«, sagt Gerd mit düsterer Miene.

»Mein Papa passt auf mich auf wie ein Löwe!«, ruft Emilia voller Stolz dazwischen.

»Das ist ja genau das, was ich befürchte. Dein Papa ist ein lieber Kerl, aber er brüllt manchmal zu laut, verstehst du?« Gerd bemerkt Emilias fragenden Blick. »Kurz gesagt, er handelt manchmal schneller, als er denkt.«

Immer noch schaut Emilia Gerd irritiert an.

Er winkt ab. »Erwachsenenkram!«, sagt er, lächelt aufmunternd. Dann startet er den Motor und ruft: »Nächster Halt – Spielplatz Planten un Blomen.«

22

In fünfundfünfzig Meter Höhe überquert Alex Freiberg in seinem alten Geländewagen den Scheitelpunkt der Köhlbrandbrücke. Jedoch fehlt ihm der Sinn, die überwältigende Aussicht über Hamburg zu genießen, und das liegt nicht an den vor ihm fahrenden Lastkraftwagen, die von den Schiffen geladene Container zu fern gelegenen Zielen transportieren.

Ein paar Schweißperlen sind ihm bei der Kontrolle eben schon auf die Stirn gestiegen, auch wenn er das gegenüber den Zollbeamten gut kaschieren konnte.

»Scheiße, Mann!« Alex beginnt zu lachen. Das anfängliche Glucksen wird immer stärker und lauter, bis es in regelrechtem Brüllen endet. Er haut kräftig auf das Lenkrad und beginnt zu jubeln. Mit dem Arm wischt er sich den Schweiß von der Stirn und reibt sich Speichelreste aus den Mundwinkeln. Seine stahlblauen Augen leuchten geradezu wahnhaft. Immer wieder kichert er los. Das Grinsen will ihm nicht mehr aus dem Gesicht weichen.

Nach wenigen Minuten gelangt er über die Überseeallee in die pompöse Hafencity. Baukräne säumen die Straße. Jeden Tag ändert sich hier das Antlitz der wachsenden Stadt. So schnell wie nirgends sonst in der Hansestadt.

Am Kaiserkai verringert er das Tempo und lenkt seine Aufmerksamkeit auf die Fußwege. Links entdeckt er eine dunkel gekleidete Person, die ihm bekannt vorkommt, und ist sich gleich darauf sicher, dass es sich um den Mann handelt, nach dem er Ausschau hält und der ihn hier bereits erwartet.

Ohne merklich aufzusehen, hat der Mann das Näherkommen des Jeeps registriert und bewegt sich in Richtung einer Tiefgarageneinfahrt. Alex setzt den Blinker und folgt ihm. Das vergitterte Rolltor hebt sich lautlos, wie von Geisterhand. Dahinter liegt eine lang gezogene Garage, in der sich hochpreisige Nobelkarossen aneinanderreihen. Gelegentlich stehen auch kleine Sportcabrios dazwischen.

Alex sieht im hinteren Bereich die orangenen Lichter eines roten Kleinwagens aufleuchten. Der Mann im dunklen Kapuzenpullover tritt an das Fahrzeug heran und öffnet die Heckklappe. Aus der Jackentasche zieht er ein Paar blaue Einweghandschuhe und wartet, bis Alex neben ihm anhält.

Alex steigt aus und öffnet ebenfalls die Kofferraumklappe seines Fahrzeugs. »Moin!«, begrüßt er den Mann, dessen blondierte braune Haare als rostrote Locken vom Kopf abstehen.

Die dunkle Haut lässt ihn afrikanisch erscheinen, doch seine schmale Nase und zarte Statur wirken eher südamerikanisch. Stumm fixiert er Alex mit seinen schwarzen Augen.

Alex zieht einen Schraubendreher aus der Hosentasche und umgreift kraftvoll den Griff.

Die beiden Männer schauen sich schweigend an. Schließlich wendet Alex sich ab, beugt sich in den Kofferraum und schiebt die Spitze des Schraubendrehers an mehreren Stellen der Rückbank in einen Spalt zwischen Polsterung und Lehne. Jedes Mal klickt es laut. Im dämmrigen Schein der Tiefgaragenbeleuchtung kann man kaum erkennen, dass an den jeweiligen Stellen bereits mehrere leichte Schrammen von früheren Malen zu sehen sind.

Nach dem sechsten Klicken öffnet sich eine Klappe in der Rückenlehne, und es kommen drei prall gefüllte Reiserucksäcke zum Vorschein, die sich in einer großen Aussparung im Polster befinden.

Alex' Kontaktmann tritt heran und umfasst den Träger des ersten Rucksacks, den er unter einem leisen Aufstöhnen aus dem Kofferraum hebt und in seinem Auto deponiert. Auch die beiden anderen Säcke entnimmt er mit einem kräftigen Ruck und wuchtet sie in den Kleinwagen.

Er zieht aus der Bauchtasche seines Hoodies eine zusammengefaltete Plastiktüte, öffnet einen der Rucksäcke und entnimmt ihm nacheinander fünfzehn Pakete, die er in die Tragetasche packt. An den Henkeln trägt er sie zu Alex, der die Tüte stillschweigend entgegennimmt, in der Aussparung der Rückbank verstaut und diese wieder verschließt. Er drückt einmal kräftig gegen jede der sechs Öffnungsstellen der Rückenlehne, um sicherzugehen, dass sie auch richtig zu sind. Anschließend steigt er ohne Verabschiedung auf der Fahrerseite ein, wendet sein Auto und fährt durch das sich öffnende Rolltor ins Tageslicht zurück.

23

An der Einfahrt zu einem Parkhaus im Mexikoring hält ein grüner Transporter. Der Fahrer greift in die Mittelkonsole und öffnet die Schranke per Fernbedienung. Geduldig wartet er, bis die Ampel auf Grün springt und er drei Ebenen nach oben fahren kann.

Helles Neonlicht beleuchtet die Parkebene. Viele Parkbuchten sind frei. Über einen Freund hat er hier drei Stellplätze angemietet. Auf einem davon stellt er den Wagen ab, steigt aus und geht zur Betonbalustrade des mehrstöckigen Gebäudes.

Von hier aus kann er in Richtung Stadtpark und auf die davorliegende Tankstelle blicken.

Er drückt die Fingerspitzen seiner Hände aneinander und lehnt sich mit den Unterarmen auf den kalten grauen Beton. Der Geruch seiner Kleidung steigt ihm in die Nase und animiert ihn, die Wartezeit mit seiner Lieblingsbeschäftigung zu verbringen. Schon seit Stunden freut er sich auf seine Belohnung für die Schufterei des heutigen Tages, die er sich eigentlich erst zu Hause gönnen wollte. Doch er ist früh dran und hat daher ausreichend Gelegenheit, um Zigarettenpapier, Tabak und einen kleinen Beutel mit dem besten Marihuana aus eigenem Anbau hervorzuholen.

Wie bei einer Teezeremonie lässt er sich Zeit beim Bauen seines Joints. Hinter ihm ist keinerlei Bewegung zu erahnen. Kein Auto. Kein Mensch, der ihn stören könnte.

Er steckt sich den fertigen Joint in den Mund und zündet ihn mit einem Streichholz an. Sofort wabert der süßliche Duft durch das an den Seiten offene Parkhaus. Glücklicherweise gibt es hier oben keine Passanten, die aufmerksam werden könnten. Es kommt höchstens mal ein Alkoholiker aus den Ein-Zimmer-Sozialwohnungen in der City Nord vorbei, der sich an der Tankstelle mit neuem Dosenbier eindecken will. Doch die interessieren sich weder für seine Hausarznei, noch würden sie die Bullen rufen.

Hinter den Gläsern der Hornbrille wird der Blick des Mannes langsam glasig. Er spürt, wie das THC durch seine Adern strömt, es beruhigt ihn, lässt ihn entspannen. Gleichgültig schaut er zum Stadtpark hinüber und beobachtet die Baumwipfel, die leicht im Wind der Hansestadt tanzen. Die Bewegung schenkt zusätzlich Ruhe. Mehrfach zieht er am Joint, bis dieser aufgeraucht ist. Am Betongeländer streift er die letzte Glut vom Stummel und wirft den Rest hinab in die Böschung. Da sieht er einen ihm gut bekannten dunklen Geländewagen in den Mexikoring einbiegen.

»Na endlich«, sagt er zu sich selbst, geht zurück zu seinem Fahrzeug und setzt sich in den Transporter. Alex sieht es nicht gern, wenn er am Treffpunkt draußen herumsteht. Sein langjähriger Kumpel mag nichts, was unnötig Aufmerksamkeit auf sich ziehen könnte.

Kurze Zeit später kommt der Jeep neben ihm zum Stehen, und der blubbernde V8-Dieselmotor wird ausgeschaltet. Durch die Fensterscheiben nicken die beiden einander zu. Er steigt aus, geht zur Beifahrerseite des Jeeps, dessen Tür er öffnet, und steigt ein.

»Moin«, grüßt er und streckt Alex die Hand entgegen. Der schlägt ein. Beide ziehen und zerren einander zur rituellen Begrüßung an den Händen.

»Moin, Lennart.«

»Was geht ab, Alex? Bei mir läuft alles sehr gut. Bald steht die nächste Ernte an.« Ein zufriedenes Grinsen liegt auf seinen Lippen.

»Hast du den Schlüssel dabei?«, fragt Alex unvermittelt, ohne auf ihn einzugehen.

»Logo! Jetzt?«

»Jo.«

Lennart steigt wieder aus, geht zur Beifahrerseite seines Transporters und öffnet das Handschuhfach, in dessen Innerem er eine Abdeckung an der Rückwand entfernt. Seine Hand passt nahezu komplett in die entstandene Öffnung. Als er sie wieder herauszieht, hält er darin einen Autoschlüssel, mit dem er ein rotes Sportwagencabriolet entriegelt, das auf dem dritten Parkplatz neben dem Geländewagen von Alex steht. Der steigt nun ebenfalls aus und öffnet den Kofferraum seines Jeeps, um die geheime Klappe in der Rückenlehne mit dem Schraubendreher zu öffnen. Die Plastiktüte, die dahinter zum Vorschein kommt, legt er in den Kofferraum des Sportwagens, füllt den Inhalt in eine dunkle Sporttasche um und zieht den Reißverschluss zu.

Nachdem der Kofferraum des Sportwagens verschlossen ist, wird der Schlüssel wieder im Handschuhfach versteckt.

»Haste Bock, nachher in den Blauen Dreimaster zu kommen?«, fragt Alex. »Die anderen Jungs aus dem Hafen werden auch dort sein.«

»Mmh. Nee. Heute passt nicht. Vielleicht beim nächsten Mal.«

Alex wirkt nicht überrascht, eher enttäuscht. »Wollen wir noch was essen gehen, Lenny?«, schlägt er vor. »Im Biergarten am Stadtpark?«

Lennart nickt. »Einverstanden. Aber nicht so lange«, setzt er nach und schiebt die Brille auf dem Nasenrücken nach oben.

»Steig ein! Ich fahre«, erklärt Alex erfreut. »Die Rechnung geht heute auf meine Kappe«, kündigt er an und startet den Motor des Geländewagens.

Lennart schließt noch rasch den Transporter ab und steigt anschließend bei Alex auf der Beifahrerseite ein. Gut gelaunt und genauso schief wie laut stimmt er in den Song »Sweet Home Alabama« ein, der gerade im Autoradio läuft, und präsentiert dabei breit grinsend seine schiefen Zähne.

24

»Wie könnt ihr es bloß in diesem verdammten Eppendorf aushalten?«, wütet Gerd am Steuer des Wohnmobils. Eigentlich gedanklich an Steven gerichtet und nicht an dessen Tochter, die hinten in der Sitzecke mit Dörte eine Runde Uno spielt.

»Wieso?«, fragt sie prompt und lässt Gerd ganz verdattert in den Rückspiegel schauen.

»Ja, nee, Emilia, so mein ich dat gar nich, aber ich such hier schon 'ne Viertelstunde 'nen Parkplatz und find einfach keinen.«

»Wir hätten mit dem Kleinen fahren können, aber das willst du ja immer nich«, entgegnet Dörte spitz. Gerd nennt ihren Twingo immerzu spöttisch einen »Elefantenturnschuh« und weigert sich, mit diesem Handtaschenauto zu fahren.

»Der amerikanische Schlitten von Steven is auch nich kürzer. Wo is der überhaupt? Müsste der nicht längst Feierabend haben? Wir waren doch noch stundenlang auf dem Spielplatz und Minigolf spielen«, überlegt Gerd laut.

»Papa hat gesagt, dass er rechtzeitig zum Abendbrot da ist und mir dann noch eine lange Geschichte vorliest«, behauptet Emilia, fest überzeugt, dass ihr Vater sie gleich zu Hause in Empfang nehmen wird.

»Mmh. Da. Da wird 'n Platz frei. Fast vor der Haustür. Super!«, ruft Gerd und geht lieber nicht auf Emilias Erwartungen ein. »So. Einmal in drei Zügen eingeparkt, und zack, können wir aussteigen.«

Gerd nimmt die beiden Damen an der Schiebetür in Empfang, wo sie Hand in Hand aussteigen. Mit Emilia in ihrer Mitte gehen Dörte und Gerd zum Hauseingang und klingeln. Nach kurzem Warten ertönt der Türsummer, und sie können eintreten. Emilia läuft vorweg und stoppt an der Wohnungstür, in der ihre Mutter steht.

»Hallo, mein Schatz, hattest du einen schönen Tag mit Tante Dörte und Onkel Gerd? Du musst mir gleich unbedingt davon erzählen. Ich muss nur kurz noch einen Videocall zu Ende bringen. Gerd, Dörte, mögt ihr kurz reinkommen? Es dauert nicht lange.«

»Ähm.« Gerd räuspert sich schnaufend. »Wo ist denn Steven? Müsste der nicht hier sein?«

»Der hat vorhin angerufen. Er hat heute eine Doppelschicht angenommen und kommt erst spät nach Hause«, erklärt Emilias Mutter, winkt die Besucher herein und geht schnellen Schrittes in ihr Arbeitszimmer.

»Das ist gemein!«, schimpft Emilia voller Enttäuschung, dass ihr geliebter Geschichtenerzähler nicht da ist.

»Das ist gar nicht gut. Gar nicht gut«, murmelt Gerd leise vor sich hin und folgt Emilias Mutter ins Arbeitszimmer. »Wann hat er denn Bescheid gegeben?«

»So vor ein, zwei Stunden ungefähr. Ist doch toll, dass er dort jetzt so gefordert ist«, sagt sie anerkennend.

Gerd sieht das ein wenig anders und hakt mit skeptischer Miene nach. »Ist es heute das erste Mal, dass er eine Doppelschicht macht?«

»Ja.«

»Mmh. War er gut gelaunt, oder klang er gestresst?«

»Eher gestresst, aber das ist ja klar bei dem harten Job und der zusätzlichen Schicht.«

»Hat er sonst noch etwas erzählt oder gesagt?«, fragt Gerd wissbegierig.

»Nein. Sonst nichts. Er war kurz angebunden. Wieso fragst du? Stimmt etwas nicht?« Emilias Mutter betrachtet Gerd irritiert und schaut dann wieder auf ihren Monitor. Dort ist das Kamerabild eines Kollegen zu sehen, der offensichtlich auf ihre Rückkehr wartet.

»Ich weiß es nicht. Aber ich hab kein gutes Gefühl«, erwidert Gerd und geht aus dem Arbeitszimmer. Kaum ist er draußen, hört er, wie sie das Gespräch mit ihrem Kollegen auf Englisch ansatzlos wieder aufnimmt, als wäre nichts gewesen.

»So wie es aussieht, kümmern wir uns um dein Abendessen, Emilia. Wat willst du denn noch futtern?«, fragt Dörte in der Küche und bindet sich eine Schürze um.

»Nudeln mit Tomatensoße! Liest du mir dann auch eine Geschichte vor, Tante Dörte?«

»Das kriegen wir hin. Wir haben ja Zeit, oder, Gerd?«, sagt Dörte und zwinkert Emilia dabei zu.

»Nun ja, ich bin nachher noch mit Dumbo verabredet«, gibt Gerd zu bedenken.

»Ich hab eine Idee!«, ruft Emilia. »Du schläfst heute bei mir, Tante Dörte, und Onkel Gerd kann sich mit seinem Freund treffen und in seinem Wohnmobil schlafen.« Sie sieht die beiden beifallheischend an. »Ein guter Plan, oder?«

»Ein sehr guter sogar, Emilia. So machen wir das«, willigt Gerd nur zu gern ein, der heute Nacht sowieso keine Lust mehr gehabt hätte, nach Hause in ihr Dorf kurz vor Geesthacht zu fahren.

Seine Antwort verursacht einen Jubelsturm bei Emilia, der auch Dörte ein breites Lächeln aufs Gesicht zaubert.

25

In der Mitte des Hamburger Stadtparks liegt das Planetarium, in dem die Kinder der Stadt regelmäßig von Filmen über das Weltall begeistert werden. Hinter der Kuppel senkt sich langsam die gelbrote Sonne dem Horizont entgegen und taucht den Stadtparksee in einen goldenen Schimmer. Auf den Wiesen zwischen Wasser und Sternenwarte tummeln sich die Hamburger, grillen, treiben gemeinsam Sport oder genießen einfach die gemeinsame Zeit.

Im Biergarten sitzen Alex und Lennart an einem Tisch mit Blick über den See und die dahinterliegenden Grasflächen. Sie diskutieren losgelöst von Emotionen und unbeeindruckt von der romantischen Sonnenuntergangsatmosphäre über die aktuellen Geschäfte.

Immer wieder gestikuliert Alex, während er versucht, seine Gedanken und Pläne in Worte zu fassen. Lennart lehnt sich mit vor der Brust verschränkten Armen kopfschüttelnd im Stuhl zurück und betrachtet Alex skeptisch.

»Wir sind ein Team. Wir kennen uns ewig und können einander vertrauen«, erklärt Alex mit überzeugter Miene. »Niemandem sonst würde ich die Verantwortung für die fünfzehn Stück Kuchen übertragen, die ich heute bekommen habe. Wenn wir sie gemeinsam verkaufen, sind wir noch stärker, und die Bullen werden uns niemals auf die Schliche kommen.«

»Mir gefällt das nicht, Alex. Das ist nicht mein Business. Ich mache Natur. Sauberes Gras für Genießer.«

Alex zuckt bei Lennarts Worten zusammen und schaut sich um, ob jemand an den Nachbartischen ihr Gespräch belauscht. Doch die anderen Gäste sind vollends auf ihre eigenen Gespräche konzentriert und scheinen sie gar nicht zu beachten.

»Das, was du machst, sollst du ja auch weitermachen. Aber darüber hinaus kannst du mir helfen, so wie ich dich unterstützt habe bei deiner Expansion«, fordert Alex nun deutlicher. »Ich habe das Bunkerauto für deinen Vertrieb besorgt und lasse meine Jungs dein Gras zu besten Preisen weiterverkaufen. Jetzt bist du mal an der Reihe, mir zu helfen. Niemand wird dich drankriegen, wenn wir es so machen, wie ich es plane. Das ist sowieso grundlegend, damit alles sicher ist. Du hast direkten Zugriff auf die Ware und kannst sie unbehelligt weitergeben, ich kümmere mich ums Kassieren. Wir wechseln den Ort der Übergabe jedes Mal. Geld und Stoff werden getrennt übergeben.«

»Aber was sollen das für Orte sein, an denen wir sicher sind? Mir fehlt da die Phantasie. Es gibt keinen sicheren Übergabeplatz. Es können immer Menschen vor Ort sein. In der City Nord war alles locker, aber wenn ich mit deinem Stoff unterwegs bin, könnte ich von den Bullen angehalten werden. Was dann?« Lennart ist alles andere als überzeugt. »Warum willst du das nicht mehr selber machen?«

»Ganz einfach. Mich kennen die Kunden. Es kann daher immer jemanden geben, der mich an die Bullen verrät. Ein Neider oder Konkurrent. Aber wenn wir zusammen agieren, ohne direkte Übergabe, sind wir unberechenbar. Selbst wenn mich irgendwann jemand verpetzt, können die Bullen mich beobachten, wie sie wollen, die werden uns nicht auf die Schliche kommen. Hilfst du mir nicht, sieht das anders aus. Ich bin gerade heute wieder kontrolliert worden, als ich aus dem Hafen kam. Zum Glück hatte ich das Versteck im Auto, und die beiden Zöllner hatten keine Ahnung. Ansonsten würde ich jetzt nicht hier sitzen. Ich muss was ändern«, erklärt Alex nachdrücklich. »Wie oft bist du bitte schon in der Stadt mit dem Auto angehalten worden? Ich wette, noch nie.«

Lennart will widersprechen, doch beim Luftholen merkt er, dass Alex recht hat. Er ist tatsächlich noch nie angehalten worden. Er spürt, dass Alex beginnt, ihn zu überzeugen, auch wenn es ihm widerstrebt, dessen Geschäft zu unterstützen. Andererseits sieht er sich auch in der Pflicht, seinem Freund zu helfen, so wie der es tat, als er seine Unterstützung benötigte. Alex meldete Gewerbe mit den Personalien von irgendwelchen Bekanntschaften an, die keinerlei Nachfragen stellen. Er fälschte Gehaltsmitteilungen und erstellte fiktive Businesspläne, damit sie die Objekte anmieten konnten, organisierte den Lieferwagen, das Bunkerfahrzeug und beteiligte sich sogar finanziell an dem Equipment, das Lennart in den letzten Wochen in den neuen Objekten aufgebaut und zum Laufen gebracht hat. Im Vergleich dazu ist der Gefallen, den er Alex tun soll, sind der Aufwand und das Risiko für ihn selbst ungleich geringer.

Er schaut Alex in die tiefblauen Augen, die ihn aufmerksam betrachten. Die Strenge ist daraus verschwunden. Merkt Alex etwa, dass er sich dem Angebot bereits öffnet? Lang genug, um sich blind zu verstehen, die Gedanken des anderen lesen zu können, kennen sie sich.

Lennart atmet tief ein, er muss Kraft sammeln, um seine Prinzipien über den Haufen zu werfen. Ungern nur ändert er etwas an seinem Alltag, seiner Einstellung oder seinen Gewohnheiten. Am liebsten würde er sich jetzt einen Joint drehen, um zu entspannen und sich treiben zu lassen. Vom letzten spürt er nichts mehr. Doch er weiß, dass er bei klarem Verstand bleiben muss, um eine vernünftige Entscheidung zu fällen. Außerdem würde der von ihm so geliebte Geruch der Kräuterzigarette die Aufmerksamkeit der anderen Gäste auf sie und ihr Gespräch ziehen.

»Wir müssen das vernünftig planen. Es muss gut durchdacht sein. Dann bin ich dabei«, teilt er Alex nach reiflicher Überlegung mit und beginnt dabei, wohlwollend zu nicken.

Alex kann seine Freude und Erleichterung über diese Entscheidung kaum verbergen und strahlt, als hätte Lennart soeben einem Heiratsantrag zugestimmt.

26

Klappernd und ratternd fährt die U-Bahn auf die Landungsbrücken zu. Die in sämtlichen Rottönen untergehende Abendsonne hüllt den Hafen, die Schwimmdocks und die Musicalzelte auf der gegenüberliegenden Elbseite in einen farbigen Schleier.

Dombrowski weiß gar nicht recht, ob er der Atmosphäre oder seiner Freundin mehr Aufmerksamkeit schenken möchte. Er genießt jeden Moment, den er mit Claire verbringen kann. Umso mehr freut es ihn, dass sie ihn ganz selbstverständlich zum Treffen mit Gerd begleitet. Zu rar ist ihre gemeinsame Zeit, und Gerd wird dafür sicher Verständnis aufbringen. Immerhin ist Claire als Verbindungsbeamtin des französischen Zolls ebenso vom Fach wie er, und Fachsimpeln über Ermittlungen und Schwelgen in alten Fällen sind Gerds liebste Beschäftigung.

»Nächste Haltestelle – Landungsbrücken – Ausgang rechts«, ertönt die Bandansage der Hochbahn.

Viele Leute verlassen den Waggon und sprechen in den unterschiedlichsten Sprachen miteinander. Sie kommen aus aller Herren Länder und wollen den Hafen am Abend erkunden, wenn die Schiffe illuminiert auf dem Wasser schwanken. Anschließend werden sie dann zur sündigen Meile hinüberwandern. Die Reeperbahn erwacht erst zu später Stunde, daher ist noch ausreichend Zeit zum Sightseeing im Hafen.

Mit quietschenden Rädern fährt die U-Bahn in die Kurve, die in den unterirdischen Teil der Strecke führt. Blinkend gehen die Lichter im Waggon an. Die dunkle Wand, auf die sie nun zwangsläufig blickt, reißt Claire aus ihren Träumen, und sie schenkt Dombrowski ein glückliches Lächeln. Er beugt sich vor, nimmt ihre beiden zarten Hände in seine und erwidert das Lächeln, das ihm so viel Wärme ums Herz schenkt.

»Nächste Haltestelle – St. Pauli – Ausstieg links«, teilt die nächste Ansage mit und nötigt fast alle Insassen zum Aufstehen. Die meisten Fahrgäste wollen hier raus, um sich auf den Kiez zu begeben, zu essen, zu trinken, zu tanzen und zu feiern. Um Menschen kennenzulernen, die sie am nächsten Morgen wieder vergessen haben, oder aufzuschrecken, wenn man den Schatten der Nacht unverhofft neben sich erwachen sieht.

Auch Dombrowski und Claire haben sich erhoben und vor die elektrische Flügeltür gestellt, um auszusteigen. Sie steigen die Treppe hinauf, die auf eine Verkehrsinsel inmitten mehrerer Hauptstraßen mündet, und wenden sich der hell beleuchteten

Reeperbahn zu, deren Reklame in der Dämmerung langsam zur Geltung kommt. Ein paar hundert Meter weiter rechts liegt der Hamburger Berg, wo sie mit Gerd den Abend verbringen wollen. Doch bevor sie den einen oder anderen Drink einnehmen, ist ihnen nach einer vernünftigen Grundlage zumute.

Vor der Davidwache leuchtet den beiden die bunte Reklame vom Lucullus Grill entgegen, dessen Currywurst bis in die frühen Morgenstunden heiß begehrt ist.

In der kurzen Schlange vor dem Imbiss entdecken sie Gerd, der geduldig darauf wartet, seine Bestellung aufgeben zu dürfen. Auch ihn hat es offenbar hierher verschlagen, um noch etwas zu essen, bevor sie verabredet sind.

»Guten Abend, mein Lieber«, säuselt Dombrowski von hinten in Gerds Ohr. Der zieht erschrocken den Kopf zurück und schaut ihn irritiert an. Als er erkennt, wer ihn da breit angrinst, entspannt sich seine Mimik wieder, und er beginnt zu kichern.

»Du kleines Arschloch! Ich dachte schon ...« Gerd bricht den Satz ab, wohl weil er sich hier nicht in gewohnter Weise politisch unkorrekt äußern will. Man weiß ja nie genau, wer einen hier so belauscht und die Art von Humor eventuell falsch verstehen könnte. *»Bonjour!«*, begrüßt er Claire stattdessen und ergreift ihre Hand, über der er einen Luftkuss andeutet. »Toll, dass ihr auch schon da seid. Nun aber erst einmal 'ne schöne ehrliche Wurst, oder?«

»Ja, sehr gern«, stimmt Claire mit charmantem Lächeln zu.

»Dreimal Currywurst mit Pommes rot-weiß, bidde!«, bestellt Gerd, was vom Imbissbudenpersonal mit einem kurzen Nicken quittiert wird. In Rekordzeit werden die Schalen auf den Tresen gestellt, und Gerd bezahlt für alle drei.

Genüsslich verzehren sie am Stehtisch die salzig-fettige Grundlage für diesen Abend und schlendern im Anschluss über die Ampel auf die gegenüberliegende Straßenseite, um an der nächsten Querstraße in den Hamburger Berg einzubiegen. Hier reihen sich die Kneipen direkt aneinander. Sämtliche Besucher finden in dieser Gasse eine passende Lokalität nach ihrem Geschmack.

Weil sich ein Pensionär, ein Hamburger Jung und eine französische Botschaftsmitarbeiterin aber nur schwer auf einen einzigen Laden einigen können, beschließen die drei, gleich beim ersten Laden zu beginnen und der Reihe nach weiterzumachen, um am Ende der Nacht auf der gegenüberliegenden Seite den Absacker zu trinken.

Sie sind eben beim dritten Getränk im dritten Laden angekommen und haben sich draußen an einem der Stehtische positioniert, die extra für die Nacht vor dem Laden aufgebaut wurden. Ausschweifend berichtet Gerd aus seinem Leben und gibt lustige Anekdoten zum Besten, die Dombrowski alle bereits mehrfach gehört hat, über die er sich aber dennoch freut, weil Claire so herzerfüllt über die Geschichten lachen kann.

»Wat gibt's eigentlich Neues bei der Arbeit? Is die Baake noch da?«, fragt Gerd neugierig und lenkt das Gespräch damit auf aktuellere Ereignisse.

»Jo, die bleibt wohl ewig«, erwidert Dombrowski missmutig beim Gedanken an die gefühlskalte Kriminaldirektorin, die sich lediglich für die eigene Karriere und nicht für die Sorgen und Bedürfnisse ihrer Mitarbeiter interessiert.

»Na, da bin ich ja froh, dass ich da weg bin«, sagt Gerd übertrieben erleichtert, denn eigentlich vermisst er jeden Tag die alte Arbeit, wie Dombrowski weiß. »Hab ich schon erzählt, was ich heut Morgen beobachtet hab?«

Die Frage ist offensichtlich rhetorisch, denn er fährt bereits fort: »Haltet euch fest. Ich war bei meinem neuen Job im Hafen. Im Baumarkt habe ich dann 'nen Typen beobachtet, der mir komisch vorkam, und hab direkt die Verfolgung aufgenommen. Der betreibt garantiert eine Plantage in dem Haus, in das er seine Einkäufe gebracht hat.« Gerd sieht Dombrowski und Claire mit wissender Miene an. »Ali will sich ab Montag um den Kerl kümmern. Da geht bestimmt was.«

»Ich musste heut Morgen auch noch einen Hinweis entgegennehmen. Irgend so ein Straßendealer wollte seinen Hintern retten und gegen einen Typen im Hafen auspacken. War aber nicht viel dran. Toni hört sich trotzdem mal bei seinen

Spitzeln um. Vielleicht fällt dir ja auch mal was auf, wo du doch jetzt am Hafen dein Unwesen treibst«, unkt Dombrowski. »Wir brauchen Bullen wie dich, die ein Auge offen halten.«

»Heute Morgen is mir schon wat aufgefallen.« Gerd stellt enttäuscht fest, dass sein Bier bereits wieder leer ist, und erhebt sich vom Barhocker. »Wie schaut's aus? Können wir einen Laden weiterziehen? Mein Hals ist schon ganz trocken.«

»Du bist sehr schnell beim Trinken, Gerde!«, bemerkt Claire, die noch immer vor einem fast vollen Glas Weißweinschorle sitzt.

»Von nichts kommt nichts.« Gerd grinst und winkt einen Kellner herbei, dessen Arme und Beine von oben bis unten mit Tattoos übersät sind. »Habt ihr auch 'ne gute Marille für mich und meine Freunde?«

»Ich hab Schnaps. Klaren, ehrlichen Schnaps«, erwidert der junge Mann hanseatisch schroff.

»Ja, dann drei Stück davon. Und für mich noch ein Bier. Die Kinder sind nicht so schnell«, setzt Gerd nach. Den kurz darauf laut knallend vor ihnen abgestellten Schnaps spült er mit einem Schluck die Kehle hinab. »Mmh. Lecker!«, urteilt er anschließend.

Während Dombrowski noch Mut sammelt, nippt Claire vorsichtig an ihrem Glas und verzieht das Gesicht.

»Ihr jungen Menschen wisst echt nicht mehr, was wirklich gut ist«, urteilt Gerd sorgenvoll und lässt seinen Blick schweifen.

Dombrowski sieht, wie seine Augen sich weiten, ehe er sie zusammenkneift, um besser sehen zu können, und folgt Gerds Blick, der an einem Mann in dunkler Hose und weißem Hemd hängen geblieben zu sein scheint. Der Mann steht keine hundert Meter von ihnen entfernt an einer alten Kneipe, blickt mehrfach in den Laden hinein, dann auf sein Telefon und sieht sich schließlich suchend um. Er scheint auf jemanden zu warten. Vielleicht wurde er hierherbestellt.

Mit gerunzelter Stirn beäugt Gerd den Mann, der ein wenig verloren vor der Kneipe steht, nicht so, als würde er hier feiern wollen. »Da stimmt was nich!«, brummt er, und Dombrowski will ihn gerade auf den Mann ansprechen, da sehen beide, wie ein anderer Mann, ein großer Kerl in dunklem Pullover, die Kapuze über den Kopf gezogen, mit stechendem Schritt aus der Seilerstraße auf den Wartenden zuläuft, der sich ihm in diesem Moment entgegendreht. Die Mimik der beiden ist aufgrund der fortschreitenden Dämmerung nur schwer zu lesen, doch die Körpersprache lässt auch aus der Distanz erkennen, dass Ungemach droht.

Gerd und Dombrowski erheben sich beinahe synchron von ihren Barhockern, als der Mann im Kapuzenpullover die rechte Hand aus der Bauchtasche zieht und etwas darin ruckartig nach unten schlägt. Das metallische Klacken einer Stahlrute ist zu hören. Sein Gegenüber steht mit weit aufgerissenen Augen stocksteif da, unfähig zu reagieren, während der Mann weit ausholt und die Stahlrute auf seine Schulter hinabsausen lässt. Ein lautes Knacken lässt die Passanten in der Nähe erschrocken stehen bleiben und die beiden Männer anstarren, da trifft die Stahlrute den Mann erneut, zuerst am Brustkorb und gleich darauf am Oberschenkel. Der nächste Schlag geht in den Bauch und lässt ihn atemlos in sich zusammensacken.

»Claire, hol den Notarzt und die Polizei«, ruft Dombrowski, als er und Gerd die Beine in die Hand nehmen und losrennen. »Stopp! Polizei!«, brüllt er.

Der Angreifer lässt sich davon nicht aus der Ruhe bringen. Er spuckt dem Mann, der mühevoll nach Atem ringt, ins schmerzverzerrte Gesicht und wendet sich aufreizend langsam von ihm ab. Dann sprintet er los, zurück in die Seilerstraße, ohne sich nach Dombrowski umzublicken.

Dombrowski rennt dem Mann hinterher, ein paar Meter hinter ihm folgt Gerd mit holperndem Lauf.

»Bleiben Sie stehen oder ich schieße!«, hört Dombrowski seinen alten Freund atemlos rufen und will für einen kurzen Moment intuitiv in Deckung gehen, ehe ihm einfällt, dass Gerd die Dienstwaffe vor seiner Pensionierung abgeben musste. »Peng! Peng!«, tönt der Ex-Bulle wider Willen gleich darauf mit grollender Stimme, und wäre die Situation nicht so ernst, wäre Dombrowski wohl laut lachend stehen geblieben.

Der flüchtende Mann lässt jedoch keine Auszeit zu, und so verziehen sich seine Lippen nur zu einem schmalen Schmunzeln.

Nur noch vierzig Meter liegen zwischen ihm und dem Mann. Ähnlich weit hinter sich, vermutlich noch ein Stück weiter entfernt, hört er die Plattfüße von Gerd auf den Asphalt klatschen.

Dombrowski sieht, wie der Mann zur rechten Straßenseite hinüberläuft, die Fahrertür eines Wagens aufreißt und hineinspringt. Die Scheinwerfer blenden umgehend auf, und mit quietschenden Reifen fährt er aus der Parklücke. Es ist ein dunkler Mustang, der die Seilerstraße hinabrauscht und sich schnell entfernt. Kurz darauf biegt er links ab und ist nicht mehr zu sehen.

»Scheiße, verdammte Scheiße«, schimpft Dombrowski außer Atem.

Japsend und keuchend und mit flappenden Schuhen kommt Gerd neben Dombrowski zum Stehen. Er beugt sich vor und stützt die Hände auf die Knie. Schweiß rinnt über seine Stirn, und er ringt nach Atem, damit er sich an Dombrowskis Schulter wieder hochziehen und aufrichten kann.

»Peng, peng?«, fragt Dombrowski ungläubig.

»Hätt ja klappen können«, erwidert Gerd verschmitzt.

»Scheiße, Mann, wie konnte der uns entkommen?« Dombrowski schüttelt verärgert den Kopf. »Hamburger Kennzeichen. Mit ›SW‹. Mehr konnte ich nicht erkennen. Vier Zahlen. Verdammt!«

»Ich kenn das Auto«, sagt Gerd und hält sich ächzend die Seite.

Dombrowski stutzt und sieht ihn fragend an. »Du kennst den Typen? Woher?«

»Nicht den Angreifer, das Auto. Kann dir nicht sagen, wem es gehört, jedenfalls jetzt noch nicht. Aber ich kläre das, Dumbo. Bis morgen Mittag. Versprochen! Gib mir die Zeit, bidde! Es ist wichtig.«

Dombrowski überlegt einen Moment. Irgendwas hatte Gerds Aufmerksamkeit auf das Opfer gelenkt, noch bevor der Angreifer aufgetaucht war. Er kennt seinen alten Kollegen gut genug, um zu wissen, dass der an etwas dran ist, das er noch nicht ganz durchblicken kann. Und dass auf Gerd Verlass ist, weiß er auch.

»Okay. Bis morgen Mittag, mein Lieber. Aber dann sagst du mir, was du weißt.«

»Einverstanden. Danke.«

Sie sehen, wie ein Notarztwagen am Beginn der Seilerstraße vorfährt. »Das Opfer kenn ich übrigens auch. Ein Schiffsoffizier. Den habe ich heute Morgen im Streit mit einem Hafenarbeiter am Eurogate beobachtet. Ich wollte euch eben gerade von dem erzählen. Der hat was übergeben bekommen. Aber jetzt lass uns erst mal zurück zu deiner Lütten gehen und ihr helfen.«

27

Winselnd und keuchend liegt Sergej Kruschkow auf den grauen Betonplatten des Gehsteigs im Hamburger Berg. Vor Schmerz beißt er knirschend die Zähne aufeinander. Die Wangen bläst er immer wieder auf und blinzelt durch halb zusammengekniffene Augen in die gaffende Menge.

Vor ihm kniet eine hübsche dunkelhaarige Frau, die mit französischem Akzent auf ihn einspricht und nach seinem Zustand zu schauen scheint.

Er hält den Arm mit der gebrochenen Schulter fest an den Oberkörper gedrückt. Auch mehrere Rippen scheinen gebrochen zu sein, denn das Atmen fällt ihm schwer. Dennoch liegt sein Blick ungebrochen auf zwei Männern, die sich in der stierenden Menge verbergen. Aber nur vor den eintreffenden Polizeibeamten, nicht vor ihm. Sie schauen ihm geradewegs in die Augen. Schweigend stehen sie da, und doch schicken sie ihm eine klare Botschaft. Er hat zu viel gefordert. Weil er glaubte, einen Handlungsspielraum zu haben, der einem wie ihm offenbar nicht gebührt.

Sergej hat sich mit dem Teufel eingelassen, und nun muss er mit dem leben, was ihm zugewiesen wird. Egal, wie sehr die Gefahr für ihn von Mal zu Mal steigt. Die Gefahr, beobachtet zu werden von Crewmitgliedern oder den Behörden.

Beide Männer hatte er bereits heute Vormittag im Hafen gesehen. Kurz bevor er sich mit dem Kontaktmann eine Auseinandersetzung lieferte, und später noch einmal, als er ihnen die Rucksäcke übergab. Sie waren die Boten, die Helfer, die zu diesem Zeitpunkt noch auf seiner Seite standen.

Jetzt stehen sie im gegnerischen Feld, mit stechender Ablehnung in den Augen. Sergej stellt sich ihren Blicken. Er sieht nicht weg, bis die eingetroffenen Rettungssanitäter ihn auf eine Trage hieven und in einen Rettungswagen schieben. Er wird sich nicht von ihnen einschüchtern lassen. Nicht jetzt und auch nicht später. Niemand wird ihn einfach so auswechseln, ohne darunter zu leiden.

Durch die Hecktüren des Rettungswagens steigt ein Mann mit halblangen braunen Haaren zu ihm in den Innenraum. Er zieht eine Art Chipkarte aus der Jackentasche, die er ihm entgegenstreckt.

»Mein Name ist Dombrowski. Ich bin vom Landeskriminalamt und habe ein paar Fragen an Sie«, sagt der Mann und setzt sich auf eine Sitzfläche neben der Trage. Mit einer Hand gibt er den Sanitätern ein Zeichen und bittet um einen Moment Geduld. »Wie ist Ihr Name?«

»Sergej Kruschkow. Ich bin Chief Mate auf der MS Valderrama. Ich muss zurück auf mein Schiff.« Sergej versucht, sich aufzurichten, bricht die Unternehmung wegen heftiger Schmerzen jedoch umgehend wieder ab.

»Okay, Herr Kruschkow. Warum wurden Sie soeben gezielt zusammengeschlagen?«, fragt der Polizist ohne weitere Umschweife.

»Ich weiß nicht, wovon Sie sprechen.«

»Sie wurden zusammengeschlagen. Von einer Person, auf

die Sie allem Anschein nach zuvor gewartet haben. Und jetzt wollen Sie mir erzählen, dass Sie von nichts wissen?«

»Reiner Zufall! *Shit happens*«, presst Sergej mit zusammengebissenen Zähnen hervor.

»Denken Sie noch einmal darüber nach. Wir können Ihnen helfen, wenn Sie bedroht werden«, bietet Dombrowski an.

Sergej schweigt. Der Polizist scheint zu erkennen, dass er mit keinen weiteren Antworten rechnen kann. Er nickt und klopft mit der Hand zweimal auf den Rand der Trage. Dann macht er den wartenden Sanitätern Platz und springt aus dem Fahrzeug.

Während die beiden Männer mit allerlei Gerätschaften hantieren, schließt Sergej die Augen und versucht, möglichst flach zu atmen, um dem Schmerz entgegenzuwirken. Er spürt, wie sich der Rettungswagen in Bewegung setzt, und ein Gefühl der Sicherheit macht sich in ihm breit.

Er wird sich nicht einfach so ins Abseits stellen lassen.

28

Über vier Stufen gelangen Ashraf und Ivan ins Tiefparterre des Blauen Dreimasters. An den mit Eiche vertäfelten Decken sind Fischernetze befestigt, in denen sich an manchen Stellen ein Rettungsring oder silberblaue Plastikfische befinden. An den Wänden hängen blaue Segel und Piratenflaggen. Die Tische wurden aus Planken gezimmert und mit Bootslack wasserdicht lackiert. Auch wenn der Dreimaster sicher vor jedem Unwetter und großen Sturmfluten ist, so geht es hier meist feuchtfröhlich zu.

Es riecht nach verschüttetem Bier und Zigarettenqualm. In der Raucherkneipe hat fast jeder der Gäste einen Glimmstängel zwischen den Fingern und pustet dunstigen Qualm zur Decke, unter der eine diesige Wolke wabert.

Freunde und Unbekannte sitzen an den verschiedenen Tischen losgelöst beieinander. Lautstark versucht jeder, den anderen zu übertönen. Vereinzelt hocken auch einsame Männer am Tresen und blicken trübselig in ihre Bierknolle oder die leeren Schnapsgläser, die sich vor ihnen sammeln.

Ashraf und Ivan schieben sich an einem der Tische auf ihre dunklen Barhocker und ergreifen die Bierflaschen, die sie vorhin hier stehen gelassen hatten. Beide nehmen einen langen Zug von dem herben Gesöff und signalisieren dann dem Barkeeper, dass sie Nachschub benötigen.

In diesem Moment betritt Gerd den Laden. Suchend schaut er sich um und entdeckt Ashraf und Ivan an ihrem Tisch. Er steuert geradewegs auf die beiden zu, als der Barkeeper die bestellten Bierflaschen auf dem Tisch abstellt.

»Oh ja, danke. Sehr aufmerksam«, sagt Gerd zu dem glatzköpfigen Mann, nimmt das näher bei Ashraf stehende Bier an sich und nickt den beiden Männern freundlich zu, die ihn irritiert anschauen.

»Ey, Digger, hast du ihm sein Bier weggenommen? Willst du Ärger?«, regt sich Ivan umgehend auf und erhebt sich von seinem Barhocker, um Gerd zu demonstrieren, dass er mindestens einen Kopf größer ist als er.

»Eigentlich hat er dein Bier genommen«, sagt Ashraf, der sich Ivans Flasche schnappt und sie direkt an die Lippen setzt, um zu trinken.

»Hast du mein Bier genommen?«, fragt Ivan Gerd verärgert und schiebt sich drohend am Tisch vorbei auf ihn zu.

»Dat stand hier zum Trinken bereit. Prost!« Gerd nimmt einen kräftigen Schluck. »Und nu beruhig dich mal und setz dich hin. Ich hab nämlich ein paar Fragen an euch. Keine Sorge, ich bestell noch eins für dich.«

Gerd winkt dem Barkeeper, der sich bereits mit einer weiteren Pulle auf den Weg zu ihnen macht.

»Ganz schön was los da draußen, wa? Den Typen hat es ja mal richtig zerlegt«, fängt Gerd an zu plaudern.

»Dich zerlegt es auch gleich, aber gewaltig«, antwortet Ivan mit verbissener Miene, wird jedoch von der neuen Flasche Bier, die ihm vom Barkeeper vor die Nase gedonnert wird, aus der aufkeimenden Wut gerissen. Ein strenger Blick des breitschultrigen Mannes gibt Ivan zu verstehen, dass er hier besser keinen Streit beginnen sollte.

»Der ist wohl zu gierig geworden«, sagt Ashraf abschätzig und zieht dabei eine Augenbraue hoch.

»Echt? Wisst ihr da mehr? Kennt ihr den da draußen? Schon mal gesehen?«, fragt Gerd interessiert.

»Nein, wir haben den nie gesehen.« Ashraf funkelt Gerd ungehalten an. Dabei sieht er immer wieder zu Ivan, der sich schweigend auf den Hocker setzt. »Was geht dich das eigentlich an?«

»Ich frag mich bloß, warum der am frühen Abend derart zusammengehauen wird.«

»Bist Bulle, oder was?«, zischt Ivan dazwischen.

»Seh ich so aus?«, fragt Gerd mit unschuldiger Miene und trinkt erneut von seiner Flasche. »Ich bin nur ein alter Sack, den so wat Aufregendes ein bisschen neugierig macht.«

»Lass gut sein, Digger. Wir kennen den Typen nicht. Keine Ahnung, was der Grund war. So was passiert hier andauernd«, erklärt Ashraf betont beiläufig und setzt seinerseits die Bierflasche an.

»Und ich dachte, ihr kennt den. Ich war mir beinahe sicher«, erwidert Gerd, lehnt sich vor und stützt sich dabei auf den Unterarmen ab.

»Wie kommst du auf die Scheiße, Digger?«, braust Ivan auf und schlägt mit der Handkante auf den Tisch, dass die Flaschen zu wackeln beginnen.

»Weil ihr ihm eben direkt in die Augen gestarrt habt.« Gerd zieht einen Zehner aus dem Portemonnaie, legt ihn auf den Tisch und erhebt sich. »Und er euch. Die Runde geht auf mich. Schönen Abend noch.« Er dreht sich um und geht gemächlich hinaus.

Ashraf und Ivan bleiben verdutzt zurück und blicken dem Alten hinterher, der ihnen Fragen gestellt hat, obwohl er deren Antworten von Beginn an zu kennen schien.

29

Am Eingang zur Reeperbahn, dem »Kiez«, der sündigen Meile von Hamburg, stehen die tanzenden Türme, deren Architektur Sünde und Musik miteinander vereinen soll. In fünfundsiebzig und fünfundachtzig Meter Höhe schmiegen sie sich wie zum Tango aneinander. An ihrem Sockel fährt der dunkle Geländewagen von Alex Freiberg langsam in die Reeperbahn hinein, und Alex hält nach einem möglichen Parkplatz Ausschau.

In der Jackentasche spürt Alex die Umschläge, die für Ivan und Ashraf bestimmt sind. Einen dritten Umschlag hat er außerdem dabei. Wie vereinbart, wurde dem Auftrag zur Eindämmung der Gier Folge geleistet. Zwar kostet es ihn mehr als doppelt so viel, wie der Schiffsoffizier zusätzlich von ihm gefordert hat, doch in nächster Zeit wird niemand mehr auf den Gedanken kommen, sein gut ausgearbeitetes Lohnsystem in Frage zu stellen. Es wird sich schnell herumsprechen, dass es keine gute Idee ist, sich gegen ihn zu wenden, und wenn doch, dann wird er ein noch deutlicheres Zeichen setzen.

Missmutig schüttelt Alex den Kopf. Er kann nicht verstehen, warum immer mal wieder Einzelne, die nur eine kleine Aufgabe erfüllen und das große Ganze gar nicht überblicken können, meinen, ein größeres Stück vom Kuchen verdient zu haben.

Niemand stellt sich über das System. Neid und Missgunst sind der größte Feind der Organisation, und ihr Aufkeimen muss mit aller Härte unterdrückt werden. Loyalität und Zusammenhalt bilden die größte Stärke. »Ehrliche Blöcke aus ehrlicher Hand« ist sein Credo, und jeder hat sich an die Regeln zu halten, damit es beim fairen Auskommen für alle bleibt.

Alex passiert mit dem Geländewagen die Zuwegung zum Hamburger Berg. Er ordnet sich links ein, um zur Davidwache abbiegen zu können. Unmittelbar davor befindet sich eine öffentliche Parkgarage. Der entgegenkommende Verkehr verhindert zu seiner Zufriedenheit ein umgehendes Abbiegen, und so schaut er den Hamburger Berg zu seiner Rechten entlang, dessen Zufahrt durch einen quer stehenden Streifenwagen abgesperrt ist.

Diverse Polizisten tummeln sich in der Straße und befragen offenbar Passanten und Touristen. Sie scheinen von ihren eigentlichen Aufträgen des Präsenzdienstes zur Verdrängung des Straßenhandels mit Drogen, des Taschendiebstahls oder der immer wieder aufkommenden Gewaltdelikte, die aus Provokationen oder Streitereien entstehen, abgezogen worden zu sein.

Alex biegt ab und fährt in die Einfahrt zur Tiefgarage. Sein erster Eindruck ist besser als erwartet. Das Blaulicht am Hamburger Berg flackert weithin sichtbar durch die eintretende Dunkelheit und schreit Alex' mahnende Botschaft an alle Wissenden im Kiez hinaus.

30

Dombrowski und Claire stehen nahe einer Hauswand eng beieinander. Sie haben versucht, von jedem potenziellen Zeugen die Personalien aufzunehmen. Zudem haben sie grob erfasst, was die jeweiligen Zeugen aussagen konnten. In dem kleinen Heftchen, das Dombrowski immer bei sich trägt, um sich etwas aufschreiben zu können, wenn ihm Ideen und Gedanken ins Bewusstsein treten, denen er später nachgehen will, stehen nun die Namen von dreizehn Leuten. Niemand konnte Angaben machen, die Claires und Dombrowskis eigene Wahrnehmungen überschreiten. Die Personenbeschreibungen wichen in Körpergröße und Statur teilweise sogar deutlich voneinander ab. Ein wenig unzufrieden und verloren warten die beiden auf die Rückkehr von Gerd.

In diesem Moment biegt eine dunkle Limousine mit einem kleinen blauen Blinklicht auf dem Dach in den Hamburger Berg ein. Dombrowski kennt das Fahrzeug, und Gerd, der gerade die Treppe des Blauen Dreimasters heraufkommt und

Dombrowskis Aufmerksamkeit an sich vorbei auf den Wagen gerichtet sieht, geht es ebenso. Das schwarze Fahrzeug parkt direkt neben ihm vorwärts in eine Parklücke ein, gefolgt von einem weiteren zivilen Dienstfahrzeug der Mittelklasse.

»Nee, ne. Wat will die denn hier?«, entfährt es ihm. Er wendet sich Dombrowski zu, der wortkarg mit den Schultern zuckt.

Hinter Gerd öffnet sich die Fahrertür der Limousine, eine mittelalte Frau im zu groß ausgefallenen Hosenanzug entsteigt dem Wagen und wirft die Tür hinter sich zu.

»Herr Dehling! Was soll das hier werden? Sie ziehen den Ärger anscheinend mal wieder an«, hört Gerd die eiskalte Stimme von Kriminaldirektorin Baake sagen, dass es ihm die Haare im Nacken aufstellt. »Sie wollen sich doch nicht schon wieder in Ermittlungen reindrängeln, die Sie gar nichts, aber auch rein gar nichts angehen? Ich würde Sie bitten, umgehend den Tatort zu verlassen und die Arbeit der fachkompetenten Kolleginnen und Kollegen nicht weiter zu beeinflussen. Ein russischer Staatsbürger und Schiffsoffizier wurde in Hamburg brutal überfallen. Der Vorfall könnte internationale Bedeutung erlangen. Da können wir Ihre Stümperei nicht gebrauchen. Also, bitte! Und Sie, Herr Dombrowski, Sie gehen bitte zur Davidswache und fertigen Ihren Bericht an, und zwar zügig. Die Kollegen müssen die Ermittlungen aufnehmen.«

Während Dombrowski noch versucht, die Sätze und Vorwürfe, die ihm soeben entgegenschlugen, zu verarbeiten, schaut Gerd, der sich wohlweislich gar nicht erst zu der zeternden Baake umgedreht hatte, über seine Schulter.

»Ich bin hier praktisch Kronzeuge. Aber wenn Sie mich nicht länger brauchen, gehe ich halt«, erwidert er eingeschnappt, entfernt sich ein paar Schritte und fixiert Frau Baake mit bösem Blick. »Und mein Name ist Sehling. Merken Sie sich dat endlich mal. Außerdem heißt es ›Davidwache‹. Man sagt ja auch nicht ›Bratskartoffeln‹.«

Beleidigt dreht sich Gerd von Frau Baake weg, ohne ihre Reaktion abzuwarten. Die Kriminaldirektorin hat seine Erwiderung allerdings kaum noch wahrgenommen und redet bereits auf die gleich nach ihr eingetroffenen Kriminalbeamten ein, denen sie ihre klaren Vorstellungen vom Ablauf der Ermittlungen offenbart. Beide Kollegen stehen wie eingefroren vor ihr und lassen die Tirade über sich ergehen.

Dombrowski taut endlich aus seiner Erstarrung auf und wendet sich Gerd zu, der gerade im Begriff ist, wütend an ihm vorbei in Richtung Reeperbahn zu stapfen. »Wo willst du denn jetzt hin?«, ruft er ihm ins Ohr und erhält dadurch Gerds Beachtung.

»Ich? Ich gehe ins Krankenhaus und besuche einen alten Freund.«

»Du willst zu dem Russen gehen? Der sagt nichts. Den habe ich doch bereits befragt«, erwidert Dombrowski leise, damit die Baake nichts mitbekommt.

»Na ja, vielleicht redet er nicht mit 'nem Bullen, aber wenn jemand von der Schifffahrtsmission zu Besuch kommt und seine Hilfe anbietet, sieht die Welt ja vielleicht schon ganz anders aus.«

»Und was ist mit dem Täter? Du wolltest doch –«

Gerd winkt grinsend ab. »Später, Dumbo, der kommt später dran. Ich melde mich!« Er pfeift einmal lautstark durch die Zähne und hebt den rechten Arm. »Taxi!«

Gleich darauf ist er auf der Beifahrerseite eines elfenbeinfarbenen Fahrzeugs eingestiegen und nickt Claire und Dombrowski zum Abschied zu, ehe der Wagen sich wieder in den Verkehr auf der Reeperbahn einreiht.

31

Vor den Toren Hamburgs wälzt sich Ali Bernbuch im Bett von einer Seite auf die andere. Wie gewohnt ist er früh zu Bett gegangen, doch seine Gedanken kreisen um den neuen Fall, der ihm von Gerd angetragen wurde. Er ist sich sicher, dass er in seiner Sammlung von Hinweislagen etwas abgeheftet hat, das irgendwie mit den Beobachtungen von Gerd in Verbindung steht.

Ärgerlich schmeißt er die Bettdecke zur Seite und geht mit wütenden Schritten in Richtung Badezimmer. Er lässt die karierte Hose auf die Füße fallen und setzt sich nachdenklich auf die sonnengelbe Klobrille, die im Mondlicht dunkelgrau schimmert.

Gebannt starrt er auf den hochflorigen Badezimmerteppich, während es im Tiefspüler plätschert.

Mit den Fingern der rechten Hand reibt er sich grübelnd über die Enden des Schnauzbarts, bevor er zum Toilettenpapier greift.

Nachdem er die Spülung betätigt hat, wäscht Ali sich ausgiebig die Hände und schaut sich dabei im Spiegel in die müden Augen, deren Pupillen stark geweitet sind.

»Ach, scheiß drauf«, sagt er zu sich selber und nimmt die Zahnbürste aus dem Becher, um sich mit der Guten-Morgen-Zahnpasta die Zähne zu putzen. Auch wenn das letzte Zähneputzen erst zwei Stunden her ist, fühlt er sich wohler, wenn er sie noch einmal putzt, bevor er das Haus verlässt.

Ali knöpft das Hemd, das er frisch aus dem Schrank genommen hat, von unten nach oben zu, lässt die letzten Knöpfe offen und verdeckt gerade so das Feinrippunterhemd, das er sich zuvor in die Jeans gesteckt hat. Er kämmt sich, doch die dicken, grau-schwarzen Haare liegen danach genauso am Kopf wie zuvor.

Leise geht er die Treppe hinunter, um sich ein paar Brote zu schmieren. Nur selten isst er im Präsidium in der Kantine. Nicht weil ihm das Essen dort nicht schmeckt, sondern einfach weil er es immer so macht. Zum einen spart es Geld, und zum anderen kocht seine Frau am Abend. So spart er tagsüber die Kalorien ein, die er am Abend zu sich nimmt. Außerdem ist heute Sonntag, und am Wochenende gibt es sowieso kein Essen in der Präsidiumskantine. Er will auch nur in den Ordnern stöbern, um seine Erinnerung aufzufrischen. Dann kann er in

Ruhe den verbleibenden Rest des Wochenendes genießen und am Montag mit der eigentlichen Arbeit beginnen.

Ali steckt sich eine Packung Zigaretten und ein Feuerzeug in die Hemdtasche und nimmt sein Schlüsselbund von der Anrichte im Flur. Als er die Haustür öffnet, schlägt ihm kühle Nachtluft entgegen. Er setzt sich ins Auto, startet den Motor, zündet sich eine Zigarette an und fährt ruppig auf die Straße, die vom dämmrigen Licht der Laternen beleuchtet wird.

32

Im Blauen Dreimaster haben Ivan und Ashraf eine Flasche weißen kubanischen Rum bestellt und füllen die Gläser immer wieder mit Cola und Rum auf. In einem Mischverhältnis, dass man bei besseren Lichtverhältnissen noch gut durch das dunkle Gesöff blicken könnte.

Hinter ihnen steigt Alex die Treppe zum Laden hinab. Er betrachtet das anwesende Publikum, begrüßt mehrere Hafenarbeiter mit einem Handzeichen oder einem dezenten Nicken und geht dann auf Ivan und Ashraf zu. Sie haben bereits ein drittes Glas für ihn bestellt, das nun von Ivan mit der üblichen Dosis befüllt wird.

Alex setzt sich auf den vor dem Holztisch stehenden Hocker und schaut die beiden Kollegen an. Als er ihre Aufmerksamkeit hat, zieht er zwei der drei Umschläge aus der Jackentasche und schiebt sie den beiden hin. Ashraf und Ivan stecken sie weg, ohne hineinzuschauen. Anschließend stoßen alle drei kräftig an und nehmen einen großen Schluck.

»Und?«, fragt Alex neugierig. »Wie war der Abend bislang?«

»Gut«, erwidert Ashraf. »Es ist bis auf Weiteres eine Stelle frei geworden auf der Valderrama. Ich denke, er hat verstanden.«

Alex beugt sich den beiden entgegen und schaut ihnen in die Augen. »Bullen?«, wispert er.

»Nicht bei uns. Nur so ein Typ. So 'n Alter. Der hat Fragen gestellt. War wohl neugierig«, antwortet Ashraf schulterzuckend.

»Was für Fragen? Niemand stellt einfach so Fragen. Seid ihr sicher, dass es kein Bulle war? Oder 'ne Petze?« Alex' Augen verengen sich und fixieren Ashraf streng.

Der schüttelt abwehrend den Kopf und sagt: »Nein, Mann, Alex, wir haben die Sache unter Kontrolle. Alles gut. War 'n Idiot. Keine Sorge. Wir haben sowieso nichts gesagt. Der hockt jetzt wahrscheinlich in der nächsten Kneipe und schwallert die Leute zu, weil er endlich mal was erlebt hat.« Künstlich lachend schiebt er das Glas von Alex näher an ihn heran. »Und jetzt trink endlich. Heute wird gefeiert. Wir haben das Wochenende über Ausgang und müssen erst morgen Abend wieder nüchtern sein.« Per Handzeichen bestellt er direkt eine weitere Flasche Rum beim Barkeeper.

In dem Moment kommt ein groß gewachsener Mann mit schweren Schritten die Treppe herab. Er legt den Kopf leicht schräg, als er durch die Eingangstür tritt und präsentiert dadurch sein Totenkopf-Tattoo, das den Hals auf dieser Seite bedeckt. Ein helles Hemd, das er sich in eine dunkle Hose gesteckt hat, lässt ihn seriös erscheinen. Die Glatze ist frisch rasiert, ebenso das Gesicht. Nur die Augenbrauen stehen wild und struppig über den dunklen Augen.

Lächelnd gibt er eine Zahnlücke preis, als er auf Ashraf, Ivan und Alex zusteuert.

»Gut seht ihr aus. Jetzt lasst uns feiern!«, sagt Marek zur Begrüßung und bedeutet dem Barkeeper, dass er ebenfalls ein Glas braucht.

Alex nimmt unterdessen einen weiteren Umschlag aus der Jackentasche und schiebt ihn zu Marek rüber. Der zieht ein paarmal freudig die Augenbrauen hoch, faltet den geschlossenen Umschlag in der Mitte und steckt ihn in seine Gesäßtasche. Anschließend organisiert er sich an der Bar einen Hocker und setzt sich zu den anderen an den Tisch. Er greift zur Rumflasche, macht sich ebenfalls eine Mische fertig und hebt sein Glas.

»Auf den Hafen!«, brüllt er und prostet den Kollegen zu, die mit einstimmen und die Gläser zum Klirren bringen.

33

Langsam öffnet Sergej Kruschkow seine blauen Augen. Er spürt, dass er auf einem weichen Bett liegt. Mühsam versucht er, sich aufzusetzen, doch der Schmerz in der Schulter und am Oberschenkel zwingt ihn, liegen zu bleiben.

Er schaut an seinem Körper hinab und sieht, dass das linke Bein mit einer Schiene fixiert ist. Aus dem Verband tritt ein dünner Schlauch hervor, durch den Blut abfließt. Sein linker Arm ruht in einer Schlaufe, die eng am Körper anliegt. Der Arm schmerzt nicht, aber wenn er versucht, ihn zu bewegen, zieht ein scharfes Stechen durch die Schulter.

Langsam kehrt die Erinnerung an das zurück, was passiert ist. Eine dunkle Gestalt hat vor der Kneipe auf ihn eingeschlagen. Genau zu dem Zeitpunkt, als er eigentlich einen größeren Anteil erhalten sollte für seine Leistungen. Obwohl er noch müde ist von der Narkose, beginnen seine Gedanken zu rasen. Kann es wirklich sein, dass man ihn wegen ein paar tausend Euro derart abstraft? Immer mehr Bilder stehen ihm vor Augen und lassen sein Blut pulsieren. Vor allem die beiden Hafenarbeiter, die ihn, als er am Boden lag, einfach nur anstarrten. Sie wollten ihm nicht helfen, sie wollten ihm mit ihrer Präsenz drohen, ihn offenkundig weiter einschüchtern. Wut steigt in ihm auf, er atmet hektisch, blickt sich um, kaum in der Lage, sich zu beruhigen. Erneut versucht er, sich aufzurichten, doch der Schmerz hält ihn zurück.

»Fuck!«, schimpft Sergej laut und merkt erst jetzt, dass im Bett neben ihm schwer atmend jemand liegt.

Der alte Mann wendet ihm erschrocken seinen Blick zu und zwinkert aufmunternd. »Allet halb so schlimm, wennse mich frajen. Dit wird schon wieda, wa? Sind ja noch jung. Nich so wie icke. Dit wird nüscht mehr. Ick bleib 'n Krüppel, aber wat soll's. Is dit Leben, wa, Keule.«

Sergejs Ärger ist verflogen. Er schenkt dem glatzköpfigen Mann, dessen ganzes Gesicht aus Falten zu bestehen scheint, ein freundliches Lächeln.

»Wenigstens ham wa 'ne jute Aussicht, wa? Und noch dazu für umme.« Der alte Mann nickt in Richtung des großen Fensters und kichert verschmitzt. »Ick bin übrijens Kalle. Werden ja 'n paar Tage zusammen uffe Stube liejen. Ick kann ooch Russisch, wennde mich nich vastehst.«

»Ich spreche Deutsch. Kein Problem. Ich habe deutschen Kapitän, und ich habe in Schule gelernt. Früher bin ich viele Jahre von St. Petersburg nach Hamburg gefahren. Viele deutsche Frauen. Is besser, wenn du Deutsch sprechen kannst«, erwidert Sergej mit vielsagendem Blick.

»Ick mocht die Russinnen damals ooch jerne. Warn flotte Fejer, als ick jung war. Jute Zeiten sind dit jewesen.« Verträumt schaut Kalle zur Decke und schwelgt in Erinnerungen an frühere Zeiten.

Sergej wendet das Gesicht dem Fenster zu und genießt für einen Moment den Ausblick auf den in der Dunkelheit hell erleuchteten Containerhafen. Dort hinten am Kai kann er auch die MS Valderrama entdecken, die unschuldig in ihrem Hafenbecken liegt und deren Ladung immer noch gelöscht wird.

»*Gavno!*«, flucht er leise, als ihm klar wird, dass er irgendwie den Kapitän und die Reederei verständigen muss.

»Dit hab ick vastanden, Keule. Is aber nich dit feinste Vokabular.« Kalle beginnt glucksend zu lachen.

»Tut mir leid.«

»Jeht schon in Ordnung. Ick red auch nich imma wie 'n Akademiker«, entgegnet der Alte verschmitzt.

»Ich muss Kapitän und Reederei anrufen. Die müssen wissen, dass ich hier bin. Morgen läuft Schiff aus. Ich muss auf mein Schiff«, ruft Sergej aufgeregt und blickt erneut an sich herab.

»Also, ick bin ja keen Arzt, wa. Aber ick gloob, dit wird die nächsten Tage nüscht. Aba wenn dein Kahn wieda da is, kannste bestimmt wieder anheuern.«

Verbissen blickt Sergej aus dem Fenster. Dafür werden die Jungs büßen. Das wird er nicht auf sich sitzen lassen.

34

Der junge, schmalgesichtige Kriminalpolizist Jonas Reinke hält das Lenkrad seines Dienstwagens umkrampft. Hinten im Fahrzeugfond hat er zwei ungebetene Gäste, die sich bereits auf die Rückbank setzten, noch bevor sie ihn überhaupt gefragt hatten, ob er sie mitnehmen würde. Und indem er ihnen nachgab, handelt er entgegen der klaren Anweisung von Kriminaldirektorin Baake, die bekannt ist für radikale Personalentscheidungen, wenn ein Mitarbeiter ihren Anweisungen nicht Folge leistet.

Nun wird es ihm an den Kragen gehen, wenn sie erfährt, dass er nicht, wie von ihr angeordnet, direkt ins Krankenhaus gefahren ist, um das Opfer zu vernehmen. Stattdessen kutschiert er seinen ehemaligen Praktikantenanleiter Tim Dombrowski und dessen Freundin durch die Stadt. Andererseits hat er die zwei Monate Praktikum im Rauschgiftdezernat noch in bester Erinnerung und will nach dem Kriminaldauerdienst unbedingt wieder in die Abteilung zur Bekämpfung der Organisierten Kriminalität. Da wäre es nicht klug gewesen, den beiden diesen Gefallen nicht zu erweisen.

»Du kannst uns hier rauslassen, Jonas«, sagt Dombrowski, als sie den Parkplatz vor dem Polizeipräsidium erreichen. »Danke für die Taxifahrt, und viel Glück bei deinen Ermittlungen. Lass dich von der Baake nicht ärgern. Du machst das schon.« Er öffnet die Tür und steigt aus dem Fahrzeug aus. Nachdem ihm Claire gefolgt ist, wirft er die Tür zu und klopft zur Verabschiedung zweimal aufs Metalldach.

Die beiden schauen Jonas nach, der mit aufbrausendem Motor vom Parkplatz hinunterfährt, um auf die Hindenburgstraße in Richtung Stadtpark abzubiegen.

»Wir hätten auch mit der Bahn fahren können. Hoffentlich kriegt der Junge keinen Ärger«, gibt Claire mit besorgtem Blick zu bedenken.

»Das Gute ist ja, dass die Baake zwar ihre Ansagen macht, dann aber gar nicht mehr mitbekommt, ob sie befolgt werden, weil es sie im Grunde nicht weiter interessiert. Außerdem hat Gerd dadurch ausreichend Zeit im Krankenhaus, um vielleicht etwas herauszufinden, das uns weiterbringt. Jonas ist ein netter Kerl, aber er wird den Russen nicht zum Reden bringen.«

»Da hast du wohl recht. Trotzdem tut er mir leid. Der ist schon niedlich«, entgegnet Claire, während sie die Treppen zum Präsidium hinaufsteigen.

»Hey, hey. Was soll das denn heißen?«

Claire beginnt, herzhaft zu lachen. »Nicht so, wie du jetzt denkst. Der ist niedlich wie so ein kleiner, junger Welpe, den man auf den Arm nehmen und beschützen möchte.« Sie strahlt Dombrowski mit ihren glänzenden dunkelbraunen Augen treuherzig an. Er lässt sich von ihr einfangen und erwidert verliebt ihren Blick. Dabei kommt er ins Straucheln, weil er nicht aufpasst und mit der Fußspitze an der letzten Treppenstufe hängen bleibt. Nach ein paar polternden Schritten kann er sich fangen und stimmt in Claires fröhliches Lachen über seinen Fauxpas mit ein.

»Psst, Dumbo. Die denken sonst noch, dass wir betrunken sind«, ermahnt ihn Claire, kichert aber selbst noch am lautesten. Sie hakt sich bei Dombrowski ein und betritt mit ihm das Präsidium. Mit dem Ausweis von Dombrowski gehen sie durch die Sicherheitsschleuse. Der Fahrstuhl fährt sie in das zweite Stockwerk, in dem sich der Flur des Rauschgiftdezernats befindet.

Verwundert schaut Dombrowski den Flur entlang. Aus dem Büro von Otto und Ali fällt helles Licht in den Gang. Weil Otto sich krank abgemeldet hat, muss es Ali sein, der sich um diese Uhrzeit noch im Büro herumtreibt.

Mit einem Surren öffnet sich das Schloss der Sicherheitstür.

»Hallo?«, ruft Dombrowski zögerlich über den Flur und nähert sich mit schlurfenden Schritten der Tür. »Hallo? Was machst du denn hier?«, fragt er Ali irritiert, der tief in Gedanken versunken über einem dicken Aktenordner brütet.

Erschrocken fährt Ali hoch und schaut über die schmale Lesebrille hinweg zu Claire und Dombrowski. »Das könnte ich euch auch fragen«, erwidert er überrascht, nimmt die Brille ab und lässt sie mehrfach um seine Hand schwingen. Er lehnt sich im Stuhl zurück und gibt dadurch den Bauch preis, der sich leicht über den eng gezogenen Gürtel wölbt. »Gerd hat mich heute Nachmittag angerufen und mir etwas erzählt, das mir keine Ruhe mehr gelassen hat. Sein Hinweis kommt mir total bekannt vor, aber ich finde den Vorgang, zu dem er gehört, nicht in meinen Akten und Ablagen.«

»Gerd hat schon berichtet. Wir waren zusammen am Hamburger Berg, ein paar Bier trinken, wurden aber leider unterbrochen. Irgendein Matrose, den er am Morgen im Hafen gesehen hat, wurde von einem Mann mit Kapuzenpullover zusammengeschlagen. Gerd ist bereits am Ermitteln. Du weißt ja, er kann es einfach nicht lassen.« Dombrowski grinst. »Und aufhalten tut ihn auch keiner.«

Ali bläst die Backen kräftig auf und lässt die Luft langsam entweichen. »Der alte Mann kann es einfach nicht lassen.« Er setzt die Brille auf die Nase und blättert nachdenklich in seinem Aktenordner.

Nach einer gefühlten Ewigkeit nimmt Ali die Brille wieder von der Nase und wirft sie auf die Schreibunterlage.

»Wir hatten schon einmal einen Hinweis auf diesen Lieferwagen von Gerd, aber ich finde ihn nicht mehr.«

»Wenn du dich noch daran erinnern kannst, kann es ja nicht so lange her sein«, frotzelt Dombrowski.

Ali stutzt, fasst sich an die Stirn und erhebt sich aus dem Bürostuhl, auf dem er seit zwanzig Jahren sitzt und dessen dunkelgrauer Stoff an den Kanten entsprechend abgenutzt und teilweise aufgerissen ist. Er geht kopfschüttelnd zum Sideboard und zieht die Schiebetür auf. Nebeneinander aufgereiht stehen dort mehrere mit der Aufschrift »Hinweise Plantagen« und einer entsprechenden Jahreszahl versehene Aktenordner. Einige aus den vergangenen Jahren sind bereits aus dem Schrank entnommen worden und liegen aufgeschlagen auf Alis Schreibtisch. Gezielt greift Ali zum aktuellen Jahresordner und legt ihn auf das Sideboard, blättert und drückt plötzlich mit dem Zeigefinger auf eine Seite. »Da! Wusste ich es doch. Und es ist wirklich nicht lange her.«

Mit fragendem Blick treten Dombrowski und Claire an Ali heran, der beim Überfliegen seiner Notizen hektisch mit dem Finger die Zeilen entlangfährt.

»Vor drei Jahren haben Nachbarn einen ersten Hinweis gegeben auf einen jungen Mann, der seine Eltern verloren hatte und deren Haus erbte. Sie waren der Meinung, dass darin seltsame Dinge vor sich gehen, und meldeten Marihuanageruch. Wir waren dort auch mal zum Durchsuchen, konnten außer ein paar Gramm aber nichts finden. Der Bewohner teilte uns damals mit, dass er mit den Nachbarn im Streit sei. Die eine oder andere Feier sei wohl zu laut gewesen. Und die Nachbarn haben sich vor Kurzem wieder bei mir gemeldet und erzählt, dass ihr Nachbar sich jetzt einen grünen Lieferwagen einer Gärtnerei zugelegt habe. Ich habe recherchiert, und diese Firma, auf die das Kennzeichen angemeldet ist, gibt es gar nicht. Aber der Junge ist seit dem damaligen Vorfall auch noch nicht wieder in Erscheinung getreten, daher habe ich es erst mal abgelegt und keine weiteren Ermittlungen betrieben. Wegen des Lieferwagens muss ich den alten Hinweis ins aktuelle Jahr geheftet haben. Deswegen konnte ich den die ganze Zeit nicht finden.« Ali hört auf zu erzählen, reißt die Schreibtischschublade auf und entnimmt ihr ein leeres Holster und Handschellen. »Ich fahr raus und nehme den unter die Lupe.«

»Allein? Mitten in der Nacht? Was soll das bringen, Ali?«, wirft Dombrowski ein.

»Ich schaue. Vielleicht ergibt sich was.« Ali beginnt, seinen Gürtel mit zittrigen Händen in das Holster zu fädeln. Anschließend schiebt er noch die Handschellentasche auf den Ledergürtel.

»Nun atme doch erst einmal durch. Wie wäre es, wenn ich Fred anrufe, und die ziehen dann morgen als Gruppe bei der Plantage auf? Dann ist es hell, und sie können ihn observieren und vielleicht feststellen, ob der Typ, den Gerd beobachtet hat, derselbe ist. Wer weiß, wohin dieser Hinweis uns noch führt? Jetzt pennt der doch sicherlich. Du kannst den Typen solange noch einmal ordentlich durchleuchten«, schlägt Dombrowski vor.

Stille kehrt im Büro ein. Wie versteinert steht Ali da und schaut Dombrowski mit starrem Blick an. Dann entweicht die Anspannung aus Alis Körper.

»Du hast recht. Danke. Dann ruf du bei Fred an. Ich klär den Typen noch mal ab und fahr danach für ein paar Stunden nach Hause. Morgen früh bin ich wieder hier und für die Jungs erreichbar, wenn etwas ist.

»So soll es sein.« Dombrowski zieht sein Handy aus der Hosentasche und sucht in den Kontakten nach Fred. Kurz darauf wird die Verbindung hergestellt, und er verlässt mit dem Telefon am Ohr das Büro. »Moin, Fred!«, begrüßt er den Kollegen. »Uhr? Nee, hab ich nicht. Ist es so spät? Aber du bist ja wach. Pass mal auf, ich hab ein Anliegen. Jo, ist wichtig. Kann nicht warten.«

»Ich glaube, es klappt«, resümiert Claire mit einem Lächeln.

»Wenn Dumbo anruft, sagt irgendwie nie jemand Nein«, erwidert Ali mit einem schiefen Grinsen und lässt sich in den unter seinem Gewicht laut knirschenden Bürostuhl fallen.

35

Leichter Sprühregen setzt ein und legt einen feuchten Schleier auf den Asphalt der Hindenburgstraße, die vor dem Polizeipräsidium verläuft. Mit röhrendem Motor zischt ein silberner

Smart an der Einfahrt vorbei in Richtung Flughafen und fährt gerade noch bei Gelb über die dahinterliegende Kreuzung.

Am Steuer sitzt ein junger Mann, die braunen Haare mit viel Haarspray zur Tolle gestylt. Im linken Ohrläppchen trägt er eine kleine schwarze Scheibe. Die dunklen Augen fixieren die Straße.

Er biegt in die Alsterdorfer Straße ein, die gesäumt ist von alten und modernen Stadtvillen sowie Mehrfamilienhäusern mit großen Eigentumswohnungen. Nach einigen hundert Metern steigert sich auf der linken Straßenseite die Anzahl der Rotklinkerbauten, in denen günstigere Wohnungen den teuren Immobilien auf der gegenüberliegenden Straßenseite entgegenstehen. Vor einer großen weißen Stadtvilla bringt der junge Mann den Kleinwagen zum Stehen und parkt zwischen zwei Fahrzeugen auf dem Seitenstreifen ein. Er greift hinter den Beifahrersitz und zieht eine dunkle Bauchtasche aus dem Hohlraum zwischen Sitz und Kofferraumabdeckung.

Er öffnet die Fahrertür, steigt aus und bindet sich die Bauchtasche um die schmale, fast dürre Hüfte. Die Tür drückt er leise ins Schloss und verschließt den Wagen. Aus dem Garten der Stadtvilla dröhnen laute Musik und Gelächter zu ihm herüber. Bunte Lampions werfen ihr farbenprächtiges Licht in die tiefschwarze Dunkelheit der Nacht, da die Sterne und der Mond von aufkommenden Regenwolken verdeckt werden.

Die hellen Zierkieselsteine knirschen unter seinen weißen Sneakers, als er auf die massive Haustür zugeht. Noch bevor er die Klingel betätigen kann, wird die Tür von innen geöffnet, und ein älterer Mann im eleganten grauen Anzug und mit hohen Geheimratsecken tritt in den Rahmen. Er mustert den jungen Mann in den eng anliegenden Röhrenjeans und dem taillierten schwarzen Hemd.

»Komm kurz rein«, fordert er.

Der junge Mann folgt dem Anzugträger ins Haus. Der lockert im Gehen den Knoten seiner rot-weiß gestreiften Krawatte und öffnet eine Tür, die in eine geräumige Gästetoilette mit Dusche führt.

»Drei Stück!«, verlangt er ebenso wortkarg wie zuvor und zieht ein Bündel Geldscheine aus der Hosentasche. Zwei grüne und einen braunen Schein nimmt er heraus und streckt sie seinem Besucher entgegen.

Ohne aufzublicken, öffnet der junge Mann den Reißverschluss seiner Bauchtasche, entnimmt ihr drei kleine Plastikröhrchen mit weißem Pulver und legt sie in die Hand des Mannes, aus der er zeitgleich die Geldscheine entnimmt.

»Stimmt so. Bis nächstes Mal.« Der Mann begleitet ihn zur Haustür, die er sogleich wieder verschließt, nachdem der junge Mann das Haus verlassen hat.

Am Smart angekommen, holt er sein Handy aus der Jackentasche. Auf dem Display werden keine weiteren Nachrichten angezeigt. Er setzt sich auf den Fahrersitz und startet den Motor. Nach kurzem Zögern aktiviert er den Flugmodus des Handys, steckt es in die Bauchtasche und stopft beides zurück in den Hohlraum hinter dem Beifahrersitz.

»Für heute ist Feierabend«, sagt er zu sich selbst, dreht das Radio lauter und fährt aus der Parklücke, um kurz darauf an der nächsten Kreuzung in die Sengelmannstraße abzubiegen.

36

Im Erdgeschoss des Altonaer Krankenhauses steht Gerd Sehling vor den Fahrstühlen und wartet darauf, dass sich die Türen einer Kabine öffnen. Ein erlösender Ton kündigt den Vorgang an. Kurz darauf saust der Fahrstuhl mit Gerd darin im Eiltempo die Stockwerke hinauf. Die Wände sind mit Holzfurnier verkleidet, was dem kleinen Raum eine elegante Wirkung verleiht. Gerd stützt sich auf eine an der Wand montierte Stange, bis der Fahrstuhl abrupt anhält und die Türen öffnet. Auf dem Gang blickt er sich suchend um, folgt den richtungsweisenden Pfeilen und betritt schließlich den Flur der Station, die ihm am Empfang genannt wurde.

Gedämmtes Licht taucht den Gang in Grautöne, sodass Gerd nur schwer erahnen kann, welche Farben er tatsächlich trägt. Wie gerufen eilt eine Krankenschwester aus ihrem Schwesternzimmer und kommt mit forschen Schritten auf Gerd zu.

»Kann ich Ihnen helfen? Aktuell ist keine Besuchszeit«, informiert sie Gerd und macht Anstalten, ihn vor die Tür setzen zu wollen.

»Ich wünsche einen schönen guten Abend. Mein Name ist Sehling. Ich komme von der Hafenmission und möchte einen Seemann unterstützen, der heute hier eingeliefert wurde. Wären Sie so freundlich, mich zu ihm zu führen?«, fragt Gerd mit schmeichelndem Unterton und grient die junge Schwester freundlich an.

»Morgen. Heute ist keine Besuchszeit mehr«, erwidert die Schwester schroff, und ihr Arm weist in Richtung Fahrstuhl.

»Es ist sicher unüblich, dass um diese Uhrzeit noch jemand kommt, aber –«

»Sie können sich kaum vorstellen, wie viele Leute ihre Freunde, Verwandten und Bekannten am späten Abend oder in der Nacht besuchen wollen«, unterbricht ihn die Schwester. »Morgen Vormittag können Sie gerne wiederkommen.« Sie verschränkt mit emotionslosem Gesichtsausdruck ihre Arme vor der Brust. Die straff zurückgebundenen dunklen Haare verleihen ihrem kantigen Gesicht eine zusätzliche Strenge.

»Könnten Sie bitte einmal nachschauen, ob er noch wach ist? Er ist, wie gesagt, Matrose, sogar Offizier auf einem hier im Hafen liegenden Containerschiff. Das Schiff läuft bereits morgen wieder aus, daher gibt es bis dahin viele Dinge für diesen Mann zu regeln. Ich will ihm gern helfen, dazu muss ich ihm allerdings ein paar Fragen stellen«, entgegnet Gerd und setzt seinen Dackelblick auf, während er versucht, dem durchdringenden Blick der Nachtschwester freundlich lächelnd standzuhalten.

Ein Zucken ihrer Augenbrauen verrät ihm, dass er Wirkung erzielt.

»Sie warten hier!«, befiehlt sie in strengem Tonfall und kehrt Gerd kurz darauf den Rücken zu.

Sie schreitet den Flur hinab und geht in ein Zimmer schräg gegenüber dem Schwesternzimmer. Nach wenigen Sekunden erscheint sie wieder in der Tür und zeigt Gerd mit einer ruckartigen Kopfbewegung an, dass er eintreten darf.

»Fünf Minuten! Nicht länger.« Sie hat sich demonstrativ vor ihm aufgebaut und wartet auf sein bestätigendes Nicken. Wie eine Ordenswächterin gibt sie den Weg frei und verfolgt mit kritischem Blick, wie Gerd den Raum betritt.

»Danke!«, sagt Gerd und schließt hinter sich die Tür.

Im Krankenzimmer schaut ihm Sergej Kruschkow erwartungsfroh entgegen. »Gut, Sie sind da. Ich muss Kapitän informieren. Sie mich müssen rausholen. Ich will auf Schiff.«

»Dat wird, glaub ich, nichts. Ich bin zwar von der Hafenmission, aber der liebe Gott bin ich nich«, erklärt Gerd, während er an das Bett herantritt. »Wat is denn eigentlich passiert?«

Sergej betrachtet Gerd mit skeptischem Blick. »Woher wissen Sie, dass ich hier bin?«

»Wie gesagt, ich bin von der Hafenmission. Wir wissen, wo unsere Schäfchen sind.« Gerd geht ein paar Schritte auf das Krankenbett zu und setzt einen besorgten Gesichtsausdruck auf. »Wir mögen es nich, wenn unseren Seeleuten wat geschieht. Dann sind wir da und kümmern uns.«

»Ich glaube schon lange nicht mehr an liebe Gott. Der sicher nicht für mich nach Ihnen gerufen. Also? Wer hat Sie geschickt?«, erwidert Sergej mit wachsendem Misstrauen.

»Die Polizei hat uns Bescheid gegeben. Dat machen die so, wenn sie mit ihren Ermittlungen und Befragungen fertig sind. Den Leuten soll ja geholfen werden. Um helfen zu können, muss ich allerdings wissen, wat passiert is. Der Polizist hat mir gesagt, dat Sie gar nichts erzählt haben. Also, mien Jung, Butter bei die Fische. Wo drückt der Schuh?« Gerd verstummt und wartet geduldig auf eine Antwort von Sergej.

Gefühlte Minuten später atmet Sergej Kruschkow tief ein. »Sie reden nicht mit Polizei? Kein Wort, verstanden?«

Gerd erwidert nichts. Er sieht Sergej nur an und stützt sich mit vorgebeugtem Oberkörper auf dem Bettrahmen ab.

Offenbar reicht dem Russen die stillschweigende Bestätigung. Seine verschlossene Miene öffnet sich. »Zuerst Sie müssen meinen Kapitän informieren. Er braucht Ersatz für nächste Tour. Und ich muss Freund anrufen. In zwei Tagen er kommt in Hamburg mit Containerschiff. Ich brauch Telefon. Geben Sie mir Handy aus meiner Hose.«

Suchend schaut sich Gerd im Zimmer um. Nach kurzer Zeit entdeckt er einen Plastikbeutel, der neben Sergejs Bett auf einem Stuhl liegt. Darin kann er die dunkle Hose und das verschmutzte helle Hemd, das der Offizier vor ein paar Stunden anhatte, erkennen.

Er öffnet den Beutel, entnimmt die dunkle Hose und tastet die Taschen ab. Etwas klappert und knirscht in der rechten Hosentasche. Gerd greift hinein und spürt gleich, dass mit einem intakten Telefon nicht mehr zu rechnen ist. Zögerlich zieht er die Einzelteile des Smartphones aus der Hosentasche und legt sie auf den Nachtschrank.

»Ich glaub, dat wird nichts mehr mit Anrufen.«

Sergej beäugt die Einzelteile mit düsterer Miene. *»Gavno«*, flucht er leise.

»Kennen Sie die Telefonnummern Ihrer Freunde vielleicht auswendig?«, fragt Gerd.

»Natürlich nicht«, erwidert Sergej mürrisch und richtet den Blick zur Decke.

»Ich kann dem Kapitän Bescheid geben. Ihren Freund kann ich abholen und zu Ihnen fahren, wenn Sie mögen«, schlägt Gerd vor und hat sogleich wieder Sergejs volle Aufmerksamkeit.

»Das Sie würden machen?« Sergej schaut Gerd hoffnungsvoll an.

»Dafür bin ich da. Wie gesagt. Wir helfen unseren Seeleuten.« Gerd lächelt den Mann freundlich an. »Also, wat muss noch erledigt werden?«

»Kapitän muss Bescheid gegeben werden, dass ich bin im Krankenhaus. Ich steige wieder zu, wenn sie nächste Mal in Hamburg sind. Bis dahin er braucht Ersatz.«

»Geht dat denn so einfach?«, fragt Gerd skeptisch.

»Ja. Seeleute gibt es immer. Er wird finden jemand. Ganz sicher.«

»Okay. Ihr Wort in Gottes Ohr. Und wat kann ich noch tun?«

»Mein Freund, Jurij Wolf, ist an Bord der Santa Rosa. Er ist Offizier. Ich muss dringend ihn sprechen. Besser, bevor er mit Schiff im Hamburg Hafen kommt«, erklärt Sergej leise, gerade laut genug, dass sein Bettnachbar es nicht hören kann. »Sie müssen dringend erreichen ihn. Es ist wichtig. Sehr, sehr wichtig.« Mit einem halb bettelnden, halb befehlenden Blick schaut er Gerd an.

»Ich werde mich darum kümmern.« Auf dem Gang sind klackende Schritte zu hören, die Gerd intuitiv Anzugschuhen zuordnet. »Ich muss dann jetzt auch los. Die Schwester hat mir nur fünf Minuten gegeben. Ich melde mich.« Er klopft zum Abschied gegen Sergejs Bettkante und nickt dem Offizier noch einmal aufmunternd zu. An dessen Bettnachbarn gerichtet sagt er im Vorbeigehen: »Gute Nacht. Und entschuldigen Sie bitte die späte Störung.«

»Keen Problem. Allet Jute wünsch ick Ihnen«, erwidert der Patient und hebt die Hand zum Gruß.

Als Gerd gerade hinausgehen will, stößt ein junger, sehr schlanker Mann die Tür von außen auf. Seine Haare hat er sorgsam gestylt, und am Kinn säumt ein dünner Bart das Gesicht. Hinter ihm steht die Nachtschwester, die prüfend an ihm vorbei in den Raum schaut, ob darin auch alles seine Ordnung hat.

»Hallo, Gerd. Was machst du denn hier?«, fragt Jonas Reinke irritiert.

»Beruflich. Ich bin beruflich hier«, erwidert Gerd, der sich an Jonas und dessen Praktikum im Rauschgiftdezernat noch gut erinnert.

»Ich dachte du bist schon lange pensioniert. Oder hast du etwa doch noch verlängert?«, fragt Jonas interessiert.

»Nee, ich bin jetzt in der Hafenmission und helfe, wo ich kann«, antwortet Gerd ehrlich.

»Ach so, stimmt. Hatte Dumbo schon erzählt. Dann wünsche ich dir eine gute Nacht. Man sieht sich.« Jonas geht an Gerd vorbei, der auf den Flur hinaustritt und unter dem kritischen Blick der Nachtschwester die Tür hinter sich zuzieht.

Im Krankenzimmer beugt sich Kalle zu seinem Bettnachbarn hinüber. »Ick gloob, der Typ jerade hat dich ordentlich verkackeiert«, raunt er ihm zu. »Der jehört ooch zur Polente, wennde mich fragst.« Ein wütender Blick von Sergej lässt den kichernden Berliner umgehend verstummen. »Aber ick werd ja von keenem hier jefragt«, ergänzt er beschwichtigend.

»Ich nicht rede mit Polizei«, herrscht Sergej den näher tretenden Jonas an und erstickt so die freundliche Begrüßung seines Gegenübers im Keim. »Und jetzt brauche ich meine Ruhe. Gute Nacht.«

Wortlos verlässt Jonas das Zimmer, dessen Tür von der immer noch auf dem Flur lauernden Nachtschwester mit wichtiger Miene geschlossen wird.

37

Die schmalen Seitenstraßen, gesäumt von kreuz und quer parkenden Fahrzeugen, liegen in schattiger Stille. Das Mondlicht bahnt sich immer mal wieder einen Weg zwischen den Wolken und Baumwipfeln hindurch und taucht die Gehwegplatten in ein dumpfes Grau.

Vor einem der vielen aufwendig restaurierten Mehrfamilienhäuser, deren Bürgersteige tagsüber gerne von Passanten und ihren Schoßhunden zum Flanieren genutzt werden, wummert pochend der Motor von Stevens schwarzem Mustang. Ganz in der Nähe seiner Wohnung findet er mit Glück direkt vor dem Wohnmobil von Gerd eine freie Parkbucht, in die er sich mühsam hineinmanövriert.

Das tiefe Motorengeräusch verstummt, während die hellen Scheinwerfer zeitgleich erlöschen und der Nacht unmittelbar ihre Ruhe und Einsamkeit zurückgeben.

Steven steigt aus dem Fahrzeug, drückt so leise wie möglich die Tür ins Schloss und geht mit schweren Schritten zur Haustür.

Im weitläufigen Treppenhaus ächzt das alte Holz unter seinen Füßen.

Oben angekommen, schiebt Steven den Schlüssel in das Schloss der Wohnungstür und dreht ihn vorsichtig um, bis die Tür mit einem Klacken aufspringt und sich unter leichtem Quietschen aufschieben lässt.

Er legt den Rucksack im Flur ab, schlägt die Kapuze des Pullovers zurück und knotet mühsam die Arbeitsschuhe auf. Der Geruch von Schweiß steigt aus dem Kragen in seine Nase und lässt ihn das Gesicht verziehen. Duschen wird er erst morgen früh, wenn der Rest der Familie wieder wach ist.

Auf Socken schleicht Steven in das Kinderzimmer von Emilia und tritt an das Prinzessinnenbett heran. Auf dem Fensterbrett dreht sich gemächlich ein rosafarbenes Nachtlicht mit pinken Einhörnern, die vor bunten Regenbögen hintereinander herlaufen. Der sanfte Schein der Lampe fällt auf die Silhouette seiner kleinen Tochter, die friedlich schlafend in ihrem Bett liegt und ihre Bettdecke komplett unter sich begraben hat.

Vorsichtig setzt er sich neben Emilia auf die Bettkante und streichelt ihr zärtlich über den Rücken. Schwermütig beobachtet er sie, eine tiefe Traurigkeit im Blick.

»Meine kleine Prinzessin«, flüstert Steven. Tränen behindern seine Sicht. Die Lippen beginnen leicht zu zittern. Mit dem Ärmel des dunklen Pullis wischt er sich über die Augen. »Papa hat Mist gebaut, mein Schatz«, wispert er. »Bitte verzeih mir, Emmi. Es tut mir leid.«

Reglos schlafend liegt Emilia in ihrem Bett. Steven atmet tief durch, gibt ihr einen sanften Kuss auf ihr blondes Haar und steht auf.

»Ich versuche, es wiedergutzumachen. Das verspreche ich. Gute Nacht, meine Prinzessin«, flüstert er, streichelt Emilia noch einmal zärtlich über den Rücken und verlässt das Zimmer.

Gegenüber vom Bett liegt Dörte im Schlagschatten eines Vorhangs auf einer Faltmatratze und starrt auf die Zimmertür, die soeben von außen geschlossen wurde. Was hat das zu bedeuten?, fragt sie sich besorgt und setzt sich unruhig auf. Die Gedanken, die ihr jetzt durch den Kopf gehen, treiben tiefe Furchen auf ihre Stirn.

Emilia hat davon nichts mitbekommen, sie liegt friedlich da und schläft. Dörte jedoch wird heute Nacht sicherlich keine Ruhe mehr finden.

38

Auf dem Flur des Rauschgiftdezernats brennt noch immer Licht in den einander gegenüberliegenden Büros von Tim Dombrowski und Ali Bernbuch. Im dunklen Nachbarbüro hat Dombrowski ein Feldbett aufgebaut, damit Claire sich ein wenig ausruhen kann, während er den Bericht über die Ereignisse des Abends schreibt. Ehe er sich an den Computer setzt, will er Ali aber berichten, was er bei Fred erreichen konnte.

Er setzt sich mit einem Becher Kakao auf den Stuhl, der am Kopf der beiden Schreibtische steht, und wartet, bis er Alis Aufmerksamkeit hat. Der sitzt mit angespannter Miene am Computer und sucht nach Antworten auf offene Fragen.

Dombrowski klimpert zunehmend lauter mit dem Metalllöffel im hellen Porzellanbecher und trinkt einen ersten Schluck.

»Verdammt!«, schimpft Ali plötzlich.

Dombrowski blickt interessiert auf, gespannt, was den spontanen Ausruf erklären könnte, doch Ali hüllt sich wieder in nachdenkliches Schweigen, den Zeigefinger nachdenklich auf dem Schnauzbart abgelegt, und scheint etwas zu lesen.

»Lässt du mich irgendwann an deinen Gedanken teilhaben, oder soll ich dich in Ruhe lassen?«, fragt Dombrowski mit süffisantem Unterton.

Erschrocken blickt ihn Ali an und holt tief Luft, ehe er antwortet: »Ach, der Lieferwagen ist letztens von einer Streifenwagenbesatzung angehalten worden. Das war in Harburg. Der Fahrer fuhr zunächst über eine durchgezogene Linie und dann auffallend langsam, also haben sie ihn rausgezogen. Das Ärgerliche dabei ist, dass sie die Kontrolle nicht zu Ende führen konnten, weil sie zu einer Schlägerei im Phönixviertel gerufen wurden. Nicht einmal die Personalien vom Fahrer konnten mehr erfasst werden und auch der Ort, wo er über die durchgezogene Linie gefahren ist, steht hier nicht.«

»Immerhin haben die Kollegen den Bericht geschrieben. Besser als nichts. Vielleicht können sie den Fahrer ja noch beschreiben oder den Ort benennen.« Dombrowski zuckt mit den Schultern und trinkt einen weiteren Schluck Kakao.

»Mmh. Hast recht. Guter Hinweis.« Alis Gesichtszüge entspannen sich ein wenig, doch noch immer schaut er unzufrieden drein.

»Vielleicht hebt es deine Stimmung, zu hören, dass Pascho gleich für dich vor der vermeintlichen Plantage Videotechnik aufbaut. Fred hat zugesichert, dass sie mit der Observation vor Ort beginnen, sobald der Transporter dort auftaucht. Ich habe gesagt, dass sie sich bei dir melden sollen, sobald etwas passiert. Du kannst mich natürlich auch gerne mit einbinden.«

»Nee, nee, nee. Das schaffe ich schon allein. Kümmer du dich mal morgen um deine Claire. Montag sehen wir dann weiter.«

»Okay. Aber wenn etwas ist, meldest du dich bei mir«, entgegnet Dombrowski, wartet auf ein zustimmendes Nicken von Ali und kehrt an seinen eigenen Arbeitsplatz zurück.

»Ich hau dann jetzt ab«, informiert ihn Ali wenig später. »Mach nicht mehr so lange, Dumbo. Wir hören uns. Ich halte dich auf dem Laufenden.« Er klopft im Weitergehen mit der Hand zweimal gegen den Türrahmen. Seine dumpf durch den dunklen Flur hallenden Schritte werden untermalt von einem sanften Schnarchen aus Dombrowskis Nachbarbüro.

39

Über die Gärtnerstraße rauscht ein elfenbeinfarbenes Taxi mit Gerd auf dem Rücksitz in Richtung Eppendorf. Die Straßen sind inzwischen leer. Hamburg ist zur Ruhe gekommen. Die freien Straßen verleiten zum Rasen, doch die überall versteckt aufgestellten Blitzersäulen und aschgrauen Blitzeranhänger halten die meisten Fahrer davon ab, das Gaspedal durchzudrücken.

Das entspannte Fahren lädt Gerd dazu ein, bei Dombrowski anzurufen, um ihn über die neuesten Erkenntnisse zu informieren.

Ein dumpfes Freizeichen ertönt aus dem Handy.

»Na, mein Lieber? Wie war es in Altona?«, wird Gerd sogleich von einer neugierigen Frage von Dombrowski torpediert. »Seid ihr beiden Schmuckstücke schon in der Koje? Störe ich vielleicht?«

»Du störst doch nie. Ich sitze im Büro und schreibe den Bericht über unsere heutigen Erlebnisse. Claire zersägt so lange das Büro von Scotty«, antwortet Dombrowski und beginnt unterdrückt zu kichern. »Aber jetzt spann mich nicht weiter auf die Folter. Was hast du von dem Russen erfahren? Wenn du mitten in der Nacht noch mal anrufst, muss etwas dabei rumgekommen sein, das du mir unbedingt auf die Nase binden willst.«

»Nun gut. Gegenüber einem Quasigeistlichen der Hafenmission war der gute Mann doch ein wenig gesprächiger.« Gerd grinst zufrieden und blickt kurz zum Taxifahrer, dessen Haare mit einem roten Turban eingewickelt sind. Er blickt desinteressiert und beinahe schlaftrunken auf die Fahrbahn. Dennoch spricht Gerd fast flüsternd weiter. »Aber mir kam auch zugute, dass er wohl erst im Krankenbett begriffen hat, dass er bis auf Weiteres an die Matratze gefesselt sein wird.«

Das Taxi kommt neben Gerds eierschalenfarbenem Wohnmobil zum Stehen. Der Taxifahrer drückt auf den Knopf am Zähler, dreht sich zu Gerd um und sagt: »Dasch mach funfunddreijzik achzik, bitte.« Er zeigt seine strahlend weißen Zähne, die aus einem dunklen Vollbart hervorstrahlen.

»Wat? Wie viel? Früher bin ich für zehn Mark vom Kiez nach Hause gekommen. Mann, Mann, Mann. Hier, stimmt so!«, wütet Gerd, drückt dem Fahrer zwei Zwanzig-Euro-Scheine in die Hand und steigt aus.

Nachdem das Taxi weitergefahren ist und Gerd sich in der kühlen Nachtluft gedanklich gesammelt hat, widmet er sich wieder dem geduldig wartenden Dombrowski.

»Also, wo waren wir? Ach ja. Er möchte, dass ich einen Jurij Wolf kontaktiere, damit dieser sich bei ihm meldet. Möglichst noch bevor er in Hamburg ankommt. Der Mann ist Offizier auf der Santa Rosa. Dat Schiff kenn ich schon. Kommt auch immer am Eurogate an. Wenn du willst, kontaktiere ich einen Freund. Der kennt vielleicht jemanden an Bord und kann in Erfahrung bringen, was dieser Jurij Wolf für ein Typ ist. Würd mich nich wundern, wenn der auch mit drinsteckt in der Sache, die da abläuft. Warum will der den sonst erreichen, bevor der ankommt? Kann ja nich ohne Grund sein.«

»Kann viele Gründe haben. Schwer zu sagen. Was wissen wir denn bislang? Ein Offizier der MS Valderrama, der am Morgen Streit mit einem Arbeiter vom Eurogate hatte, vermutlich wegen Geld, wird von einem Unbekannten, dessen Wagen du kennst, zusammengeschlagen. Ich habe zudem einen Hinweis auf einen Mitarbeiter von Eurogate erhalten, der, nachdem ihm seine ersten Gehversuche in dem Business eine mehrjährige Haftstrafe eingebrockt haben, nun groß im Koksgeschäft sein soll. Warte mal, ich schick dir mal ein Foto von dem. Alex Freiberg heißt er, vielleicht kennst du den ja.« Dombrowski schickt, während er spricht, ein älteres Bild von Freiberg aus dem polizeilichen System an Gerds Nummer. »Nun kommt im Laufe eines einzigen Tages ein weiteres Schiff ins Spiel, und der Zusammengeschlagene will Kontakt zu einer Person auf diesem Schiff aufnehmen. Womöglich beabsichtigt er, den Mann zu warnen, oder plant Rache? Oder möchte er vielleicht einfach nur auf dem anderen Schiff anheuern, damit er hier wegkommt?

Könnte doch sein, der Typ ist sein Bruder, und deswegen will er Kontakt aufnehmen.«

»Dumbo, das is er!«, erwidert Gerd aufgeregt.

»Woher weißt du denn das nun schon wieder? Aber siehst du: Gibt für alles eine logische Erklärung. Muss ja nicht immer alles zusammenhängen.«

»Hä? Nee, Dumbo. Der Typ auf dem Foto. Das ist der Kerl, mit dem Sergej heute Morgen gestritten hat. Da bin ich sicher. Ganz sicher!« Gerd steht breitbeinig auf den dunklen Gehwegplatten und schiebt mit zwei Fingern auf dem Display des Handys herum, um sich das Gesicht genau anzuschauen. »Jo, Dumbo. Das wird 'ne ganz große Nummer«, ruft er ins Telefon, das er auf Lautsprecher gestellt hat.

»Okay«, antwortet Dombrowski und schweigt.

»Wie, ›okay‹?«, äfft Gerd ihn nach. »Das ist die Antwort, und du findest das ›okay‹?«

»Ja. Super! Wirklich. Aber darüber muss ich jetzt erst einmal nachdenken. Das Wochenende ist jedenfalls im Eimer. So viel ist sicher. Danke, Gerd.«

Gerd weiß, dass Dombrowski es ihm nicht übel nimmt, wenn er ihn auf eine Spur bringt. Er spürt förmlich, wie es im Kopf seines Freundes zu rattern beginnt. »Jo. Dann meld dich, wenn ich was helfen kann«, sagt er aufmunternd.

»Sie sind pensioniert, Herr Dehling!«, parodiert Dombrowski seine Chefin mit einem Lachen in der Stimme. »Du machst ja sowieso dein Ding. Ich halte dich auf dem Laufenden. Und du mich, schließlich hast du noch etwas zu erledigen. Das ist jetzt umso wichtiger geworden, denn der Angriff von heute Abend muss unmittelbar mit Freiberg zusammenhängen, wenn unsere Theorie stimmt.«

»Hab verstanden, Dumbo. Ich melde mich morgen bei dir. Tschüss.« Ohne auf eine Antwort zu warten, beendet Gerd das Gespräch und steckt sein Telefon in die Tasche.

Er geht zu dem dunklen Mustang, lässt sich mit knackenden Kniegelenken in die Hocke sinken und befühlt vorsichtig eins der Auspuffrohre, das noch immer warm ist.

»Bist du also vor mir nach Hause gekommen. Na warte, mien Jung!«, flucht Gerd leise vor sich hin. Er öffnet die Seitentür des Wohnmobils, zieht unter dem Beifahrersitz einen kalten metallischen Gegenstand hervor und wendet sich mit wütendem Gesichtsausdruck dem dunklen Sportwagen zu.

40

Zwischen Apfel- und Kirschbäumen führt eine Landstraße durch das Alte Land, deren huckeliger Asphalt tagtäglich von Landmaschinen malträtiert wird. Ein dunkelgraues Familienauto fährt hier allein dem Morgengrauen entgegen, jedoch nicht annähernd so schnell wie manche Bewohner der angrenzenden Dörfer, die in der Nacht gerne mal vom Suff in der Dorfkneipe in einen Geschwindigkeitsrausch getrieben werden.

Der Fahrer hat es nicht eilig. Er beobachtet die Umgebung, die sich langsam aus der Dunkelheit erhebt. Obwohl im Osten bereits die Dämmerung einsetzt, kann man noch viele Sterne am Himmel sehen, viel mehr als im Zentrum der Hansestadt.

Pascho, der von Fred alarmiert wurde, sitzt ein wenig eingesunken im Fahrersitz. Er braucht morgens immer ein bisschen, bis er so richtig in Schwung kommt. Neben ihm sitzt seine Freundin, die er nicht davon überzeugen konnte, gemütlich im Bett liegen zu bleiben. Magdalena liebt es, wenn sie Einblicke in Paschos Arbeit erhält. Erst vor einem halben Jahr hat sie sich in inoffizielle Ermittlungen in Barcelona eingemischt und vermisst seitdem diesen Adrenalinausstoß, den sie in ihrem Bürojob nicht geschenkt bekommt. »Du wirst schon sehen, dass es gut ist, wenn du mich dabeihast«, lautet ihr Standard-Totschlagargument, mit dem sie alle weiteren Diskussionen im Keim erstickt. Und Pascho genießt Magdas Anwesenheit, auch wenn er es ihr gegenüber niemals offen zugeben würde.

»Wie oft willst du eigentlich an dem Haus vorbeifahren?«,

fragt Magdalena jetzt mit ruhigem, ihre Ungeduld kaschierendem Tonfall.

»Ich muss ja sicher sein, dass niemand dort ist und auch kein anderer auf uns aufmerksam wird«, erklärt Pascho. »Bringt schließlich wenig, wenn die Nachbarn morgen früh unserer Zielperson berichten, dass komische Gestalten auf dem Grundstück herumgeschlichen sind.«

»Aber hier ist kein Mensch«, sagt sie irritiert und blickt sich um, auf der Suche nach einem Lebenszeichen.

»So ein Dorf hat tausend Augen, glaub mir, aber wir parken jetzt dort vorne, und dann gehe ich zum Grundstück.« Pascho setzt den Blinker, um in eine Parkbucht zu fahren.

»Ich komme mit!«, bestimmt Magdalena und erntet ein entschiedenes Kopfschütteln.

»Nee, du krabbelst hinten in den Kofferraum und beobachtest die Umgebung. Ich rufe dich gleich an, dann habe ich dich auf dem Ohr. Und wenn jemand kommt, warnst du mich, okay?« Pascho formuliert es als Frage, auch wenn beiden klar ist, dass diese Option alternativlos ist.

»Ja, einverstanden«, erwidert Magda und drückt ihm unvermittelt einen kräftigen Kuss auf die Lippen. »Pass auf dich auf! Ich mach es auch.«

Überrascht nickt Pascho ihr zu, öffnet die Fahrertür und steigt aus dem Fahrzeug aus. Dem Kofferraum entnimmt er eine Sporttasche und geht mit leisen Schritten die Straße entlang. Stille liegt über den Häusern und Feldern. Ab und zu raschelt es in den Büschen, an denen er vorbeigeht. Pascho atmet die klare Nachtluft tief ein. Er ist jetzt wach und fokussiert, steckt einen kleinen Sender ins Ohr und wählt die Nummer von Magdalena.

»Hallo, hier ist die heiße Sylvie. Was kann ich für dich tun? Magst du es heiß und dreckig?«, haucht Magdalena verrucht ins Telefon, woraufhin Pascho intuitiv erschrickt und auf dem Display überprüft, welche Nummer er gewählt hat. Er unterdrückt ein Lachen, während Magdalena in den Hörer kichert.

»Ich geh jetzt aufs Grundstück. Verkneif dir also erst einmal weitere Späße«, bittet Pascho seine Freundin, als er den Schotterweg betritt, der zum hinteren Bereich des Hauses führt.

Die kleinen Steinchen unter seinen Schuhen knirschen verräterisch und veranlassen Pascho dazu, sich am Ende des Weges einmal umzuschauen. Weder auf der Einfahrt noch weiter hinten kann er ein Auto entdecken. Im Haus scheint derzeit tatsächlich niemand zu sein.

Pascho schaut sich genau um. Er ist sich noch nicht ganz im Klaren, welche Kameratechnik er hier verbauen soll, um den Eingang zum Gebäude vernünftig beobachten zu können.

An der Hauswand entdeckt er eine Leiter, die ihn auf eine Idee bringt. Am Ende der Auffahrt stehen mehrere Birken, deren Verästelungen erst in vier Meter Höhe beginnen. Ein paar trockene Äste, die kaum Blätter tragen, zweigen dort ab.

Er geht zu der Leiter, schultert sie gekonnt und schleicht damit zu den Birken hinüber. Der Rasen ist klamm vom Tau. Pascho spürt, wie seine Stoffturnschuhe langsam durchnässt werden. In dem schon länger nicht mehr gemähten Gras tritt er auf etwas Weiches, das ihn kurz erschrecken lässt, doch der Geruch, der ihm gleich darauf in die Nase steigt, zeigt, dass es sich bloß um einen Hundehaufen gehandelt hat. Genervt verdreht er die Augen und erträgt den Gestank, den er nun bei jedem Schritt in der Nase hat.

Pascho lehnt die Leiter an einen in zweiter Reihe stehenden Baum, stellt die Sporttasche auf den Boden und entnimmt ihr ein kleines, unscheinbares Vogelhaus. Sprosse um Sprosse klettert er damit die Leiter hinauf und hängt es so an einen Ast, dass es auf die Eingangstür am Haus gerichtet ist. Noch auf der Leiter, öffnet er die Steuerungs-App auf dem Handy und sieht sogleich, dass die Perspektive perfekt geeignet ist. Sowohl den Eingang als auch die Zufahrt kann man von hier aus beobachten. Zufrieden steckt er das Handy wieder in die Tasche.

»Vorsicht, Pascho. Ein Auto nähert sich. Es fährt gleich an mir vorbei. Es wird langsamer. Oh nein, es biegt ab. Das Auto kommt zu dir«, ruft Magdalena am Telefon und lässt dabei beinahe Paschos Trommelfell platzen. Der kann den Motor des Wagens nun bereits hören und erkennt, dass ihm nicht genug Zeit bleibt, hinabzuklettern und sich zu verstecken.

Das Auto fährt bis zum Ende der Auffahrt und kommt dort zum Stehen. Der Lichtkegel der Scheinwerfer reicht bis zu den Birken, an denen die Holzleiter lehnt, auf deren zweithöchster Stufe Pascho wie festgefroren steht.

Gebannt verharrt er in seiner Position. Noch herrscht dämmriges Zwielicht und bietet ihm ein wenig Schutz, aber wenn der Fahrer nach oben sieht, wird er ihn bemerken.

Durch das grelle Licht der Scheinwerfer ist nicht zu erkennen, was im Fahrzeuginneren vor sich geht. Auch von Magdalena ist kein Ton zu hören. Sekunden verrinnen, jede einzelne wie eine kleine Ewigkeit. Dann öffnet sich endlich die Fahrertür, und ein Schäferhund springt aus dem Fahrzeug. Er läuft direkt in das hohe Gras bei den Birken, erleichtert sich routiniert an einem Baum, um anschließend, an der Leiter zu schnuppern.

Der Fahrer macht bisher keine Anstalten, das Fahrzeug zu verlassen, doch der Hund blickt an der Leiter hinauf und entdeckt Pascho, der oben steht und zu ihm hinabschaut.

Als würde der Hund vor dem Anblick erschrecken, zuckt er zusammen und beginnt energisch zu bellen.

»Arko! Aus!«, ruft eine grollende Stimme mit rollendem R über den Hinterhof. Doch Arko denkt gar nicht daran, aufzuhören.

Eine kräftige Hand umfasst von innen das Dach des Fahrzeugs, während sich nacheinander zwei wuchtige Beine auf den Boden stellen. Der Fahrer hievt seinen fülligen Körper aus dem Sitz und geht auf den wütend bellenden Hund zu. »Arrrko. Aus! Wirst du wohl«, herrscht er ihn an.

Pascho sieht die Umrisse des mindestens einhundertfünfzig Kilogramm schweren Mannes auf sich zukommen. Wenigstens hört der Schäferhund am Fuß der Leiter jetzt auf zu kläffen und läuft gehorsam zu seinem Herrchen.

»Das ist eine Birke. Da kann man keine Äpfel klauen!«, ruft der Mann zu Pascho hinauf. Seine tiefe Stimme hat eine freundliche Klangfarbe, wie die eines Märchenerzählers. »Du kannst runterkommen. Der Hund tut nichts.«

»Okay, ich komme«, erwidert Pascho und klettert folgsam die Leiter hinab. Er versucht, sich eine Legende zurechtzulegen. Auch wenn es schwerfällt, einen plausiblen Grund für seine Anwesenheit zu erfinden, gilt es, Ruhe zu bewahren.

Am Boden angekommen, wendet er sich dem älteren Mann zu, der nur ein bisschen kleiner ist als er und dessen Gesicht ein walrossähnlicher dunkler Schnurrbart ziert. Die viel zu kurzen Arme stehen seitlich vom wulstigen Körper ab, und Pascho ist sich sicher, auch die hängenden Bulldoggenaugen schon mal gesehen zu haben. Er kennt den Mann. Bei dieser Erscheinung kann man ihn auch kaum vergessen.

»Specki? Bist du es? Wir haben uns ja eine halbe Ewigkeit nicht mehr gesehen. Was machst du denn hier?«

»Pascho! Na, hör mal. Sollte ich das nicht lieber dich fragen? Und nenn mich nicht Specki. Immerhin bin ich hier der Ortsbürgermeister. Bei dem alten Spitznamen verlieren meine Bürger ja den nötigen Respekt.«

Sie begrüßen sich per Handschlag.

»Ich arbeite hier«, gesteht Pascho – erleichtert, dass ihm sein alter Bekannter und nicht der Mieter des Hofes gegenübersteht. »Das musst du aber für dich behalten«, ergänzt er mit verschwörerischem Blick. Er kann sich nämlich noch gut an die Jahre erinnern, als Jochen Speckbaum als Sachgebietsleiter mehr oder weniger in der Rauschgiftfahndung tätig war. Gern berichtete er von den erfolgreichen Ermittlungen der Kollegen, als wären es seine eigenen Erlebnisse, indem er sie wie ein Geschichtenerzähler aus dem Mittelalter miteinander vermengte und aufbauschte, damit sie noch spannender für das begeisterte Publikum wurden.

»Ich kann schweigen wie ein Grab! Das bringt schon das Amt mit sich«, versichert Specki mit treuem Augenaufschlag. »Aber der Hof ist doch seit Monaten verlassen, oder nicht?«

»Offenbar seit Kurzem nicht mehr. Und was machst du hier?«, will Pascho wissen.

»Ach, hör bloß auf. Die Enkel wollten den Hund. Sie bekamen den Hund, und wer muss sich am Ende darum kümmern? Richtig. Ich bin es, der morgens früh rausmuss. Seh ich so aus, als würde ich gerne um fünf Uhr aufstehen und durch die Nachbarschaft spazieren, während alle anderen in ihren Betten liegen? Und dann noch die Hundekacke aufheben? Aber die Kinder von heute stehen ja nicht mehr freiwillig so früh auf. Also komm ich hierher, der Hund springt aus der Karre, kackt und pisst, und dann fahr ich wieder zurück und haue mir Würstchen, Eier und Speck als Belohnung in die Pfanne. Hält einen ja auch in Bewegung, so ein Hund. Ich kann dir sagen –«

»Specki, tut mir leid, aber dies ist nicht der richtige Ort für einen Klönschnack«, unterbricht Pascho seinen ehemaligen Vorgesetzten in dem Wissen, dass er ansonsten noch Stunden hier mit ihm stehen würde. »Tust du mir einen Gefallen und verlegst deine Gassirunden die nächsten Tage auf einen anderen Hinterhof?«

»Jo. Kein Problem. Müssen die Kinder sich mal eine Weile selber um den Hund kümmern. Was ist denn hier los, wenn ich fragen darf?« Specki zieht die buschigen dunklen Augenbrauen nach oben und schaut zum Haus und auf die verhangenen Fensterscheiben. »Plantage, oder?«, folgert er sogleich selbst, beginnt wissend zu nicken und verabschiedet sich mit einem Winken.

Mühsam steigt er ins Auto ein, nachdem Arko auf den Beifahrersitz gesprungen ist. »Meld dich, wenn ihr hier durch seid«, ruft er Pascho zu und schließt die Fahrertür.

Pascho stellt die Leiter an ihren Platz zurück, umfasst die Griffe seiner Sporttasche und schultert sie mit einem eleganten Schwung. Dann eilt er zu seinem Wagen, in dem Magdalena noch immer blass vor Schreck auf ihn wartet.

41

Über dem mondänen Eppendorf erstrahlt langsam der blaue Himmel, den nur wenige weiße Wolken zieren. Das Licht der aufgehenden Sonne scheint hell zwischen den edlen Mehrfamilienhäusern hindurch, in denen die Reichen und Schönen dieser Stadt wohnen.

Auf den Straßen schieben erste Eltern ihre Kinder in futuristischen Kinderwägen zu den umliegenden Kindertagesstätten, während sie genüsslich an Aluminiumthermobechern nippen, deren Inhalt vor wenigen Minuten aus dem Kaffeevollautomaten in der heimischen Küche gelaufen ist.

Eichhörnchen hüpfen über die Straße und stellen sich aufrecht lauernd zwischen teuren Geländelimousinen und Sportwagen auf, ehe sie auf den nächsten Baum oder ins Gebüsch huschen und die Umgebung weiter nach möglichen Verstecken für ihre stibitzten Walnüsse absuchen.

Inmitten dieser Szenerie steht am Straßenrand das betagte eierschalenfarbene Wohnmobil von Gerd Sehling. Die Scheiben sind von innen feucht beschlagen, so sehr, dass einzelne Tropfen bereits die Frontscheibe hinablaufen. Im Inneren schläft Gerd Sehling tief und fest und lässt sich auch vom aufkommenden Verkehrslärm auf der angrenzenden Hauptstraße nicht aufwecken. Sein grollendes Schnarchen lässt im Gegenteil immer wieder Passanten erschrocken zu dem Wohnmobil blicken, das sie sodann irritiert betrachten, um anschließend kopfschüttelnd weiterzugehen.

Vor den Fenstern hängen dunkelrote Vorhänge, die Gerd vor den Blicken der neugierigen Fußgänger schützen.

Im zweiten Stock des Hauses, vor dem Gerd einen kleinen Wald zersägt, sitzen Steven, Dörte und Emilia am reichlich gedeckten Frühstückstisch. Dörte hat einen Stapel Pfannkuchen auf einem Teller aufgetürmt, Apfelmus aufgewärmt, gleichzeitig Rührei und Speck gebraten und im Ofen ein paar Brötchen aufgebacken, die sie im Tiefkühlfach gefunden hat.

Entzückt betrachtet Emilia das Frühstücksangebot und

sticht mit einer Gabel tief in den Pfannenkuchenstapel, von dem sie gleich drei Stück auf einmal abnimmt und auf ihren Teller lädt. Dörte setzt einen Klecks Apfelmus daneben und bietet auch Steven den Topf mit Apfelmus an.

»Erst zum Nachtisch. Ich werde mit Brötchen, Rührei und Speck beginnen. Das ist ja ein wahres Festessen, Dörte«, lobt Steven erfreut. »Vielen lieben Dank dafür!« Er kostet einen Schluck vom frisch gepressten Orangensaft.

»Ach, da nich für, Steven. Das ist ja wohl das Mindeste, wo wir hier übernachten durften«, wiegelt Dörte sichtlich geschmeichelt ab.

»Apropos, wo ist eigentlich der gute Gerd? Lässt der sich etwa so ein leckeres Frühstück entgehen?«, fragt Steven verwundert.

»Der liegt noch im Wohnmobil. Wundert mich, dass wir nicht bis hier oben hören, wie er die Bäume fällt«, erwidert Dörte und lacht fröhlich glucksend auf. Währenddessen schneidet sie schnell ein Brötchen auf, legt die Hälften auf Stevens Teller. Aus der Pfanne fügt sie eine große Portion Rührei mit Speck hinzu und stellt die Butterdose daneben ab.

Mit zufriedener Miene betrachtet sie ihr Werk und lächelt erfreut, als Steven anerkennend nickt.

»Sollten wir ihm nicht Bescheid geben?«, fragt er, während er eine Brötchenhälfte mit Butter beschmiert.

»Lass den ruhig schlafen. Er war gestern lange mit Dumbo unterwegs. Dem dröhnt bestimmt der Schädel. Was hast du denn gestern so gemacht? Ist was Aufregendes passiert bei dir?«, fragt Dörte beiläufig.

Ein wenig zu beiläufig, wie Steven findet. Er zieht eine Augenbraue hoch und wundert sich über Dörtes aufgesetztes Desinteresse. »Nichts Besonderes.« Steven schüttelt den Kopf und betrachtet sie aufmerksam. »Was soll bei der Arbeit schon Großartiges passieren? Ich musste ja zwei Schichten am Stück schieben. Gleich muss ich auch wieder los, zur nächsten Schicht.« Er beißt ins Brötchen, kaut und beißt direkt noch mal ab.

Emilia schaut ihn mit ihren großen braunen Augen enttäuscht an. »Papa, bleibst du heute nicht bei mir? Es ist doch Sonntag.«

»Ich muss heute leider arbeiten und auch woanders schlafen, Prinzessin.« Steven streichelt seiner Tochter über die offenen Haare, die ausnahmsweise mal nicht von ihrer Mutter zu einer eleganten Frisur verflochten sind, sondern wild und ungekämmt auf ihren Schultern liegen.

Stevens Freundin schläft sonntags aus und verbringt anschließend ausgiebig Zeit in der Badewanne, um sich von der strapaziösen Woche zu erholen. Ein Luxus, den Steven ihr von Herzen gönnt, schließlich hat sie in ihrem Job viel Stress und sieht erst seit der gemeinsamen Reise nach Barcelona, wo ihr die Schnelllebigkeit und Vergänglichkeit des Lebens vor Augen geführt wurden, davon ab, auch am Sonntag zu arbeiten.

»Tante Dörte, bleibst du noch bei mir? Gehen wir zusammen auf den Spielplatz? Oder musst du auch bald gehen?«, fragt Emilia mit fast flehendem Blick.

Dörte wendet sich der Kleinen zu und streicht ihr liebevoll über die Wange. »Natürlich. Ich bleibe zumindest, bis deine Mutter wach ist. Dann müssen wir mal sehen, was sie heute mit dir vorhat.«

»Okay. Und du kannst auch gerne mitkommen, wenn wir morgen zum Hagenbecks gehen. Da ist schulfrei.« Emilia strahlt vor Freude.

»Ach, und sie will, statt zu arbeiten, mit dir in den Zoo gehen? Das ist eine schöne Idee. Da waren wir auch schon lange nicht mehr. Da kommen Gerd und ich sicherlich gerne mit, wenn wir dürfen«, antwortet Dörte mit einem zustimmenden Lächeln.

»Sie weiß noch nichts davon, aber Mama ist bestimmt einverstanden, wenn sie hört, dass wir alle zusammen in den Tierpark gehen«, gesteht Emilia mit einem schelmischen Grinsen.

»Listig wie ein Fuchs, meine Prinzessin«, sagt Steven amüsiert, schiebt sich das letzte Stück Brötchen in den Mund und spült mit Orangensaft nach. »Entschuldigt bitte, aber ich muss los. Ich wünsche euch einen schönen Tag. Vielen Dank für das leckere Frühstück, Dörte.« Er drückt Emilia zum Abschied einen Kuss auf die Stirn, geht in den Flur und nimmt eine gepackte Sporttasche in die Hand, die er vor dem Frühstück dort abgestellt hatte. »Tschüss. Bis heute Abend.« Im Hinausgehen wirft er seiner Tochter noch ein paar Handküsse zu, die voller Freude von ihr zurückgesandt werden.

Leise schließt er die Holzflügeltür hinter sich und geht über die knatschenden Stufen hinunter ins Erdgeschoss. Draußen vor dem Haus steht das Wohnmobil noch immer hinter seinem Auto, die Vorhänge sind zugezogen. Steven muss schmunzeln bei der Vorstellung, dass Gerd drinnen liegt und schläft. Ein deutlich vernehmbares Schnarchen versichert ihm, dass dem auch tatsächlich so ist.

Er steigt in seinen Wagen und startet den Motor, der mit einem lauten Dröhnen anspringt. Das sportliche Auto ist ein Stück Geborgenheit für ihn. Sein Beweis, dass es möglich ist, Träume zu verwirklichen und diese auch zu leben. Er hatte schon als Kind von einem solchen Wagen geträumt. Damals, als sein Vater noch vehement auf Stevens Mutter eindrosch, während er auf dem kargen Boden ein kleines schwarzes Spielzeugauto herumschob und versuchte, das, was um ihn herum geschah, auszublenden.

In seinem Wagen fühlt er sich sicher, niemand kann ihm hier etwas anhaben. In diesem Auto ist er wer. Nicht mehr der unbedeutende Junge, für den sich niemand interessiert, sondern einer, der für seinen fahrbaren Untersatz bewundernde Blicke erntet.

Steven lässt das Gaspedal langsam kommen, doch nichts tut sich. Er spielt lautstark am Gas, aber das Auto bewegt sich kein Stück.

»Ey, mach den Motor aus«, brüllt jemand über das tief brummende Geräusch hinweg und klopft mit kräftiger Faust gegen das Fahrerfenster.

Wut steigt in Steven hoch. Wer wagt es bitte, ihn hier auf offener Straße derart anzupöbeln? Er stößt die Tür abrupt nach außen und baut sich angriffslustig vor seinem Gegenüber auf. Erst da erkennt er den Mann, der vor ihm steht. Es ist Gerd, der lediglich T-Shirt, Boxershorts und Socken trägt und ihn wütend anschaut.

Stevens eigener Ärger verfliegt bei diesem Bild und weicht einem gebührenden Respekt, den Gerds finstere Miene mit sich bringt. Er kennt diesen Ausdruck in Gerds Augen und weiß, dass er mit einer Standpauke zu rechnen hat. Unwohlsein steigt in ihm auf, schuldbewusst senkt er den Blick.

»Ich habe dich gestern gesehen, mein Lieber!«, beginnt Gerd und drückt seinen Zeigefinger in Stevens muskulöse Brust. »Ich weiß, was du getan hast. Du wirst dazu stehen und auspacken. Mit aller Konsequenz. Hast du mich verstanden?« Gerds Augen scheinen vor Ärger hervorzutreten, während er bei jedem zweiten Wort den Finger kurz in Stevens Brust bohrt. »Wieso baust du immer wieder so eine Scheiße? Wir sind für euch da, und du trittst all unsere Bemühungen mit Füßen. Ich habe dir gesagt, dass du zu mir kommen kannst, wenn es Probleme gibt. Dass wir einen Weg finden werden. Aber du hast nichts Besseres zu tun, als Scheiße zu bauen. Denkst du vielleicht mal an deine Tochter?« Gerd stemmt die Hände in die Hüften wie ein Vater, der seinen halbwüchsigen Sohn beim Rauchen erwischt hat. Vorwurfsvoll und enttäuscht sieht er aus und knittrig von der kurzen Nacht, aber hellwach.

Das Schmunzeln über Gerds Aufzug ist Steven vergangen. »Du hast keine Ahnung, was los ist, Gerd. Ich mache alles nur für meine Tochter. Ich würde für sie sterben, wenn es sein müsste«, erwidert er bissig und bemerkt gar nicht die Passanten, die sie irritiert beäugen, bevor sie weiter ihres Weges gehen.

»Das ist doch keine Lösung, Junge! Das gibt nur Probleme, egal, was andere in deinem Umfeld behaupten. Du musst sauber bleiben. Nur so kannst du für Emilia da sein. Du bist im Offenen. Nicht einmal auf Bewährung. Wo soll das bitte hinführen?«

»Ich hatte keine andere Wahl. Das musst du mir glauben, Gerd.« Mehr will Steven dazu im Moment nicht sagen und steigt wieder in den Mustang ein.

»Wo willst du hin? Du kommst jetzt mit mir zu Dumbo, und wir versuchen zu retten, was noch zu retten ist«, fordert Gerd und hält die Tür am Rahmen fest.

»Ich muss pünktlich zur Arbeit erscheinen, Gerd. Ansonsten bin ich gleich wieder komplett drinnen. Wir klären das, versprochen. Aber erst morgen. Heute muss ich arbeiten und dann nach Glasmoor über Nacht. Morgen früh sprechen wir.« Reumütig schaut Steven aus dem Fahrersitz zu Gerd hoch. »Bitte! Vertrau mir. Dieses eine Mal noch.«

Gerd schaut Steven nachdenklich an. Dann wendet er sich ab und geht zum Wohnmobil. Aus der Mittelkonsole holt er einen Schlüssel, mit dem er zum linken Hinterreifen des Ford Mustang geht und mit gekonntem Griff eine Parkkralle entfernt, die er in der Nacht dort angebracht haben muss. Die Kralle in der Hand, tritt er wieder zu Steven an die Fahrertür.

»Morgen früh, Steven. Morgen früh. Ansonsten gehe ich allein!«, stellt Gerd unmissverständlich fest und wirft die Tür ins Schloss.

Steven nickt ergeben, startet den Motor, parkt in mehreren Zügen aus der engen Parklücke aus und fährt in Richtung Innenstadt davon.

Gerd, der dem dunklen Mustang nachschaut, nimmt im Augenwinkel mehrere Fußgänger wahr, die auf der anderen Straßenseite stehen geblieben sind und ihn unverhohlen anstarren.

»Wat is los? Noch nie ein streitendes Liebespaar gesehen? Sie sind wohl homophob!«, brüllt er den beiden älteren Damen und ihrem mittelalten Begleiter entgegen, die verschämt wegschauen und schnellen Schrittes weitergehen.

42

Das Licht der immer höher kletternden Sonne fällt durch die halb verschlossenen Jalousien des Rauschgiftdezernats. In

Dombrowskis Zimmer erwärmt sich die Luft, und die goldenen Strahlen bringen den feinen Staub in der Luft zum Tanzen.

Auf Dombrowskis Schreibtisch liegen mehrere Aktenordner. Seine rechte Hand hält die Maus, während der linke Arm auf der vor ihm liegenden Akte ruht. In der Armbeuge hat er den Kopf abgelegt. Sein Mund ist ein Stück weit geöffnet und gibt dadurch die leicht schiefen Zähne preis.

Regelmäßig atmet er tief ein und aus. Seine Augäpfel zucken beim Träumen, als würde er gerade eine Verfolgungsjagd erleben.

Lange noch hat er über alten Akten gebrütet, sein Wissen über Alex Freiberg aufgefrischt und versucht, den Aufenthaltsort der damaligen Mittäter zu ermitteln.

Die meisten sind noch immer oder bereits wieder in Haft. Eine Kontaktperson sitzt sogar mit ihm zusammen im offenen Vollzug der Justizvollzugsanstalt Glasmoor. Beide Männer mussten nur wenige Monate ihrer langjährigen Haftstrafen verbüßen, bis sie verlegt wurden. Ihr Rechtsanwalt Thilo Müller, der Dombrowski aus vielen nervenaufreibenden Gerichtsverfahren als Konfliktanwalt der Unterwelt hinlänglich bekannt ist, hatte in diesen beiden Fällen ganze Arbeit geleistet.

Dombrowski hat beim Lesen der Akten immer wieder den Kopf darüber geschüttelt, dass es verurteilten Drogenhändlern ermöglicht wird, im Überseehafen eine neue berufliche Zukunft zu beginnen. Er hat bereits eine Mail an die Innenrevision in Glasmoor geschickt, um zu erfahren, ob weitere Insassen im offenen Vollzug einer Tätigkeit im Hafen oder gar ebenfalls am Eurogate nachgehen.

Müde ist sein Kopf unmerklich immer tiefer gesunken, bis er schließlich den Schlaf der Gerechten schlief.

»Bonjour, mon amour!«, flüstert ihm jetzt die zarte Stimme von Claire ins Ohr. »Ich habe eine Bol de Chocolat für dich geholt. Und Croissants«, ergänzt sie liebevoll. Dann streicht sie ihre langen dunklen Haare hinter die Ohren und gibt Dombrowski einen sanften Kuss auf die von Bartstoppeln übersäte Wange.

Dombrowski brummt kurz auf. Ein weiterer Kuss lässt ihn blinzeln. Mit halb offenen Lidern schaut er zu ihr hoch. Glanz tritt in seine Augen, als er sie erblickt.

»Hab ich etwa geschlafen?« Er wischt sich mit dem Ärmel über den Mund und zeigt auf den Becher in ihrer Hand. »Ist das da ein Kakao? Wo hast du den her?«

»Ich war beim Bäcker am Bahnhof«, erwidert Claire schulterzuckend.

»Aber wie bist du aus dem Präsidium rausgekommen? Und vor allem wieder rein?«, fragt Dombrowski schlaftrunken.

»Mit deinem Ausweis, Dumbo. Man muss ja nur durch die Drehtür gehen. Da schaut keiner aufs Foto.« Claire legt Dombrowskis Dienstausweis vor ihm ab und nimmt ein Croissant aus der Brötchentüte, in das sie sogleich hineinbeißt.

Dombrowski nimmt zuerst einen Schluck aus seinem Becher. Der Kakao ist zwar warm und nicht kalt, wie er es eigentlich mag, aber immerhin ist er nicht sonderlich süß. Dann klaubt er ebenfalls ein Croissant aus der Tüte und beißt als Erstes beide Enden ab.

Eine bedrückte Stille breitet sich im Raum aus, während sie kauen. Beide wissen, was nun bevorsteht, doch sie wollen es nicht aussprechen. Lieber genießen sie den Moment der stillen Zweisamkeit, solange er anhält.

Doch dann entschließt sich Claire, den Elefanten im Raum nicht länger zu ignorieren. Sie erhebt sich von ihrem Platz und geht auf Dombrowski zu, setzt sich auf dessen Schoß und küsst ihn auf die Stirn. »Ich glaube, du musst heute arbeiten, richtig?«

Stumm und starr sitzt Dombrowski da und schaut zu ihr hinauf. Am liebsten würde er Nein schreien, doch seine Augen antworten mit einem klaren Ja.

»Das ist okay!«, beruhigt ihn Claire, drückt seine Wangen zusammen und gibt ihm einen feuchten Schmatz auf die sich kräuselnden Lippen. »Du arbeitest jetzt, sperrst sie alle ein, und nächstes Wochenende bin ich wieder da.«

Dombrowskis Gesichtszüge lockern sich umgehend vor Freude. Freude darüber, dass sie sich schon bald wiedersehen werden und er jetzt endlich ohne Skrupel voll in den Fall einsteigen kann.

Gemütlich beenden die beiden ihr Frühstück und gehen anschließend eng umschlungen bis zur U-Bahn-Haltestelle Alsterdorf, wo sie sich lange und innig voneinander verabschieden. Nachdem die Bahn abgefahren und in der Kurve Richtung Lattenkamp entschwunden ist, wendet Dombrowski sich ab und trottet ein wenig bedrückt zurück zum Bahnhofsausgang.

Auf dem Gehweg angekommen, zieht er sein Handy aus der Jackentasche und sucht in den Kontakten nach der Rufnummer von Helmut Lieblich, den alle nur »Käpt'n« nennen. Auch wenn er nur wenig mit Schifffahrt zu tun hat, so ist es doch ein passender Spitzname für den Leiter der Zivilfahnder der Wasserschutzpolizei, mit dem er selbst allerdings stets ein wenig hadert. Er sieht sich eher als Teil der Mannschaft, will für seine Leute da, aber auch dabei sein, wenn sie draußen auf der Straße dem Verbrechen auf der Spur sind. Im Hafen sind er und seine Mitarbeiter die erste Wahl für Observationen. Sie kommen auf jedes Gelände, haben für überall die passende Kleidung und kennen sämtliche Schleichwege. Jeder andere würde dort auffallen wie ein bunter Hund. Im Hafen kann man sich nicht einfach so bewegen. Außerdem haben sie gute Kontakte in alle Bereiche, um mehr zu erfahren, auch ganz ohne staatsanwaltschaftliches Auskunftsersuchen.

»Es ist Sonntag, Dumbo. Was willst du von mir?«, ertönt die schroffe Stimme des Käpt'n, kurz nachdem das Freizeichen erklungen ist. Dombrowski meint, das herbe Aftershave, das Lieblich immer aufträgt, durch den Hörer riechen zu können.

»Ich brauche eure Hilfe«, erwidert er knapp. »Im Hafen.«

»Jo. Sonst würdest du ja auch nicht anrufen.«

»Es kommt ein Schiff rein. Die Santa Rosa. Ein Containerschiff aus Ecuador, das vermutlich Kokain geladen hat«, gibt Dombrowski zu verstehen, um seinen Fall interessant zu machen.

»Ich könnt wetten, dass so ziemlich jeder Kutter aus Südamerika Kokain an Bord hat«, unkt der Käpt'n und lacht humorlos auf. »Wann und wo soll es denn ankommen?«

»Wahrscheinlich morgen. Am Eurogate-Terminal. Wir wissen momentan aber noch nicht genau, wie der Stoff von Bord kommt. Das wollen wir mit euch rauskriegen«, erwidert Dombrowski.

»Du weißt schon, dass es dafür tausend Wege gibt, oder?«, wirft der Käpt'n skeptisch ein. »Wir sind ja keine hundert Mann, und zu viel dürfen wir uns vor Ort auch nicht bewegen. Das fällt sonst auf. Im Hafen kennt jeder jeden, vor allem in der eigenen Schicht.«

»Ein bisschen mehr wissen wir schon. Komm doch einfach mal vorbei, dann können wir alles durchsprechen«, schlägt Dombrowski vor.

»Mmh. Sag bloß, dass du am Sonntag wieder in deinem Büro hockst? Brauchst nichts erwidern. Ich kenn deine Antwort. Ich schicke dir Markus und Niklas vorbei. Die kannst du einweisen, und dann sollen die sich Gedanken machen. Auf jeden Fall sind wir dabei.«

»Das wollte ich hören, mein lieber Lieblich«, frotzelt Dombrowski. »Dann hören wir uns heute Abend wieder, wenn alles abgesprochen ist, in Ordnung?«

»Ja, ja. Ruf mich einfach an. Ich werde schon rangehen.«

Zufrieden beendet Dombrowski das Gespräch und steckt das Telefon zurück in die Jackentasche. Sobald er im Büro ist, will er die Innenrevision aus Glasmoor kontaktieren, ob sie bereits Antworten auf seine Fragen und alle Personen ermittelt haben, die im Rahmen der Observation im Hafen von Bedeutung sein könnten. Er muss sich beeilen, denn alles soll fertig sein, bevor Markus und Niklas bei ihm aufschlagen. Ansonsten wird der Käpt'n grantig, weil er ihre Zeit verschwendet.

43

Unweit vom Heiligengeistfeld und dem Millerntorstadion beginnt die Simon-von-Utrecht-Straße, die als Einbahnstraße parallel zur legendären Reeperbahn verläuft und in mehreren Hotels die feierwütigen Gäste der Nacht beherbergt.

Hier liegt auf der rechten Straßenseite ein Rotklinkerbau, dessen höhere Stockwerke zunehmend aus Glas bestehen. Das gelb verglaste Vordach über dem Eingangsbereich steht im optischen Kontrast zu den traditionellen Hamburger Klinkersteinen am Sockel des Hotels.

Die meisten Gäste liegen noch in ihren Zimmern und schlafen ihren Rausch aus. So auch Alex Freiberg. Rötlich dringt das Licht der Morgensonne durch seine fest verschlossenen Augenlider. Ein stechender Schmerz pocht in seinen Schläfen und hinter der Stirn. Er versucht zu blinzeln, schließt die Augen aber lieber direkt wieder, um sich noch ein wenig Ruhe zu gönnen.

Trotz der Kopfschmerzen kehren erste Erinnerungsfetzen an den letzten Abend und die Nacht zurück in sein Bewusstsein. Die trockene, pelzige Zunge klebt an seinem Gaumen. Wieder blinzelt Alex und versucht, sich ein wenig zu orientieren.

Verschwommen kann er das helle Licht durch die weißen, lichtdurchlässigen Vorhänge fallen sehen. Vor dem Bett ist ein kleiner runder Glastisch. Daneben liegen auf einem grau gepolsterten Stuhl die Hose und das Hemd, die er gestern Abend getragen hat. Leere Champagnerflaschen zieren den Boden. Die passenden Gläser stehen auf dem Tisch. Am Rand der Gläser kann er noch dunkelroten Lippenstift erkennen.

Alex schaut an sich hinab und stellt fest, dass er vollends entkleidet im Bett liegt. Mit der linken Hand wischt er sich durchs Gesicht und reibt sich kräftig die Augen. Laut gähnend fährt er mit der Hand durch das blonde, schüttere Haar, das noch auf seinem Kopf verblieben ist.

Neben sich hört er ein leises Atmen. Er dreht den Kopf zur Seite, wodurch sich der Schmerz hinter der Stirn wieder bemerkbar macht, und erblickt einen braun gebrannten, schmalen Rücken, auf dem sich bunte Orchideen ineinander verdrehen und kleine Kolibris an den Blüten Nektar trinken. Die Kolibris haben große, leuchtende Augen wie japanische Mangafiguren, und das Gefieder ihrer Flügel erstrahlt in allen Farben des Regenbogens.

Dunkle Haare, deren aufwendig lockig geföhnte Wellen langsam verschwinden, fallen der tätowierten Schönheit über die Schultern.

Alex hebt vorsichtig die Bettdecke an und begutachtet den nackten Hintern der Frau, die mit wohlgeformter Silhouette neben ihm liegt. Anerkennend hebt er seine Augenbrauen.

Da landet, begleitet von einem Brummen, auf einmal eine Hand auf seiner Hüfte. Nach einem kurzen Schreck erkennt Alex zu seiner Beruhigung, dass auf seiner anderen Seite eine weitere Frau liegt, deren Hand im Schlaf mit Schwung dort aufgeschlagen ist und nun langsam auf das Bettlaken hinabrutscht.

Die blasse Haut der Rothaarigen harmoniert, perfekt zum Bettlaken passend, mit der Umgebung. Fasziniert betrachtet er ihre große, von blauen Adern durchzogene Brust, die auf dem weißen Stoff aufliegt. Ihr jugendliches Gesicht schmiegt sich wie das Antlitz eines Engels in das helle Kissen.

Alex setzt sich zwischen den beiden attraktiven Frauen auf, zieht die Beine unter der Bettdecke hervor und rutscht langsam zum Fußende des Bettes, wo er die Füße auf dem weichen braunen Teppich absetzt.

Die Ellenbogen auf den Oberschenkeln, wischt er sich über das Gesicht und schaut sich ein wenig erschöpft im Zimmer um. Das Badezimmer lädt mit seiner geöffneten Tür zu einer kurzen Dusche ein, doch nachdem er sich vom Bett erhoben hat, entdeckt er in der Badewanne den bulligen, in die orangene Tagesdecke des Bettes gehüllten Körper von Ashraf, der mit seliger Miene schläft.

»Scheiße«, sagt Alex leise zu sich selbst, kratzt sich mit beiden Händen am Hinterkopf und streckt den breiten Oberkörper kräftig durch. Auch er ist tätowiert, auf seinen Schultern prangen zwei kontrastreich gestaltete Flügel, die teuflisch zerrupft wirken durch rote Schattierungen, welche die dunklen Konturen umspielen.

Vom Stuhl nimmt er seine Hose auf, die er über die nackten Lenden zieht, und streift sich im Anschluss das Hemd über den Oberkörper.

Nachdem er Socken und Schuhe angezogen hat, befördert er aus seiner Hosentasche ein Bündel grüner Geldscheine ans Tageslicht und wirft mehrere davon aufs Bett zu den beiden noch schlafenden Mädchen. Er greift nach einem Plastikröhrchen, das auf dem Glastisch neben einer weißen, pulvrigen Linie liegt, und zieht das Kokain mit einem kräftigen Atemzug tief in seine Nase. Erleichtert stöhnt er auf und reibt sich erneut über das Gesicht. Dann geht er, ohne einen weiteren Blick auf die Mädchen zu werfen, aus dem Zimmer und lässt die Tür hinter sich ins Schloss fallen.

Auf dem Gang zieht er sein Telefon aus der Hosentasche. Auf dem Display stehen gleich mehrere Anwählversuche von »Schatz«. Dahinter ist das Foto einer blonden Frau zu sehen, deren Haare zu einer Hochsteckfrisur aufgetürmt sind. Links und rechts von ihr lachen die glücklichen Gesichter zweier Kinder in die Kamera. Sie haben die hellblauen Augen ihres Vaters.

Alex entsperrt das Telefon und wählt die Nummer seiner Frau. Mehrmals tutet es in der Leitung. Alex bleibt vor dem Fahrstuhl stehen und wartet ab.

»Hallo, Papa!«, begrüßt ihn eine zarte Stimme voller Freude. »Kommst du nach Hause?«

»Hallo, mein Schatz. Ja, Papa kommt jetzt kurz nach Hause. Dann muss ich aber bald wieder zur Arbeit. Okay, mein Schatz? Wo ist denn die Mama?«

»Die Mama ist unter der Dusche. Soll ich dich zu ihr bringen?«

»Nein, brauchst du nicht. Sag ihr einfach, dass ich gleich da bin. Tschüss.« Alex küsst mehrfach den Hörer und beendet das Gespräch. Er drückt den Knopf, um den Fahrstuhl zu rufen, und sieht zu, wie die Zahlen sich auf dem Display zu seinem Stockwerk hinaufzählen. Gleichzeitig mit dem akustischen Signal, dass der Fahrstuhl angekommen ist, brummt das Telefon in Alex' Hand. Auf dem Display erscheint eine Nachricht von »BigBoy«.

Hafencity in dreißig Minuten!

44

Im Alten Land scheint die Sonne in die Vorgärten der vielen Einfamilienhäuser. Vor dem Friesenwall eines mit roten Steinen verzierten Fachwerkhauses, dessen Reetdach weit bis vor die kleinen Fenster reicht, sitzt Helga Oberländer mit einem dicken Roman in der Hand in ihrem Korbflechtstuhl. Sie liest gemütlich Seite für Seite. Gelegentlich nimmt sie einen Schluck von ihrem schwarzen Kaffee und schaut sich über ihre dunkelrote Lesebrille hinweg um, auf der Suche nach einem Nachbarn oder einem hierher verirrten Touristen, mit dem sie einen ausgedehnten Klönschnack halten kann.

Ihr Mann schiebt Reihe um Reihe seinen manuellen Rasenmäher über die langen, saftig grünen Grashalme, die sich dem Sonnenlicht entgegenstrecken. Er trägt einen flauschigen Bademantel aus rot-blauem Frotteestoff, der ihm bis zu den Knöcheln reicht. Der locker gebundene Knoten gibt immer wieder den Blick auf den schwarz-weiß gestreiften Pyjama frei, den er darunter trägt. Frisch gemähte, feuchte Grashalme kleben an den Plastikgartenschuhen, in denen seine kreidebleichen Füße stecken.

Frau Oberländer schaut interessiert auf, als sie ein brummendes Motorengeräusch wahrnimmt, und erblickt einen grünen Transporter, der mit überhöhter Geschwindigkeit an ihrem Haus vorbeirauscht und zwei Häuser weiter auf das Gelände des alten Obsthofs abbiegt.

Kurz darauf tritt auf dem Grundstück direkt gegenüber der Abzweigung die ältere Frau Preiß vor das Haus, wie jeden Tag mit einem großen Sack Kartoffeln unter dem Arm und einem noch größeren Topf voll Wasser in beiden Händen. Sie stellt den Topf neben ihrer Holzbank ab und nimmt auf der Sitzfläche Platz, um ohne Eile mit dem Schälen der Kartoffeln zu beginnen. Sie hat Zeit, noch sehr viel Zeit, bis das Essen fertig sein muss für ihren Mann und die Söhne. Sie grüßt ihre Nachbarin mit einem freundlichen Winken und bemerkt, dass auch im Haus zwischen ihnen die neugierige Berta bereits vorsichtig durch ihre selbst genähten Gardinen lugt, um den neuen Nachbarn schräg gegenüber zu beobachten.

45

Zwischen neuen Wohnquartieren, dem Stadtpark und der breit ausgebauten S-Bahn-Strecke, die verreisende Hamburger, Geschäftsleute und Touristen zum Flughafen fährt, liegen die vielen Rotklinkergebäude des altehrwürdigen Arbeiterviertels Barmbek. Der Stadtteil, der einem Hamburger Kultsänger zufolge »mitten inner Stadt« liegt, hat in den letzten Jahren aufgrund der Lage und der vielen Sanierungen einen gewaltigen Zulauf an Bewohnern erhalten. Viele Wohnungen sind mittlerweile zu teuer für ihre Mieter. Ein Fünkchen Anstand findet sich allerdings noch in den vielen Genossenschaftswohnungen, die den sozialen Aspekt im Fokus behalten.

In einer dieser günstigen Mietwohnungen steht Rosa Paschke vor der verschlossenen Tür zum Reich ihres einzigen Sohnes, mit dem sie in einer kleinen Zwei-Zimmer-Wohnung lebt.

»Daniel! Daniel!«, ruft sie, während sie mit der Faust gegen die Zimmertür hämmert. »Wat is denn mit 'er Arbeit, mien Jung? Es is spät.«

Rosa hält inne und lauscht an der Tür. Sie vernimmt keinen Laut, doch als sie gerade wieder mit der Faust gegen das weiß lasierte Holz hämmern will, ist ein leichtes Quietschen zu hören, das von dem alten Messingbett ihres Sohnes kommt.

»Dein Frühstück steht aufm Tisch. Sieh zu, dass du fertig wirst. Hörst du?«, brüllt sie nahezu und horcht auf eine Antwort.

»Ja, Mama«, erwidert ihr Sohn, dessen schlurfende, müde Schritte hinter der Zimmertür vom Knarzen der alten Holzdielen unter seinen Füßen begleitet werden. Er öffnet die Tür und steht nun direkt vor Rosa, die bereits ihr Outfit für die Arbeit in einer nahe gelegenen Tankstelle trägt, damit sie dort keine Zeit fürs Umziehen verschwenden muss. Kostbare Zeit, die sie benötigt, um ihren Sohn aus den Federn zu treiben.

Ganz im Gegensatz zu seiner adrett geschminkten Mutter, die ihre Haare zu einem strengen Dutt zusammengebunden hat, trägt Daniel nur ein ausgeleiertes Schlafshirt. Die am Vorabend zur Tolle gestylten Haare stehen verklebt in alle Richtungen vom Kopf ab. Unter den Lidern liegen tiefe Schatten, und die Augäpfel sind kräftig gerötet und glasig.

»Weißt du eigentlich, wie spät es ist? Ach, Mensch. Kind. Aus dir soll doch was Besseres werden als aus mir. Es hat mich so viel Mühe gekostet, Herrn König zu überzeugen, dass er dich in seinem Restaurant zur Probe arbeiten lässt. Das ist deine Chance auf eine gute Ausbildung.« Rosa steigen Tränen der Verzweiflung in die Augen, die sie schnell hinter ihrem Handrücken verbirgt, bevor sie sich von ihrem Sohn abwendet.

»Mama, mach dir keine Sorgen, ja? Ich mach das schon alles. Immerhin kann ich durch meinen abendlichen Nebenjob schon etwas zu unserem Einkommen beisteuern«, beteuert Daniel und schaut sie treuherzig an.

»Dat musst du nich, mien Jung. Aber lieb von dir. Wat jobbst du denn jetzt schon wieder, dass du immer so spät nach Hause kommst? Doch nich wieder in dieser Pfeifenkneipe? Find ich nich gut. Du musst dich auf eine Ausbildung konzentrieren.« Rosa kann ihre Gedanken nicht verbergen, zu sehr musste sie in den letzten Jahren darum kämpfen, dass ihr Sohn wenigstens den Hauptschulabschluss schafft, wenn auch eher schlecht als recht.

»Das war eine Shishabar, Mama. Aber die Jungs haben mir einen neuen Job vermittelt. Ich fahr jetzt Taxi. Da verdiene ich auch wesentlich besser«, erklärt Daniel mit Stolz in der Stimme.

»Aber du hast doch gar keinen Führerschein mehr, wegen

dem Kiffen. Wieso darfst du da auf einmal Taxi fahren?« Rosa tritt näher an ihren Sohn heran, um ihn prüfend anzusehen.

»Die Jungs zahlen mir die MPU, Mama. Ich kann jetzt fahren, und die zahlen das. Sie haben mir auch ’nen Führerschein gegeben, mit dem ich fahren kann.« Daniel geht an seiner Mutter vorbei in die Küche, wo er sich ein Glas mit Leitungswasser befüllt und in einem Zug austrinkt.

»Aber diese Jungs können dir doch nich den Führerschein zurückgeben. Den kriegst du nur vom Verkehrsamt zurück. Du kannst doch nich einfach bis spät in die Nacht ohne Führerschein durch Hamburg fahren und dann noch Gäste befördern. Du kommst in Teufels Küche, wenn die Polizei dich anhält. Dat kann dir die ganze Zukunft verbauen, Kind!«, schimpft Rosa hinter ihrem Sohn her, der auf dem direkten Weg ins Bad ist. Dort angekommen, dreht er sich um und verdreht genervt die Augen.

»Mutti, vertrau mir einfach. Ich weiß, was ich tue. Geht schon in Ordnung. Und nun will ich mich fertig machen, und du musst, glaube ich, zur Arbeit.«

Er wirft seiner Mutter einen Luftkuss zu und schließt die Tür, ohne auf eine Antwort von Rosa zu warten, die perplex noch einen Moment stehen bleibt, ehe sie auf ihre schmale Armbanduhr schaut und mit einem »Oh, mein Gott!« hektisch die Wohnung verlässt.

Als Daniel das Badezimmer wieder verlässt, sind seine Haare nach oben geföhnt und mit viel Haarspray fixiert, das Gesicht gewaschen und die Zähne geputzt. Im Schlafzimmer nimmt er ein frisches Hemd und eine enge Jeans aus dem Kleiderschrank und zieht sich an.

Dann rollt er seinen Drehstuhl, der am Schreibtisch unter dem Fenster steht, an den Schrank heran und steigt vorsichtig hinauf. Er hievt einen Sportschuhkarton von der Schrankdecke, den er vorsichtig auf der kleinen dunkelblauen Couch gegenüber dem Messingbett absetzt.

Daniel nimmt den Deckel vom Karton und legt ihn beiseite.

Auf einer Ablage unter dem Couchtisch steht eine Packung mit Einweghandschuhen, aus der er ein Paar herausnimmt und gekonnt über seine schmalen Hände streift.

Dem geöffneten Karton entnimmt Daniel eine Plastiktüte mit einem kleinen weißen, leicht glitzernden Brocken darin, eine elektronische Küchenwaage, ein Skalpell und ein paar kleine Plastikröhrchen und platziert alles ordentlich auf dem Glastisch.

Einmal kurz auf die Waage gelegt, zeigt ihm das Display für den weißen Brocken ein Gewicht von hundertvierzehn Gramm an. Daniel legt die fest zusammengepresste Masse auf der Tüte ab und beginnt, kleine Stücke davon abzuschneiden, die er auf der Wiegefläche der Waage sammelt, bis sie null Komma acht Gramm anzeigt. Dann befüllt Daniel eins der kleinen Plastikröhrchen mit dem glitzernden Kokain und verschließt es mit dem zugehörigen Stopfen. Die fertigen Röhrchen verstaut er in einem dunklen Hundekotbeutel, den er nach dem fünfundzwanzigsten Röhrchen zuknotet und beiseitelegt.

Mit geübten Bewegungen portioniert Daniel in kürzester Zeit den Brocken Kokain. Als er einhundert Röhrchen zusammenhat, packt er den Rest vom Kokain, die vier Hundekotbeutel, die Waage und das Skalpell zurück in den Karton und stellt diesen wieder auf den Schrank.

Aus der Hosentasche zieht er sein Handy hervor und schreibt mehrere Nachrichten mit dem Hinweis, dass man sich zeitnah wieder treffen könne.

Anschließend sucht er in den Telefonkontakten nach »A« und schickt auch ihm eine Nachricht.

Zufrieden lehnt sich Daniel auf der kleinen Schlafcouch zurück und schaltet den Fernseher an.

»Spast ist kein Schimpfwort, wenn er ein Spast ist!«, flucht jemand im Fernsehen, während Daniel die Augen schließt und versucht, noch ein wenig zu entspannen, bevor der Arbeitstag für ihn wieder von Neuem beginnt.

46

»Endlich fertig!« Fred klatscht in die Hände. Gut gelaunt schaut er über den Frühstückstisch, den er mit frischen Blumen dekoriert hat. Um die dunkelblaue Vase mit den weißen und roten Rosen hat er kleine Teller und Schalen mit aufgeschnittenem Obst, Käse und Wurst drapiert, eine Ananas geviertelt und das Fruchtfleisch gekonnt aus der Schale gelöst. Die Ananasschiffchen liegen, flankiert von jeweils einem Streifen selbst gemachter Vanillesoße, auf kleinen Tellern, eines neben jedem Platz.

Er hat sich ordentlich Zeit genommen, um dem Anlass gerecht zu werden.

Vor genau zwanzig Jahren hat Fred seine Frau geheiratet. Ein besonderer Tag für ihn, weshalb auch die gemeinsamen Söhne seinem Ruf Folge leisteten und extra aus München und Groningen angereist sind, wo sie Maschinenbau und Betriebswirtschaft studieren.

In die Fußstapfen ihres Vaters wollten die beiden Sprösslinge nicht treten, auch wenn sie Freds spannenden Geschichten immer gern lauschen. Zwar war der Berufswunsch bei beiden mal vorhanden, jedoch nahmen sie davon rasch wieder Abstand, als sie von den Verdienstmöglichkeiten im gehobenen Dienst der Polizei erfuhren. Das war ihnen eindeutig zu wenig gegenüber dem, was ihnen nach einem erfolgreichen Studium von der freien Wirtschaft versprochen wurde.

Fred nimmt es ihnen nicht übel, auch wenn er der festen Überzeugung ist, dass Geld keinen guten Grund für die Aufnahme einer Arbeit darstellt. Passion und Leidenschaft sollten sich im gewählten Beruf vereinen, damit man dem eigenen Empfinden nach nie arbeiten muss.

Auf der Holzwendeltreppe hört Fred die beschwingten Schritte seiner Frau. Sie hat sich extra zurechtgemacht, als Zeichen der Aufmerksamkeit, und erfreut sich am Anblick des bunten Esstischs, der ihr, am Fuß der Treppe angekommen, sofort ins Auge fällt.

Durch die Kaffeemaschine läuft bereits der Kaffee und treibt mit seinem frischen Geruch auch die beiden erwachsenen Söhne nach unten.

»Wenn ich das so sehe, könntet ihr meinetwegen jeden Tag Hochzeitstag feiern«, urteilt Paul, dessen lange blonde Haare hinter die Ohren geklemmt sind. Er mustert die Speisen auf dem Tisch und kann sich kaum entscheiden, wo er zuerst zugreifen mag.

Lasse hat bereits ein Croissant auf seinem Teller platziert und das Glas Schokocreme in der Hand.

Auch Freds Frau hat sich inzwischen hingesetzt und betrachtet liebevoll ihren Mann, der eine Schüssel mit Kaiserschmarrn zum Tisch trägt und sie neben einer Schale mit selbst gemachtem Pflaumenkompott abstellt.

»Dann wünsche ich einen guten Appetit, ihr Lieben.« Fred hebt sein Sektglas und prostet seinen Söhnen und schließlich seiner Frau zu. »Auf die nächsten zwanzig Jahre!«

Die anderen drei stimmen mit ein, und alle stoßen klirrend ihre Gläser aneinander. Als Letzter lässt sich nun auch Fred auf seinem Stuhl nieder und legt sich im Hinsetzen ein Körnerbrötchen auf den Teller.

Pling. Pling. Das ist sein Handy, doch er versucht, das Piepen zu ignorieren. *Pling.*

Fred setzt das Brotmesser ans Brötchen und beginnt, es aufzuschneiden. Fast schneidet er sich dabei in die Hand, zu sehr ist er mit den Gedanken bei den Dingen, die dort auf dem Telefon eingehen.

Freds Frau nimmt den inneren Kampf ihres Mannes wahr, auch wenn er sich im Griff hat und das Handy links liegen lässt. Sie sieht ihm an der Nasenspitze an, was er jetzt eigentlich gern machen würde.

»Ist in Ordnung, Edgar. Geh ruhig an dein Telefon«, sagt sie und nickt ihm aufmunternd zu.

Fred erwidert nichts, sondern schaut seine Frau nur liebevoll an. Es würde keinen Sinn ergeben, Desinteresse vorzutäuschen. Sie kennt ihn eben. Und so treibt ihn die berufsbedingte

Neugier umgehend zum Telefon, auf dessen Display mehrere Nachrichten von Pascho zu sehen sind.

Glückwunsch, Chef.

Es geht los. Auf der Plantage tut sich was.

Bin in 10 Minuten da. Habe den Rest alarmiert.

Möglichst emotionslos legt Fred das Handy zurück auf die Küchenarbeitsfläche und setzt sich wieder auf seinen Platz.

Seine Frau schaut ihn an und beginnt zu schmunzeln. »Fahr schon los, Edgar. Ich bin ja nicht allein.«

»Du bist die Allerbeste!«, platzt Fred heraus. Er steht auf, geht um den Esstisch herum und drückt seiner Frau einen Kuss auf die Stirn. »Ich beeil mich. Versprochen.«

Die Söhne und Freds Frau fangen gleichzeitig an zu lachen. Seine Versprechen, sich zu beeilen, haben sich inzwischen zum Dauerwitz der Familie entwickelt, denn alle wissen, dass er nie absehen kann, wie lange er am Ende wirklich zu tun haben wird.

Aber natürlich wissen sie auch, dass er mit dem Herzen immer bei ihnen ist und nie länger fernbleibt als nötig.

Mit seinem noch schnell mit Schinken belegten Brötchen und zwei Bananen in der Hand läuft Fred aus dem Haus und steigt in seinen Wagen.

Bin auf dem Weg, schreibt er an Pascho, sucht in den Kontakten nach Ali Bernbuch und startet den Motor. Während er die Kupplung kommen lässt, drückt er auf »Wählen«.

Ali Bernbuch spaziert mit seinem Labrador durch die Feldmark bei Ahrensburg, als der Anruf seines Kollegen eingeht. Die dunkelgrauen kurzen Haare kleben ungekämmt an seinem Kopf. Der Schnauzbart ist frisch getrimmt, die Wangen, das Kinn und der Hals rasiert.

Wie immer trägt Ali ein kariertes Hemd, das er in die Hose gesteckt und nur halb zugeknöpft hat. Das Unterhemd lugt aus dem Revers, darüber schaukelt die goldene Kette bei jedem Schritt auf Alis Brust hin und her. Eine Zigarette glimmt zwischen seinen Fingern, und gelegentlich nimmt er einen tiefen

Zug. Dann und wann wirft er einen Ball oder einen Stock für den Hund und genießt die frische Luft fernab des Stadtverkehrs.

»Hallo, Fred! Was gibt es Neues?«, meldet er sich, nachdem er das Smartphone aus der Brusttasche seines Hemdes gefummelt und den Namen des Anrufers auf dem Display gelesen hat.

»Wir sind auf dem Weg nach Jork. Der Transporter ist dort, Pascho hat eben die Ankunft gemeldet und alle alarmiert. Was ist das Ziel für heute?«, fragt Fred.

»Das kann ich jetzt noch nicht sagen. Wir müssen ihn zunächst abschließend identifizieren. Begleitet ihn also erst einmal nach Hause. Dann sehen wir weiter. Wer weiß, was er sonst noch treibt.« Ali bleibt stehen, streckt den Rücken durch, sodass sich der leichte Bauchansatz kräftig vorwölbt, und reibt sich mit der linken Hand den Nacken.

»Okay. Bleibst du erreichbar, oder sollen wir Dumbo anrufen?«, will Fred noch wissen.

»Ruf mich ruhig an und halte mich auf dem Laufenden. Dumbo hat doch Besuch von seiner Freundin. Der soll mal ein bisschen das Leben genießen. Freiwillig macht der das ja nicht. Ich bringe ihn morgen auf den neuesten Stand. Bis später, Fred!«

Ali wartet, bis nach Beendigung des Gesprächs der Startbildschirm wieder aufleuchtet, und öffnet die Kontakte. Dort sucht er nach dem Eintrag »Hubschrauber« und beginnt zu wählen.

»Moin moin, hier ist Lama von der Hubschrauberstaffel«, meldet sich am Ende eine tiefe, dunkle Stimme. »Wie kann ich helfen?«

»Moin, mein Lieber!«, begrüßt Ali den Kollegen mit lang gezogenen Vokalen. »Ich hab eine Bitte. Ich möchte gerne mit euch fliegen. Wir haben mal wieder einen Plantagenverdacht.«

»Jo. Wann denn?«, erwidert Lama wortkarg, aber freundlich.

»Morgen früh?«

»Jo. Sollte klappen. Fünf Uhr Abflug.«

»Roger. Dann bis morgen, Lama. Die Schriftlage schicke

ich euch später zu, aber den Standort übersende ich dir gleich schon einmal vorab.«

»Jo. Das mach mal. Dann bereite ich alles vor. Nicht dass wir in die falsche Richtung fliegen. Wir sehen uns morgen«, verabschiedet sich Lama und legt auf.

Zufrieden steckt Ali sein Handy wieder in die Hemdtasche, während sein Hund den feucht gesabberten Ball zum wiederholten Mal auf Alis Schuhen ablegt und ihn auffordernd anschaut. Ali greift nach dem schleimigen, halb zerbissenen Tennisball und wirft ihn weit aufs Feld hinaus. Eigentlich will er dem Hund noch ein wenig beim Toben zuschauen, doch er spürt bereits wieder den Drang in sich aufkeimen, schnellstmöglich ins Büro aufzubrechen, um die Ermittlungen aufzunehmen.

»Jack!«, ruft er kurz entschlossen und pfeift einmal auf dem kleinen Finger. »Komm! Wir gehen nach Hause.«

47

Über die historische Niederbaumbrücke, deren runde Stahlbögen sich dunkel im Wasser der Elbe spiegeln, fährt Alex Freibergs Jeep der Kehrwiederspitze entgegen. Hier biegen die Touristenströme nach links ab, um zur mittlerweile weltbekannten Modelleisenbahn im Miniaturwunderland und zum gruseligen Hamburger Dungeon zu gelangen. Die bläulich schimmernde Fassade der Elbphilharmonie streckt die spitzen, wellenartigen Ausläufer gen Himmel. Ein Teil des Gebäudes wird von den vorgelagerten Rotklinkerspeichern am Sandtorkai verdeckt, doch die geschwungenen Dachspitzen ragen weit über die Dächer hinaus.

Das Columbus Haus zu seiner Linken und mit freier Sicht bis zum stolzen Museumsfrachtschiff Cap San Diego auf der rechten Seite passiert Alex auch die östliche Niederbaumbrücke. Doch er hat keinen Blick für die »Elphi«, wie die Elbphilharmonie von den Hamburgern liebevoll genannt wird, oder den Hamburger Hafen. Er folgt ganz auf seine Gedanken konzentriert dem Sandtorkai und biegt kurz darauf auf die Mahatma-Gandhi-Brücke ab, um zum Kaiserkai zu gelangen.

Ideenlos fragt Alex sich, was ihm wohl bevorstehen mag. Warum er auf diese ruppige Art von Bigboy herzitiert wird, kann er sich nicht recht erklären. Normalerweise kommt er nur hierher, wenn er eine Lieferung in Empfang genommen hat. So läuft es jetzt bereits seit mehreren Monaten, ohne Abweichung.

Es war ein großes Glück, dass er im Gefängnis »Santa Fu« in Fuhlsbüttel mit Pablo auf einer Zelle lag und sein Vertrauen gewinnen konnte. Alex hatte ihm sämtliche Anträge geschrieben, die für einen kontrollierten Alltag hinter Gittern erforderlich waren und diesen teilweise erträglicher machten. Die richtigen Anwälte für einen schnellen Freigang hatte er ihm auch vermittelt und ihn regelmäßig mit Tabak versorgt. Ebenso einen Job und eine Wohnung, damit Pablo die letzten Bedingungen für den Freigang aus Glasmoor erfüllen konnte. Hierfür war Pablo sehr dankbar. Er sorgte dafür, dass Alex einen Job in seiner Organisation erhielt. Über die verschiedenen Möglichkeiten des gemeinsamen Handels hatten sie sich zuvor ausführlich ausgetauscht. Pablo konnte Alex immerzu mit seinen Preisen unterbieten und ihn von der Qualität des gelieferten Kokains überzeugen. Bis dato kannte Alex niemanden, der Direktware bezog und sie ihm fast für den Einkaufspreis verkaufen konnte. Hier war alles möglich.

Alex empfindet eine gewisse Zuneigung für seinen neuen Freund, während er sich dem Treffpunkt nähert. Er sieht, dass das Tor zur Tiefgarage bereits offen steht. Im Radio beginnen die Verkehrsnachrichten.

Ohne den Blinker zu setzen, biegt er in die Garagenabfahrt ein und lässt den Wagen durch das Tor rollen. In der Tiefgarage stehen die obligatorischen Nobelfahrzeuge, wie immer, wenn er hierherkommt. Sie ist menschenleer. Er manövriert den Jeep in eine Parklücke und stellt den Motor aus. Alex schaut in die

Spiegel, aber auch hier kann er niemanden entdecken, der auf ihn wartet.

Er zieht den Schlüssel ab und öffnet die Fahrertür. Das Geräusch hallt gespenstisch durch die Tiefgarage, und obwohl er sich bemüht, die Tür leise wieder zu schließen, hört man das Knallen wie durch einen Verstärker.

»Hallo?«, ruft Alex mit gedämpfter Stimme und geht ein paar Schritte in Richtung Treppenhaus, doch es ist niemand zu sehen.

Unschlüssig steht er da und wartet. Ein Windhauch zieht an seinen Beinen entlang, so als würde ein Fahrrad dicht an ihm vorbeirauschen. Dann hört er ein Klacken. Es ertönt direkt hinter seinem Ohr, so wie man es aus alten Westernfilmen kennt. Im nächsten Moment drückt kaltes Metall gegen seinen kurz rasierten Hinterkopf und bestätigt Alex' Befürchtung.

»Nicht bewegen! Verstanden?«, zischt eine Stimme mit spanischem Akzent, und ein dunkler Beutel wird Alex über den Kopf gezogen.

Der Puls schlägt dumpf in seinen Ohren. Die plötzliche Dunkelheit löst Panik in ihm aus, doch er wagt es nicht, sich zu bewegen. Eine kräftige Hand packt seinen Arm und führt ihn einige Meter durch die Garage. Unsicher, weil er nicht sieht, wo er hinläuft, stolpert Alex, doch der Mann hat ihn fest im Griff und schützt ihn vor einem Sturz.

Er möchte fragen, was mit ihm passiert, was er falsch gemacht hat, doch seine Stimme ist auf einmal weg, die Zunge fast wie gelähmt, und der Atem reicht gerade so, um sich auf den Beinen halten zu können.

Das Geräusch einer schweren Autotür, die aufgeschoben wird, ist zu hören. Die Hand zieht ihn in Richtung der Türöffnung, die Alex unmittelbar vor sich vermutet, weshalb er vorsichtig den Kopf einzieht.

Mit tastenden Händen und geführt von einer weiteren Hand auf dem Rücken findet Alex den Sitz, der für ihn bestimmt ist, und lässt sich in das kalte, glatte Leder sinken. Der Innenraum riecht nach kaltem Rauch und dem süßlichen Aroma eines

Duftbaums. Mit einem Rauschen wird die Tür geschlossen, und es kehrt Ruhe im Innenraum ein. Nur der Herzschlag in Alex' Ohren ist immer noch unerträglich laut.

Seine Hände sind frei, doch er wagt es nicht, sie zu bewegen oder sich gar die Haube vom Kopf zu ziehen. Er kann kaum einen klaren Gedanken fassen.

»Pablo hat mir nur Gutes von dir berichtet«, hört er da eine wider Erwarten freundlich klingende Stimme sagen. »Er vertraut dir. Du bist ein guter Mann, Alex. Du arbeitest verlässlich, wir bezahlen dich gut.«

»Danke«, erwidert Alex kraftlos.

»Pssst«, zischt sein Gegenüber. »Ich rede hier. Streck deine Hand aus und leg sie auf die Heilige Schrift.«

Ohne groß darüber nachzudenken, streckt Alex seine Hand nach vorne und spürt einen kühlen, harten Gegenstand, der anscheinend vor ihm auf einem Tisch liegt.

»Also, wenn du ein Problem hast, was machst du?«, fragt ihn der Mann neugierig. »Was tust du dann?«

»Ich … Ich … Ich löse das Problem«, erwidert Alex zögerlich.

Ein stechender Schmerz durchfährt seinen kleinen Finger, als mit einem dumpfen Schlag etwas Schweres darauf landet. Alex schreit kurz auf vor Schmerz und Schreck, versucht jedoch, das nachfolgende Stöhnen zu unterdrücken. Er spürt, dass der kleine Finger gebrochen ist und blitzschnell anschwillt. Am liebsten würde er sich die Kapuze vom Kopf ziehen und sich auf sein Gegenüber stürzen, doch er weiß, dass dies sein Ende bedeuten würde.

»Leg deine Hand auf die Heilige Schrift«, fordert die Stimme. Eine Mischung aus Zorn und Genugtuung liegt darin, und Alex legt die zitternde Hand zurück auf das Buch. »Was machst du, wenn du ein Problem hast?«, wiederholt der Mann.

»Ich … Ich komme zu euch?« Alex beißt die Zähne zusammen, in Erwartung eines weiteren Schlags.

»Richtig, Alex. Richtig. Wenn du ein Problem hast, dann kommst du zu uns und sagst uns das. Verstanden? Ich kann keine Mitarbeiter gebrauchen, die ohne mein Wissen andere Mitarbeiter abstrafen. Weißt du, was deine Aktion von gestern Abend für Folgen haben kann? Wie das Kartell reagieren wird, wenn ihr Kontaktmann von der Valderrama nicht mehr erreichbar ist?«

»Ich habe nichts ge–«

Ein heftiger Schlag geht auf seinen Ringfinger nieder, der jegliche Rechtfertigung im Keim erstickt und Alex, unter der Kapuze nicht sichtbar, die Tränen in die Augen treibt. Umgehend strömt das Blut in den sicherlich ebenfalls gebrochenen Finger und lässt ihn anschwellen, während Alex versucht, nicht vor Schmerz zu schreien.

»Lüg mich nicht an. Ich weiß Bescheid. Verstanden?«, brüllt sein Gegenüber wütend. Jegliche Freundlichkeit ist aus der Stimme verschwunden. »Du machst nie wieder etwas, ohne mich zu fragen. Ist das klar? Morgen kommt das nächste Schiff an. Du schickst deine Crew an Bord der Santa Rosa und bringst danach die gesamte Lieferung zum Treffpunkt. Bis du deine Schuld beglichen hast, arbeitest du umsonst für uns. Und nie wieder, hörst du: nie wieder machst du etwas, ohne uns zu fragen. Ansonsten werden wir dir nicht mehr auf die Finger hauen, sondern sie nacheinander abschneiden. Verstanden, Alex?«

Die Seitentür wird aufgeschoben, ohne auf eine Antwort von Alex zu warten, und eine grobe Hand packt ihn am Arm und zerrt ihn aus dem Auto. Dann fährt mit aufheulendem Motor ein Fahrzeug davon. Alex steht wie angewachsen da und lauscht in die sich ausbreitende Stille hinein. Er hört weder Schritte noch andere Geräusche, die auf jemandes Anwesenheit schließen lassen.

Vorsichtig zieht er sich mit der heilen Hand die Kapuze vom Kopf. Das grelle Licht der Neonlampen in der Garage blendet ihn. Blinzelnd schaut er sich um. Er steht neben seinem Geländewagen. Rundherum ist niemand zu sehen. Er blickt unter den Fahrzeugen durch, doch nirgendwo kann er Füße von auf ihn lauernden Handlangern sehen. Langsam richtet Alex sich wieder auf und schaut auf die schmerzende Hand. Die beiden

Finger sind blau angelaufen und geschwollen. Der Anblick verstärkt den Schmerz umgehend. Ein Keuchen entweicht Alex' Kehle, er hält sich den Arm. Verloren und allein steht er in der Tiefgarage.

Ganz so, als wäre eben niemand da gewesen und nichts geschehen.

48

In der Hamburger Hafencity hat die Stadt an die jüngsten Bürger gedacht. Zwischen dem Marco-Polo-Tower und dem Überseequartier, inmitten von teuren Büro- und Wohngebäuden, erstreckt sich über eine Länge von einhundert Metern der Abenteuerspielplatz am Grasbrookpark.

Kinder jeglicher Nation spielen hier friedlich miteinander und erfreuen sich im Wasserbereich daran, die Eltern mit Wasserkanonen nass zu spritzen. Unter ihnen ist auch Gerd Sehling, der hocherfreut den Kampf mit den Landratten aufgenommen hat. Die eine oder andere Salve hat ihn bereits getroffen. Dennoch genießt er es, mit den lachenden Kindern zu spielen. Er erklimmt das oberste Deck des Piratenboots und hält Ausschau in Richtung Elbphilharmonie.

Am Rande des Schlachtfelds sitzt Dörte mit Emilia und baut an einem Schloss aus Sand, das Emilia für eine zauberhafte Prinzessin reserviert hat. In die Seeschlacht wollten weder Dörte noch Emilia eingreifen. Gelegentlich beäugt Dörte ihren Ehemann kritisch, weil er sich den wildfremden Kindern widmet, statt zu ihr und Emilia zu kommen. Dann sieht sie aber, welche Freude er dabei hat, und das Glück der Kinder, die mit ihm herumtoben. Kurz hat sie sogar ein schlechtes Gewissen, weil sie den Kindern und Gerd den Spaß zunächst nicht gönnte.

»Tante Dörte? Ich habe Hunger«, bemerkt Emilia beim Buddeln eher beiläufig und reißt Dörte damit aus ihren Gedanken.

»Was magst du denn, meine Prinzessin? Dort vorne ist ein

Bäcker, wollen wir vielleicht ein belegtes Brötchen für dich kaufen?«, schlägt Dörte fürsorglich vor und will sich schon aus der Hocke erheben.

»Kann Onkel Gerd mir nicht ein Franzbrötchen holen? Wir beide können dann so lange weiterbuddeln.«

»Wir können ihn ja mal fragen, ob er das machen würde«, erwidert Dörte und hält nach ihrem Mann Ausschau. »Gerhard! *Gerhard!*«

An Deck des Piratenschiffs zuckt Gerd zusammen, als würde er von einem harten Strahl kalten Wassers getroffen, und wendet sich blitzschnell in die Richtung, aus der sein Name gerufen wurde.

»Wat is denn, Dörte? Ich bin hier gerade voll beschäftigt«, erwidert er und mustert aufmerksam die Umgebung, ob wieder ein Kind mit Wasserpistole in seine Reichweite kommt.

»Komm mal bitte zu uns, Gerhard!«, fordert Dörte ihn in strengem Tonfall auf. Vergessen ist das Glück der anderen Kinder. Jetzt zählt der Hunger von Emilia und nichts sonst.

»Wat gibt es denn so Wichtiges? Ich bin gerade auf Kaperfahrt. Wir wollen die Elphi erobern«, erklärt Gerd, als er die beiden erreicht.

»Emilia hat Hunger. Magst du ihr bitte etwas vom Bäcker holen?«, fragt Dörte. »Ich hätte auch gerne einen Cappuccino.«

»Warum geht ihr nicht selber?«, antwortet Gerd forsch, was er sogleich bereut, als er Dörtes entgleisende Gesichtszüge bemerkt.

»Weil wir hier bauen müssen, Onkel Gerd! Und sonst kommen andere Kinder und machen mein Schloss wieder kaputt«, rügt Emilia ihn in ähnlich empörtem Tonfall, wie Gerd ihn jetzt von seiner Frau erwartet hätte.

»Na denn, gehe ich wohl mal etwas für euch holen«, gibt Gerd nach, auch weil sein Magen beim Gedanken an belegte Brötchen zu knurren beginnt. »Am Großen Grasbrook waren, glaube ich, mehrere Bäcker. Dann bis gleich.«

Zum Bedauern der übrigen Kinder verlässt Gerd den Spielplatz durch die Stahltür zu den Marco-Polo-Terrassen und geht watschelnd den Großen Grasbrook hinauf. Am Dalmannkai entdeckt er die große Qual der Wahl an Bäckern, die sich hier für ein leckeres Frühstück anbieten.

Gerd entscheidet sich für die Filiale einer altbekannten Hamburger Bäckereikette. Bevor er jedoch die Wünsche von Dörte und Emilia erfüllt, will er erst einmal das Parkticket verlängern, weil er am Ende der Straße die Kollegen vom Ordnungsamt ihrer Arbeit nachgehen sieht.

»Ihr habt wohl echt nichts Besseres zu tun«, brummelt er vor sich hin, während er mehrere Eurostücke in den Schlitz der Parkuhr wirft, um einen neuen Parkschein zu ziehen. Praktischerweise steht das Wohnmobil direkt gegenüber dem gewählten Bäcker in einer Parkbucht. »Frühes Kommen sichert die besten Plätze«, frohlockte Gerd, als sie vor einer guten Stunde in der Hafencity ankamen. Die Parkkosten ließen sein freudiges Lachen jedoch schockgefrieren. Weil es aber überall gleich teuer ist, nützt es nichts, einen anderen Parkplatz zu suchen. Man würde genauso viel zahlen und bloß weiter laufen müssen.

Gerd nimmt den Parkschein an sich und wackelt auf sein eierschalenfarbenes Wohnmobil zu, das wie ein vergilbter Fleck zwischen all den Prachtbauten steht. Scheppernd öffnet er die Fahrertür und legt das Ticket hinter die Windschutzscheibe.

Da zieht sich, wie vom Blitz getroffen, sein Magen zusammen. Im Augenwinkel hat er den Hafenarbeiter vom Vortag gesehen, der gerade auf der gegenüberliegenden Straßenseite entlangläuft. Doch nicht allein Alex Freibergs Anwesenheit hier ist Grund für das pulsierende Bauchgefühl, sondern auch dessen vorgebeugte Körperhaltung, der schmerzverzerrte Gesichtsausdruck und die rechte Hand, die er mit der anderen vor seinem Oberkörper festhält.

»Ich sag's ungern, aber hier stimmt doch schon wieder wat nich«, urteilt Gerd leise. Er nimmt seine dunkelrote Schiebermütze vom Armaturenbrett, setzt sie auf und zieht sie tief ins Gesicht. Dann verschließt er möglichst leise die schwerfällige Tür und nimmt, wie auf rohen Eiern laufend, die Verfolgung des Hafenarbeiters auf.

Der läuft dankenswerterweise direkt auf den Bäcker zu, bei dem Gerd gerade für sich und seine Lieben etwas zu essen holen wollte. Aufmerksam beobachtet Gerd, wie er umständlich die Tür mit der einen Hand öffnet, während er die andere weiterhin eng an den Oberkörper presst.

Mit ein paar schnellen Schritten huscht Gerd hinter ihm ins Ladeninnere, bevor die Schließvorrichtung die Tür geräuschvoll zuschnappen lässt.

»Guten Morgen, was darf es für Sie sein?«, fragt die junge, dunkelhaarige Angestellte, deren Wangen, Lippen und Augen stark geschminkt sind und sich deutlich von den weißen Zähnen abheben, in fröhlichem Singsang.

»Haben Sie bitte ein wenig Eis für mich? Ich habe mir die Finger eingeklemmt«, bittet Alex Freiberg mit vor Schmerz zusammengebissenen Zähnen.

»Ja, selbstverständlich. Einen Moment bitte. Sollen wir auch einen Arzt für Sie rufen?«, erwidert die Verkäuferin mit besorgtem Blick auf die überdimensional angeschwollenen Finger des Mannes, die bereits dunkelblau sind.

»Nein, keinen Arzt. Nicht nötig. Ich muss es erst einmal nur kühlen. Danke«, wiegelt Freiberg ab und erntet dafür von der Verkäuferin einen skeptischen Blick. Sie füllt mehrere Eiswürfel aus einem Fach unterhalb des Kaffeeautomaten in ein Geschirrhandtuch, knotet die Enden zusammen und reicht ihm den Eisbeutel über den Tresen.

»Möchten Sie vielleicht einen Kaffee oder Cappuccino trinken, während Sie Ihre Hand kühlen? Oder ein leckeres Buttercroissant essen?«, erkundigt sie sich freundlich, ganz so, wie es ihr Arbeitgeber verlangt. »Ich würde dann gleich mit dem Verbandkasten zu Ihnen kommen und Ihnen die Finger verbinden. Einverstanden?«

Irritiert drückt Freiberg den Eisbeutel auf seine Hand und zieht bei der sicher schmerzhaften Berührung zischend die Luft ein. »Das ist nett. Danke. Einen Kaffee ohne alles bitte«, bestellt er gepresst und setzt sich an einen kleinen runden Tisch am Fenster.

Die Verkäuferin wendet sich Gerd zu. »Guten Morgen, wie darf ich Ihnen helfen?«, fragt sie mit gleichbleibender Stimmlage, während ein junger Mann im Hintergrund den bestellten schwarzen Kaffee in eine Tasse gießt und anschließend serviert.

»Jo, moin. Ham Sie auch Mettbrötchen? Dann würd ich zwei nehmen. Und einen Kaffee bitte, für hier«, ordert Gerd freundlich, legt zehn Euro auf den Tresen und will sich gerade in Richtung Gastraum wenden, da vernimmt er ein freundliches Räuspern. Gerd schaut der jungen Angestellten fragend in die klimpernden Augen.

»Das macht dreizehn Euro neunzig, bitte«, fordert sie mit einem strahlenden Lächeln.

Gerd bläst die Wangen auf und wirft einen Fünf-Euro-Schein dazu. »Dat is dann aber wohl Mett von glücklichen Schweinen, oder?«

»Bei uns bleiben alle Schweine glücklich, denn unser Mett ist vegan«, erklärt die Verkäuferin stolz und schickt sich an, das Gewünschte zuzubereiten.

Perplex ob des innovativen Belags, der ihm gleich kredenzt werden wird, schleicht Gerd zu einem Tischchen direkt hinter Axel Freiberg, der mit der gesunden Hand gerade mühsam sein Handy aus der Jacke zieht. Er tippt auf dem Display herum und hält sich kurz darauf das Telefon ans Ohr.

»Digger, Alex hier. Wo bist du?« Er klemmt das Smartphone zwischen Kopf und Schulter und trinkt einen Schluck Kaffee. »Du glaubst nicht, was mir passiert ist. Ich habe dem Zuhälter der beiden Mädels heute Morgen voll in die Fresse gehauen und mir dabei zwei Finger gebrochen. Ja, Mann. Kein Scheiß. Nein, ich laber nicht. Wirklich. Aber deswegen rufe ich nicht an. Du musst Steven morgen wieder einbinden.«

Gerd muss aufpassen, dass er nicht spontan zu fluchen beginnt, als Stevens Name fällt. Sorgenfalten legen sich auf seine Stirn. Konzentriert lauscht er weiter dem Gespräch.

»Der wird schon mitmachen. Keine Sorge. Mach ihm heute bei der Arbeit klar, dass er sowieso keine Wahl hat. Ich spreche später auch noch mal mit ihm. Der ist ein gerader Typ, Digger, und nicht so gierig. Ich will, dass er dabei ist. Wir machen es wie beim letzten Mal. Ja. Genau. Nein, nicht Marek. Ja. Steven. Ja. Bis heute Abend, dann sprechen wir.«

Alex Freiberg beendet das Gespräch und legt das Telefon hörbar auf dem Tisch ab, ehe er wieder zu seinem Kaffee greift. Gerd wagt einen Blick über Freibergs Schulter und sieht auf dem Display, dass eine App geöffnet ist, mit der Freiberg soeben telefoniert hat. Er hat die Benutzeroberfläche noch nie gesehen. Oben ist ein Totenkopf zu sehen, der sich aus zwei knochigen Händen bildet.

Gerd sieht den Mitarbeiter der Bäckerei auf sich zukommen und wendet sich dem von ihm servierten veganen Mett auf Vollkornbrot zu.

»Der Hunger treibt's schon rein«, spricht er sich mit skeptischer Miene selbst ein wenig Mut zu und beißt kräftig in das Brot, das zu seiner Überraschung sogar richtig gut schmeckt.

49

Unweit vom Hamburger Flughafen, in einem kleinen, gelb verklinkerten Reihenhaus, liegt Toni Schäfer in seinem Bett unter dem Dach des eigenhändig ausgebauten Dachbodens. Den letzten Abend hat er dem Glas zugewandt verbracht und versucht nun, jeglichem Sonnenlicht zu entgehen, das durch die undichten Metalljalousien ins Schlafzimmer fällt.

Sein bester Kumpel wohnt gleich nebenan und hatte zu einem kleinen Umtrunk geladen, der dann doch wieder ausartete, weil beide kein Ende fanden. Erst das Erreichen des Flaschenbodens beendete das Gelage. Die Welt dreht sich noch immer ein wenig um Toni, ganz egal, ob er die Augen öffnet oder geschlossen hält.

Die Kopfschmerzen sind erträglich, doch das kann auch an den zwei Tabletten liegen, die er vor dem Einschlafen prophylaktisch hinuntergespült hat.

Ein abruptes Brummen auf dem hölzernen Nachttisch durchbricht die Stille im Schlafzimmer. Toni mag kaum die Augen öffnen, weiß er doch genau, was das penetrante Surren zu bedeuten hat. Irgendeine Petze will ihm am Sonntag wieder etwas Bedeutendes mitteilen und ist der Meinung, dass das keine Sekunde länger warten kann.

Vorsichtig hebt Toni den Kopf. Bloß keine hektischen Bewegungen wagen, denkt er und schaut auf das Display des Diensthandys. Nachdem er mit Mühe die Buchstaben entziffert hat, greift er sich das Telefon und dreht sich auf den Rücken. Er nimmt das Gespräch an und schließt dabei die Augen.

»Moin, Marek. Kannst auch nicht schlafen am Sonntagmorgen?«, begrüßt er seinen Informanten.

»Ich hab Neuigkeiten. Wir müssen uns treffen«, antwortet Marek, ohne Zeit auf eine Begrüßung zu verwenden.

»Ganz schlechtes Timing, Marek. Muss es heute sein?«, fragt Toni vorsichtig. Er legt die freie Hand auf die Stirn und beginnt, sie zu massieren.

»Es ist wichtig. Ganz wichtig! Ich bin Risiko gegangen, Chef, und habe jetzt richtig fette Infos«, entgegnet Marek fast euphorisch.

»Okay. Gib mir 'ne Stunde. Wir treffen uns am ›Coffee to Fly‹«, schlägt Toni vor.

»Jo. Ich werde da sein«, bestätigt Marek und legt auf.

»Dann wollen wir mal«, feuert Toni sich selbst an, stemmt sich aus dem Bett und torkelt verkatert in Richtung Badezimmer.

50

In der kleinen Bäckerei in der Hafencity hat Gerd inzwischen die beiden Vollkornbrote mit Pflanzenmett vertilgt und fühlt sich einigermaßen gesättigt. Keine Sekunde hat er dabei das Objekt seines Interesses aus den Augen und Ohren verloren.

Allzu genau konnte er Alex Freiberg aber nicht beobachten, weil es doch ein wenig auffällig gewesen wäre, beim Essen der Brote halb verdreht auf dem gemütlichen Sessel zu sitzen und dabei kauend zum anderen Tisch zu starren.

Die Verkäuferin hat ihr Versprechen wahr gemacht und einen beachtlichen Verband um Freibergs verletzte Finger gewickelt, die er mit einem frischen Eisbeutel weiterhin kühlt.

Gerd reibt indes eine innere Unruhe auf, denn der letzte Gang zur Toilette ist bereits altersunangemessen lange her und lässt sich kaum noch hinauszögern. Angespannt sitzt er auf dem Sessel und verlagert das Gewicht gelegentlich von der einen auf die andere Gesäßseite. Konzentriert starrt er auf den gefliesten Boden. Jedes Gurgeln und Zischen der Kaffeemaschine lässt ihn jedoch noch unruhiger werden.

Dass Alex Freiberg keinerlei Anzeichen von Aufbruchstimmung zeigt, sondern bloß leicht vor sich hin wimmernd die Finger kühlt, beruhigt Gerd ein wenig und verleiht ihm den nötigen Mut, doch lieber den Gang zur Toilette anzutreten.

Eine Idee blitzt in seinem Bewusstsein auf, als er sich gerade erheben will. Gerd zieht sein Telefon aus der Jackentasche, tippt darauf herum und geht so entspannt, wie der Druck auf der Blase es zulässt, mit dem Telefon am Ohr in Richtung der Toiletten.

Einige Kilometer südwestlich der Bäckerei haben Pascho, Fred und die restlichen Mitglieder der Observationsgruppe Stellung bezogen. Geduldig warten sie nun bereits eine gute Stunde auf die Abfahrt der Zielperson.

Pascho hockt allein im Kofferraum eines Kleinbusses, dessen dunkel getönte Scheiben ihn vor den Blicken des Verdächtigen und der aufmerksamen Nachbarn abschirmen.

Weil in dem Dorf so wenige Autos an der Straße geparkt sind, wartet Fred mit den meisten Kräften ein Stück abseits, in Fahrtrichtung der Autobahn. Das Hamburger Kennzeichen des observierten Transporters lässt vermuten, dass die Fahrt sie zurück in die Stadt führen wird. Dennoch hat Fred in der anderen Richtung Kuno positioniert, der die Verfolgung aufnehmen wird, wenn der Transporter doch ein anderes Ziel ansteuert, um die Kollegen dann wieder an sich heranzuführen.

Pascho hat es sich im Kofferraum gemütlich gemacht. Er ist es gewohnt, hier teilweise mehrere Stunden zu verbringen und stur auf eine Haustür oder ein Auto zu starren. Neuerdings hat er einen Sitzsack im Auto liegen, den Magdalena ihm zum Geburtstag geschenkt hat. Auf seinem Schoß liegt das Tablet, das ihm die aktuellen Videobilder der Kamera im Vogelhaus anzeigt. Er ist froh, dass er es am Vorabend dort aufhängen konnte. So hat er sowohl die Haustür als auch das grüne Fahrzeug des Verdächtigen im Blick. Wenn sich auf dem Bildschirm etwas tut, wird er vorgewarnt sein und sich auf die Abfahrt vorbereiten können. Auch wenn er zunächst erst einmal stehen bleiben und dem Transporter mit Abstand folgen wird, um nicht aufzufallen.

Dank den Videobildern kann er dann auch einen Screenshot von dem Plantagenbetreiber machen und das Bild in die Messengergruppe stellen. Die Kollegen werden dadurch gewahr, wie der Mann aussieht und was er heute anhat. Und Pascho braucht nicht unvorsichtig zu werden, um einen Schnappschuss von ihm zu machen oder zumindest eine vage Personenbeschreibung zu erhalten.

Adrenalin strömt durch Paschos Adern, als er eine Bewegung am Rand des Bildausschnitts bemerkt. Die Haustür wurde geöffnet, nur hat bislang niemand das Gebäude verlassen.

»Achtung, Achtung. Die Tür wurde geöffnet. Es könnte gleich losgehen«, gibt Pascho an die Kollegen durch, was von Fred mit einem kurzen »Jo!« bestätigt wird.

Die Sekunden fühlen sich an wie Minuten. So langwierig die Warterei teilweise ist und so geduldig Pascho diese Strapazen erträgt. Dies ist der Moment, auf den er wartet, und jetzt kann er es kaum noch aushalten.

»Unser Mann verlässt das Haus. Er ist mit einer weiten blauen Schlabberjeans, weißen Sneakers und einer schwarzen Jacke bekleidet. Sieht ein bisschen wie eine Bomberjacke aus. Er trägt ein graues Cap und eine dunkle Brille.«

Während Pascho noch beschreibt, was er auf dem kleinen Bildschirm erkennen kann, schickt er bereits den Screenshot in die Messengergruppe.

»Er öffnet nun die Fahrertür und beugt sich in den Innenraum. Unser Mann scheint etwas zu suchen. Jetzt kommt er wieder hoch. Er schließt die Tür und geht zurück in Richtung Haus. Er hat etwas Kleines in der Hand.«

Mit einem leichten Auseinanderziehen seiner Finger vergrößert Pascho den Bildausschnitt und versucht, den Gegenstand zu erkennen, jedoch erfolglos. Dann legt die Zielperson den Kopf in den Nacken, und er weiß, was geschieht.

»Er öffnet eine Dose und trinkt. Sieht nach einem Energydrink aus«, verkündet Pascho mit Enttäuschung in der Stimme. »Er scheint aber trotzdem losfahren zu wollen. Ja, er schließt die Haustür ab und geht ganz lässig zu dem Auto. Noch ein Schluck aus der Dose. Bingo. Er ist jetzt eingestiegen, die Rücklichter gehen an. Jetzt auch das Rückfahrlicht. Er scheint zu wenden. Jepp, er fährt los.« Pascho hebt den Blick und schaut zur Ausfahrt des Grundstücks, in der er nun auch das Fahrzeug entdecken kann. »Er blinkt für stadteinwärts. Fred, er kommt in eure Richtung. Kuno, du kannst gleich wenden. Jo. Er ist auf die Dorfstraße eingebogen und fährt stadteinwärts.«

Fred ergreift das Wort. »Blondie und Jayjay, ihr übernehmt die ersten Positionen hinter ihm, der Rest ordnet sich dahinter ein.«

Für Pascho ist dies das Zeichen, auf den Fahrersitz zurückzuklettern und die Verfolgung der Gruppe aufzunehmen. Es gibt aber keinen Grund zur Hektik. Die anderen haben so weit alles im Griff.

Auf der Toilette lässt Gerd, während er sich erleichtert, bereits zum dritten Mal das Video laufen, das er von Alex Freiberg gemacht hat, als er zum Klo gegangen ist. Mühsam versucht er, mit seinen dicken Fingern in dem kurzen Spionagefilmchen eine Stelle zu finden, an der Freiberg gut zu erkennen ist. Im dritten Anlauf klappt es. Gerd erwischt genau den Moment, in dem er kurz aufschaut. Es wirkt fast so, als würde er direkt in die Kamera blicken, aber das muss ein Trugschluss sein. Gerd freut sich über den kleinen Erfolg und schickt das Foto sogleich an Dumbo.

Dessen Antwort lässt nicht lange auf sich warten. *Wo bist du denn schon wieder? Was macht der Freiberg bei dir?*

Gerds Finger fangen vor Nervosität leicht an zu zittern. Es ist aber eher eine positive Anspannung. *Ich bin in der Hafencity am Großen Grasbrook in so einer Ökobäckerei, und mir wird gerade einiges klar*, antwortet er Dombrowski. *Morgen kommt die nächste Lieferung im Hafen an, ich konnte ihn am Telefon darüber reden hören …*

Umgehend beginnt das Telefon zu surren. Dombrowski ruft an. Gerd will das Gespräch gerade annehmen, da hört er Schritte vor der Tür. Im nächsten Moment schlägt sie hörbar nach innen auf, etwas Hartes wird auf dem Waschtisch abgelegt, und jemand tritt an das Pinkelbecken der Männertoilette. Leichtes Plätschern erklingt. Gerd lehnt den Anruf ab und wagt es nicht, sich zu bewegen. Er hält die Luft an, vergisst geradezu das Atmen.

Ein Reißverschlussratschen ist zu hören, kurz danach ertönt die automatische Spülung, nach einem Drückgeräusch rauscht das Wasser ins Waschbecken. Einmal, zweimal, dreimal wird am Papierhandtuchspender gezupft. Doch statt dass die Tür ein weiteres Mal geöffnet wird, herrscht Stille im Raum.

Gerd versucht atemlos zu erlauschen, was auf der anderen Seite der Tür, die das WC räumlich vom Rest der Herrentoilette abgrenzt, vor sich geht. Er starrt auf die hellen Fliesen vor seinen Füßen und konzentriert sich. Doch nichts ist zu hören. Nur sein Herzschlag tönt bis in die Ohren. Dann ist auf einmal ein leises Klicken zu vernehmen, kaum hörbar, aber unmittelbar vor Gerds Tür.

Jayjay und Blondie haben inzwischen die Positionen hinter dem Zielfahrzeug eingenommen. Jayjay ist vorne, Blondie hat zwei fremde Fahrzeuge vorgelassen, um nicht direkt hinter Jayjay herzufahren. So bleibt ihr ausreichend Zeit, um bei unerwarteten Fahrmanövern rechtzeitig zu reagieren.

»Wir passieren die Neuwiedenthaler Straße und bleiben auf der Waltersdorfer Straße«, meldet Jayjay per Funk an die Kollegen, die ihnen folgen. Dazwischen fahren noch ein paar unwissende Bürger nichtsahnend in der Observationskolonne mit. »Wir nähern uns der Cuxhavener Straße. Er setzt den Blinker nach links. Blondie, übernimmst du?«, fragt er und setzt im Wissen, dass Blondie seine Position einnehmen wird, den rechten Blinker, um seinen Platz hinter dem Zielfahrzeug frei zu machen.

»Ich bin mit einem fremden Fahrzeug vor mir hinter dem Zielfahrzeug auf der Abbiegespur. Und wir kriegen Grün. Wir biegen ab und fahren nun in Richtung Harburg auf der Cuxhavener Straße«, meldet Blondie.

»Verstanden, Blondie. Fred ist mitgekommen«, gibt Fred durch.

»Kuno ist ebenfalls dabei«, bestätigt Kuno.

»Pascho steht mit zwei fremden Fahrzeugen an der roten Ampel.«

»Jayjay konnte wenden und folgt euch nun bei Grün.«

»Wir fahren bei Tempo fünfundfünfzig auf der linken Spur stadteinwärts. Ich würde geradeaus dranbleiben, falls er in Heimfeld auf die Autobahn wechselt, sollte Kuno übernehmen«, schlägt Jayjay vor.

»Check«, bestätigt Kuno und gibt die Funkleitung gleich wieder frei.

»Noch circa dreihundert Meter bis Heimfeld. Wir sind weiter auf der linken Spur bei Tempo fünfundfünfzig mit einem Fahrzeug zwischen uns«, meldet Blondie routinemäßig und beobachtet durch die Scheiben des Vordermanns den Transporter der Zielperson. Er macht einen gepflegten Eindruck, wirkt relativ neu. Plötzlich beginnt das Fahrzeug, links zu blinken, und reduziert abrupt die Geschwindigkeit. Die Bremslichter des nachfolgenden Wagens leuchten auf. Der Fahrer betätigt umgehend den rechten Blinker und wechselt hektisch die Spur, ohne auf ein von hinten herannahendes Fahrzeug zu achten. Mehrfach drückt er auf die Hupe, teils aus Schreck, teils aus Wut über das Fahrmanöver seines Vordermanns, der ihn ordentlich ausgebremst hat.

»Er hat den Blinker links für die Auffahrt zu einem Grundstück gesetzt, und wir stehen unmittelbar vor der Autobahnbrücke Heimfeld. Ich warte, bis er abgebogen ist, und setze dann geradeaus fort. Der Verkehr lässt kein Vorbeiziehen auf der rechten Spur zu. Das Grundstück sieht verlassen aus. Hier war offenbar mal ein Getränkehandel. Das Tor ist geschlossen. Keine Hausnummer erkennbar. Vielleicht will er auch nur wenden. Wir stehen weiterhin bei starkem Gegenverkehr.« Blondie gibt den Kanal frei, um den Kollegen Gelegenheit zu bieten, ihre Positionen zu benennen.

»Kuno ist vorbeigezogen. Ich stelle mich in Heimfeld auf, falls er doch weiterfahren sollte.«

»Fred ist ebenfalls vorbei. Ich positioniere mich für Richtung stadteinwärts. Kuno, decke du bitte stadtauswärts ab. Schau mal, ob du auf dem Parkplatz unter der Brücke einen Platz bekommst.«

»Check.«

»Jayjay wendet erneut und stellt sich auf den Seitenstreifen in Richtung stadtauswärts. Ich würde mit Chico vorbeispazieren, wenn er auf das Grundstück gefahren ist. Der muss eh mal wieder raus.« Chico ist Jayjays Mops, der auf seinem angestammten Platz auf der Rückbank sicher gerade den Kopf hebt und wild zu hecheln beginnt, weil er seinen Namen gehört hat.

»Pascho parkt auf dem Wanderparkplatz Harburger Berge und würde auf die nächste Bewegung reagieren.«

Blondie trommelt nervös mit den Fingern auf das Lenkrad. Sie hat Sorge, dass sie enttarnt werden könnte, weil sie zu lange hinter der Zielperson steht. Dabei lässt ihr der rechts an ihm vorbeirauschende Verkehr derzeit sowieso keine andere Wahl. Zudem kann der Fahrer sie durch den geschlossenen Kastenwagen nicht sehen, weil er lediglich die Außenspiegel zur Verfügung hat und Blondie dicht aufgefahren ist. »Wir stehen noch immer zum Abbiegen. Der Gegenverkehr lässt bislang keine Fahrt auf das Grundstück zu.«

In der Bäckerei sitzt Gerd weiterhin mit heruntergelassener Hose und ohne einen Ton von sich zu geben, auf dem stillen Örtchen. Mit angehaltenem Atem lauscht er nach vernehmbaren Geräuschen aus dem Vorraum, doch es ist nichts zu hören.

»Hallo? Hallo?«, fragt da die Stimme von Alex Freiberg, was Gerds Herz umgehend schneller schlagen lässt. Er hat das Gefühl von aufsteigender Hitze, die all seine Poren öffnet. Er will gerade antworten, als Freiberg fortfährt. »Hörst du mich? Ja? Wo bist du? Okay. Fahr bitte zum Treffpunkt. Danny will mich sehen. Der Smartfahrer. Bring bitte ein Paket Mehl mit. Er will seiner Mutter einen Kuchen backen und hat keins mehr.«

Freiberg spricht offenbar in sein Telefon. Gerd wischt sich vor Erleichterung mit dem karierten Hemdsärmel die Schweißperlen von der Stirn.

»Nein, dafür ist jetzt keine Zeit. Da kannst du auch im Anschluss noch hinfahren. Ja, nur Danny. Ich komme auch dorthin und treffe mich mit ihm an der Tankstelle. Bis gleich. Ich melde mich wieder. Ciao.«

Freiberg beendet das Gespräch und scheint sich den Eisbeutel wieder auf die Hand zu legen, denn er stöhnt hörbar auf. Ein Klappen der Toilettentür ertönt, woraufhin Gerd tief durchatmet und die angehaltene Luft entweichen lässt.

Er schickt Dombrowski seinen Livestandort für die nächsten drei Stunden. Dann schreibt er noch schnell eine Nachricht: *Observiere Freiberg. Er trifft einen Danny an einer Tankstelle. Brauche Unterstützung.*

51

Im Polizeipräsidium starrt Tim Dombrowski unschlüssig auf sein Handy und wundert sich. Bis eben hatte er noch am Computer erste Abfragen zu den bisherigen Erkenntnissen gemacht. Außerdem schaute er sich die Berichte zu der Körperverletzung auf der Reeperbahn an, um Einsicht in den Stand der Ermittlungen zu erhalten. Es scheint ganz so, als würde man derzeit noch im Trüben fischen. Dombrowski musste an Gerds Versprechen denken, ihn zeitnah über den mutmaßlichen Täter zu informieren. Gestellt hat sich der Fahrer des Wagens offenbar noch nicht.

Jetzt ist Dombrowskis Aufmerksamkeit auf die Umstände gerichtet, warum Gerd ihn soeben weggedrückt haben könnte. Was ist da los?

Endlich brummt das Handy erlösend, und eine Nachricht des Ex-Kollegen trifft ein. Sorgenvoll stützt Dombrowski den Kopf in die Hand, die Fingerspitzen an der Stirn und den Daumen in die Wange gedrückt, als er die Nachricht liest.

»Gerd, in was manövrierst du dich da schon wieder rein?«, fragt er sich kopfschüttelnd und bemerkt gar nicht den im Türrahmen stehenden Schatten.

Er sucht in den Kontakten nach der Nummer von Fred und schaut abwartend aus dem Fenster, während die Verbindung hergestellt wird.

»Ganz schlecht gerade, Dumbo«, hört er Fred ungewohnt hektisch sagen. »Wir sind gerade an der Zielperson von Ali dran.«

»Ja, ähm, ich ruf nur an, weil Gerd in Problemen steckt –« Weiter kommt er nicht.

»Herr Dombrowski! Was kommt mir hier schon wieder zu Ohren?«, zetert eine Stimme in Dombrowskis Rücken, die ihm das Blut in den Adern gefrieren lässt. »Wollen Sie nun etwa noch polizeiliche Personalressourcen für die sinnlosen Herumtreibereien eines ehemaligen Polizisten verschwenden? Lassen Sie die Leute gefälligst die Arbeit machen, für die sie auch bezahlt werden. Verstanden?«

»Hat sich erledigt, Fred. Viel Erfolg!«, sagt Dombrowski knapp. Er beendet das Gespräch und dreht sich zögerlich auf dem Drehstuhl zu Frau Baake um. Mit zurückgekämmten Haaren, die im Nacken auf dem dunklen Sakko aufliegen, steht sie im Türrahmen und starrt ihn ärgerlich an.

»Ich wollte Sie eigentlich in die Ermittlungsgruppe für das Körperverletzungsdelikt von internationaler Bedeutung einbinden, nachdem Sie mit dem Sachverhalt bereits vertraut sind und der bisherige Sachbearbeiter keinerlei Fortschritt in den Ermittlungen vorweisen kann. Aber einen Mitarbeiter, auf den ich mich nicht verlassen kann, möchte ich nicht in mein Team aufnehmen.«

Ehe Dombrowski auch nur ein Wort zu seiner Verteidigung erwidern kann, ist die Kriminaldirektorin bereits wieder verschwunden und läuft klackernd den Flur entlang, an dessen Ende sie die Eingangstür zum Rauschgiftdezernat aufreißt und laut ins Schloss krachen lässt.

52

Auf einem sandigen Parkplatz unter der Autobahnbrücke der A 7 in Höhe Heimfeld hat Kuno den perfekten Beobachtungsposten gefunden. Vom Kofferraum seiner dunklen Kombilimousine aus kann er durch dessen verdunkelte Scheiben direkt auf den Lieferwagen sowie den Eingang des ehemaligen Getränkemarkts sehen.

Der inzwischen stark ergraute Kuno liebt seine Arbeit, vor allem wenn er in der wichtigsten Position ist und es auf ihn ankommt. Ungern läuft er der Musik hinterher, und gerne greift er auch zu, wenn die Festnahme von den Ermittlern des Rauschgiftdezernats freigegeben ist.

Der Kofferraum riecht noch immer stark nach Hund. Gestern war er wieder mit ihm auf dem Übungsplatz, und weil es geregnet hatte, stinkt der Innenraum nach dem feuchten Fell des Schäferhundes. Kuno stört es nicht sonderlich, dennoch wird er die Hundedecke das nächste Mal bei einem spontanen Einsatz doch lieber schnell ins Haus bringen, bevor er aufbricht.

Gegenüber tut sich was, und er greift zum Funkgerät. »Von Kuno: Unser Mann verlässt bereits wieder das Haus. Er bewegt sich ungewohnt hektisch. Die Kleidung ist unverändert. Er öffnet das Fahrzeug. Keine sichtbaren Gegenstände an der Person. Die Zielperson steigt ein. Motor wird gestartet. Er setzt zurück und fährt in Richtung Straße. Blinker wird für links gesetzt, es geht in Richtung Autobahn oder Harburg. Er hält noch mal an und steigt aus. Jo. So viel Zeit muss sein. Das Tor wird verschlossen. Er läuft zurück zum Fahrzeug und steigt ein.«

»Pascho ist auf der B 73 und sollte ihn gleich sehen.«

»Jayjay hat gewendet und ist jetzt ebenfalls in Richtung des Zielfahrzeugs unterwegs. Ja. Er fährt fünfzig Meter vor mir auf die Straße. Er wechselt auf die rechte Spur. Tendenz Autobahn, würde ich sagen. Ich bin auf derselben Spur. Nur ein Fremdfahrzeug zwischen uns.«

»Pascho ist drei Fahrzeuge hinter dir.«

»Wir sind in Höhe des Autobahnschilds«, berichtet Jayjay weiter. »Er setzt den Blinker rechts, es geht zur Autobahnauffahrt.«

»Fred steht auf dem Linksabbieger zur Autobahn bei Rot.«

»Blondie ist hinter dir, Fred.«

»Wir fahren jetzt auf den Zubringer zur Autobahn. Ruhiges Tempo.« Jayjay behält den grünen Transporter genau im Auge. Jeden Spurwechsel wird er melden, damit die anderen in der Nähe bleiben und jederzeit aufschließen können. Gespannt vor Neugier, wohin der Weg sie führen wird, umgreift er das Lenkrad.

Auf dem Spielplatz in der Hafencity wird Dörte langsam ungeduldig. Auch Emilia schaut immer wieder in die Richtung, aus der ihr adoptierter Onkel Gerd mit dem bestellten Zwischensnack kommen muss. Munter hüpft sie auf einer Sprungmatte herum, doch spürbarer Hunger lässt ihren Magen blubbern.

Dörte erfasst Sorge, dass ihrem Mann etwas passiert sein könnte. Sie kennt ihn und weiß, dass er das Talent hat, in gefährliche Situationen zu geraten. Andere Menschen schaffen es, solchen Dingen aus dem Weg zu gehen, aber bei ihm ist es fast so, als würde er die Gefahr suchen.

Außerdem hat sie das dringende Bedürfnis, den versprochenen Cappuccino zu trinken, um ein wenig munterer zu werden.

»Emilia, wollen wir Onkel Gerd ein Stück entgegengehen? Vielleicht kann er vor Kakao, Kaffee, Franzbrötchen und belegten Brötchen gar nicht laufen. Du weißt doch, Onkel Gerd kauft immer mehr ein, als er tragen kann.

Emilia muss lachen bei der Vorstellung, wie Onkel Gerd, der vor lauter Brötchentüten auf dem Arm kaum noch gucken kann, mit seinem watschelnden Gang blind in ihre Richtung stolpert. »Ja, das machen wir, Tante Dörte«, ruft sie und hopst von ihrer Sprungmatte. Sie greift nach Dörtes Hand und läuft los, ihre Freundin hinter sich herziehend. Am Metallzaun des Spielplatzes angekommen, reißt sie das Tor auf und stürmt geradezu vom Gelände.

»Warte, warte, nicht so schnell, Emilia. Nachher verpa–« Dörte bleibt glatt das Wort im Halse stecken, als ein eierschalenfarbenes Wohnmobil an ihr vorbeifährt. Gerd sitzt am Steuer und blickt gebannt auf die Straße. Nicht einmal kurz schaut er in ihre Richtung. »Gerhard! Gerhard!«, ruft Dörte und winkt erfolglos, um dem vorbeigefahrenen Wohnmobil schließlich lautstark ein wütendes »GERHAAARD!« hinterherzuschmettern. »Der spinnt ja wohl, uns hier stehen zu lassen. Wo will der denn jetzt hin? Na warte, mein Lieber. So nicht. Nicht mit uns.«

53

Gedankenverloren sitzt Tim Dombrowski im Bürostuhl und geht die Kontakte im Handy durch. Mit der freien Hand streicht er sich immer wieder die halblangen braunen Haare zurück, die ihm kurz darauf zurück in die Augen fallen.

Es ist wie verflucht. Die Observationsgruppe ist auf der Straße, aber kann nicht für ihn arbeiten, weil sie einem Plantagenbetreiber hinterherjagt, und seine Kollegen Scotty, Ernie und Bert sind entweder nicht erreichbar oder ihren Familien verpflichtet. Dombrowski sind die Hände gebunden. Er hat kaum eine Möglichkeit, um Gerd bei der Observation zu unterstützen. Zu allem Überfluss wird ihm die Kriminaldirektorin ab morgen die Hölle heißmachen, erst recht, wenn sie mitbekommt, dass er Gerd trotz ihres Verbots hilft. Und sie wird davon definitiv etwas mitbekommen, denn die halbe Abteilung wartet bereits gespannt auf den Tag, an dem Gerd wieder für Unruhe sorgen wird. Nach diesem Wochenende wird der Gewinner gekürt werden, und der Fall wird in den Raucherrunden in der Tiefgarage und auf den Fluren Thema Nummer eins sein.

Dombrowski hört die Eingangstür schnappen, gefolgt von leisen Schritten auf dem Flur. Eine Rückkehr der Abteilungsleiterin ist dementsprechend nicht zu befürchten. Er steht auf und schaut zur Tür hinaus.

»Hey, Dumbo-Man. Du auch hier?«, ruft Ali Bernbuch, der den Flur entlanggelaufen kommt, fröhlich. Sein kariertes Hemd hat er wie gewohnt tief in die Bluejeans gesteckt, und sein um den Schnauzbart frisch rasiertes Gesicht trägt einen erwartungsvollen Ausdruck.

»Du strahlst wie die liebe Sonne, Ali! Deine Truppen sind schon in Bewegung. Der Typ fährt mit dem Transporter durch Hamburg. Aber die Jungs sind wohl dran«, berichtet Dombrowski.

Alis Miene verändert sich, wird ernst. »Dann geh ich mal schnell an meinen Platz«, erwidert er pflichtbewusst, während seine Hände vor Anspannung leicht zu zittern beginnen. Wenn Hektik aufkommt, neigt er dazu, wortkarg zu werden, um keine Sekunde zu verschenken, auch wenn er gerade sowieso nichts ausrichten kann und auf die Arbeit und die Ergebnisse der Kollegen angewiesen ist. Es gibt ihm einfach ein besseres Gefühl, wenn er am Computer sitzt und Abklärungen und erste Ermittlungen begleitend zur Observation machen kann.

Schon ist er in seinem Büro verschwunden.

»Ich fahr dann mal raus, Ali«, ruft Dombrowski seinem Kollegen durch die offen stehende Tür hinterher. »Gerd braucht meine Hilfe. Er observiert schon wieder.«

»Scheiße!«, ruft Ali plötzlich.

»Was ist?«, fragt Dombrowski, greift nach dem Schlüssel für einen Dienstwagen und tritt in den Türrahmen von Alis Büro.

»Na, mein Tipp für ein Einmischen von Gerd ist erst in zwei Wochen, und Harry hat auf dieses Wochenende getippt. Das weiß ich genau, das hat er mir erst am Donnerstag unter die Nase gerieben«, ärgert sich Ali.

»Vielleicht hast du ja beim nächsten Mal mehr Glück«, entgegnet Dombrowski mit einem Augenzwinkern. »Ich bin dann draußen. Falls du deine Gruppe demnächst abziehst, sag mir Bescheid. Wir können sicherlich Unterstützung gebrauchen.«

»Jo. Viel Erfolg«, antwortet Ali schmallippig. Durch seine Lesebrille schaut er konzentriert auf den Monitor und gibt mit zwei suchenden Fingern auf der abgegriffenen Tastatur das Passwort ein.

Dombrowskis Handy beginnt zu vibrieren. Hastig nimmt er das Telefonat an, als er erkennt, dass es der vom Käpt'n versprochene Rückruf der Kollegen der Wasserschutzfahndung ist, die heute im Dienst sind. »Markus! Bevor wir über morgen sprechen, wo seid ihr gerade? Beim Präsidium?« Die Antwort lässt Dombrowskis Augen leuchten. »Perfekt. Euch schickt der Himmel! Seid ihr aufgerüstet und könnt mich in einem Einsatz unterstützen? Es ist wichtig. Klasse! Wir treffen uns vorm Präsidium auf dem Gästeparkplatz, dann erzähle ich euch alles.«

54

Am östlichen Eingang zur Hafencity liegt die in den sechziger Jahren erbaute Oberbaumbrücke. Sie ist ähnlich unspektakulär wie die Hafencity in der damaligen Zeit. Von mondänen Gebäuden, moderner Architektur, einer Elbphilharmonie oder einem Cruisecenter-Terminal neben teuren Eigentumswohnungen und vielen edlen Restaurants konnten vor über fünfzig Jahren weder kühnste Zukunftsvisionäre noch Architekten und Städtebauer etwas ahnen. So errichtete man eine einfache Brücke, die lediglich ihren Zweck erfüllt.

Über diese Brücke verfolgt Gerd in seinem eierschalenfarbenen Wohnmobil den dunklen Geländewagen, der wenige Autos vor ihm fährt. Sie passieren kurz darauf die Deichtorhallen, an denen ein überdimensionales Plakat mit einem verzerrten Gesicht für eine neue Ausstellung von Fotografen der Neuzeit wirbt.

Der Geländewagen von Alex Freiberg hält direkt auf den Wallringtunnel zu, durch den jedes Jahr zigtausend Läufer beim Hamburg-Marathon laufen. Gerd hätte an diesem Wahnsinn, mehr als zweiundvierzig Kilometer am Stück zu laufen, niemals selbst teilgenommen. Dennoch hat er sich immer gern an die Strecke gestellt und die Kollegen angefeuert, die mehr oder minder erfolgreich die Distanz hinter sich brachten.

Kurz vor der Einfahrt in den Wallringtunnel beginnt Gerds Handy zu läuten. Er zieht es aus der Hemdtasche und sieht das Bild von Dörte auf dem Display, die ihn freudig anstrahlt.

»Ah, Scheiße«, ärgert er sich, in dem Wissen, dass seine Frau gerade bestimmt nicht fröhlich lacht, sondern vermutlich bereits rot wie eine Tomate ist. Er steckt das Handy zurück in die Hemdtasche und reibt sich mit der rechten Hand über den Bart. Er lächelt, aber eher aus Verzweiflung als aus Frohmut. »Okay. Da muss ich jetzt durch«, sagt er zu sich selbst und zieht das noch immer klingelnde Telefon wieder aus der Hemdtasche. »Hallo, Liebling! Was ist denn?«, begrüßt er Dörte, deren wütendes Schnaufen er bereits beim Abheben hört.

»Bist du jetzt von allen guten Geistern verlassen? Wohin fährst du da bitte schön?«, schreit seine Frau ins Telefon, und Gerd sieht förmlich vor sich, wie ihre tiefblauen Augen dabei aus ihrem Gesicht hervortreten.

»Du, ich habe einen wichtigen Termin vergessen. Dauert nicht lange. Ich melde mich, wenn ich durch bin«, lügt Gerd notdürftig und weiß, dass seine Frau ihm kein Wort davon abnehmen wird.

»Das glaubst du ja wohl selber nicht, Gerhard! Du hast uns hier einfach sitzen lassen. Ohne ein Wort. Einfach abgedampft bist du!«, echauffiert sich Dörte. Gerd kann die Enttäuschung in ihrer brüchig werdenden Stimme hören.

»Entschuldige, Dörte. Du wolltest doch mit Emilia noch auf die Galerie von der Elbphilharmonie. Und mit der neuen U-Bahn wolltet ihr auch noch fahren. Macht das doch, und dann bin ich auch bald wieder da, dass wir weiterfahren können in den Zoo«, versucht Gerd zu beschwichtigen, während er immer tiefer in den Tunnel hineinfährt.

»Ich glaub, ich … Gerhard, du kommst … ich … und wage …« Dörtes Schimpfen reißt zunehmend ab.

»Entschuldige, Liebling. Hier ist ganz schlechter Empfang. Ich melde mich, sobald ich fertig bin. Sei nicht böse«, antwortet Gerd und beendet das Gespräch. Er bläst einmal kurz die Wangen auf, steckt das Telefon weg und konzentriert sich wieder auf den dunklen Geländewagen, der am Ende des Tunnels auf der rechten Spur fährt und in Richtung Außenalster abbiegt.

Von der Anschlussstelle der Autobahn 7 in Waltershof kommt man zur Köhlbrandbrücke, die nicht nur durch ihre hundertfünfunddreißig Meter Höhe, sondern auch durch ihre geschwungene Form prägend für das Hamburger Stadtbild ist. In den siebziger Jahren errichtet, verbindet sie Waltershof mit der Elbinsel Wilhelmsburg und ist eine Schlagader der Stadt, insbesondere dann, wenn der Elbtunnel mal wieder mehrere gesperrte Röhren hat.

»Das Zielfahrzeug folgt der A 7 weiterhin in Richtung Elbtunnel. Er biegt nicht auf die Ausfahrt Waltershof ab. Ich bin mit einem Fremdfahrzeug zwischen uns hinter ihm«, meldet Blondie an die restlichen Observanten. Ihre übliche Anspannung bei solchen Einsätzen hält sich in Grenzen. Zum einen fährt die Zielperson nicht wie ein Verrückter, sondern exakt nach Vorschrift, sodass es leicht ist, dem Transporter im fließenden Verkehr zu folgen, ohne aufzufallen. Zum anderen kann sie auf diesem Streckenabschnitt für einen Moment den Ausblick an einer ihrer Lieblingsstellen in Hamburg genießen. Ein Panorama, das vor allem in den Abendstunden begeistert, wenn man zwischen Eurogate und Burchardkai über das Hafenbecken hinweg der blutroten Sonne entgegenschaut. Ganz besonders, weil es immer nur für einen kurzen Augenblick ist. Ein Anhalten ist auf der gut befahrenen Autobahn nicht möglich. Man kann bloß kurz hinschauen und ein Gedächtnisfoto für später machen, ehe es in die Tiefen des Elbtunnels hinabgeht.

An den Containerterminals herrscht reges Treiben. Mehrere Ozeanriesen liegen an den Kaimauern und werden schnellstmöglich ent- oder beladen, um die nächste Reise anzutreten.

Blondie erfreut sich am Anblick der bis zu vierhundert Meter langen Schiffe, die wenige Sekunden später bereits wieder durch ein Bürogebäude und die blau-roten Kräne verdeckt werden.

»Wir fahren jetzt in den Elbtunnel. Rechte Röhre. Tempo hundert«, meldet sie pflichtbewusst, den grünen Transporter fest im Blick, und lehnt sich entspannt in ihrem Sitz zurück.

55

Unweit der Zufahrt vom Elbtunnel fährt Stevens schwarzer Mustang auf den Mitarbeiterparkplatz am Eurogate-Terminal. Steven bleibt noch für einen Moment sitzen und starrt vor sich hin. Die Musik aus dem Radio nimmt er gar nicht wahr.

»Warum? Warum immer wieder?«, fragt er sich verzweifelt. Bilder aus der Kindheit stehen vor seinem inneren Auge. Der Tag, als sein Vater ihn zum ersten Mal mit dem Gürtel schlug. Ebenso der Tag, als er sich endlich mit einem einfachen Schlag von ihm befreien konnte.

Es folgen Bilder von Emilia, wie sie lacht und tanzt, ihm

kleine Kunstwerke malt oder beim Spaghettiessen kleckert. Ein Lächeln legt sich bei diesen Gedanken auf sein Gesicht und verschwindet wieder, als er daran denken muss, wie seine Freundin vom Schuss getroffen auf dem Hotelbett in Barcelona zusammensinkt.

Als Letztes hat er Ashraf vor Augen, gestern auf der Brücke, als sie einschlugen und ein Band von der Sorte schlossen, die Steven nie wieder eingehen wollte.

Mit einem wilden Auspusten seiner Atemluft versucht Steven, die Gedanken zu vertreiben, und zieht den Schlüssel aus dem Zündschloss. Er öffnet die Fahrertür und steigt aus. Die Tür drückt er ins Schloss und geht rüber zum Eingangsportal des Eurogates.

Er ist pünktlich wie immer. Steven erlaubt sich keine Verspätung. Jedes Risiko, das ihn einer Abmahnung und damit dem geschlossenen Vollzug wieder näher bringen könnte, meidet er. Eigentlich zufrieden schiebt er sich durchs Drehkreuz und muss doch wieder an den gestrigen Tag denken, der ihn einfach nicht loslässt. Er hat sich dem Druck der anderen ergeben, sich erpressbar gemacht. Nun ist er durch sein Handeln zum Spielball von Alex geworden. Wie soll er sich dessen Anweisungen nun noch entziehen? Wie der ständigen Gefahr entkommen, bei einem der Jobs erwischt zu werden? Steven schüttelt den Kopf in der Hoffnung, die Sorgen dadurch loszuwerden. Er öffnet die Tür zu den Umkleideräumen und geht direkt zum Spind. Mit einem metallischen Klappern öffnet er die Tür. Nach und nach zieht er die Arbeitskleidung an und hängt die eigenen Sachen in den blauen Metallschrank. Einen Kuss auf die Fingerspitzen drückt er auf das Foto von Emilia, das an der Innenseite der Metalltür klebt.

Steven schließt die Tür und schaut direkt in Ashrafs Augen.

»Wir müssen reden, Steven. Es gibt Arbeit, und Alex hat dich gewählt.«

»Wieso schon wieder ich?«, fragt Steven irritiert. »Warum? Jeder andere will hier auch zum Zuge kommen.«

»Frag Alex, Digger. Nicht mich. Morgen, Digger, ist es so

weit. Kann ich mich auf dich verlassen? Ich hab auch Familie. Also, kann ich mich auf dich verlassen, Digger?« Ashraf durchbohrt Steven von unten herauf mit seinem Blick und tritt noch einen Schritt dichter an ihn heran.

Steven schweigt. Gedankenfrei betrachtet er Ashraf, der abwartend vor ihm steht. Er hält dem Blick stand, ohne sich auch nur ansatzweise über eine Erwiderung klar zu sein.

»Sicher, Digger. Ich bin dabei«, hört Steven sich auf einmal antworten und hält Ashraf die Hand vor die Brust. Ashraf schlägt ein und drückt ebenfalls kräftig zu. Die Bande zwischen ihnen verfestigen sich immer mehr. Ashraf schenkt ihm Vertrauen, wie in einer funktionierenden Familie. Einer Familie, die ihm in der Kindheit nicht vergönnt war.

56

Östlich der Alster ragen zwischen Uhlenhorst und Barmbek die knapp einhundert Meter hohen Türme des Mundsburg-Centers in den Himmel, während gegenüberliegend die silberrote U-Bahn auf einer überirdischen Trasse entlangrattert. Zwischen Bahnstrecke und Hochhäusern, auf der Hamburger Straße, gleitet Alex Freiberg in seinem dunklen Geländewagen am lang gezogenen Einkaufszentrum der Hamburger Meile entlang. Alex fährt auf der linken Spur und schaut gelegentlich in den Rückspiegel. Ihm ist ein eierschalenfarbenes altes Wohnmobil aufgefallen, das ihm seit Längerem zu folgen scheint. Er kann den Fahrer nicht erkennen, weil immer mehrere Autos zwischen ihnen sind, aber das Fahrzeug ist vermutlich einmalig in Hamburg. Einen Bullen würde er ausschließen. So ein Gefährt würden selbst die sich nicht anschaffen. Das wäre viel zu auffällig. Dennoch beobachtet Alex das Fahrverhalten des vermeintlichen Verfolgers. Beim Verlassen des Wallringtunnels ist er ihm erstmals aufgefallen. Doch eigentlich ist er seitdem keine besondere Strecke gefahren, hier sind viele Leute unterwegs, daher kann es auch reiner Zufall sein, dass ihm dieses altertümliche Gefährt folgt.

Mit Spannung verfolgt Alex im Rückspiegel, ob das Wohnmobil sich ebenfalls in den Linksabbieger begibt, über den er am Ende der Hamburger Meile abbiegen will, um in Richtung City Nord weiterzufahren. Er bleibt in der rechten Spur und überlegt fieberhaft, wer am Steuer des Fahrzeugs sitzen könnte. Ob es vielleicht Aufpasser des Kartells sind, die ab sofort jeden seiner Schritte überwachen sollen und ihm darum derart offensiv folgen? Sie würden wollen, dass er sie bemerkt, damit er ihren Atem im Nacken spürt.

Nachdem auch das eierschalenfarbene Wohnmobil auf den Linksabbieger gewechselt hat und wieder in der Spur hinter ihm ist, blinkt Alex rechts und fährt zurück auf die Hauptstraße. Aufgeregt schaut er in den Spiegel. Gleich wird er Gewissheit haben. Um Alex' Magen legt sich ein Gürtel, der sich mit jedem Meter enger zusammenzieht. Doch der Fahrer des Wohnmobils macht keine Anstalten, ihm zu folgen. Er wechselt sogar auf die linke der beiden Abbiegespuren. Erleichterung macht sich in Alex' Brust breit. Er setzt ein weiteres Mal den Blinker und fährt zurück auf den Abbieger. Ein wildes Hupen des Hintermanns, den er bei dem erneuten Spurwechsel vollends übersehen hat, lässt ihn für den Moment nicht weiter an das Wohnmobil denken. Er fokussiert sich wieder auf das, was als Nächstes bevorsteht, und zieht sein Handy hervor.

Auf dem Display wird eine Nachricht von Danny angezeigt. Alex öffnet sie, liest und legt das Telefon anschließend zufrieden in ein Ablagefach des Geländewagens.

Wenige Minuten später fährt er über den Ring 2 in die City Nord hinein. Er will gerade in den Überseering abbiegen, als er, zwei Fahrzeuge hinter sich, wieder das Wohnmobil entdeckt. Wie ein Faustschlag in die Magengrube raubt die neuerlich aufkommende Sorge ihm kurzzeitig den Atem. »Das gibt es doch gar nicht!«, flucht Alex, wechselt sofort auf den Linksabbieger in den Mexikoring und macht kurz darauf einen U-Turn zurück in Richtung Stadtpark.

Das Wohnmobil folgt ihm nicht. Es fährt einfach in der rechten Spur geradeaus. Den Fahrer kann Alex nicht erkennen.

Alex fährt auf die Esso-Tankstelle und zwischen den Zapfsäulen hindurch weiter zu den Staubsaugern, wo Danny bereits auf ihn wartet. Der hagere dunkelhaarige Junge steht dort neben seinem Smart. Sie blicken einander an und nicken sich zu. Alex parkt neben dem Smart ein, steigt aus und begrüßt den Jungen per Handschlag. Dann wirft er sicherheitshalber noch einmal einen suchenden Blick über seine rechte Schulter, doch das eierschalenfarbene Wohnmobil ist nirgends zu sehen.

»Alles klar bei dir?«, fragt Danny verunsichert. Alex' nervöses Umschauen ist ihm offenbar nicht entgangen. Er blickt auf die notdürftig bandagierte linke Hand und dann wieder in das Gesicht seines Chefs. »Siehst aus, als hättest du Gespenster gesehen.«

Alex lacht erleichtert auf. »Gespenster? Ja, das wird es vermutlich sein. Gespenster. Komm. Wir gehen spazieren. Nicht dass es hier zu spuken beginnt«, witzelt er aufgesetzt und deutet auf einen Fußgängerweg entlang der Ringstraße, hinter der sich die Bäume des Stadtparks erheben.

Gerd hat ebenfalls gewendet. Auf dem Mexikoring bringt er das Wohnmobil kurz vor Ende der Ringstraße auf dem Seitenstreifen zum Stehen. Von hier aus hat er zwar keine freie Sicht auf die Tankstelle, weil ein Hotelgebäude im Weg steht, er will das Fahrzeug jedoch nicht noch mehr in Freibergs Fokus rücken. Sicherlich ist es ihm aufgefallen, auch wenn das alte Wohnmobil grundsätzlich unverfänglich sein dürfte.

Schon das Fahrmanöver an der Hamburger Meile hat Gerd gezeigt, dass Alex Freiberg etwas aufgefallen sein muss. Bewusst hat er sich fürs Abbiegen entschieden, so wie er es auch von der Zielperson erwartet hat, im Bewusstsein, dass er vermutlich von Freiberg getestet wird. Darauf wäre ein junger, unerfahrener Polizist vielleicht noch reingefallen, aber er lässt sich von so etwas längst nicht mehr aus der Ruhe bringen.

Gerd steigt aus dem Wohnmobil aus und schließt die Tür.

Mit wackelndem Gang läuft er die Straße hinab. Kurz vor der Kurve wechselt er die Straßenseite und geht um die Hausecke des angrenzenden Parkhauses herum. Für einen Moment gerät er ins Stocken. An der Zuwegung des Parkhauses kommt der grüne Transporter auf ihn zu, den er gestern im Baumarkt beobachtet hat. Am Steuer eindeutig der junge Mann, dem er bis zu dem Obsthof im Alten Land gefolgt ist. »Dat gibt es doch gar nicht«, wundert er sich. »Wat macht der denn hier?« Gerd kratzt sich nachdenklich am Bart. »Nu wird es aber mal interessant«, gluckst er amüsiert.

Er schaut zur Tankstelle auf der anderen Straßenseite hinüber, wo das Auto von Alex Freiberg steht. Von Freiberg selbst ist nichts zu sehen. Der grüne Transporter ist unterdessen ins Parkhaus gefahren und scheint einen Parkplatz gefunden zu haben, denn das Motorengeräusch erstirbt nahe der Balustrade.

»Na, dann schauen wir doch mal nach, was hier vor sich geht«, erklärt Gerd entschlossen. Er geht zum Treppenhaus des Parkhauses und öffnet die Tür.

57

Mit einem kurzen Rucken hält der Fahrstuhl im Keller des Präsidiums, und die Türen öffnen sich ratternd. Tim Dombrowski steigt aus, eine Einsatztasche über der Schulter, in der er alle Sachen bei sich trägt, die er für einen eventuellen Zugriff benötigen könnte. Formulare, Einweghandschuhe, Asservatenbeutel und Rauschgifttests sind auf die verschiedenen Fächer sortiert. Er hat eine schusssichere Weste angezogen und sich Schusswaffe, Handschellen und Ersatzmagazin an den Gürtel gebunden, verdeckt von einem weiten, locker sitzenden T-Shirt.

Durch zwei Feuerschutztüren gelangt er in die Tiefgarage, die sich über die gesamte Fläche des Präsidiums erstreckt. Der Dienstwagen, den er sich für diesen Einsatz genommen hat, steht gleich um die Ecke. Ein dunkler Mittelklassekombi, der zu ihm und seinem Alter passt. Nicht zu auffällig, nicht zu teuer.

Er öffnet den Kofferraum, in dem festgezurrt eine Ramme zum Öffnen von Türen liegt. Der gusseiserne schwarze Rammbock kommt regelmäßig zum Einsatz, wenn er mit den Kollegen eine Wohnung betreten muss, in der sie einen Täter vermuten, der gefährlich werden oder Beweismittel vernichten könnte. Was im Grunde jedes Mal der Fall ist, denn die Gefahr, dass der Dealer die Drogen in der Toilette runterspült oder sein Handy mit verräterischen Chats zerstört, besteht immer. Deshalb und weil man nie weiß, wer sich alles in einer Wohnung aufhält, wenn der Zugriff erfolgt, wird immer taktisch betreten, das heißt in der Annäherung möglichst leise und dann möglichst schnell.

Dombrowski verstaut die Tasche im Kofferraum und fährt los.

Die Schranke der Tiefgarage und eine weitere an der Ausfahrt des Polizeigeländes öffnen sich automatisch, als er die Lichtschranken passiert. Den Wagen der Zivilfahnder der Wasserschutzpolizei entdeckt er wie erwartet auf dem Gästeparkplatz. Am Heck der Limousine lehnt Markus, der noch schnell eine Zigarette raucht. Er tritt sie aber direkt wieder aus, als er Dombrowski am Steuer des Kombis entdeckt.

Der eher kleinere Mann tritt erwartungsfroh an die Fahrertür des neben ihm haltenden Wagens und wartet, bis Dombrowski ausgestiegen ist. »Und? Was hast du Schönes für uns?«, fragt er grinsend. »Bestimmt wieder was richtig Fettes, oder? Können wir einen umhauen?«

Markus ist bereits seit vielen Jahren bei den Zivilfahndern der Wasserschutzpolizei. Er trägt das Herz am rechten Fleck und zeichnet sich durch eine große Verlässlichkeit aus in allem, was er tut. So hat er sich nach und nach zum stellvertretenden Leiter der Fahndungsgruppe hochgedient. Sein Chef sagt immer über ihn, dass er vielleicht nicht jeden komplexen Sachverhalt sofort versteht, jedoch hat niemand anders seine stoischen Qualitäten bei einer Observation.

Wenn Markus einen Auftrag erhält, dann erfüllt er ihn auch. Selbst wenn der Auftrag darin besteht, den gesamten Tag auf eine Tür zu starren und auf denjenigen zu warten, der irgendwann hindurchtritt. Dann ist Markus der Letzte, der es wagen würde, einmal mehr als unbedingt nötig zu blinzeln. Obgleich er manchmal ein wenig wortkarg im Auftrag gefangen ist und die Anweisungen teilweise zu buchstabengetreu erfüllt, kann man sicher sein, dass er rechtzeitig da ist, wenn der eine Moment kommt, auf den man wartet.

Niklas ist das genaue Gegenteil. Im Gegensatz zu seinem langjährigen Partner ist er eher flippig, extrovertiert und hat immer einen kessen Spruch auf den Lippen. Womit er auch gerne mal aneckt oder provoziert. Entspannt sitzt er auf dem Beifahrersitz und hat seine neuen hellen Sneakers auf dem Armaturenbrett abgelegt. Natürlich ohne sie von den Füßen zu trennen. Er tippt noch etwas in sein Handy, schwingt die Füße zur Seite und steigt aus ihrem Fahrzeug.

»Bist du auch schon da, Dumbo. Schön, schön.« Niklas grinst Dombrowski verschmitzt an. Auf dem Kopf trägt er wie so oft ein neues Cap.

Dombrowski wagt es nicht, ihn darauf anzusprechen, denn die endlosen Monologe von Niklas über Caps und Sneakers werden von allen gefürchtet. Außerdem will er keine Zeit verlieren.

»Okay, Leute. Passt auf. Gerd ist mal wieder in Aktion. Er observiert Alex Freiberg und konnte in der Hafencity ein Gespräch belauschen, in dem er eine Übergabe vereinbart hat. Markus, den Freiberg müsstest du noch kennen vom letzten Mal vor drei Jahren.«

»Ach, du meinst den Typen, der sich auf der Flucht vor uns in einem Gartenteich versteckt hat und dabei fast ertrunken wäre?« Markus beginnt bei der Erinnerung zu lachen.

»Nee, das war Andreas Bubke.«

»Stimmt, klar«, bestätigt Markus und versucht, den Eindruck zu erwecken, dass er sich wieder genau erinnern kann.

»Alex Freiberg war in Unterhosen vom Balkon in der neunten Etage ein Stockwerk nach unten geklettert«, klärt Dombrowski ihn auf. »Bei minus fünf Grad. Doch er hatte nicht mit der Nachbarin gerechnet, die ihn zunächst eine halbe Stunde lang frieren ließ und uns dann runterrief, damit wir Freiberg einsammeln. Dessen laute Feiern hatten sie schon seit Langem gestört, und sie war froh, ihn endlich loszuwerden.«

»Leute, ich will euch nicht beim In-Erinnerungen-Schwelgen stören, aber sollten wir Gerd nicht schnellstmöglich helfen?«, wirft Niklas ein.

»Jo. Hast recht. Da war ja noch was.« Dombrowski nimmt sein Handy und wählt Gerds Nummer.

»Dumbo!«, flüstert Gerd leise nach nur einem Klingelzeichen.

»Was ist los? Wo sollen wir hinkommen? Markus und Niklas sind hier und hören mit«, sagt Dombrowski und aktiviert den Lautsprecher. Die beiden Kollegen rücken eng an ihn heran.

»Pssst. Leise. Hier geht was vor sich. Der grüne Transporter ist gerade aufgetaucht. Genau da, wo auch Freiberg hingefahren ist«, wispert Gerd kaum hörbar.

»Wo bist du?«, hakt Dombrowski noch einmal nach.

»Na, hier. Mexikoring. Im Parkhaus. Ich hab den Jungen aus dem grünen Transporter direkt im Blick«, erklärt Gerd noch leiser als zuvor. »Er steht an der Betonbalustrade vom Parkhaus und kifft. Gegenüber auf dem Tankstellengelände steht das Auto von Alex Freiberg. Verlassen. Den habe ich zurzeit leider nicht in Sichtweite.«

»Der Transporter ist doch unter Obs. Siehst du Freds Gruppe?«, fragt Dombrowski gespannt und hält den Kopf möglichst dicht an sein Telefon, um Gerd besser verstehen zu können.

»Von meiner Position aus kann ich nicht viel sehen. Ich weiß nicht, ob die hier sind oder ihn bereits verloren hatten. Was macht der Typ hier? Ausgerechnet jetzt. Das kann doch kein Zufall sein, oder?«

»Pass auf, Gerd. Ich ruf dich gleich wieder an. Ich muss Fred fragen, wo die gerade sind. Behalt du den Transporter im Blick, bis ich weiß, ob die ihn noch unter Kontrolle haben. Niklas, Markus und ich kommen inzwischen zu dir in den Mexikoring. Wir warten ab, was passiert. Okay?«

»Ja. Beeilt euch!«, fordert Gerd und legt auf.

Während Dombrowski Freds Nummer wählt, steigen er, Markus und Niklas in ihre Fahrzeuge und machen sich auf den Weg.

58

Die Holtkoppel ist eine schmale, unscheinbare Straße. Nicht jeder Hamburger kennt sie. Nur diejenigen, die gerne den Flugzeugen beim Starten in ferne Länder zuschauen und dabei in Gedanken mitreisen, oder Eltern von flugbegeisterten Kindern, die den tonnenschweren Stahlvögeln dabei zujubeln, wie sie unter dem Getöse der Turbinen vom Boden abheben. Denn die Holtkoppel endet unmittelbar an der Start- und Landebahn des Hamburger Flughafens.

An ihrem Ende befindet sich an einem kleinen Hang das »Coffee to Fly«, in dem man sich zu touristischen Preisen allerlei Kaffeespezialitäten zu einem kleinen Frühstück und später am Tag eine Bockwurst oder Frikadelle mit Kartoffelsalat gönnen kann. Bei sonnigem Wetter stehen die Fahrzeuge eines hinter dem anderen am Kantstein geparkt und warten auf ihre Fahrer, die unter den orangenen Schirmen des Cafés auf den Hockern und Bänken sitzen und an ihren Bechern nippen.

Toni Schäfer geht an dem rot-grauen Geländer der Brücke entlang, die über die vierspurige Flughafenstraße führt, und schaut auf die Flieger, deren Lärm zu den Passanten nach oben dröhnt. Er hat sich einigermaßen aufgerafft. Die kalte Dusche half ihm dabei, wieder ein wenig wacher und klarer im Kopf zu werden. Absichtlich hat er den Dienstwagen ein wenig abseits abgestellt. Zum einen, damit nicht jeder sieht, mit welchem Fahrzeug er unterwegs ist, und zum anderen, um ein paar Schritte zu laufen und den restlichen Kater mit Hilfe der frischen Stadtluft endgültig zu vertreiben.

Je näher er dem Café kommt, desto mehr gilt sein Augenmerk den davorsitzenden Gästen. Er kann sich nicht erlauben, hier einer anderen seiner Kontaktpersonen zu begegnen oder aber gar jemandem, den er früher, als er noch selbst als Ermittler gearbeitet hat, mal eingesperrt hatte. Wenn solche Personen sein Treffen mit Marek beobachten würden, könnte das schnell zu einer Gefährdung des Informanten führen.

Keiner der Anwesenden kommt ihm bekannt vor. Das Café ist wieder einmal gut gefüllt, die Zahl der Gäste jedoch so überschaubar, dass er sicher sagen kann, dass Marek nicht draußen auf ihn wartet.

Also geht Toni in das Café hinein, wo es deutlich leerer ist. Lediglich auf den Hockern an der großflächigen Scheibe, hinter der sich die Landebahn erstreckt, sitzen vereinzelt Paare und genießen die Aussicht.

An einem kleinen Holzständer auf dem mit Holzplatten vertäfelten Tresen hängen einige Riesenbrezeln, und Toni verspürt Lust, sich eine zu schnappen. Vor ihm führen drei Metallstufen hinunter zum Tiefparterre des Cafés. Die Zahl der Gäste reduziert sich hier immer mehr. Im rückwärtigen, dem Flughafen abgewandten Teil des Lokals entdeckt er den breiten Rücken von Marek, der auf einem mit schwarzem Kunstleder bezogenen Stuhl nach vorne gebeugt am Tisch sitzt und vorsichtig in einen schwarzen Kaffee pustet.

»Marek, mein Freund.« Er klopft ihm vorsichtig auf die Schulter, schlängelt sich an ihm vorbei und nimmt an der gegenüberliegenden Tischseite Platz, von wo er den gesamten Raum im Blick behalten kann. »Geht's gut?«

»Ich hab Neuigkeiten für dich. Ich weiß jetzt mehr«, verkündet Marek, ohne auf den Small Talk einzugehen, und nippt am heißen Kaffee.

»Mir geht es auch gut. Danke der Nachfrage. Dann erzähl mal.«

»Ich weiß jetzt, wie sie es machen«, beginnt Marek und hält gleich wieder inne.

»Und wie?«, hakt Toni nach, während er auf dem grünlichen Stiel des Lollis herumkaut, dessen Kirschbonbon-Ende er bereits abgelutscht hat.

»Da muss aber auch was rausspringen für mich. Die Infos habe ich nicht einfach so bekommen«, sagt Marek und schaut Toni an.

Toni winkt dem Kellner.

»Eine Latte und eine Riesenbrezel bitte. Danke!« Er widmet seine Aufmerksamkeit wieder Marek. »Wo warst du stehen geblieben?«

»Hab schon verstanden. Trotzdem will ich, dass es sich für mich lohnt.«

Toni hängt halb zurückgelehnt im Stuhl und lächelt Marek mit einem wissenden, zustimmenden Blick an, woraufhin dieser endlich fortfährt.

»Also, der Schlüssel ist der Erste Offizier. Der nimmt das Koks in Südamerika entgegen und versteckt es auf dem Schiff. In Hamburg übergibt er es an die Lascher, und die tragen es in ihrer Pause von Bord.«

»Und dann?«

»Hä?« Marek ist irritiert. Er hat offenbar mehr Begeisterung erwartet.

»Na, wie geht es dann weiter? Wo geht der Stoff hin? Wer kriegt ihn?«, gibt Toni zu verstehen und zieht dabei die Augenbrauen leicht nach oben.

»Na ja, dann bringen sie es weg.«

»Und wie? Und womit? Wohin?«

»Das weiß ich nicht.«

»Und wann kommt die nächste Lieferung?«

»Das weiß ich auch noch nicht, aber ich bin dran.«

Toni schnauft ungehalten. Dafür hat er sich aus dem warmen, gemütlichen Bett bequemt? Er rollt ein wenig mit den Augen, lässt es so wirken, als würde er überlegen, doch eigentlich ist er bloß genervt. »Marek, pass mal auf. Ich weiß jetzt nur von dir, dass die Lascher das Koks von Bord schaffen. Das ist nicht gerade viel und kein brandheißer Kram. Dafür musst du mich echt nicht am Sonntag aus dem Bett klingeln.« Er verstummt, als die Bedienung an ihren Tisch tritt, um seine Latte macchiato und die Brezel zu servieren. Bis der Kellner wieder außer Hörweite ist, schweigen er und Marek sich an.

»Das ist ja noch nicht alles«, lässt Marek ihn mit einem verschwörerischen Lächeln wissen.

»Was kommt jetzt noch?«, erwidert Toni ein wenig höhnisch. Seine Erwartungshaltung an die nun folgende Info ist gering. Er nippt am Becher und beißt anschließend kräftig in die Brezel.

»Gestern Abend wurde der Offizier heftig zusammengeschlagen, als Vergeltung. Der ist zu gierig geworden.«

»So was soll vorkommen in diesem Milieu«, kommentiert Toni gleichgültig.

»Ich weiß aber, wer es gewesen ist!«, ergänzt Marek süffisant und freut sich über Tonis prompt vor Interesse größer werdende Augen.

59

Ungefähr dreißig Meter entfernt von dem Transporterfahrer, der unmittelbar neben der in Orange bemalten Betonwand des Parkdecks an der Balustrade steht und an seinem Joint zieht, kauert Gerd hinter einer Betonsäule. Der jüngere Mann schaut sich beim Rauchen nicht nach Beobachtern um. Im Parkhaus ist derzeit auch keinerlei Betrieb, daher gibt es für ihn wohl keinen Grund zur Sorge. Und die Zufahrt zum Parkhaus hat er von seinem Platz aus im Blick.

Als das Handy des Mannes einmal piept, holt er es hervor und schaut auf das Display. Nach einem letzten genüsslichen Zug wirft er die Überreste des Joints über die Balustrade und atmet langsam aus. Sichtlich entspannt wendet er sich mit glasigen Augen zur Garage um und bemerkt nicht, dass Gerds Kopf im selben Moment hinter einer grau-orangenen Betonsäule verschwindet. Er geht direkt zur Beifahrerseite des grünen Transporters. Gerd kann aus seiner geduckten Position nur sehen, dass er sich ins Fahrzeug beugt, aber nicht, was dort vor sich geht.

Nach ein paar Augenblicken beobachtet er, wie der schlaksige Mann sich wieder aufrichtet und die Warnlichter eines kleinen roten Sportwagens zwei Parkplätze weiter mit einer Fernbedienung aufleuchten lässt. Er geht zu dem anderen Auto, öffnet den Kofferraum und hantiert darin herum.

Gerd verfolgt, wie der Mann im Kofferraum kramt, eine mit irgendetwas befüllte Plastiktüte herausnimmt und den Sportwagen wieder verschließt. Dann kommt die Zielperson mit schnellen Schritten direkt auf ihn zu, und Gerd stockt hinter seiner Betonsäule vor Schreck der Atem.

Fred hat im Mexikoring vor einem Möbelgeschäft Stellung bezogen und beobachtet die vor ihm liegende Straße. Auch wenn er nicht unmittelbar an der Ausfahrt des Parkhauses steht, in das ihre Zielperson vor einer Viertelstunde gefahren ist, behält er das Umfeld im Auge. Alles könnte von Bedeutung sein. Was der Junge wohl in diesem Parkhaus will? Eine Überlegung ist, dass er vielleicht in einem der Wohnhäuser am Mexikoring wohnt. Doch je länger sie auf eine Wiederkehr des grünen Transporters warten, desto größer werden seine inneren Bedenken.

Kuno konnte die Zielperson kurzzeitig an der Betonbalustrade stehen sehen, als er sein Fahrzeug auf der nahe gelegenen Tankstelle betankt hat, um auf unverfängliche Weise einen Blick auf das Parkhaus zu werfen. Seinen Angaben zufolge rauchte der Fahrer eine Zigarette und beobachtete die Umgebung des Parkhauses.

Kuno hat das Verhalten gleich per Funk an die anderen gemeldet, um das Entdeckungsrisiko zu minimieren. Auch Fred hegt Zweifel, ob ihre bisherige Observation unbemerkt geblieben ist.

Ein paar von ihnen sind ausgeschwärmt. Blondie führt ihren Labrador in der näheren Umgebung spazieren und versucht, das parkähnliche Gelände im Blick zu behalten. Auch Pascho spaziert durch die Fußgängerzone zwischen den Blöcken des Mexikorings und betrachtet scheinbar die Auslagen in den Schaufenstern von Architektenbüros, Wakeboard-Produzenten und Wollmanufakturen, für den Fall, dass ihre Zielperson das Parkhaus durch eine der Gittertüren verlassen sollte.

Fred kratzt sich mit beiden Händen nachdenklich am Kopf. Er wägt ab, was man noch riskieren könnte, um festzustellen, was im Parkhaus passiert. Er ist unzufrieden, dass sie derzeit überhaupt nicht einschätzen können, was dort drinnen vor sich geht. Da beginnt sein Telefon zu klingeln. Dombrowski. Fred verdreht genervt die Augen, nimmt das Gespräch aber dennoch an. »Dumbo, mein Freund. Es hat sich nichts geändert. Wir sind weiterhin an ihm dran.«

»Lass mich raten. Ihr steht im Mexikoring vor einem Parkhaus, und eure Zielperson ist derzeit nicht unter Kontrolle, weil sie nämlich in besagtes Parkhaus reingefahren ist«, sagt Dombrowski mit einem leicht süffisanten Unterton.

Fred erstarrt. Er schaut sich um und findet dann seine Sprache wieder. »Wo bist du, Dumbo?«

»Wir sind gleich da. Aber Gerd hockt im Parkhaus und hat euren Mann im Blick«, berichtet Dombrowski. »Lange Geschichte. Alex Freiberg ist ebenfalls hier. Der läuft irgendwo herum, denn sein Auto ist unbesetzt. Gerd war an ihm dran, und dann ist euer Mann ihm hier über die Füße gelaufen.«

»Aber …« Fred fehlen erneut die Worte. »Einen Moment, Dumbo.« Er unterbricht das Gespräch und gibt die Neuigkeiten erst einmal per Funk an seine Gruppe weiter. »Okay, hier bin ich wieder, Dumbo«, sagt er dann. Er nimmt Körperspannung an und richtet sich im Fahrersitz auf. »Wie ist der Plan?«

»Ich würde sagen, wir –« Dombrowski verstummt, als Paschos Stimme über Lautsprecher zu hören ist.

»Unser Mann verlässt das Parkhaus zu Fuß auf Ebene 2

durch eine Stahltür. Er sieht nervös aus, schaut sich um. Jetzt blickt er durch das Stahlgitter der Tür zurück ins Parkhaus.«

»Okay, Pascho. Blondie deckt die Parkseite ab. Kuno, stell dein Auto an der Tanke ab und behalt den Jeep von Alex Freiberg im Auge. Jayjay und ich kommen zu Fuß zu Pascho auf die Ebene.« Ein wenig hektisch nimmt Fred das Telefon wieder ans Ohr, nachdem er die Positionen der Observanten neu sortiert hat. »Dumbo, hast du alles mitbekommen?«

»Jo, hab ich. Wir bleiben hier unten im Mexikoring in unseren Fahrzeugen und warten ab, was ihr feststellt. Dort oben sollten jetzt nicht zu viele Leute rumlaufen. Da ist sonst nie was los.« Dombrowski kennt die Umgebung, weil er in seiner Mittagspause gelegentlich in der Fußgängerzone indisch essen geht. Mehr als zwei Personen begegnen sich dort nie zeitgleich, und etwas anderes würde den Jungen nur nervös machen. »Fred, ruf mich an, wenn du mich brauchst. Wir sind zu allem bereit. Ich sag Gerd Bescheid.«

Fred ist zwischenzeitlich aus dem Wagen ausgestiegen und rennt die Treppenstufen hinauf ins zweite Obergeschoss. Kurz bevor er oben ist, reduziert er die Geschwindigkeit auf ein normales Schritttempo und späht vorsichtig über das Geländer, ob ihre Zielperson noch in der Nähe ist. Er kann ihn jedoch nicht sehen.

»Unser Mann geht in Richtung Süden. Grob in Richtung Tankstelle. Er ist jetzt bei der Treppe, die zum Hotel Leonardo hinabführt«, meldet Pascho. »Ich habe keine Sicht mehr.«

Eine gefühlte Ewigkeit später funkt Kuno: »Ich kann ihn sehen. Er kommt gerade auf die Tankstelle. Er trägt eine Plastiktüte bei sich.« Das Plätschern von Wasser ist zu hören und dann ein Quietschen, weil Kuno zur Tarnung während des Observierens anscheinend seine Frontscheibe säubert. »Er geht zu einem Smart und öffnet die Heckscheibe. Er legt die Tüte in den Kofferraum und lässt die Klappe zufallen. Unser Mann zieht ein Handy aus der Tasche und geht in Richtung Stadtpark weiter. Er kommt zu dir, Blondie.«

Alex und Danny sitzen auf einer Bank und schauen einer jungen blonden Frau dabei zu, wie sie ihren tiefschwarzen, kräftig gebauten Hund mit einem Ball über die Wiese jagt. Ihnen gefällt ihre Ausstrahlung, die gebräunte Haut und die sportliche Figur.

»Was meinst du, wie lange es noch dauert?« Danny streicht sich mit der Hand über die zurückgegelten Haare.

»Nervös oder ungeduldig?«, fragt Alex leicht sarkastisch. »Er wird sich gleich melden, keine Sorge. Mein Mann ist verlässlich. Genieß den Moment. Das Wetter ist doch herrlich.«

Danny lehnt sich zurück und unterdrückt den Drang, sich immer wieder umzusehen, denn er weiß, dass Alex ein solches Verhalten nicht mag. Möglichst entspannt nach außen, aber innerlich zum Bersten gespannt, harrt er aus und starrt vor sich hin.

»Du kannst mir dann in einer Woche die Kohle bringen. Zweiunddreißig Scheine. Wie immer«, weist Alex ihn an, ohne den Blickkontakt zu Danny zu suchen, der zustimmend nickt.

Alex' Handy vibriert. Er schaut auf das Display und steckt es zurück in die Hosentasche. »So, erledigt. Du kannst los. Bis in einer Woche dann.«

Erleichtert springt Danny auf und geht schnellen Schrittes und ohne ein Wort der Verabschiedung zurück in Richtung Tankstelle.

Hinter Alex ist ein leichtes Rascheln zu hören. Leise Schritte nähern sich. Kurz darauf setzt sich Lennart neben Alex auf die Bank.

»Grüß dich. Alles gut?«, fragt Alex.

»Jo, alles easy. Tat gar nicht weh.« Er schiebt die Brille auf dem Nasenrücken nach oben und beginnt zu kichern.

Alex mustert durch die dicken Brillengläser hindurch Lennarts glasige Augen, deren Netzhäute gerötet sind. »Du hast jetzt bitte nicht noch gekifft, oder?«

Lennart verstummt abrupt und macht ein ernstes Gesicht. »Das würde ich doch nie tun. Sehe ich so aus, als würde ich kiffen?« Wieder beginnt er zu kichern. Alex' strengen Blick registriert er gar nicht. »Was is 'n mit deiner Hand? Konntest du die Finger wieder nicht von den Mädels lassen? Oder hast du lange Finger gemacht?« Das Kichern steigert sich in ein unkontrollierbares Lachen. Erste Tränen rollen ihm über die Wangen.

»Digger, weißt du eigentlich, um was es hier geht?« Alex packt seinen Freund am Kragen und zieht ihn zu sich heran. Lennart beginnt, hinter den dicken Brillengläsern wild mit den Augen zu rollen, und auch Alex kann sich ein Lächeln nun nicht länger verkneifen. »Du bist echt 'ne Type, Digger. Was machst du heute noch?«

»Och, ich werde nach Hause fahren und mir vielleicht noch ein, zwei Johnnys gönnen, dabei ein paar Serien glotzen und morgen dann wieder nach meinen Pflanzen sehen. Heute hab ich keinen Bock mehr. Und du?« Er zieht ein Taschentuch aus der Hosentasche und wischt sich damit die letzten Tränen aus dem Gesicht.

»Ich muss gleich wieder rein. Morgen dann wohl zum Arzt. Ich hab mir die Finger übel geklemmt.« Alex merkt, dass die Schwellung zunehmend zu pochen beginnt. Es wird Zeit, dass er die Finger wieder kühlt.

»Solltest du nicht besser jetzt zum Arzt fahren? Nach Barmbek ins Krankenhaus? Ich kann dich auch hinbringen, wenn du willst.« Mit sorgenvollem Blick betrachtet Lennart die notdürftig bandagierten Finger.

»Nee, wenn ich heute gehe und krankgeschrieben werde, lassen die mich morgen nicht raus. Ich habe aber morgen draußen zu tun, ist wichtig. Richtig wichtig. Also kühle ich die Finger erst mal nur und gehe morgen zum Arzt.«

»Haben die im Knast keinen Arzt? Das muss doch versorgt werden.«

»Verstehst du nicht? Ich brauche einen Grund, um morgen rauszukommen, denn arbeiten fällt mit der Hand natürlich flach. Morgen ist es aber derbe wichtig, dass ich draußen bin. Ich muss da sein, am Hafen, verstehst du?« Alex hat die Stimme gesenkt und beobachtet ihr Umfeld, um sicherzugehen, dass sie nicht belauscht werden. Doch außer der blonden Hundebesitzerin ist niemand in ihrer Nähe, und die ist mit ihrem Hund beschäftigt.

»Ach so, verstehe! Da kommt 'ne Lieferung für dich. Sag das doch gleich«, verkündet Lennart nach kurzem Stutzen lautstark.

Hektisch sieht Alex sich um. »Musst du das so rausbrüllen, Digger? Mann, Mann, Mann, wenn du nicht du wärst, würde ich dir jetzt richtig eine reinhauen.«

»Dann hab ich ja noch mal Glück gehabt«, erklärt Lennart gut gelaunt und erhebt sich von der Bank. »Ich hau jetzt ab, was ist mit dir?«

»Ich bleibe noch einen Moment. Ich melde mich bei dir, wenn was ist, okay?« Alex verschränkt die Arme vor der Brust und schaut zu Lennart hoch.

»Jo. Du kennst ja meine Nummer«, erwidert der und zieht einen Joint aus der Brusttasche, den er sich in den Mundwinkel steckt.

»Du fährst gleich Auto«, ermahnt Alex ihn sogleich. »Du willst doch nicht schon wieder kiffen, Digger?«

»Hast recht.« Lennart nimmt den Joint aus dem Mund und verabschiedet sich: »Tschüss!« Dann geht er zurück in Richtung Parkhaus.

Nach ein paar Metern steckt er sich den Joint wieder in den Mundwinkel und zündet ihn an. Er schaut zu Alex, der mit dem Rücken zu ihm auf der Bank sitzt und davon zum Glück nichts mitbekommt.

Besorgt schaut Dombrowski auf sein Handy. Seit Minuten versucht er, Gerd anzurufen, doch beim ersten Mal hat Gerd seinen Anruf weggedrückt, und seither ist der Anschluss nicht mehr erreichbar. Kaum dass es klingelt, wird sofort auf die Mailbox umgeleitet.

Dombrowski macht sich mit jedem Versuch größere Vorwürfe. Nicht dass seinem Freund etwas zugestoßen ist. Auf der anderen Seite kann er sich nicht vorstellen, was ihm Schlimmes passiert sein soll. Die Zielperson erweckte beim Verlassen des

Parkhauses nicht den Eindruck, als hätte sie soeben ein Kapitalverbrechen an Gerd begangen. Wehrlos hätte der sich auch nicht ergeben, was man wiederum dem Jungen auf die eine oder andere Art und Weise angesehen hätte.

Während Dombrowski noch grübelt, wie er Kontakt zu Gerd aufnehmen könnte, ohne den Einsatz zu beeinträchtigen, beginnt sein Telefon zu surren.

»Jo, Fred«, begrüßt er den Leiter der Observationsgruppe.

»Unser Mann aus dem Transporter hat die mitgebrachte Plastiktüte in den Kofferraum von einem Smart gelegt, hat eine Nachricht auf dem Handy abgesetzt und ist danach zu Freiberg gegangen. Der hatte zuvor einen jungen, dürren Deutschen mit zurückgegelten Haaren getroffen. Der Unbekannte tritt gerade an den Smart heran. Foto und Kennzeichen hat Kuno in den Gruppenchat gestellt. Wie sollen wir weiter vorgehen? Und was ist mit Gerd?«

»Gerd habe ich noch nicht erreicht. Sein Handy ist aus. Markus, Niklas und ich übernehmen den Jungen. Ihr bleibt hier, wartet auf eure Zielperson und schaut nach Gerd, okay?«

»Ja, okay. Blondie bleibt auf ihrem Posten, bis unsere Leute abgezogen sind.« Im Hintergrund meldet Kuno, dass der Jüngling gerade den Smart besteigt.

»Okay, ich habe es gehört, Fred. Dann bis später, wir übernehmen den Jungen.« Dombrowski beendet das Gespräch und ruft Markus an.

»Na, Dumbo? Was gibt es?«, wird er fröhlich begrüßt.

»An der Tankstelle steht ein Smart, der gerade von einem jungen Deutschen mit braunen zurückgegelten Haaren bestiegen wird. Er soll auffallend dünn sein.« Dombrowski startet den Motor, während er Markus über alles ins Bild setzt, was er und Fred soeben besprochen haben. »Wir ziehen vor und bleiben an dem Smartfahrer dran. Wenn wir außer Sicht sind, nehmen wir ihn bei der erstbesten Möglichkeit aus dem Verkehr.«

»Verstanden. Wir ziehen vor.«

Schon sieht Dombrowski das Fahrzeug der Zivilfahnder an sich vorbeirauschen und hängt sich an sie ran.

Auf Dombrowskis Handy leuchtet eine Nachricht von Fred auf: *Zielperson im Smart fährt los.*

»Der Smart fährt los«, gibt er sogleich an seine Kollegen weiter.

Die beiden Zivilfahnder warten nicht auf grünes Licht an der Ampel. Sie fahren vorsichtig über die Kreuzung, biegen auf den Überseering, der momentan eher schwach befahren ist, und folgen dem Smart, der sich in den Linksabbieger für den Ring 2 eingeordnet hat.

Dombrowski versucht, dem rasanten Fahrstil der Fahnder gerecht zu werden, und kann ohne Gefährdung des übrigen Verkehrs folgen. Mit erhöhtem Tempo fahren sie über die Jahnbrücke, wo der Smart links blinkt und in die Abbiegespur wechselt. An der Kreuzung muss er auf eine Lücke im herannahenden Gegenverkehr warten. Dombrowski und die Fahnder können zu ihm aufschließen und stehen nun direkt hinter dem Smart.

»Okay. Die nächste Ampel ist unsere«, beschließt Dombrowski.

»Check«, bestätigt Markus.

Dombrowskis Puls steigt. Ein spontaner Zugriff wie dieser ist keine Selbstverständlichkeit. Mit allem ist zu rechnen. Sie kennen den Jungen nicht, wissen nicht einzuschätzen, wie er reagieren wird. Alles ist möglich.

Der Gegenverkehr lässt ein Abbiegen zu, und sie folgen dem Smart in angemessener Geschwindigkeit den Rübenkamp hinab. Da er sich an die Verkehrsregeln hält, können sie ebenso unauffällig hinter ihm herfahren, ohne ihn mit ihrem Fahrverhalten vorzuwarnen oder zu beunruhigen.

»Wir kriegen Rot an der Ampel vor dem Krankenhaus«, meldet Markus mit leichter Anspannung in der Stimme. »Kein Gegenverkehr. Guter Moment.«

»Auf geht's!«, bestätigt Dombrowski, woraufhin Markus kurz vor dem Erreichen der Ampel beschleunigt und auf die Gegenspur fährt. Er zieht sein Fahrzeug gleich wieder zurück und stellt sich quer vor den Smart, der abrupt abbremsen muss.

Dombrowski fährt von hinten nah an den Kleinwagen heran, während Markus und Niklas bereits aus dem Fahrzeug springen, ihre Schusswaffen ziehen, »Stopp! Polizei!« schreien und die Pistolen auf den Fahrer richten.

»Die Hände!«, brüllt Markus mit angsteinflößendem Blick. »Ich will die Hände sehen!«

Dombrowski springt aus dem Wagen, rennt zum Smart und reißt die Fahrertür auf. Er sieht, dass der Junge nicht angeschnallt ist, packt ihn am linken Arm und am Kragen und zieht ihn aus dem Fahrzeug. Dabei dreht er seinen Arm auf den Rücken, drängt ihn zu Boden und drückt ihm das Knie in den Nacken. »Polizei!«, brüllt auch er den Fahrer unmissverständlich an. »Sie sind vorläufig festgenommen. Wir haben den Verdacht, dass Sie Rauschgift in Ihrem Fahrzeug haben.«

Der Junge sagt nichts. Er ist vollkommen geschockt und leistet keinen Widerstand, als Dombrowski ihm die Handschellen anlegt. Markus und Niklas eilen herbei und packen den Jungen an den Armen. Markus schaut sich um und zeigt auf das Parkdeck auf dem an die Straße angrenzenden Gelände des Barmbeker Krankenhauses.

»Wir setzen ihn in unser Auto und parken auf dem Krankenhausparkplatz. Fahr du den Smart dorthin. Dann können wir ihn in Ruhe durchsuchen. Und bestell einen Streifenwagen für den Abtransport«, fordert Markus.

Dombrowski nickt zustimmend und zieht sein Handy. Er wählt die Nummer von Ali, der umgehend ans Telefon geht.

»Ey, Dumbo. Was geht?«

»Wir haben eine Festnahme am Barmbeker Krankenhaus. Wir fahren dort aufs Parkdeck. Schickst du uns einen Streifenwagen für den Transport ins Präsidium?«

»Jo. Geht direkt los. Fred und seine Leute setzen sich auch gerade wieder in Bewegung. In eure Richtung«, erklärt Ali knapp.

»Okay. Danke, Ali. Ich muss schnell die Fahrzeuge aus dem Weg fahren. Ich melde mich gleich noch mal.« Dombrowski springt in den Smart und fährt ihn auf den Krankenhausparkplatz. Nachdem er die Schranke passiert hat, nimmt er den erstbesten Stellplatz auf dem oberen Parkdeck, steigt aus dem Fahrzeug aus und verschließt es. Dann rennt er zurück zu seinem eigenen Auto, hinter dem sich inzwischen ein kleiner Stau gebildet hat. Der Fahrer direkt hinter ihm macht wilde Handzeichen, die Dombrowski durchaus als Beleidigung auffassen könnte, was ihn gerade aber überhaupt nicht tangiert. Er steigt ein und guckt, dass er wegkommt. Als er auf das Krankenhausgelände abbiegt, zieht das Fahrzeug mit leicht quietschenden Reifen an ihm vorbei. Der Fahrer drückt noch einmal kräftig die Hupe und kommt wenige Meter weiter an der nächsten roten Ampel zum Stehen.

Dombrowski zieht ein weiteres Parkticket und fährt auf das Parkdeck, auf dem er den Smart abgestellt hat. Zwei Stellplätze weiter findet er eine Lücke für den Dienstwagen, während unten auf dem Rübenkamp gerade in gemächlichem Tempo ein grüner Transporter vorbeifährt.

60

Am Eurogate-Terminal neigt sich die Schicht langsam, aber sicher dem Ende zu. Der Frühdienst hatte bereits gute Arbeit geleistet, sodass Steven, Ivan und Ashraf nur wenige Stunden nachlegen mussten. Eine weitere Schiffsankunft wird nicht mehr erwartet, daher naht der Feierabend.

Zwar freut sich Steven, nach den nervenaufreibenden letzten Tagen endlich ein wenig zur Ruhe zu kommen, doch betrübt es ihn, dass er seine Familie heute nicht mehr sehen wird. Er muss direkt nach Glasmoor in den offenen Vollzug fahren. Die Sozialstunden in diesem Monat hat er bereits aufgebraucht, und die Arbeitszeiten werden an den Strafvollzug übermittelt. Ihm bleibt also keine Wahl.

Er ärgert sich über die gestrige Doppelschicht. Wäre er zu Hause geblieben, hätte er mehr von seiner kostbaren Zeit mit

Emilia verbringen können. Doch er war gezwungen. Gezwungen von den neuen Abhängigkeiten, die im Hafen auf ihn wirken.

Ein leichter Schlag auf seine Schulter lässt ihn sich umblicken. Ashraf steht neben ihm.

»Hey. Was ist los mit dir? Feierabend! Wir können nach Hause fahren.«

»Dieser Ort wird niemals mein Zuhause sein«, erwidert Steven verbissen. »Daran will ich mich nicht gewöhnen.«

»Dann musst du in Zukunft besser aufpassen«, entgegnet Ashraf, haut Steven noch einmal locker auf den Rücken und beginnt zu lachen. Steven wusste gar nicht, dass Ashraf derart fröhlich sein kann. Verwundert schaut er ihn an.

»Ich werde ganz sicher besser aufpassen. Das darf nicht wieder passieren.« Steven steigt die Leiter von der Traverse zum Schiffsdeck hinab, an dem die Gangway liegt.

»Bruder, warte. Kannst du mich mitnehmen? Meine Frau hat das Auto.« Ashraf geht schnellen Schrittes hinter Steven her, bis er zu ihm aufgeschlossen hat.

»Sicher. Natürlich.«

»Okay. Dann gehen wir duschen.« Munter marschiert Ashraf die Gangway hinab.

Steven betrachtet irritiert seinen Kollegen, der hüpfend und pfeifend wie ein kleines Kind über die Metallplanken springt. Steven muss schmunzeln. Ashraf scheint im Innern doch ein feiner Kerl zu sein, wenn er die harte Schale erst einmal abgelegt hat.

61

Im Polizeipräsidium in Alsterdorf klingelt auf höchster Lautstärke Ali Bernbuchs Dienstapparat. An normalen Werktagen anwesende Kollegen schrecken gerne mal auf, wenn Alis Telefon zu klingeln beginnt. Dessen fortgeschrittene Hörschwäche, eine Mischung aus Altersschwerhörigkeit und zu vielen Explosionen in der Zeit bei der Bundeswehr, macht die maximale Lautstärke der Rufmelodie aber unabdingbar.

Ali setzt seine Lesebrille, die er ungeduldig am Bügel um die eigene Achse gedreht hat, auf die Nase und liest mit konzentriertem Blick die Telefonnummer, bevor er erleichtert den Hörer abhebt. Er ist nicht der Typ, der die Kollegen mit seiner Neugier bedrängt, während sie im Einsatz sind. Dennoch will er einbezogen und informiert werden, und das besser gestern als heute. Vor allem das Ergebnis der Durchsuchung des Smarts erwartet er mit Spannung.

»Fred, mein Bester! Was gibt es Neues?«

»Ali, wir sind noch in Bewegung. Er ist jetzt auf der Saseler Chaussee und fährt relativ ruhig vor uns her. Hast du was von Dumbo gehört?«

»Noch nicht. Ich bin aber wohl nicht der Einzige, der bald vor Neugier platzt«, erwidert Ali mit einem Lächeln. »Hängt viel ab von dem Ergebnis.«

Wenn die Kontrolle positiv verläuft, stehen Folgemaßnahmen an. Ali spielt in Gedanken bereits durch, was dann zu tun ist, doch so richtig mag er sich damit immer erst beschäftigen, wenn das Ergebnis da ist. Es ist ein dummer Aberglaube, der ihn bremst, nämlich der, dass zu euphorische Vorbereitungen einen negativen Einfluss auf das Kontrollergebnis haben könnten. Realistisch betrachtet, ist das purer Unsinn. Aber er ist nicht der Einzige, der fest daran glaubt. Das hat er mit den restlichen Kollegen des Rauschgiftdezernats gemein.

»Ali, er biegt gerade auf ein Grundstück in einer Nebenstraße ab. Ich schicke dir gleich den Standort. Muss nachschauen, wo wir genau sind. Wie ist der weitere Plan?«

Alis Blick wird für einen Moment glasig. Er grübelt über das richtige Vorgehen.

»Bleibt erst mal dort. Ich melde mich gleich bei euch.« Er beendet das Gespräch und ruft umgehend bei Dombrowski an. Das Ergebnis der Durchsuchung ist entscheidend für die weiteren Maßnahmen.

Aufrecht am Schreibtisch sitzend stützt Ali sich auf seinen Unterarm, lauscht mit angehaltenem Atem den Freizeichen und wartet.

»Hey, Ali! Wie läuft es bei dem Transporter?«, fragt Dombrowski, als er ans Telefon geht. »Und was ist mit Gerd? Er ist nicht erreichbar.«

»Die Zielperson ist gerade an einem Haus in Volksdorf angekommen. Ich warte noch auf die Adresse. Aber sie könnte gut zu meinem Hinweis passen. Über Gerd hat Fred eben kein Wort verloren. Wieso? Wo ist der denn schon wieder?«, fragt Ali ein wenig irritiert.

»Du weißt doch, wie er ist. Gerd observiert mit dem Herzen und nicht mit dem Verstand. Er war im selben Parkhaus wie deine Zielperson, und seitdem der sich wieder in Bewegung gesetzt hat, ist Gerds Telefon aus.«

»Hört sich nicht gut an. Aber Gerd kriegt keiner klein«, erwidert Ali voller Überzeugung. »Was ist mit dem Smart? Wie wollen wir jetzt weiter vorgehen?«

»Na ja, wenn du die Adresse hast, schaust du, wer da wohnt, und ich überprüfe solange, was der Smart verborgen hält. Anschließend beraten wir uns. Einverstanden?«

»Dumbo, so machen wir das. Bis gleich«, erwidert Ali, erleichtert, dass er die Entscheidung nicht allein treffen muss, und wendet sich wieder seinem Computerbildschirm zu.

62

Dombrowski steckt das Telefon in die Hosentasche und nimmt aus dem Kofferraum seines Wagens ein Paar blauer Einweghandschuhe. Nachdem er sie übergestreift hat, geht er zum Smart und deaktiviert per Knopfdruck am Autoschlüssel die Zentralverriegelung. Zuerst öffnet er die Fahrertür und überprüft das Fahrzeuginnere, dem er beim Umparken noch keinerlei Aufmerksamkeit geschenkt hatte.

Er schaut unter den Fahrersitz, kniet sich auf den Sitz und steckt den Kopf zwischen den Sitzen hindurch, um in den Kofferraumbereich und hinter die Sitze zu sehen, doch alles ist leer. Keine verdächtigen Tüten oder Päckchen sind zu entdecken. Auch nicht im Kofferraum, von dem er mit ein paar routinierten Griffen die Abdeckung entfernt hat.

Als Nächstes lehnt er sich zum Beifahrersitz hinüber und schaut dort ebenfalls in den Fußraum und unter die Sitzfläche. Eine Plastiktüte, die darunter hervorlugt, lässt seinen Puls augenblicklich nach oben schnellen. Ein Lächeln treibt kleine Grübchen in seine Wangen, die Augen beginnen zu glänzen.

»Na, da haben wir dich doch.« Vorsichtig klaubt er die Tüte am Henkel unter dem Sitz hervor. Er ist ein wenig enttäuscht, denn viel Marihuana kann es vom Volumen her nicht sein. Aber besser, als wenn man gar nichts sicherstellen kann, denkt er, zieht die Henkel der hellen Tüte auseinander und schaut hinein. »Oh!«, entfährt es ihm. »Damit hab ich jetzt ja gar nicht gerechnet.«

Überrascht nimmt er den quaderförmigen Block aus der Plastiktüte. Am chemischen Geruch erkennt er sogleich, dass er es hier nicht mit Marihuana, sondern mit Kokain zu tun hat. Ein Kilogrammblock, wie er typischerweise aus Südamerika nach Europa geschmuggelt wird. Er packt den Block zurück in die Tüte und schiebt beides wieder unter den Sitz. Dann macht er mit dem Handy Fotos von der Auffindesituation für den später zu schreibenden Bericht und das anschließende Gerichtsverfahren.

Mehr der Form halber zieht Dombrowski abschließend an der Schublade im Armaturenbrett. Es ist der letzte Ort, an dem er noch nicht nachgesehen hat. In dem blauen Fach liegt ein großes schwarzes Taschenmesser. Auch davon macht Dombrowski Fotos. Größere Mengen Drogen und Waffen so nah beieinander bedeuten eine Mindeststrafe von fünf Jahren. Das will gut dokumentiert sein. Auch wenn eigentlich unstrittig sein sollte, dass in einem Smart alles nah beieinander ist, sprechen Fotos am Ende doch die deutlichste Sprache.

Aus der Einsatztasche im Kofferraum seines Dienstwagens holt Dombrowski zwei Asservatenbeutel, in die er zum einen die Tüte mit dem Kokain und zum anderen das Messer legt, ehe er jeweils den Schutzfilm vom Klebeverschluss zieht und ihn fest zusammendrückt.

In diesem Moment beginnt es in Dombrowskis Hosentasche zu vibrieren. Er legt die beiden Beutel auf dem Boden ab und zieht sein Telefon hervor. Es ist Blondie, die ihn anruft, wieder nicht Gerd.

»Na, Blondie? Was gibt es?«

»Ich wollte mal hören, wie es dir geht?«, fragt eine in hochgeschraubter Tonlage säuselnde Männerstimme. »Ich hoffe, du hast die Festnahme nicht verpatzt und schaust im Auto mal ordentlich nach.«

»Gerd, Mann«, schimpft Dombrowski mehr erleichtert als wütend. »Ich hab schon gedacht, du wärst unter die Räder gekommen. Warum gehst du nicht an dein Telefon? Was war da los bei dir?« Aufatmend setzt er sich zum Telefonieren auf den Beifahrersitz des Smarts.

»Wieso hast du mich gleich erkannt?«, fragt Gerd scheinbar brüskiert, aber mit einem amüsierten Unterton.

»So viel Whisky kann Blondie gar nicht trinken, dass sie so eine Stimme bekommt.«

»Na gut. Aber Spaß muss sein.« Gerds Kichern geht in ein albernes Gelächter über.

»Was ist denn nun passiert?«, drängt Dombrowski.

»Der Junge ist an einen roten Sportflitzer rangegangen und hat dort die Tüte rausgeholt, die er offenbar in den Smart gelegt hat. Den Schlüssel dafür hat er irgendwo aus dem Beifahrerbereich des Transporters hervorgezaubert. Denke ich zumindest. Ich dachte ja, dass er rausfahren will, und beuge mich vor, um zu beobachten, wo er die Tüte verstaut, da kommt der auf einmal direkt auf mich zu. Also zumindest auf die Säule, hinter der ich stand. Ich bin gleich abgetaucht, ich wusste ja nicht, ob der eine Waffe bei sich hat, und wollte auch unsere Ermittlungen nicht gefährden.«

»*Unsere* Ermittlungen?«, fragt Dombrowski lächelnd, was Gerd geflissentlich überhört.

»Ich hab mich einfach weggeduckt und bin auf dem Boden liegend unter ein Auto gerobbt, sodass er mich nicht mehr sehen konnte. Dort lag ich dann und hab abgewartet. Während der Typ nur Zentimeter entfernt an mir vorbeispaziert, brummt auf einmal mein Telefon. Ich hab dich so schnell wie möglich weggedrückt – und gerade noch rechtzeitig. In dem Parkhaus war es totenstill. Der Typ war aber ja zum Glück bekifft und schlurfte mit den Füßen so sehr über den Boden, dass er in der näheren Umgebung wohl gar nichts anderes mehr wahrnahm.«

»Seit wann stehen denn Laster in dem Parkhaus?«, fragt Dombrowski, als Gerd kurz Luft holt.

Eine kurze Pause tritt ein. »Wieso Laster? Was für ein Laster? Ich hab nichts von einem Laster gesagt«, erwidert Gerd irritiert.

»Unter was für ein Auto passt du denn sonst drunter?« Dombrowski kann das Glucksen in seiner Stimme kaum unterdrücken.

»Werde mal nicht frech, mein Lieber«, meckert Gerd ein wenig pikiert, auch wenn er den Spruch sicher lustig findet. Dennoch ist er etwas empfindlich bei diesem Thema, wie Dombrowski weiß, weil er in den Monaten des Ruhestands ungewollt ein wenig an Gewicht zugelegt hat.

»Was war denn nun drin in dem Beutel?«, will Gerd wissen.

Dombrowski schaut nach draußen, wo das Kokain gut verpackt neben der geöffneten Tür in einer Beweismitteltüte auf dem Boden des Parkdecks liegt. »Ein Block Kokain war drin. Wir werden gleich noch mal bei ihm durchsuchen müssen.«

»Wie wäre es mit einem vernünftigen Durchsuchungszeugen? Einem, der verlässlich aufpasst, dass ihr nichts kaputt macht?«, fragt Gerd betont förmlich.

»Wann kannst du hier sein? Ich stehe mit Markus und Niklas auf dem oberen Parkdeck vom Barmbeker Krankenhaus. Die beiden passen auf unsere Festnahme auf, während ich den Smart von dem Jungen durchsuche«, erwidert Dombrowski. »Wir warten nur noch darauf, dass ein Streifenwagen den Jungen abholt, um ihn zum Präsidium zu bringen. Dann fahren wir los. Der wohnt hier gleich um die Ecke.«

»Ich renne zum Wohnmobil und komme rüber. In zehn Minuten bin ich da«, antwortet Gerd hektisch und hat aufgelegt, ehe Dombrowski noch etwas erwidern kann.

Gerd drückt Blondie das Smartphone in die Hand und tippt sich an die Schiebermütze. »Danke. Dumbo ist leider auf den kleinen Spaß nicht reingefallen. Wir schnacken dann später noch mal. Ich muss rüber zum Barmbeker Krankenhaus. Die brauchen einen Durchsuchungszeugen«, erklärt er mit einem Augenzwinkern.

»Da komm ich mit. Ich bin eh für heute raus aus der Observation, weil die beiden mich gesehen haben. Soll ich fahren? Dann kannst du deine Schüssel stehen lassen. Ich setz dich auch nachher wieder hier ab.«

Gerd, der bereits kehrtgemacht hatte, um zu seinem Auto zu laufen, hält inne und wendet sich zu Blondie um. »Jo. Das machen wir so. Aber wir müssen uns beeilen. Nicht dass der Spaß ohne uns losgeht.«

63

Mit laut röhrendem Motor braust der dunkle Mustang über die Schleswig-Holstein-Straße nördlich von Hamburg. Die beiden Insassen schweigen einander an. Steven ist in Gedanken an Emilia versunken, bei der er jetzt am liebsten wäre. Stattdessen sitzt Ashraf neben ihm, der grimmig dreinschaut. Vermutlich ist er ebenso unzufrieden darüber, dass sie die Nacht in der offenen Justizvollzugsanstalt in Glasmoor verbringen müssen, wie er.

Steven steuert sein von vielen Pferdestärken getriebenes Fahrzeug in die Zubringerstraße zur Haftanstalt, die ausgesprochen friedlich daherkommt. Ganz anders als die Häftlinge in ihrem Inneren. Sie verbüßen dort den Rest ihrer teilweise langjährigen Haftstrafen. Manche kommen erst zum Ende in den Genuss des Freigangs, andere lassen sich von ihren hochbezahlten Anwälten schnellstmöglich in den offenen Vollzug klagen. Zumeist reicht bereits die Drohung des Rechtsbeistands, damit die Strafvollstreckungsbehörde einlenkt und dem Antrag auf Vollzugslockerungen stattgibt.

Entsprechend nächtigen in den roten Backsteingebäuden der Haftanstalt in erster Linie diejenigen, die sich den Weg dorthin leisten konnten, und eher wenige von denen, die ihn benötigen oder tatsächlich verdient hätten.

Steven parkt sein Auto zwischen einer dunklen Mercedes-Limousine und einem orangenen Lamborghini. Die meisten Fahrzeuge auf dem Parkplatzgelände für Häftlinge sind sehr hochwertig, auch wenn manche der unteren Mittelklasse angehören oder zumindest älteren Baujahrs sind.

»Musti und Igor sind offenbar schon da«, bemerkt Steven angesichts der beiden Fahrzeuge.

»Verrückt, Digger, dass Igor immer mit dem Lambo hier vorfährt, obwohl er gar keinen Lappen mehr hat«, amüsiert sich Ashraf.

Beide bleiben einen Moment auf ihren Sitzen. Sie haben noch fünf Minuten Zeit, bis sie einkehren müssen. Jeder Moment der Freiheit wird ausgekostet, auch wenn sie sich drinnen häuslich eingerichtet haben.

Steven wählt kurz die Nummer seiner Freundin.

»Hi, Schatz. Hast du Feierabend?«, begrüßt sie ihn.

»Jo. Liebes, kann ich mal kurz mit Emilia sprechen? Ich wollte mich schnell von ihr verabschieden und wenigstens ihre Stimme hören«, erklärt Steven.

»Du, Emilia ist nach wie vor mit Dörte und Gerd unterwegs. Die sind in der Hafencity«, entgegnet Stevens Freundin mit bedauerndem Tonfall.

»Ach so, schade. Dann bis morgen. Ich muss gleich rein.« Niedergeschlagen beendet Steven das Gespräch.

Nach kurzem Innehalten öffnen Ashraf und Steven fast zeitgleich ihre Türen und steigen aus.

»Auf geht's«, muntert Ashraf Steven auf.

Sie betreten den Eingangsbereich der Anstalt. Ungewöhnlich viele Menschen stehen hier. Verwundert fragen die beiden sich, ob sie sich auf eine längere Dauer für den Einlass einstellen müssen.

Eine kleinere Frau im Hosenanzug hat sich vorne aufgebaut und betrachtet Steven mit einem gefühlskalten, überheblichen Blick. Sie scheint nur auf ihn gewartet zu haben. Ihr Begleiter, ein dünner, jüngerer Mann kommt auf einen Wink von ihr auf Steven zu. Steven spürt förmlich, wie sein Herz sich verkrampft. Ein ungutes Gefühl macht sich in ihm breit.

»Herr Winter, mein Name ist Jonas Reinke vom LKA 26 in Hamburg. Sie sind wegen gefährlicher Körperverletzung an Sergej Kruschkow vorläufig festgenommen. Als Beschuldigter in einem Strafverfahren müssen Sie sich nicht zum Sachverhalt äußern, aber das wissen Sie ja«, belehrt ihn der Mann und zieht dabei ein Paar Handschellen aus seiner Gürteltasche. »Ich werde Ihnen nun Handfesseln anlegen. Wir haben einen Durchsuchungsbeschluss für Ihr Fahrzeug, den wir gleich noch vollstrecken werden.«

Sprachlos bleibt Steven stehen. Der Vorwurf raubt ihm den Atem und jede Möglichkeit, sich verbal oder körperlich zur Wehr zu setzen. Er denkt an Emilia. An die lange Zeit, die sie jetzt wieder keinen Kontakt haben werden. Wie soll er ihr das erklären? Er hat ihr ein Versprechen gegeben, und jetzt wird sie maßlos enttäuscht von ihm sein. Sie ist inzwischen älter und wird die Geschichten, mit denen ihre Mutter seine lange Abwesenheit beim letzten Mal erklärt hat, nicht noch einmal akzeptieren. Er wollte niemals wieder so lange von ihr fernbleiben.

Stevens Gedanken drehen sich nur noch um seine Tochter. Tränen kullern über seine Wangen. Er merkt gar nicht, wohin ihn die Beamten führen, bis sie vor seinem Sportwagen stehen. Der junge Polizeibeamte fingert aus Stevens rechter Jackentasche den Autoschlüssel hervor und öffnet das Fahrzeug.

Zwei weitere Beamte treten hinzu, die kaum älter sind als ihr

Kollege, und reißen die Fahrertür und die Kofferraumklappe auf. Die drei beginnen, das Fahrzeug zu durchsuchen. Etwas abseits steht die Dame im weiten Hosenanzug, deren Hosenbeine leicht im Wind wehen, und verfolgt die Durchsuchung mit Argusaugen.

»Fund!«, ruft der junge Kriminalpolizist kurze Zeit später. Die Vorgesetzte wirkt auf einmal geradezu erleichtert und nickt dem Polizisten anerkennend zu. Der hält einen dunklen Teleskopschlagstock hoch, den er im Wagen gefunden hat.

»Das war's dann wohl für Sie, Herr Winter«, erklärt die Frau siegesgewiss von der Seite.

»Das ist nicht meiner. Was soll das hier überhaupt?«, fragt Steven völlig entsetzt.

»Das können Sie morgen dem Haftrichter erzählen. Ich bezweifle jedoch stark, dass er Ihnen Glauben schenken wird. Die Beweislage ist erdrückend.« Obwohl sie deutlich kleiner ist als Steven, gelingt es der dunkelblonden Frau, ihm das Gefühl zu geben, dass sie von oben auf ihn herabblickt, während er am liebsten im Erdboden versinken möchte.

»Ich verstehe nicht … Ich habe doch gar nichts gemacht. Was wird mir überhaupt vorgeworfen? Ich will meinen Anwalt sprechen«, erwidert Steven verzweifelt.

»Fund!«, ruft einer der anderen Beamten und holt aus dem Kofferraum einen dunklen Kapuzenpullover hervor, den er einmal fotografiert und anschließend in einen Plastikbeutel steckt.

Der dünne Kommissar kommt auf Steven zu und bleibt unmittelbar vor ihm stehen. »Sie werden morgen dem Haftrichter vorgeführt. Wir haben in Ihrem Wagen sowohl einen Pullover gefunden, der den Beschreibungen der Tatzeugen entspricht, als auch den Schlagstock, der mutmaßlich für die gestrige Tat verwendet wurde. Das werden die kriminaltechnischen Untersuchungen sicherlich bestätigen.«

»Ich verstehe gerade gar nichts. Was soll ich gestern gemacht haben? Ich habe gearbeitet bis spät in die Nacht. Doppelschicht. Sie können meinen Kollegen fragen, mit dem ich gerade reingekommen bin. Der kann Ihnen das bestätigen. Oder ist Alex Freiberg bereits eingetroffen? Er kann es ebenfalls bestätigen.«

»Es stimmt, was er sagt. Steven hat gestern Doppelschicht gearbeitet«, sagt Ashraf, der völlig unerwartet hinter ihnen steht.

»Wer sind Sie denn bitte?«, fragt die Frau im Hosenanzug und mustert ihn von oben bis unten.

»Ich heiße Ashraf Teherani. Ich bin ein Arbeitskollege von Steven, also Herrn Winter.«

Die Frau beginnt künstlich zu lachen. »Sie haben also letzte Nacht mit Herrn Winter gearbeitet?«

»Nein, aber er hat gearbeitet. Ich hatte frei.«

»Woher wollen Sie dann bitte wissen, was er zum Tatzeitpunkt gemacht hat? Herr Reinke, führen Sie Herrn Winter ab. Und Sie, Herr Teherani, gehen jetzt bitte dorthin, wo Sie eigentlich sein sollten. Falls wir noch Fragen an Sie haben, wissen wir ja, wo wir Sie finden.«

Stumm steht Ashraf vor der Kriminaldirektorin. Am liebsten würde er der Frau eine reinhauen, das kann Steven ihm ansehen. Er ist deutlich bemüht, die aufkommende Wut hinunterzuschlucken.

»Ashraf, gib Alex Bescheid. Er muss für mich aussagen«, ruft Steven seinem Kollegen zu, der dies mit einem Nicken bestätigt und in Richtung Eingang davongeht.

»Weiterer Gefälligkeitsaussagen von Knastfreunden bedarf es nicht, Herr Winter. Sie sollten sich lieber geständig zeigen. Die Beweislast gegen Sie ist erdrückend.« So als würde er gar nicht existieren, wendet sich die Frau noch während des Sprechens von Steven ab. »Herr Reinke, Sie schaffen das hier sicherlich ohne mich. Ich werde die Öffentlichkeit inzwischen über meinen schnellen Fahndungserfolg informieren.« Mit diesen Worten wendet sie sich um und geht im Stechschritt auf eine blaue Limousine zu, die unmittelbar vor dem Strafvollzugsgebäude im Halteverbot steht, steigt ein und braust davon.

64

Dombrowski geht zwei Reihen weiter zu dem Wagen der Zivilfahnder, vor dem Niklas mit vor der Brust verschränkten Armen steht und raucht.

»Und? Waffs gefunden?«, fragt er, ohne die Zigarette aus dem Mund zu nehmen, und taxiert neugierig die Asservatenbeutel in Dombrowskis Hand. »Nun sach schon«, drängt er mit einem verschmitzten Lächeln, bei dem sich an den Augenrändern viele Lachfalten bilden.

»Ein Klotz Kokain war unter dem Sitz. Und in einer Schublade unter dem Radio habe ich noch ein paar Tränen mit Kokain gefunden. Ich würde mal tippen, dass er ein Kokstaxi fährt und Nachschub besorgen musste. *You ring, we bring* – Ihr Lieferservice für eine gut gepuderte Nase.«

»Der junge Butscher hier? Der sieht aus, als dürfte er nicht einmal Auto fahren.« Niklas zieht seine Hand aus der Armbeuge und reicht Dombrowski das darin befindliche schwarze Lederportemonnaie des Jungen und dessen Smartphone. »Das ist alles, was er an der Person hatte.«

Dombrowski nimmt die Sachen entgegen und aktiviert den Bildschirm vom Telefon. Auf dem Sperrbildschirm erscheint eine PIN-Abfrage. Er drückt versuchsweise viermal die Null. Anschließend eins, zwei, drei und vier. Aber beide Codes werden mit einem leichten Vibrieren abgelehnt. Er klappt das Portemonnaie des Jungen auf, schaut auf den darin befindlichen Personalausweis und macht davon ein Foto.

»Immerhin ist er schon einundzwanzig Jahre alt«, sagt er mit Blick auf das Geburtsdatum. »Er hatte vor fünf Tagen Geburtstag.« Dombrowski gibt Tag und Monat in das Feld für den PIN-Code ein. Mit einem leisen Klacken entsperrt der Bildschirm, und ein Selfie des Besitzers erscheint auf dem Display.

Dombrowski öffnet eins der Chatprogramme auf dem Handy und beginnt zu lesen. »Das sieht vielversprechend aus«, folgert er und steckt das Telefon in eine kleine Papiertüte, die er mit dem PIN-Code beschriftet und zu den Asservaten legt. Dann geht er auf die Beifahrerseite von Markus' Wagen und öffnet die Tür zum Fahrzeugfond. »Guten Tag, Herr Paschke. Mein Name ist Dombrowski, und ich bin der zuständige Sachbearbeiter für Ihr Verfahren. Ich muss Ihnen leider mitteilen, dass wir in Ihrem Smart eine Tüte mit einem Kilogramm Kokain gefunden haben.« Er macht eine kurze Pause und beobachtet die Reaktion von Daniel Paschke. Der reißt die Augen so weit auf, dass die Augäpfel beinahe hinausfallen, und beginnt, mit Unschuldsmiene den Kopf zu schütteln.

»Das kann ich mir gar nicht erklären. Das muss mir jemand da reingelegt haben. Ich hatte eben auf einer Tankstelle ganz vergessen, mein Auto abzuschließen«, beteuert er unverfroren und setzt nach: »Ich war eine Zeit lang im Stadtpark spazieren. Das habe ich nicht bedacht, dass so etwas passieren kann, wenn man sich mal ein paar Minuten die Beine vertritt.«

»Dann haben Sie ja sicherlich nichts dagegen einzuwenden, dass wir in Ihrer Wohnung nachschauen, ob sich dort noch weitere Betäubungsmittel finden, oder?«, kontert Dombrowski. »Da wird dann ja sicherlich nichts sein, und das würde Sie entlasten.«

»Ich habe das nicht ins Auto gelegt«, erwidert Paschke mit leicht zitternder Stimme. »Sie können mich überprüfen. Ich hatte noch nie etwas mit Drogen zu tun.«

»Sie wurden bislang noch nicht erwischt, wollten Sie sagen.« Dombrowski ist langsam genervt von den haltlosen Lügen. »Passen Sie auf. Bei Betäubungsmittelverstößen kann man über seine eigene Tat hinaus aussagen. Das würde sich positiv auf Ihr eigenes Gerichtsverfahren auswirken. Wenn Sie gegen Ihre Lieferanten aussagen, ist das Ihre Chance, morgen beim Haftrichter eventuell gleich wieder rauszukommen.«

»Wieso Haftrichter? Ich verstehe gar nicht, was Sie überhaupt von mir wollen. Ich habe damit nichts zu tun«, entgegnet Daniel Paschke mit aufkommendem Zorn.

»Sind Sie nun mit einer Durchsuchung Ihrer Wohnung einverstanden?«, fragt Dombrowski noch einmal, auch wenn er nicht damit rechnet, dass Paschke zustimmt. Dem bürokratischen Akt würde er gern entgehen.

»Natürlich!«, hört er Paschke sagen.

»Gut …«

»Nicht!«, ergänzt der Jungspund süffisant. Dombrowski verdreht die Augen.

»Dann eben nicht. Dauert auch mit Anfrage bei Staatsanwalt und Richter nur ein paar Minuten länger. Dann gehe ich davon aus, dass Sie auch nichts aussagen wollen?«

»Wer hat das denn behauptet?«

Dombrowski seufzt. »Möchten Sie sich zum Sachverhalt äußern?«, fragt er geduldig.

»Nö!«, antwortet Daniel Paschke, der offenbar langsam Gefallen daran findet, ihn mit seinen Antworten zu ärgern.

»Sie sind kürzlich einundzwanzig Jahre alt geworden, oder?«

»Jo.« Jetzt wirkt Paschke ein wenig irritiert, weil er den Hintergrund der Frage nicht versteht.

»Schön. Dann gratuliere ich Ihnen herzlich zum Eintritt in das Erwachsenenstrafrecht. Das beginnt nämlich mit einundzwanzig Jahren. Ab da kann kein Jugendrecht mehr angewandt werden. Ein Kilogramm Kokain, Messer in Reichweite, das macht schon einmal mindestens fünf Jahre. Und wenn man nichts aussagt und frech rüberkommt, gibt es vom Landgericht auch gerne deutlich mehr. In diesem Sinne: Schönen Abend noch, Herr Paschke. Gleich ist Ihr Taxi da, allerdings ist es blausilbern.« Dombrowski wartet die nächste dumme Antwort gar nicht erst ab, sondern wirft die Tür ins Schloss, bevor Daniel Paschke seinen Mund öffnen kann.

In diesem Moment fährt ein Streifenwagen vor die Einfahrt zum Parkdeck, aus dem zwei uniformierte Polizisten aussteigen. Sie sollen die Festnahme zum Erkennungsdienst fahren und auch die bisherigen Asservate mitnehmen, um sie im Präsidium an den Kollegen Bernbuch zu übergeben. Die beiden athletischen Männer in ihren glatt gebügelten Hemden willigen ohne Umschweife ein und treten an die Tür von Daniel Paschke.

»Herr Paschke, Sie sind vorläufig festgenommen. Wir fahren

Sie jetzt zum Erkennungsdienst. Dort geht es erst einmal in die Zelle. Wir bitten darum, dass Sie sich ruhig verhalten und keinen Ärger machen. Verstanden?« Der fast zwei Meter große glatzköpfige Streifenpolizist sieht Daniel Paschke beim Reden so eindringlich an, dass dieser geradezu ins Polster einsinkt. Mit einem zögerlichen Nicken stimmt er der Ansage zu und steigt aus dem Wagen. Er dreht sich sogar unaufgefordert um und legt die Hände auf den Rücken, wo sie von dem glatzköpfigen Beamten mit Handschellen fixiert werden. »Gut. Dann sind wir uns ja alle einig. Schönen Abend noch, Jungs.«

Die Streifenbesatzung verabschiedet sich und geht mit durchgestrecktem Kreuz neben dem in sich zusammengesunkenen Daniel Paschke zum Streifenwagen. Dort wird er auf die Rückbank gesetzt und die Asservate im Kofferraum verstaut, ehe das Polizeiauto wieder abfährt.

Dombrowski nimmt sein Smartphone und ruft Ali Bernbuch an, der sofort ans Telefon geht.

»Na endlich, Dumbo.« Ali ist voller Anspannung, was Dombrowski an dem leichten Zittern seiner Stimme erkennt, das immer dann aufkommt, wenn er die Dinge nicht in der eigenen Hand hat, aber am liebsten überall mitmischen würde.

»Wir haben ein Kilogramm Kokain, ein paar Tränen für den Abverkauf und ein Messer gefunden. Auch sein Handy konnte ich öffnen. Die Kollegen, die ihn ins Präsidium bringen, haben die Asservate dabei und werden sie dir übergeben. In fünf Minuten sollten sie dort sein, also mach dich schon einmal auf den Weg zum Erkennungsdienst.«

Während Dombrowski Ali von den Entwicklungen berichtet, halten Gerd und Blondie vor der Schranke zum Parkdeck und kommen zu ihnen hoch.

»Der Junge hat der Durchsuchung seiner Wohnung nicht freiwillig zugestimmt. Ich schicke dir ein Foto von dem Personalausweis und würde dich bitten, einen Durchsuchungsbeschluss über den Eildienst zu erwirken. Niklas, Markus, Blondie und ich fahren schon einmal vor. Gerd darf als Durchsuchungszeuge dabei sein. Schau doch mal bitte nach, ob dort noch weitere Personen wohnen. Wir haben den Schlüsselbund von Daniel Paschke, sollten also ohne größeren Schaden in die Wohnung kommen.«

Dombrowski geht ein wenig auf und ab, während er telefoniert. Er begrüßt Gerd und Blondie mit einem freundlichen Lächeln, konzentriert sich aber zunächst noch auf das Telefonat mit Ali, der prompt einen Gegenvorschlag macht, denn wenn es um schnelle Entscheidungen geht, überlässt Ali Gespräche mit der Staatsanwaltschaft gerne anderen.

»Kannst du nicht einfach bei Staatsanwalt Schmidt anrufen? Der ist heute als Eildienst eingeteilt. Ihr seid doch immer so dicke. Dann kannst du ihm gleich erzählen, was alles passiert ist. Ich würde mich noch einmal bei der Hubschrauberstaffel melden, damit wir die Objekte möglichst schnell abfliegen können.«

»Okay. Ich übernehme Schmidt. Bis später.« Dombrowski beendet das Gespräch und sucht in den Kontakten nach der Rufnummer des Staatsanwalts. Der hat im Gegensatz zu Ali nicht gerade auf seinen Anruf gewartet.

»Moin. Es ist Sonntag!«, begrüßt er Dombrowski in leicht distanziertem Tonfall. »Egal was Sie wollen, hat das nicht Zeit bis Montag?«

»Moin, Herr Schmidt. Tut mir leid, Sie stören zu müssen. Wir haben hier einen Daniel Paschke vorläufig festgenommen. Er hatte in seinem Smart ein Kilogramm Kokain und ein paar Tränen. Außerdem griffbereit ein Taschenmesser im Handschuhfach. Wir würden gerne bei ihm zu Hause durchsuchen.«

»Habt ihr den Typen auf offener Straße festgenommen?«, will der Staatsanwalt wissen.

»Jo.«

»Hättet ihr auch selbst auf Gefahr im Verzug anordnen können.« In Schmidts Ärger über die sonntägliche Störung mischt sich hörbare Freude über die unter diesen Umständen annähernd abgewendete Arbeit. »Dann ordne ich mit dieser Uhrzeit an, dass ihr bei dem Typen auf Gefahr im Verzug durchsuchen geht. Schreibt mir noch eine Mail mit allen wichtigen Rahmendaten für mein Protokoll. Und denkt dran, dass ihr eine vernünftige Akte erstellt. Der Typ wird auf jeden Fall zugeführt.«

Dombrowski schaut kurz auf sein Telefon, um sich die Uhrzeit der Durchsuchungsanordnung zu merken. »Ich schick Ihnen gleich schon einmal ein Bild vom Personalausweis und melde mich nachher mit dem Ergebnis der Durchsuchung.«

»Wenn nichts Besonderes mehr passiert, reicht es mir auch morgen früh.«

»Okay. Könnte aber sein, dass wir noch mit anderen Sachen kommen. Ist ein bisschen mehr passiert heute.«

Schon verdüstert sich Schmidts Stimmung wieder. »Was ist denn heute bloß los? Erst die Baake mit ihrem Hilfssheriff vorhin, und jetzt kommt ihr auch noch um die Ecke. Aber ist schon gut. Ich starte mal das Notebook und erwarte dann weitere Anrufe von Ihnen. Der Rest des Tages ist somit wohl im Eimer.«

»Was wollte denn die Baake?«, fragt Dombrowski, irritiert, dass seine Abteilungsleiterin den Kontakt zur Staatsanwaltschaft aufnimmt.

»Die hat nicht selber angerufen, aber ein Ermittler in ihrem Auftrag, wie er gleich zu Beginn betonte. Ging um irgendeine Prügelei gestern auf der Reeperbahn.«

»Haben die den Täter? Gerd Sehling und ich waren Zeugen der Tat. Außerdem spielt das Opfer eine Rolle in unseren Ermittlungen. Wie hieß denn der Täter?«

»Ach, wie hieß der denn?« Staatsanwalt Schmidt beginnt laut zu grübeln. »Weiß ich nicht mehr. Ich hatte mir nur kurz den Sachverhalt angehört und entschieden. Ist wohl aber die richtige Entscheidung gewesen. Der Täter wurde angetroffen und die Tatwaffe aufgefunden. Rufen Sie doch die Baake an, wenn Sie mehr wissen wollen.«

»Nee, danke. Muss nicht sein. Ist auch nicht so wichtig. Wir haben genug zu tun.« Zufrieden verabschiedet sich Dombrowski.

Die Kollegen haben sich während des Telefonats lauschend um ihn herum versammelt.

»Durchsuchung in der Meister-Francke-Straße. Aber pronto! Staatsanwalt Schmidt hat auf Gefahr im Verzug angeordnet.«

»Einverstanden! Worauf warten wir noch? Auf geht's!«, ruft Markus voller Tatendrang, steigt in den Dienstwagen und startet den Motor.

65

Auf dem spärlich genutzten Parkplatz vor der Justizvollzugsanstalt Glasmoor, der lediglich von Insassen und nicht von den Angestellten genutzt werden darf, rollt in schleppendem Tempo der dunkle Geländewagen von Alex Freiberg in eine Parklücke. Der Motor brummt weiter, während Alex noch einmal seine Telefone kontrolliert. Er hat keine neuen Nachrichten erhalten. Demnach scheint morgen alles nach Plan zu laufen.

Alex schaltet die Telefone aus und schließt sie im Handschuhfach ein. Dann steigt er aus und schaut hinüber zu dem rot geklinkerten Turm der Justizvollzugsanstalt.

Eigentlich müsste er dankbar sein, dass er trotz der siebenjährigen Haftstrafe von seinen Anwälten bereits nach wenigen Monaten in den offenen Vollzug geklagt wurde. Dennoch scheut er sich jedes Mal, in diese Anstalt zurückzukehren. Auch wenn er gerade dort das beste und verlässlichste Personal rekrutieren kann.

Als er widerwillig auf den Eingangsbereich zugeht, sieht er, dass dort drei andere Ankommende stehen und sich lautstark austauschen. Es scheint allerdings kein Streit zwischen ihnen zu herrschen. Vielmehr klingt es nach einer von Neugier getriebenen, angeregten Diskussion. Zwei von ihnen schauen ungläubig drein, ein anderer hat eine gehässige Miene aufgesetzt.

Je näher Alex kommt, desto mehr Gesprächsfetzen kann er aufschnappen.

»Doch nich Steven, Digger …«

»Niemals, Digger.«

»Warum sollte er? Das glaubt nich mal deine Mudda.«

»Aber wer weiß. Die Bullen, Digger, die kommen nich ohne Grund. Die müssen Beweise haben.«

»Alter, die schieben ihm das in die Schuhe.«

Die drei Mitinsassen, die dort diskutieren, verstummen, als sie sehen, dass Alex an sie herantritt.

»Sprecht ruhig weiter«, fordert er sie auf und gesellt sich zu ihnen. Die beiden braunhaarigen Deutschen schauen ihn ehrfurchtsvoll an. Sie kennen Alex, auch wenn sie bislang kein Wort mit ihm gesprochen haben. Der Dritte hat ein eher osteuropäisches Aussehen, spricht aber dennoch akzentfrei Deutsch. Wie die meisten anderen Insassen mit Migrationshintergrund ist er wahrscheinlich in Deutschland geboren und aufgewachsen. Auch wenn die Häftlinge sich teilweise stolz als Türken, Polen oder Afghanen bezeichnen, so sind sie doch alle eher Hamburger als Ausländer. Viele von ihnen können nicht einmal mehr die Muttersprache sprechen, und im Heimatland ihrer Eltern sind sie auch noch nie gewesen.

Alex bemerkt, dass ihr Blick auf seine bandagierte Hand fällt. Er zuckt mit den Schultern. »Arbeitsunfall. Hab mir die Finger bei der Arbeit eingeklemmt. Und jetzt sagt an, was ist passiert?«

»Die haben Steven verhaftet. Direkt hier in der Anstalt. Sie haben auch sein Auto durchsucht«, erklärt einer der Männer, dessen Schneidezähne weit auseinanderstehen. Seine Zunge schlägt bei jeder Silbe zu einem schweren Lispeln gegen die Zahnlücke.

»Und warum?« Alex schaut fragend in die Runde.

»Weiß keiner so genau. Irgendwie soll er jemanden gehauen haben. Gestern Abend auf dem Kiez. Die haben in seinem Auto einen Schlagstock gefunden, dies das, weißt du?«, berichtet der Osteuropäer.

»Gestern Abend? Sicher?«, hakt Alex nach. »Kann doch gar nicht sein.«

»Digger, das haben hier alle gesagt. Niemals, Digger. Hat

Ashraf dem Bullen auch gleich gesteckt, aber Dings. Die wollten ihm gar nicht zuhören. Irgendwas von wegen, er sagt nur so, will Steven rausboxen und so, haben die behauptet, weißt du?«

»Steven hatte gestern Abend Schicht. Wie soll der denn auf dem Kiez gewesen sein? Ich bin sein Vorarbeiter. Ich muss das wissen«, erklärt Alex wütend. Dass ihm die Verhaftung Sorge bereitet, zeigt er nicht. Dabei geht es ihm weniger um Steven als um die Organisation der morgigen Kokainlieferung. Steven ist fest eingeplant. Kaum vorstellbar, was passieren wird, wenn er tatsächlich ausfällt.

Der Schweiß bricht Alex aus. Ohne weiteren Kommentar geht er vor zum Empfangstresen. Die drei Männer folgen ihm, weil sie merken, dass es Zeit wird einzutreten. Die Turmuhr hat bereits angefangen, zur vollen Stunde zu schlagen.

»Herr Freiberg, was ist denn bei Ihnen los?«, fragt der Schließer am Empfangstresen mit Blick auf den Verband.

»Ich habe mir die Hand bei der Arbeit geklemmt. Kurz vorm Feierabend. Zack, steckten die Finger in der Tür. Ich müsste morgen zum Arzt. Am frühen Nachmittag habe ich bei Dr. Krupp einen Termin zur Untersuchung. Er ist Chirurg in einer Privatpraxis am Wandsbeker Markt. Ich bitte daher darum, dass ich morgen um dreizehn Uhr Ausgang erhalte, auch wenn ich nicht zur Arbeit gehen kann.«

»Jo. Sie wissen ja, wie es geht. Antrag schreiben und mir geben, ich leite ihn dann direkt weiter an Ihren Abteilungsleiter. Der muss entscheiden, ob er Ihrem Antrag stattgibt. Aber wenn ich Ihre Hand so sehe, wird er sicherlich zustimmen. Haben Sie Schmerzen? Sollen wir einen Arzt rufen?« Der Schließer erhebt sich mit fürsorglichem Blick schwerfällig aus seinem breiten Sessel, um einen genaueren Blick auf die Hand zu werfen. Dabei schwappt sein wulstiger Bauch über den Gürtel und hängt schwer hinab in Richtung Boden.

»Geht schon. Ich habe zwei Ibus eingeworfen und die Hand ordentlich gekühlt. Morgen gehe ich zu meinem Arzt. Ich will da nicht irgendeinen Stümper ranlassen.« Alex wickelt den Verband von den Fingern und streckt dem neugierigen Beamten die stark angeschwollene Hand entgegen. Der weicht entsetzt zurück.

»Wie Sie meinen, Herr Freiberg. Dann treten Sie bitte ein. Handys haben Sie weggeschlossen?« Der Schließer betrachtet ihn mit einem prüfenden Blick durch eine altmodische Brille, die ihm leicht auf der Nase hinabrutscht.

»Alle im Auto weggeschlossen, aber Sie können mich gerne absuchen«, erwidert Alex mit einem verschmitzten Lächeln.

»Geht schon in Ordnung«, wehrt der Mann ab und lässt sich wieder in den Sessel fallen. Dann wendet er sich den anderen drei Insassen zu, die geduldig hinter Alex darauf warten, eingelassen zu werden, nachdem sie ihre Telefone in kleinen Schränken eingeschlossen haben.

»Schönen Abend noch«, verabschiedet sich Alex und geht durch die surrende Eingangstür in die Anstalt hinein.

66

Rosa Paschke läuft mit schnellen Schritten die Meister-Francke-Straße entlang. Sie hat die erste Hälfte des Tages in der Tankstelle verbracht, wo sie fünfzehn Stunden die Woche als Springerin arbeitet. Immer sonntags arbeitet sie an der Kasse. Jeden Tag und die ganze Woche die immer gleichen Dialoge mit den Kunden zu führen, könnte sie sich niemals vorstellen. Aber der Job wird gut bezahlt und hilft dabei, für ein ausreichendes Einkommen für sich und ihren Sohn zu sorgen.

Jetzt bleiben ihr zwei Stunden Zeit, um ein leckeres Abendessen zu kochen, bevor sie in den kleinen Imbiss in der Fuhlsbüttler Straße muss, um dort ihrer Lieblingstätigkeit nachzugehen und sich mit der Stammkundschaft bis in die Nacht hinein über die neuesten Nachrichten aus der Welt auszutauschen, während sie an der Fritteuse und dem Grill steht.

Für das geplante Abendessen hat sie bereits gestern ein paar Sachen eingekauft. Es gibt eines von Daniels Lieblingsessen:

Spätzle und Geschnetzeltes mit Pilzsoße. Der wird sich freuen, wenn er von der Probearbeit zurück ist, denkt Rosa Paschke.

Sie gerät kurz ins Stocken, als sie an ihrer Haustür ankommt. Vor dem Eingang stehen eine blonde junge Frau und vier Männer, die in ihrem Alter und Aussehen überhaupt nicht zueinanderpassen. Während einer sicher schon im Rentenalter ist, wirken die anderen drei Männer ein wenig bis deutlich jünger.

Würden sie nicht so auffällig an der Tür hantieren, Rosa Paschke wäre überzeugt, dass sie im Begriff sind, in das Mehrfamilienhaus einzubrechen, denn einer der Männer macht sich mit einem Schlüsselbund an der Eingangstür zu schaffen, während die anderen in alle Richtungen Ausschau halten. Als Rosa direkt auf sie zugeht, tritt der ältere Mann ihr in den Weg. Um den Mund trägt er einen grau melierten Bart, den Kopf bedeckt eine altmodische Schiebermütze.

»Guten Tach«, begrüßt er sie freundlich und bleibt vor ihr stehen, sodass sie nicht zur Haustür durchkommt.

»Was ist denn hier los?«, fragt Rosa irritiert. »Ich müsste dort rein. Kann ich Ihnen helfen?«

»Die guten Herren dort sind von der Polizei. Sie müssten sich noch einen Moment gedulden, bis Sie in Ihre Wohnung können. Das dient Ihrer eigenen Sicherheit«, erklärt der Mann mit einer vertrauenerweckenden Stimme, die auf Rosa eine beruhigende Wirkung hat.

»Ist denn was Schlimmes passiert?«, fragt Rosa Paschke neugierig und schaut hinauf zu den Wohnungen über ihr.

»Dazu dürfen wir Ihnen leider nichts mitteilen.« Ein Klicken an der Tür verrät, dass der Beamte den richtigen Schlüssel gefunden hat. »Warten Sie bitte hier unten. Ich sage Ihnen sofort Bescheid, wenn Sie das Treppenhaus wieder betreten können.«

Gefolgt von dem netten älteren Herrn betreten die Polizisten das Treppenhaus und gehen langsam die Stufen hinauf bis zu Rosa Paschkes Wohnung. Der Beamte mit dem Schlüsselbund tritt vor und beginnt erneut, den passenden Schlüssel zu suchen. Hinter ihm stellen sich die übrigen Beamten in einer Reihe auf, greifen dem jeweiligen Vordermann mit einer Hand an die Schulter und umfassen mit der anderen den Griff ihrer Schusswaffen, bereit, die Wohnung zu betreten und eventuell darin drohende Gefahren abzuwehren.

»Wat wollen Sie denn in der Wohnung, wenn ich fragen darf?«, erkundigt sich Rosa Paschke mit kratziger Stimme. Sie ist den Polizisten gefolgt und auf halber Treppe unter ihnen stehen geblieben. »Und was soll das mit den Waffen? Sie erschrecken einen ja zu Tode, wenn Sie da so reinlaufen. Da ist übrigens gerade niemand zu Hause, den Sie verschrecken könnten.«

Verdutzt schauen die Beamten zu ihr herab. Rosa Paschke drückt den Rücken durch, die volle Einkaufstasche mit Getränkeflaschen aus der Tankstelle in der Hand und ihre Handtasche über der Schulter, und schaut das Grüppchen fordernd an.

»Kennen Sie die Bewohner?«, fragt der ältere Mann mit der Schiebermütze.

»Jo. Sicher«, erwidert sie und hebt energisch das Kinn. »Es ist meine Wohnung. Mein Sohn ist arbeiten. Er will eine Ausbildung machen. Wir wohnen allein hier«, erklärt sie und amüsiert sich insgeheim über die überraschten Gesichter der Polizeibeamten.

Einer der jüngeren Polizisten kommt zu ihr nach unten und bleibt vor ihr stehen. »Frau Paschke?«

»Na, da haben Sie aber mal kombiniert. Sie sind hier wohl der Ermittler«, erwidert Rosa Paschke belustigt.

»Mein Name ist Tim Dombrowski vom Rauschgiftdezernat. Wir haben Ihren Sohn soeben mit einem Kilogramm Kokain aufgegriffen, vorläufig festgenommen und werden nun Ihre gemeinsame Wohnung auf Anordnung des Staatsanwalts Schmidt auf Betäubungsmittel und weitere Beweismittel durchsuchen. Als Mutter des Beschuldigten haben Sie selbstverständlich das Recht, ihn nicht zu belasten, und können der Durchsuchung als Durchsuchungszeugin beiwohnen.«

Das Lachen bleibt Rosa Paschke im Halse stecken. Kalter Schweiß steigt ihr auf die Stirn, und ihr Mund öffnet sich, doch sie bringt kein Wort heraus.

Im Hintergrund klackt das Schloss der Wohnungstür, und der Polizist mit dem Schlüsselbund ruft einmal laut: »Polizei!«, als er, gefolgt von dem dritten Polizisten und der Polizistin, die Wohnung betritt.

»Sauber!« – »Sauber!« – »Sauber!«, hört Rosa Paschke sie rufen, während sie selbst wie zur Salzsäule erstarrt vor diesem Dombrowski steht und hilfesuchend zu dem Mann mit der Schiebermütze schaut.

»Ich schlage vor, dass wir erst einmal in Ihre Wohnung gehen«, sagt der und wechselt einen Blick mit dem Polizisten. »Dort können Sie sich setzen und vielleicht ein Glas Wasser trinken.«

»Mir wäre jetzt ehrlich gesagt mehr nach 'nem Schnaps«, erwidert Rosa mit zittriger Stimme.

Während Markus, Niklas und Blondie direkt dazu übergegangen sind, die Wohnung zu durchsuchen, hat Dombrowski mit Gerd und Rosa Paschke am Wohnzimmertisch Platz genommen. Daniel Paschkes Mutter hat ihnen drei Schnapsgläser vor die Nase gestellt und diese mit einem klaren Kümmel befüllt. Die Flasche hat sie aus einem verzinkten Barwagen genommen, der zwischen den beiden schwarzen Ledersofas in der Wohnzimmerecke steht.

Dombrowskis Glas ist noch voll, Gerd hat dagegen mit der besorgten Mutter angestoßen und den Korn in einem Schluck die Kehle hinabgespült.

»Ich bin ja nicht mehr im Dienst«, resümiert er schulterzuckend, bevor er zu Dombrowskis Schnapsglas greift, um es ebenfalls zu leeren.

Auch Rosa Paschke kippt noch zwei weitere Gläschen, bevor sich ihre Anspannung ein wenig lockert. Sie presst die Lippen so kräftig aufeinander, dass sich ihre Nase zu kräuseln beginnt.

»Ich hab es geahnt. Es war klar, dass so etwas am Ende passieren musste.« Mit einer Mischung aus Wut und Trauer starrt sie vor sich auf den Tisch.

Plötzlich blickt sie auf und fixiert Dombrowski. »Mein Sohn

hat mit Drogen nichts zu tun. Das muss ein Irrtum sein. Das hätte ich doch mitbekommen müssen.«

»Fund!«, ruft Blondie in diesem Moment, und Dombrowski geht rüber ins Kinderzimmer von Daniel Paschke, wo sie auf einem Drehstuhl steht und einen Schuhkarton in ihren Händen hält. Sie schiebt ihn noch mal kurz zurück auf den Schrank, damit Dombrowski die Auffindesituation per Foto dokumentieren kann.

»Was haben wir?«, fragt er neugierig, während das Telefon mehrfach klickt.

»Einen Beutel mit Kokain, vielleicht so einhundert Gramm, würde ich schätzen, eine Waage, Eppendorfer Gefäße und alles, was man zum Abwiegen und Verpacken für den Straßenverkauf noch so braucht.« Blondie stemmt mit zufriedenem Gesichtsausdruck die Arme in die Hüften, steigt wieder auf den Stuhl und holt den Karton herunter, damit Dombrowski auch den Inhalt fotografieren kann, bevor sie ihn nach und nach in Asservatenbeuteln verstaut.

Dombrowski geht zurück ins Wohnzimmer, wo Rosa Paschke bereits den nächsten Schnaps trinkt. Gerd hat diese Runde offenbar ausgesetzt, auch wenn seine beiden Gläser ebenfalls wieder befüllt wurden.

»Frau Paschke. Ihr Sohn hat ein großes Problem. Wir konnten in seinem Zimmer Kokain und Verkaufsutensilien sicherstellen. Er hat alles da, um Kokain portionsweise zu verpacken und in kleinen Mengen an Konsumenten zu verkaufen. Sie haben vorhin angedeutet, dass Sie etwas geahnt hätten. Was wissen Sie über den Handel Ihres Sohnes? Geht das schon länger so? Haben Sie etwas mitbekommen?«

»Nichts«, erwidert sie schmallippig. »Wirklich nichts. Er ist längst in einem Alter, da hat man einfach keinen Einfluss mehr. Seine Freunde waren ihm wichtiger, als zur Schule zu gehen. Die hat er einfach geschmissen. Partys hatten mehr Bedeutung als seine Zukunft. Aber was soll man machen. Ich kann ihn ja nicht einsperren.«

»Wird er vielleicht gezwungen? Arbeitet er mit anderen

zusammen? Hat er mal etwas erzählt?«, will Dombrowski wissen.

»Ich weiß es einfach nicht. Aber ich hatte nicht den Eindruck, dass er unglücklich ist oder unter Druck gesetzt wird. So verrückt es klingt, er wirkte zuletzt eher zufrieden auf mich. Fast so, als hätte er endlich etwas gefunden, das ihm wirklich Freude bereitet.« Rosa Paschke schweigt nachdenklich. »Sie müssen wissen, Daniel ist eigentlich schlau. Er hätte so viel Potenzial, aber er hat einfach kein Durchhaltevermögen. Genau wie sein Vater. Hansdampf in allen Gassen, aber niemals etwas richtig machen und dann verschwinden, wenn es ernst wird. Aber Daniel, der hat doch sein ganzes Leben noch vor sich.« Sie beginnt vor Enttäuschung, lautstark zu schluchzen, während Blondie, Niklas und Markus ins Wohnzimmer treten und Dombrowski zunicken.

»Jo, Frau Paschke. Wir sind bereits fertig mit der Durchsuchung«, erklärt Dombrowski daraufhin. »Ich habe ein Protokoll und ein Sicherstellungsverzeichnis über die Dinge, die wir mitnehmen, ausgefüllt. Von beidem erhalten Sie einen Durchschlag, und dann verlassen wir Sie auch schon wieder.«

»Kommen Sie allein klar, oder sollen wir jemanden rufen? Vielleicht einen Familienangehörigen?«, fragt Gerd mit besorgtem Gesichtsausdruck.

Schniefend blickt sie zu ihm auf und tupft sich vorsichtig mit dem Handrücken die Augenlider ab. Sie schluchzt und schaut auf. »Geht schon. Danke. Ich muss eh bald zur Arbeit. Braucht mein Sohn einen Anwalt?«

»Ja. Den wird er brauchen«, bestätigt Gerd mit ruhiger Stimme.

»Okay. Wo ist er überhaupt? Kann ich ihn sehen?« Rosa Paschke beginnt, begreifend zu nicken, als Gerd und Dombrowski bedauernd den Kopf schütteln. Die Bedeutung der Situation scheint erst jetzt richtig zu ihr durchzudringen.

»Ihr Sohn wird dem Haftrichter überstellt. Er wird also heute Nacht nicht mehr nach Hause kommen. Morgen entscheidet der Richter, ob er eventuell ins Untersuchungsgefängnis kommt, wovon ich zum jetzigen Zeitpunkt ausgehen würde«, erklärt Dombrowski, erhebt sich von dem dunklen Sofa und reißt dabei die Durchschläge ab, die er nebeneinander auf den Wohnzimmertisch legt. »Falls Sie noch Fragen haben: Meine Rufnummer steht oben rechts auf dem Durchschlag.«

Rosa Paschke schaut kurz auf den blauen und den roten Zettel vor sich, nickt zaghaft und erhebt sich ebenfalls.

Markus, Blondie und Niklas machen kehrt und gehen mit den Asservatenbeuteln in der Hand zur Wohnungstür, durch die sie in das Treppenhaus hinausgehen. Gerd folgt ihnen mit gesenktem Blick.

»Tschüss, Frau Paschke«, verabschiedet sich Dombrowski als Letzter.

»Ja. Tschüss«, erwidert sie leise und schließt langsam die Tür ihrer Wohnung hinter ihnen.

67

In der offenen Justizvollzugsanstalt Glasmoor, mitten im Nirgendwo zwischen dem Naturschutzgebiet Wittmoor und Norderstedt, der viertgrößten Stadt Schleswig-Holsteins, die nördlich vor den Stadttoren von Hamburg liegt, steuert Alex Freiberg auf die Gemeinschaftszelle zu, die er zusammen mit Ashraf Teherani bewohnt. Sie haben eine der modernisierten Zellen erhalten, in der man nur zu zweit auf den nächsten Morgen wartet. Ihre Tür bleibt offen. Lediglich die Station wird verschlossen. Auf dem Gang vor der Zellentür gehen einige Mitinsassen auf und ab. Sie unterhalten sich, berichten von den Erlebnissen des Tages und schmieden Pläne für die Zeit draußen.

Ashraf sitzt auf seinem Bett. Er hält einen dunklen Controller in der Hand und spielt Fußball auf der Konsole, die sie an den kleinen Zweiunddreißig-Zoll-Fernseher angeschlossen haben. Hier in der Zelle haben sie schon einige Nächte durchgezockt, wenn sie nicht gerade nebenan im Aufenthaltsraum mit den anderen Insassen pokerten. Er pausiert das Spiel, als er bemerkt, dass Alex in den Raum tritt, dessen grauweiße Wände sie mit Postern von Trauminseln ein wenig freundlicher gestaltet haben. An den Kopfenden ihrer Betten kleben Fotos von ihren Kindern am fahlen Beton. Die einzige Möglichkeit, den geliebten Kleinen in diesen Wänden eine gute Nacht zu wünschen.

»Hast du schon gehört?« Ashraf schaut Alex fragend an. Dann fällt sein Blick auf dessen vom Verband befreite, dunkelblau angelaufene und geschwollene Finger. »Sieht ganz schön scheiße aus.«

»Für Steven oder für meine Hand?«, fragt Alex leicht gereizt.

»Beides, Digger, beides!« Ashraf legt den Controller beiseite und drückt sich mit beiden Händen vom Bett hoch. »Was machen wir? Wir brauchen einen dritten Mann.«

Alex schweigt grübelnd. Nach einer Weile räuspert er sich. »Marek hat morgen ebenfalls Dienst und ist zu allem bereit, das ist sicher«, stellt er fest. Doch überzeugt ist er nicht. Sein Magen zieht sich regelrecht zusammen bei dem Gedanken, die Sache mit Marek durchzuziehen. Alex hat bei ihm kein gutes Gefühl, zumindest nicht derart gut wie bei Steven. Aber sie brauchen dringend den dritten Mann. »Wir gehen zu ihm. Ist er schon da?«

»Was willst du von dem?«, fragt Ashraf irritiert. »Ich werde nicht mit ihm arbeiten. Er bleibt ein Verräter für mich. Egal, wie gut er mit uns ist.«

»Ist Jahre her, dass er bei den Bullen ausgepackt hat. Und das letzte Mal, als sie ihn gepackt haben, hat er die Fresse gehalten. Marek geht in Ordnung.« Alex sagt das mit Nachdruck, weil er auch sich selbst überzeugen muss, nicht nur Ashraf. »Wir brauchen morgen einen dritten Mann, und Marek ist der Einzige, der in der Schicht verfügbar ist und in Frage kommt«, fügt er hinzu.

Mit stechendem Blick schaut Ashraf ihm in die Augen. »Du hast das Risiko nicht. Ich muss mit der Ratte aufs Schiff und übers Gelände.«

»Wo hast du ein Risiko? Er trägt, du trägst. Wenn er petzt, ist er ebenso dran. Der Einzige, der sich gefährdet, bin ich. Wenn er bei den Bullen labert, dann packen die mich und nicht euch. Das Gate ist safe. Sobald die Bullen aufs Gelände kommen, erfahren wir es. Also mach dich locker, Ashraf.« Alex geht an seinem Zellengenossen vorbei zur Tür, ohne auf dessen Reaktion zu warten, dreht sich dann aber noch mal um. »Du fährst morgen mit ihm zur Arbeit und behältst ein Auge auf ihn. Verstanden?«

Als Ashraf mit einem ergebenen Schulterzucken einwilligt, geht Alex mit ihm im Schlepptau drei Türen weiter und schaut in die Zelle von Marek, der sich gerade mit hektischem Atem auf- und niederpumpt und bei jedem Liegestütz gepresst mitzählt.

»Marek!« Alex bleibt im Türrahmen stehen.

Mareks Glatzkopf ruckt nach oben, er verharrt in seiner Position und sieht Alex fragend an.

»Nimmst du morgen Ashraf mit zur Arbeit? Er hat Geburtstag.«

Marek nickt einmal kurz und blickt wieder zu Boden. Kaum dass Alex sich abgewandt hat, ertönt aus der Zelle erneut hektisches, gepresstes Zählen.

»Und jetzt gehen wir zocken«, fordert Alex den kritisch dreinblickenden Ashraf auf und betritt nach ein paar Schritten ihre gemeinsame Zelle.

68

Als Gerd in seinem eierschalenfarbenen Wohnmobil auf den Gästeparkplatz des Polizeipräsidiums fährt, stehen zwischen einigen wenigen Fahrzeugen, die am Sonntag hierhergefunden haben, zwei helle Übertragungswagen, auf deren Seiten groß die Buchstaben des Norddeutschen Rundfunks und eines Privatsenders prangen. Die Schiebetüren an der Seite stehen offen, und im Inneren sind die Mitarbeiter der beiden Sender darum bemüht, noch schnell ihre Kameratechnik zu überprüfen und alles für den anberaumten Pressetermin vorzubereiten.

Auf dem Podest, das wie eine mittelalterliche Zugbrücke über den Außenring der Tiefgarage hinweg zum Foyer des Präsidiums führt, stehen die Journalisten, die ihre Aufgabe vor der Kamera erfüllen: zwei mittelalte Männer in dunklen Anzügen und eine etwas jüngere Frau in einem rötlichen Kostüm. Um ihren Hals hängt ein großer, dunkler Kopfhörer, der durch ein längeres Kabel mit einem roten Mikrofon verbunden ist. Auch ihre beiden Kollegen halten Mikrofone in der Hand. Sie unterhalten sich angeregt miteinander, gelegentlich lachen sie auf. Ein freundlicher Small Talk unter Kollegen, der die Wartezeit bis zum eigentlichen Job verkürzen soll.

Die Kamera- und Tonleute haben ihre Vorbereitungen offenbar abgeschlossen. Sie haben die Kameras geschultert und gehen vor Gerd die breite Treppe zu ihren Kollegen hinauf, um dort auf den Beginn der Pressekonferenz zu warten.

Als sich die Türen des Foyers gleich einer Himmelspforte öffnen, tritt Kriminaldirektorin Baake den Presseleuten mit freundlichem Lächeln entgegen. Zwei Meter vor ihnen bleibt sie stehen. Selbstbewusst trotzt sie dem leichten Wind, der keins ihrer mit Haarspray fixierten Haare in Wallung versetzen kann. Das grelle Licht der von den Kameraleuten rasch an ihren Kameras aktivierten Spots blendet sie und lässt sie die Augen leicht zusammenkneifen, doch sie genießt den Moment der medialen Aufmerksamkeit.

»Guten Tag, meine Damen und Herren. Ich habe Sie zu diesem Pressetermin geladen, um Sie über den Ermittlungserfolg der Polizei Hamburg in einem Verfahren von internationaler Bedeutung zu informieren. Es ist mir gelungen, den Täter, der einen führenden Offizier eines Containerschiffs aufs Übelste zusammenschlug, dingfest zu machen. Innerhalb von weniger als vierundzwanzig Stunden konnte er gefasst werden. Wir als Polizei Hamburg möchten damit zum Ausdruck bringen, dass wir gewaltsamen Übergriffen auf die Besucher unserer Stadt, die wir überdies auf das Schärfste verurteilen, entschieden entgegentreten. Der Täter wird noch heute Nacht der Justiz überstellt.«

»Frau Baake, können Sie uns noch einmal berichten, was genau geschehen war?«, fragt ein Journalist ins Mikrofon und streckt es ihr dann schnellstmöglich wieder entgegen.

»Selbstverständlich. Ein russischer Seemann und Offizier war am gestrigen Abend auf der Reeperbahn von einem vermummten Täter mit einem Schlagstock zusammengeschlagen worden. Die Verletzungen des Mannes waren derart schwer, dass er einer Notoperation unterzogen werden musste.« Die Baake kommt kurz ins Stocken, als sie den Blick über die Gesichter der ihr neugierig entgegenschauenden Journalisten schweifen lässt und direkt in die Augen von Gerd Sehling sieht, fängt sich aber gleich wieder. »Mittels der von mir eingeleiteten Sofortmaßnahmen konnte der Täter jedoch ermittelt und unter meiner Führung auch gefasst werden.«

»Frau Baake, um wen handelt es sich bei der Person?« – »Was war sein Motiv?« – »Wie geht es dem Opfer?«, ertönen gleich mehrere Fragen von den Journalisten.

»Der Täter ist ein Insasse der Justizvollzugsanstalt Glasmoor, der sich im Freigang befand. Das Opfer konnte so weit stabilisiert werden, ist jedoch derzeit nicht vernehmungsfähig. Der Täter schweigt zu den Gründen seines Handelns, aber es ist von einem fremdenfeindlichen Hintergrund auszugehen, den wir aufs Schärfste verurteilen.«

»Ist das Opfer nicht vernehmungsfähig oder vielleicht einfach nur nicht vernehmungs*willig*, Frau Baake?«, ruft Gerd mit sarkastischem Unterton. Die Kriminaldirektorin schaut ihn an, als würde sie ihn am liebsten zu Eis gefrieren lassen.

»Das Opfer erholt sich derzeit noch von seinen Verletzungen. Wir werden den Mann daher erst morgen vernehmen können«, antwortet sie verbissen in Richtung der Journalisten, ohne ihn eines weiteren Blickes zu würdigen.

»Also hat das Opfer den Täter gar nicht erkannt? Können Sie denn dann wirklich sicher sein, den Richtigen verhaftet zu haben? Soll ja schon vorgekommen sein, dass vorschnell gehandelt und Erfolge kommuniziert wurden, die am Ende haltlos waren.« Gerd erfreut sich an diesem Moment. Er genießt den miesepetrigen Gesichtsausdruck seiner ehemaligen Chefin, die ihm das Leben so schwer gemacht hat und nun sichtlich bemüht ist, den freundlichen Anschein zu wahren.

»Mein Personal arbeitet mit der gebotenen Akribie und hat selbstverständlich in sämtliche Richtungen ermittelt. Die Beweislage ist erdrückend und ein Geständnis sowie die Anerkennung durch den Zeugen somit lediglich eine Frage der Zeit.«

Die Journalisten wechseln verwunderte Blicke angesichts der Fragen des ihnen nicht weiter bekannten Kollegen, der weder mit einem Mikrofon noch einem Diktiergerät ausgestattet ist und zudem einfach in Richtung des Foyers weitergeht, ohne die Antwort der Kriminaldirektorin abzuwarten.

»Ich werde persönlich mit dem Senator darüber sprechen, wie wir in Zukunft polizeilich der Fremdenfeindlichkeit entgegenwirken werden. Solche abscheulichen Taten passen nicht zu unserer weltoffenen Hansestadt«, hebt Frau Baake lautstark an und zieht so wieder die volle Aufmerksamkeit der Presse auf sich, fernab von kritischen Fragen zu den laufenden Ermittlungen.

69

Ali Bernbuch kaut gedankenverloren auf dem Bügel seiner Brille, als das Bürotelefon gewohnt überlaut zu klingeln beginnt.

»Mein lieber Fred!«, begrüßt er den Leiter der Observationsgruppe mit einem leichten Lächeln, das seine Schneidezähne freilegt.

»Jo. Ich denke, wir haben das Ziel erreicht. Der grüne Transporter ist in Volksdorf auf ein Grundstück mit einem Einfamilienhaus gefahren, das Tor einer Tiefgarage öffnete sich, und der Wagen fuhr hinein. Seither konnten wir nichts weiter beobachten. Das Tor hat sich geschlossen, und unser Mann ist bislang nicht wieder rausgekommen«, berichtet Fred mit einem zufriedenen Grundton in der Stimme.

»Gut. Dann schick mir gleich den Standort. Ich bedanke mich für die Unterstützung. Ich muss noch mal mit Dumbo sprechen, aber ich denke, für heute haben wir alles erreicht. Euer Feierabend dürfte somit gesichert sein«, verkündet Ali fröhlich. »Wir melden uns gleich wieder, aber vielen Dank schon mal an die Truppe. Super Arbeit.«

»Jo. Ich denke auch, für heute reicht es. Oder braucht ihr sonst noch etwas von uns?«, will Fred wissen.

»Na ja, den Bericht bräuchten wir schon noch.«

»Reicht es auch morgen früh? Oder brauchst du den jetzt sofort?«

»Wir melden uns ja gleich noch mal. Oder warte, lass mich kurz überlegen. Den Smartfahrer müssen wir noch einsperren, aber dafür benötigen wir euren Bericht nicht. Mmh.« Ali beginnt zu grübeln und schweigt für einen längeren Moment. »Ach, schönen Feierabend. Morgen reicht. Schick mir nur die Adresse. Tschüss, Fred!«

Ali beendet das Gespräch und lehnt sich, zufrieden mit der Entscheidung und den gewonnenen Erkenntnissen, zurück. Nach einem Griff in Ottos Kekstüte wartet er genüsslich kauend auf den Eingang von Freds Nachricht.

Ein Klingeln ertönt. Ali schaut auf das Display und vergleicht die Adresse mit der vom Hinweis. »Bingo!«, ruft er und haut mit der geballten Faust auf den Schreibtisch.

Da spürt er mehr, als dass er hört, wie die Eingangstür zum Flur des Dezernats aufgezogen wird und einen Durchzug verursacht, woraufhin sich schlurfende Schritte seinem Büro nähern, gefolgt von schweren Schritten einer weiteren Person. Im nächsten Moment schaut Tim Dombrowski um die Ecke, gefolgt von Gerd Sehling. Der setzt sich mit einem leichten Stöhnen in den Bürosessel von Otto, während Dombrowski auf einem Stuhl am Kopfende der Schreibtische Platz nimmt.

Auf dem Katzentisch, der dort steht, legt er einen größeren

Asservatenbeutel ab und schaut Ali erwartungsfroh an. »Und? Zufrieden?«

»Ich denke schon. Wir haben die Anschrift der Zielperson, außerdem zwei vermeintliche Plantagenadressen und gleich noch einen Abnehmer von der Straße genommen. Mehr geht heute wohl nicht.«

»Wo ist Fred jetzt mit seinen Leuten?«, fragt Dombrowski.

»Die habe ich in den Feierabend geschickt«, verkündet Ali ein wenig unsicher, ob er die richtige Entscheidung getroffen hat.

»Ach so. Ja. Gut.« Dombrowski nickt. »Reicht ja auch. Wir müssen uns sowieso noch um den Lütten unten in der Zelle kümmern. Niklas und Markus habe ich auch wieder in ihren Hafendienst entlassen, Blondie in den Feierabend geschickt, und der Dicke hier darf ja nicht mehr schreiben. Bleibt also genug für uns zu tun.«

»Werd mal nich frech, du Lümmel«, zürnt Gerd mit einem Schmunzeln. Dann fragt er: »Will jemand 'ne Cola?«, und erhebt sich bereits stöhnend aus dem Stuhl.

»Jo.«

»Gerne, aber warte mal, Gerd!« Ali nimmt den Ordner mit den Hinweisen und blättert vor bis zu einem Passfoto. Er zeigt es Gerd und tippt mehrfach mit dem Zeigefinger drauf. »Ist das der Junge aus dem Baumarkt?«

»Das ist er, Ali. Den Schluffi gibt es nur einmal auf der Welt«, bestätigt Gerd und verlässt das Büro. Mit drei bereits geöffneten Glasflaschen Cola kehrt er zurück und stellt sie auf dem Katzentisch vor Dombrowski ab.

Ali und Dombrowski haben in seiner Abwesenheit geschwiegen, Ali nutzte die Zeit, um mit Fred zu schreiben.

»Dann können wir festhalten, dass es sich bei dem Transporterfahrer um Lennart Kampe handelt«, knüpft er nahtlos an das Gespräch von eben an. »Fred und seine Leute haben ihn gerade ebenfalls identifiziert, ich hab ihnen das Foto geschickt. Er wohnt allein in dem Haus, in dessen Tiefgarage er vorhin gefahren ist.«

»Okay. Perfekt! Fassen wir mal alles zusammen, was wir bislang wissen«, beginnt Dombrowski und nimmt einen kräftigen Schluck aus der Flasche. »Wir haben einerseits den Jungen mit dem grünen Transporter. Lennart Kampe. Der baut in zwei Objekten vermutlich Marihuana an. Einmal in dem Obsthof im Alten Land und dann noch in dem verlassenen Getränkemarkt in Heimfeld, auch wenn wir darüber noch nicht viel wissen. Dann konnte Gerd beobachten, dass Alex Freiberg gestern Mittag Stress mit dem Offizier der MS Valderrama hatte, dem er dennoch einen Briefumschlag übergab. Der wird daraufhin am Abend schlimm verprügelt, sagt aber nicht aus und will zugleich dringend seinen Kollegen auf dem Schiff, das morgen ankommt, sprechen. Vermutlich, um ihn zu warnen. Freiberg trifft sich heute zuerst mit Daniel Paschke und dann mit Kampe, der ein Kilogramm Kokain dabeihat, das er in den Kofferraum von dem Lütten gelegt hat. Dessen Wohnung haben wir durchsucht. Er dürfte ein Straßendealer oder Kokstaxifahrer sein, spielt aber sicherlich keine größere Rolle. Heute kommt er in Haft, sein Handy können wir dann morgen von der KTU auslesen lassen. Hab ich was vergessen?« Dombrowski sieht Gerd und Ali fragend an.

Ali, der ausdruckslos vor sich hinstarrt und die Erkenntnisse von Dombrowski anscheinend auf einem unsichtbaren Gedankenblatt zusammengefasst hat, erwacht aus seiner Lethargie und schüttelt zufrieden lächelnd den Kopf.

»Denkt dran, dass außerdem der Kokainbunker in dem Parkhaus in der City Nord entdeckt werden konnte«, wirft Gerd ein, sichtlich stolz, dass er helfen konnte, so wie er es früher gerne tat. »Und nicht zu vergessen die Aussage von Freiberg am Telefon, dass er und der Angerufene, das muss Lennart Kampe gewesen sein, sich mit einem Danny, also Daniel Paschke, an der Tankstelle treffen wollen. Der Freiberg ist doch garantiert der Boss von dem Kampe. Der lässt ihn schön die Drecksarbeit machen. Er trifft sich fein mit Paschke, bespricht alles, und Kampe holt in der Zwischenzeit den Stoff aus dem Bunkerfahrzeug und belädt damit das Auto des Dealers. Der sieht nichts, und Freiberg muss selbst nichts anfassen.«

»So wird es sein. Das passt nämlich alles prima zu der Aussage, die dieser Nguyen gestern bei mir gemacht hat«, bestätigt Dombrowski. »Den Namen seines Cannabislieferanten wollte er mir nicht sagen, aber es liegt nahe, dass es sich dabei um Kampe handelt, der zwar eigentlich Gras anbaut, aber irgendwie auch in das Geschäft von Freiberg verwickelt ist.«

»Und was machen wir jetzt?«, wirft Ali ein.

»Erst mal durchatmen.« Dombrowski trinkt einen Schluck Cola und reibt sich mit der Hand über die Bartstoppeln seiner unrasierten Wangen.

Wieder kehrt Ruhe im Zimmer ein.

»Du fliegst morgen früh mit dem Hubschrauber, oder?«, fragt Dombrowski an Ali gewandt.

»Jo. Noch vor Sonnenaufgang geht es los.«

»Okay. Dann fahr du ebenfalls nach Hause. Ich kümmere mich um Daniel Paschke und mach die Akte für ihn fertig. Mal schauen, was dein Flug morgen bringt, und dann sollten wir auch zeitnah die Objekte betreten.«

»Nicht dass der Kampe von der Festnahme erfährt und nervös wird«, gibt Gerd zu bedenken.

»Und wenn schon, was soll er denn machen? Auf die Schnelle zwei Plantagen abbauen?«, witzelt Dombrowski.

»Nee, aber das Bunkerauto wegbringen«, entgegnet Gerd.

»Oder es leer räumen«, ergänzt Ali.

»Da ist was dran.« Dombrowski kratzt sich am Hinterkopf. »Aber warum sollte er dieses Risiko eingehen? Ich glaub das nicht. Und wir brauchen die Einsatzkräfte morgen frisch, wenn wir zwei Plantagen ernten und noch ein Haus durchsuchen müssen. Wir setzen jetzt auf Lücke. Bis morgen früh passiert da nichts. Das kann ich mir nicht vorstellen.« Dombrowski spürt, noch während er das sagt, wie sich sein Magen bei der Vorstellung zusammenzieht, dass das Fahrzeug leer geräumt werden könnte. »Okay. Passt auf. Ich bitte Niklas und Markus, das Auto im Blick zu behalten. Die sind eh noch bis Mitternacht im Dienst. Fred soll morgen mit allen verfügbaren Leuten an der Adresse in Volksdorf und am Kokainbunker aufziehen.

Nach deinem Flug holen wir Durchsuchungsbeschlüsse, wenn die Anzeichen positiv sind, und vollstrecken sie umgehend an den jeweiligen Objekten. Bringt Fred den Observationsbericht gleich noch vorbei? Dann können wir das Ganze direkt mit ihm besprechen.« Dombrowski schaut Ali fragend an, der bedauernd das Gesicht verzieht.

»Ehrlich gesagt habe ich Fred gesagt, dass wir den erst morgen brauchen. Er wollte natürlich möglichst schnell Feierabend machen.«

»Dann ruf ich ihn mal schnell an, bevor er es sich gemütlich macht.« Dombrowski zieht sein Handy hervor und wählt Freds Nummer. Der meldet sich auch sofort.

»Wieso habe ich bloß geahnt, dass du mich anrufen wirst? Wir sind alle noch da. Also, was möchtest du gerne von uns haben?«, fragt Fred mit einem gequälten Schnaufen.

»Deine Leute können möglichst schnell ins Bett. Wir möchten morgen ab fünf Uhr am Haus in Volksdorf und bei dem Parkhaus aufziehen, um sicherzugehen, dass weder das Bunkerfahrzeug geräumt wird noch der Junge außer Kontrolle gerät, bis wir in die Objekte marschieren können«, erklärt Dombrowski.

»Jo. Wat mutt, dat mutt.«

»Und von dir brauche ich dringend den Observationsbericht von heute, damit ich die Akte für die Durchsuchungsbeschlüsse vorbereiten kann.«

Für diese Ansage erntet Dombrowski ein haltloses Aufstöhnen von Fred.

»Sonst noch was?«

»Das war's schon, mein lieber Fred. Dann bis nachher«, säuselt Dombrowski und beendet das Gespräch. »Das wäre so weit geklärt. Dann wünsche ich dir einen schönen Feierabend«, sagt er an Ali gewandt und gibt Gerd einen auffordernden Klaps auf die Schulter. »Und wir beide gehen jetzt mal nach unten und schnacken mit dem Lütten.«

Die drei erheben sich von ihren Stühlen, trinken synchron ihre Flaschen leer, und während Gerd und Dombrowski Alis

Büro verlassen, packt dieser froh über den wohlverdienten Feierabend seine Sachen zusammen. Auch wenn ihn das schlechte Gewissen beißt, die beiden jetzt hier zurückzulassen. Denn meistens zieht sich die Arbeit dann doch länger hin als erwartet.

70

»Du kannst froh sein, dass Pauli heute gewonnen hat. Sonst wäre ich nicht extra noch mal reingekommen, mien Jung«, poltert Stanislaw Everts, den alle nur Stani nennen. Mit eleganten Drehbewegungen führt der hünenhafte Spurensicherer einen puscheligen kleinen Pinsel über die Oberfläche des Teleskopschlagstocks, der in Steven Winters Wagen sichergestellt wurde. Drei leicht voneinander abgesetzte Stücke aus dunklem Stahl, die miteinander fest verbunden sind und sich ineinander zusammenschieben lassen. Mit kritischem Blick begutachtet er die unter der hellen Lampe glänzende, fast schwarze Oberfläche. »Joa, dat könnt wat geben«, äußert er sich optimistisch und zieht ein Stück durchsichtiges Klebeband von einer Rolle, das er vorsichtig an der Stelle aufklebt, an der er einen Fingerabdruck entdeckt hat.

Jonas Reinke muss sich strecken und hin und her bewegen, um neben dem stämmigen Spurensicherer einen Blick auf das Klebeband zu erhaschen, nachdem Stani es wieder abgezogen hat und nun auf eine helle Spurenkarte aufklebt. Durch den Kontrast zwischen dem dunklen Aschenstaub und dem hellen Papier lässt sich deutlich ein Fingerabdruck erkennen.

»Super. Und wem gehört der jetzt? Passt der zu Steven Winter?«, fragt Jonas aufgeregt und nähert sich neugierig mit der Nasenspitze immer mehr der Spurenkarte.

Stani beugt sich zu Jonas hinab, schaut ihn mitleidig an und wartet, bis der Jungpolizist ihm seine Aufmerksamkeit schenkt. »Is dat dein Ernst, mien Jung? Ich habe doch keinen Scanner im

Kopp. Du kannst nu die Karte nehmen und rüberlaufen zum Jürgen. Der wird die Fingerabdrücke dann mit denen eures Tatverdächtigen vergleichen.«

»Okay. Ja. Ist der Jürgen denn heute auch da? Es ist ja schließlich Sonntag«, gibt Jonas unsicher zu bedenken.

»Der war mit mir beim Spiel, und da er mein Fahrer ist, musste er sowieso noch warten, bis ich hier fertig bin.« Stani zwinkert Jonas begütigend zu. »Komm, ich bring dich rüber zu ihm.«

Ungeduldig folgt Jonas dem wortlos vorangehenden Stani, der den Kopf beim Gehen leicht zur Seite geneigt hält und ausgleichend mit den Armen hin- und herschlackert.

»So, warte mal. Hier müssen wir klingeln«, verkündet Stani und stoppt vor einer gläsernen Tür. Im Gang dahinter fällt aus einem der hinteren Büros ein Lichtschein auf den hellgrauen Linoleumboden, während der Weg dorthin im Dunkeln liegt.

Auf Stanis Klingeln hin tritt ein groß gewachsener, schlaksiger Mann durch den Türrahmen auf den Flur und kommt mit schnellen Schritten auf sie zu.

»Guten Abend, die Herren! Tretet ein, bringt Glück herein. Ihr habt eine Karte für mich, wie ich vermute? Sehr schön.« Jürgen, dessen ausgeprägte Lachfalten an den Augen auf ein glückliches Leben schließen lassen, nimmt das helle Blatt Papier von Stani entgegen, dreht sich um und geht zurück in sein Büro, gefolgt von Stani und Jonas.

Auf Jürgens Schreibtisch steht ein beleuchtetes Gerät, das einen gewissen Museumscharakter ausstrahlt. Jonas will eben fragen, was es damit auf sich hat, da legt Jürgen bereits die Spurenkarte in eine Öffnung und nimmt ein Blatt Papier aus dem Drucker, auf dem ein Bild und die Fingerabdrücke von Steven Winter zu sehen sind. Nacheinander begutachtet Jürgen die verschiedenen Fingerabdrücke und vergleicht sie unter der Lupe mit dem Abzug des Fingerabdrucks, den Stani soeben gesichert hat.

Jürgens skeptische Gesichtszüge verunsichern Jonas zunehmend. Er hatte sehr gehofft, dass die kriminaltechnische

Untersuchung einen griffigen Beweis für die Schuld von Steven Winter liefern würde, doch so langsam befürchtet er, dass daraus nichts werden wird.

Jürgen stöhnt auf. Er murmelt etwas Unverständliches und zieht anschließend die Spurenkarte und die Vergleichsabdrücke aus dem antiquierten Gerät. »Außer Spesen nichts gewesen«, resümiert er mit einem freundlichen Gesichtsausdruck. »Ich scanne den Abdruck jetzt für einen elektronischen Abgleich mit der Datenbank ein. Du kannst mir deine Telefonnummer aufschreiben, dann melde ich mich, sobald ich ein Ergebnis habe. Das kann ein bisschen dauern.«

»Wieso haben wir es nicht gleich mit dem Computer gemacht?«, fragt Jonas irritiert.

»Einen Treffer muss man immer über die alte Berta abgleichen«, erklärt Jürgen und tätschelt liebevoll das urzeitliche Gerät. »Außerdem geht es auf diese Art und Weise schneller, einen möglichen Täter zu bestätigen oder auszuschließen.«

»Okay. Verstehe. Hier ist meine Karte. Da steht meine Rufnummer drauf. Ich warte im Büro auf das Ergebnis. Vielen Dank für die Unterstützung, und bis später dann«, sagt Jonas artig und wendet sich zum Gehen. Mit forschen Schritten eilt er zur Ausgangstür, die schwer hinter ihm ins Schloss fällt.

Im Treppenhaus springt er die Stufen ins dritte Obergeschoss des Präsidiums hinauf, zieht die Tür zum Flur seiner Dienststelle auf und schaut vorsichtig in das erste Büro auf der rechten Seite. Am Tisch des Dienststellenleiters sitzt Kriminaldirektorin Baake, die ihm aufmerksam entgegensieht.

»Treten Sie ein, Herr Reinke. Was konnten wir denn ermitteln?«, fragt sie wissbegierig, das Kinn auf die ineinander verschränkten Finger gelegt. Ihre dunklen Augen durchbohren Jonas geradezu.

»Wir konnten an dem Schlagstock einen Fingerabdruck sichern«, berichtet er zögernd.

»Und?« Frau Baakes Blick lässt ihm das Blut in den Adern gefrieren.

»Sie werden noch abschließend geprüft, aber –«

»Aber?«, unterbricht ihn Frau Baake scharf. »Ich hoffe sehr, dass es jetzt keine schlechten Neuigkeiten gibt.«

»Steven Winter hat den Fingerabdruck auf dem Schlagstock nicht hinterlassen«, teilt Jonas ihr mit zittriger Stimme mit. »Aber wir werden den Täter noch identifizieren, die Spur wird jetzt elektronisch mit dem bundesweiten Bestand abgeglichen.«

»Wir haben den Täter bereits. Das habe ich der Presse auch mitgeteilt, also machen Sie gefälligst Ihre Arbeit und sorgen Sie dafür, dass wir ausreichend Beweise gegen Winter auf dem Tisch haben. Verstanden?«

»Und wenn es ein ganz anderer war?« Jonas verknotet krampfhaft die Finger ineinander und wagt es nicht, der vor Zorn rot anlaufenden Kriminaldirektorin in die Augen zu blicken.

»Sie wissen, wer es war. Ich weiß es. Zur Not drücken Sie ihm den Stock halt noch einmal in die Hand.«

»Sie wollen, dass ich Beweismittel fälsche?« Jonas betrachtet die Kriminaldirektorin mit Erstaunen und Entsetzen zugleich.

»Das haben Sie jetzt gesagt. Ich fordere Kreativität. Es sollen Ergebnisse her. Den Täter haben wir bereits. Jetzt liegt es an Ihnen, die Sache wasserdicht zu machen.«

»Und was ist mit seinem Alibi? Er soll doch laut Zeugen zur Tatzeit im Hafen gewesen sein«, wirft Jonas ein und wundert sich über sein aufkeimendes Selbstbewusstsein.

»Das sind doch alles Brüder im Geiste. Die würden sich jederzeit gegenseitig decken. Also, tun Sie was. Wir haben den Täter, das Fluchtfahrzeug und die Tatwaffe. Das sollte wohl reichen für den Haftrichter. Auf die Ungereimtheiten brauchen Sie ja nicht einzugehen. Die werden sich in den kommenden Tagen sicherlich sowieso in Wohlgefallen auflösen.« Die Baake erhebt sich vom Stuhl des Dienststellenleiters und verlässt dessen Büro ohne ein Wort der Verabschiedung.

Jonas bleibt allein im Raum zurück. Verloren steht er da. Wortlos. Gedankenlos. Ratlos.

71

Im Gefängnistrakt des Hamburger Polizeipräsidiums sitzt Daniel Paschke ähnlich verloren auf einer harten Holzbank in Zelle Nummer drei. Sein Blick wandert rastlos durch den kargen Raum, dessen Tür von innen keine Klinke besitzt.

Die Stille und der Zwang, in dieser Zelle bleiben zu müssen, bedrücken das Gemüt des jungen Mannes. Die dunklen Haare sind nicht mehr glatt nach hinten gestylt. Einzelne Strähnen fallen zur Seite und stören das Gesamtbild, doch das kümmert ihn momentan nicht. Ganz anders als sonst, insbesondere wenn er in Gesellschaft ist. Dann sieht er regelmäßig in den Spiegel, um die Frisur zu überprüfen.

Jetzt sitzt er aber allein auf einer harten Holzbank. Dankenswerterweise wurde er nicht in eine der engen Zellen gebracht. Er hat Glück gehabt und wurde in einen der größeren Räume verfrachtet, in dem ohne Probleme für eine ganze Fußballmannschaft Platz wäre. Der Komfort ist jedoch nicht besser als in anderen Zellen.

Neben Daniel steht ein kleiner Pappbecher mit Leitungswasser, den er sich selber befüllen durfte, als er vorhin auf Socken in der Toilette des Zellentrakts war. Ein winzig kleiner Raum, in dem lediglich eine Toilettenschüssel und ein Waschbecken aus Stahl an der Wand hängen. Weder das Klo noch den Wasserhahn kann man hier eigenständig bedienen. Per Klopfzeichen muss man den Bedarf nach draußen signalisieren. Doch bevor gespült wird, sehen die Schließer noch einmal nach, ob man sich auch keiner versteckten Beweismittel oder Drogen entledigt hat. Erst dann wird die Spülung betätigt, und kaltes Wasser rauscht aus dem Hahn.

Vom Moment der Einlieferung an fühlte sich Daniel der Obrigkeit ausgeliefert. Er muss klaren Anweisungen folgen, ist nicht mehr wie gewohnt der Herr über sein eigenes Handeln. Er kann es kaum glauben, aber schon jetzt, nach nicht einmal einer Stunde, wünscht er sich, wieder bei seiner Mutter zu sein und sich *ihren* Anweisungen fügen zu dürfen. Warum hat er bloß nicht auf sie gehört, wenn sie ihn anhielt, für die Schule zu lernen und sich von Leuten fernzuhalten, die ein schlechter Umgang für ihn sind?

Daniel schüttelt den Kopf. Die Bullen sind schuld daran, dass er hier sitzt. Sie sind der Feind. Er hat die Situation nicht zu verantworten. Sie hätten sich seiner gar nicht in dieser Form annehmen dürfen. Er hat keinen Durchsuchungsbefehl zu Gesicht bekommen. Die Sicherstellung wird also rechtswidrig sein. Die durften das Auto überhaupt nicht durchsuchen. Das hat ihm letztens noch ein Kumpel gesagt, dass die Bullen das nicht grundlos dürfen. Er wird sich einen Anwalt nehmen, und der muss ihn schnellstmöglich hier rausholen.

Frustriert beißt Daniel die Zähne zusammen, ballt die Hand zur Faust und schlägt sie wütend in die andere Handfläche. An seinem schmalen Hals treten Adern hervor.

Ein quietschendes Schrammen dröhnt in die Zelle. Nochmals ratscht es an der Tür, und für einen kurzen Moment wird die Sichtklappe geöffnet. Durch das Glas kann er den Bullen von der Festnahme erkennen.

Daniel steht auf und geht langsam in Richtung Tür, auf deren anderer Seite seine Schuhe stehen, damit er keine Schnürsenkel in der Zelle hat, mit denen er sich erwürgen könnte.

Die Zellentür wird aufgezogen, und im Türrahmen erscheint der relativ große braunhaarige Kommissar, dessen Haare gerade so viel zu lang sind, dass ihm die Spitzen in die Augen stechen. Er trägt ein blaues Polohemd und eine weite Jeans, die auf dunklen Turnschuhen aufliegt.

»Hallo, Herr Paschke. Noch einmal zur Erinnerung, wir haben Sie vorläufig festgenommen wegen des Handeltreibens mit nicht geringen Mengen Kokain. Sie werden morgen dem Haftrichter vorgeführt. Der entscheidet über Ihren weiteren Verbleib. Sie können sich jederzeit einen Anwalt nehmen beziehungsweise einen sprechen, wenn Sie mögen. In Ihrer Wohnung sind wir ebenfalls noch einmal fündig geworden. Aber das konnten Sie ja bereits ahnen, dass wir Ihren Verkaufskarton auf dem Kleiderschrank nicht übersehen werden.«

Daniel folgt den Worten des Kriminalbeamten aufmerksam. Der Typ glaubt tatsächlich, ihm mit dem Gelaber weismachen zu können, er wisse nicht, wo der Hase langläuft. »Ich will meinen Anwalt sprechen. Das war alles rechtswidrig, was Sie gemacht haben. Sie hätten mein Fahrzeug nicht durchsuchen dürfen. Oder hatten Sie einen Durchsuchungsbefehl dafür?« Argwöhnisch betrachtet Daniel den Kommissar.

»Also, einmal für die Zukunft: Durchsuchungsbefehle gibt es nur im Trash-TV. Die Durchsuchung wird durch einen Amtsrichter beschlossen, daher heißt es Durchsuchungsbeschluss. In Ihrem Fall lag jedoch Gefahr im Verzug vor, daher dürfen wir eine entsprechende Durchsuchung selber anordnen. Aber selbstverständlich können Sie gerne Ihren Anwalt anrufen, der wird Ihnen diesen Umstand erklären können.«

Daniels soeben gefasstes Selbstvertrauen erhält die ersten Risse. Wenn stimmt, was der Typ ihm sagt, könnte das bedeuten, dass er tatsächlich vor den Haftrichter, vielleicht sogar in Untersuchungshaft muss.

Das eben noch vorherrschende Gefühl der Überlegenheit bröckelt, bis es in sich zusammenfällt. Die dünnen Beine werden ihm weich. Daniel macht zwei Schritte rückwärts und setzt sich erst einmal auf die Holzbank, unsicher, wie er nun reagieren soll. Die Gedanken sind wieder bei seiner Mutter. Er hört, wie sie auf ihn einredet, nicht wie sonst mit Wut und Verzweiflung in der Stimme. Es ist viel schlimmer. Tiefe Traurigkeit klingt aus jedem ihrer Worte. Die hellen, mit eingeritzten Buchstaben und Worten versehenen Wände der Zelle schieben sich förmlich auf ihn zu. Der Raum wirkt auf einmal viel kleiner als zuvor. Dann besiegelt das zweifache schwere Ratschen vor der Tür seine erneute Einsamkeit.

»Den hat es jetzt aber mal von den Socken gehauen«, witzelt Gerd, während Dombrowski auf dem Belehrungsbogen ein Kreuz bei dem Wunsch nach einem Anwaltsgespräch macht und an der Stelle, an der eigentlich unterschrieben werden sollte, das Wort »verweigert« hinkritzelt.

»Tjo, hat er sich wohl ein bisschen anders ausgemalt.« Dombrowski zuckt mit den Schultern. Als er aufsieht, erblickt er am anderen Ende des Zellentrakts einen athletischen Mann mit breitem Kreuz, dessen blonde Haare am Hinterkopf zu einem kleinen Zopf zusammengebunden sind. »Was macht der denn hier? Weißt du was davon?« Er nickt in Richtung von Steven Winter, der sich gerade vor der ihm zugewiesenen Zelle siebzehn die weißen Turnschuhe auszieht.

Gerd dreht sich um und stößt einen überraschten Laut aus. »Steven, wat machst du denn hier?«, ruft er polternd über den Gang.

Die Angestellten des Erkennungsdienstes schauen irritiert auf. Diesen Ausruf hören sie selten im Gefängnistrakt des Präsidiums. Sie weichen beinahe erschrocken zurück, als Dombrowski und Gerd entschlossen auf sie zusteuern. Letzterer signalisiert den beiden mit einem strengen Blick, dass Dombrowski und er hier jetzt alles Weitere übernehmen.

»Was hast du getan, hä?«, fragt Gerd zornig.

»Das ist alles ein großes Missverständnis«, beteuert Steven.

»Ach ja? Ich hab dich gestern gesehen. Ich weiß, was los ist!«, wütet Gerd aufgebracht.

»Ach, deiner Aussage habe ich also meinen Aufenthalt hier zu verdanken? Danke schön, Gerd. Und ich dachte, wir wären Freunde. Ich dachte, wir könnten einander vertrauen?« Mit Tränen in den Augen steht Steven in der Zellentür.

»Ach ja, vertrauen? Wie soll ich dir bitte vertrauen, wenn du Scheiße baust, sobald man dir den Rücken zuwendet?«

Dombrowski erkennt seinen Freund kaum wieder. Steven erneut verhaftet zu sehen, ein Umstand, den dieser Emilia zuliebe eigentlich um jeden Preis vermeiden wollte, bringt Gerd über Gebühr aus der Fassung. Dombrowski drückt Gerd ein Stück beiseite und betrachtet Steven für einen kurzen Moment. »Was für eine Aussage soll Gerd gemacht haben?«

»Na, dass ich gestern Abend auf dem Kiez irgendjemanden zusammengeschlagen habe«, knurrt Steven missmutig.

Einen Moment lang sagt niemand etwas. Gerd und Steven

stehen sich wie Kontrahenten gegenüber und funkeln einander wütend an.

»Wie wäre es mit einem Alibi?«, wirft Dombrowski von der Seite ein und zieht beider Blicke auf sich.

»Habe ich bei meiner Festnahme bereits benannt. Aber die Chefermittlerin glaubt mir nicht. Sie hat es nicht einmal prüfen lassen, dabei wäre es nur ein Anruf gewesen. Die glauben der Aussage eines Spitzels mehr. Es ging ihnen nur darum, schnell jemanden festzunehmen, und wenn es einen Knacki trifft, umso besser. So schaut es aus.« Grimmig wendet Steven sich ab und setzt sich auf die Holzbank seiner Zelle. Dabei verschränkt er trotzig wie ein kleines Kind die Arme vor der Brust.

»Was war das denn für ein Alibi?«, fragt Dombrowski interessiert und schiebt sich vor den grummelnden Gerd, der sich noch immer nicht beruhigen mag.

»Ich habe gearbeitet. Bis spät in die Nacht. Das weiß Gerd auch. Er war da, als ich nach Hause kam. Er und Dörte haben an dem Abend bei uns geschlafen, sie in der Wohnung, er im Wohnmobil. Ich habe quasi direkt neben ihm geparkt. Stimmt's?« Die Nachfrage wirft Steven an Dombrowski vorbei Gerd entgegen.

»Ich war aber nicht da, und selbst wenn, wüsste ich nicht, von wo du gekommen bist«, erwidert Gerd aufbrausend. »Außerdem sagt es erst recht nichts darüber aus, wo du einige Stunden zuvor gewesen bist.«

»Dann ruft am Eurogate an, wenn ihr mir nicht glaubt. Dort wird genau registriert, wann ich auf dem Gelände bin. Ich war das nicht!« Steven stellt die Füße auf der Holzbank ab und lässt niedergeschlagen den Kopf zwischen die Knie sinken.

Gerd und Dombrowski wechseln einen Blick. Jetzt scheinen auch bei Gerd Zweifel an Stevens Schuld aufzukommen.

»Pass auf, ich rufe beim Eurogate an und prüfe das Alibi«, schlägt Dombrowski vor. »Wie ist die Nummer vom Vorarbeiter, der mir das bestätigen kann?«

»Der Vorarbeiter sitzt auch in Glasmoor. Der ist jetzt nicht mehr zu erreichen. Aber die Security am Eingangsbereich ist durchgängig besetzt. Dort wird jedes Verlassen und Betreten registriert. Die wissen genau, wann ich gekommen und wieder gegangen bin.« Ein Funke Hoffnung kehrt in Stevens Gesichtsausdruck zurück. Er kann offensichtlich kaum glauben, dass ihm doch noch Vertrauen geschenkt wird. Und ausgerechnet von Dombrowski, der ihm sonst voller Skepsis gegenübertritt. »Meine PIN im Handy ist ›0303‹, Emilias Geburtstag, der 3. März. Das liegt hier irgendwo, sie haben es mir eben erst abgenommen. In den Kontakten ist die Nummer unter ›Eurogate Eingang‹ abgespeichert. Ihr könnt mein ganzes Handy anschauen. Ich habe nichts zu verbergen.« Beinahe flehend schaut Steven zu Dombrowski auf.

»Ich werde das prüfen«, verspricht Dombrowski. »Und Gerd, du passt so lange auf unseren Gast auf. Einverstanden? Aber hau ihm bitte keine rein.«

»Geht klar!«, antwortet Gerd mit schmalen Augen und zusammengebissenen Zähnen. Er kann das Vertrauen, das er Steven bis vor Kurzem geschenkt hat, nicht auf die Schnelle wiederherstellen. Aber Dombrowski weiß, dass er bereit ist, ihm zu glauben.

Während Dombrowski in Richtung Wachtresen geht, wo die persönlichen Gegenstände der Festnahmen in Plastikboxen aufbewahrt werden, um Stevens Alibi zu überprüfen, beugt Gerd sich zu Steven in die Zelle. »Ich habe deine Karre am Tatort gesehen, Steven. Also sprich mit mir. Ansonsten werde ich dir nicht helfen können.«

»Gerd, bitte glaube mir, ich war das nicht, okay?« Steven ergreift Gerd an den Schultern und fängt dessen wütenden Blick ein.

»Schluss jetzt mit der Zeitspielerei. Was ist das Problem? Wenn du ein Alibi hast, bist du doch gleich fein raus.«

»Genau da liegt ja das Problem.« Steven senkt die Stimme und blickt sich nach etwaigen Zuhörern um. »Ich war wirklich bei der Arbeit, aber ich habe mein Auto und meinen Arbeitsausweis verliehen, damit jemand anders das Gelände verlassen kann, ohne namentlich erfasst zu werden. Ich musste das machen«, bekräftigt er, ehe Gerd erneut aufbrausen kann. »Zu denen kann man nicht Nein sagen, wenn sie nicht dafür sorgen sollen, dass man rausgeschmissen wird. Und du weißt, was dann geschieht. Ich würde meine Familie nur noch zu den Besuchszeiten im Knast sehen dürfen.«

Dieses Argument scheint etwas bei Gerd zu bewirken, denn er schweigt und sieht Steven nur abwartend an.

»Er hat mir dann später die Karte und mein Auto zurückgebracht und mit seinem eigenen Chip das Gelände verlassen. Verstehst du? Meine Karte und mein Auto waren unterwegs, aber ich habe gearbeitet. Ehrlich. Das musst du mir glauben. Ich hatte keine Ahnung, was die vorhaben.« Fast flehend schaut Steven seinem väterlichen Freund in die Augen.

»Aber wenn das stimmt, wird Dombrowski doch jetzt von eurer Sicherheit mitgeteilt, dass du zur Tatzeit nicht vor Ort warst.«

Steven schüttelt kaum merklich den Kopf. »Nicht unter dieser Nummer, Gerd.«

»Ich versteh gerade gar nichts mehr. Wieso machst du überhaupt so eine Scheiße? Warum gibst du deine Karte her?«

»Ich ging davon aus, dass der Typ was Privates regelt. Ich konnte doch nicht ahnen, dass er jemanden auf dem Kiez zusammenschlägt. Ich war ja sogar froh, dass es bei dem verlangten Gefallen bloß darum ging, mal kurz mein Auto zu leihen. Es war eine Art Freundschaftsdienst, Gerd.«

»Das musst du uns alles genauer erklären, Steven. Wer, was und so weiter. Komplett auspacken und reinen Tisch machen. Hörst du? Es wird Zeit, dass deine Loyalität nur noch in eine Richtung geht. Ansonsten können wir nichts für dich machen.«

Verzweiflung legt sich auf Stevens Gesicht. In seinen flackernden Augen sammeln sich Tränen. »Bitte zwing mich nicht, Gerd. Wie soll das gehen? Wenn ich gegen die aussage, dann … dann … Ich hab Familie, Gerd. Ich muss an Emilia denken. Sie beschützen.«

Gerd rückt ein Stück von ihm ab. »Aber nicht um jeden

Preis. Wir können euch alle drei beschützen, Steven. Wenn du bereit bist, das Richtige zu tun. Du bist ein guter Junge, ein liebevoller Vater, aber manchmal stur wie ein Bock.« Er weist mit dem Daumen über seine Schulter in Richtung der Zellentür. »Dombrowski wird dir helfen, Steven. Er ist deine einzige Chance. Du musst ihm vertrauen.«

72

Alex Freiberg liegt angezogen auf seinem Bett. Lediglich die Schuhe stehen neben ihm auf dem Boden. Die verletzte Hand hat er tief in einen Eimer mit eiskaltem Wasser getaucht und genießt die betäubende Wirkung. Die beiden rötlich blau angelaufenen Finger hat Volker aus der Nachbarzelle bereits richten können. Im früheren Leben praktizierte er als Orthopäde, doch ein aufgedeckter Abrechnungsbetrug seiner Praxis kostete ihn die ärztliche Approbation und die Freiheit. Die Zulassung hat er zwar nicht wiedererhalten, doch immerhin haben seine Anwälte ihn schnell in den offenen Vollzug gebracht.

Das Richten der Finger war ein Gefallen, den er gerne leistete. So durfte er sich für einen kurzen Moment noch einmal als Arzt fühlen. Als Freigänger arbeitet er nun in der Altenpflege sowie ehrenamtlich im Kinderhospiz als Clown. Zwar war er im Gerichtsverfahren vollumfänglich geständig, doch das konnte den Entzug der Approbation nicht verhindern. Sie wiederzuerlangen wird nicht einfach werden. Doch Dr. Volker, wie er von allen hier auf dem Gang genannt wird, will alles dafür tun, dass die Ärztekammer seine ausreichende Würde und Zuverlässigkeit noch einmal anerkennt, damit er die Zulassung erneut erhält.

Die Dankbarkeit, die Alex für die orthopädischen Dienste empfindet, ist in jedem Fall grenzenlos. Auch wenn die Finger im Anschluss wieder kräftiger pulsierten, sind sie nun spürbar beweglicher, jedenfalls soweit die Schwellung es zulässt.

Den Rest erledigt das kühlende Nass. Erstmals ist Alex dankbar für das eiskalte Wasser, das aus dem Hahn in ihr Waschbecken auf der Zelle fließt.

Am anderen Ende der Zelle sitzt Ashraf auf einem Holzstuhl und spielt ein Fußballspiel auf der Konsole. Die Zellentür steht offen. Gelegentlich dröhnen Beschimpfungen und freudige Jubelschreie über den Flur. Sie kommen von den Jungs, die gerade ihr Glück im Pokern versuchen und ihre Einnahmen des Tages größtenteils gleich wieder verspielen.

Unter der linken Schulter von Alex beginnt es, in der Matratze zu vibrieren. Er kann das Surren nur spüren, weil er direkt draufliegt. Ashraf kriegt nichts davon mit. Er ist viel zu sehr auf den Fernseher fixiert, auf dem er die letzten Minuten eines Pokalspiels durchlebt.

Alex hebt den Oberkörper gerade so weit, dass die linke Hand den Wassereimer nicht verlässt. »Ashraf, mach mal die Tür zu«, ruft er und schwingt die Beine über die Bettkannte. Während Ashraf die Zellentür ins Schloss drückt, befreit Alex die Matratze vom Laken und zieht ein kleines schwarzes Telefon hervor. Mit Bedacht betrachtet er die Nummer im Display. Er wartet, bis Ashraf sein Spiel pausiert hat. Dann nimmt er das Gespräch entgegen.

»Eurogate-Terminal Hamburg, Bernhard Wagner«, begrüßt er den unbekannten Anrufer in ruppigem Ton.

»Das Landeskriminalamt in Hamburg, Dombrowski ist mein Name«, entgegnet eine freundliche Stimme.

»Oha. Das heißt meistens nichts Gutes, wenn Sie hier anrufen«, erwidert Alex.

»Eventuell ganz im Gegenteil. Es geht um einen Ihrer Mitarbeiter, Steven Winter.«

»Guter Junge, was ist mit dem? Hat er etwa Mist gebaut? Ich hoffe, Sie lassen ihn weiterhin raus. Der arbeitet hier praktisch Tag und Nacht. Sehr zuverlässig.« Alex muss kurz in die Armbeuge husten, weil die rauchig verstellte Stimme ein wenig zu sehr im Hals kratzt.

»Genau darum geht es mir. Könnten Sie mir bitte mitteilen,

ob und wann er gestern bei Ihnen gearbeitet hat?«, fragt Dombrowski.

»Einen Moment, ich schaue kurz im Computer nach.« Alex macht eine kurze Pause. »Ja, hier haben wir ihn. Der hat gestern eine Doppelschicht eingelegt. Er ist nach seiner regulären Schicht dageblieben und für einen ausgefallenen Kollegen eingesprungen. Um zwei Uhr morgens ist er in den Feierabend gegangen.«

»Herr Wagner, heißt das, dass er gestern Abend durchgehend bei Ihnen gearbeitet hat?«, fragt Dombrowski noch einmal explizit.

»Ja, das ist korrekt. Darf ich fragen, was passiert ist?«

»Das dürfen Sie, aber ich muss Ihnen darauf keine Antwort geben. Ich kann allerdings sagen, dass Sie uns sehr geholfen haben und Herr Winter wie gewohnt zum nächsten Dienst erscheinen wird. Ich wünsche Ihnen noch einen angenehmen Abend.«

»Ja, danke. Schönen Feierabend, Herr Inspektor«, sagt Alex und beendet das Gespräch. Er grinst zufrieden und stopft das Miniaturtelefon zurück in die Matratze. »Ashraf, wir sind morgen wieder voll im Geschäft mit der altbewährten Crew.«

73

Im Raum des Wachhabenden vom Erkennungsdienst steht Tim Dombrowski noch immer am Festnetztelefon und hält den Hörer in der Hand. Er schaut grübelnd auf das Display von Steven Winters Handy.

»Alles klar, Tim?«, erkundigt sich der Wachhabende verwundert.

»Mmh«, grummelt Dombrowski, legt den Hörer kurz auf und wählt neu.

»Der Kriminaldauerdienst, Raum.«

»Moin, Basti. Lange nichts mehr voneinander gehört. Dumbo hier.«

»Heeey, mein Lieber. Na, wie geht's? Bist du immer noch bei Droge?«

»Jo. Ich kann ja nichts anderes. Du, kannst du mir mal eben einen Anschlussinhaber zu einer Rufnummer sagen?«, bittet Dombrowski ohne Umschweife.

»Na klar. Warte. Ich muss kurz das System öffnen.« Im Hintergrund klickt es ein paarmal. »Kann losgehen.«

»Okay.« Dombrowski diktiert ihm die Rufnummer, die in Stevens Handy unter »Eurogate Eingang« abgespeichert ist: »040-7405-2299-0.«

»Jo. Dauert einen Moment. Habt ihr wieder einen eingesperrt?«, fragt Basti Raum neugierig.

»Eher das Gegenteil. Wir würden gerne einen wieder rauswerfen. Er hat ein Alibi für die Tatzeit, aber der Alibigeber ist irgendwie eigenartig. Ich habe ein komisches Bauchgefühl. Der wirkte so aufgesetzt kumpelhaft. Hat mich ›Inspektor‹ genannt.«

»Na, das ist auf jeden Fall höchst verdächtig«, frotzelt Basti.

Während sie auf das Ergebnis zum Anschlussinhaber der Rufnummer warten, schaut Dombrowski in mehrere Chat-Apps, betrachtet Stevens Nachrichten der letzten Tage und überprüft die Ruflisten des Telefons.

»So. Hier ist das Ergebnis. Es handelt sich um einen Nebenanschluss der 040-74050, und die gehört zur Eurogate GmbH & Co. KGaA«, berichtet Basti mit fröhlichem Singsang in der Stimme.

»Mmh. Okay. Das passt. Danke, Basti.«

»Ich komme die Tage mal auf einen Kaffee vorbei. So, hier kommen bereits die nächsten Anrufe rein. Viel Erfolg noch«, verabschiedet sich Basti und legt auf, bevor Dombrowski etwas erwidern kann.

Er legt den Hörer auf und verstaut das Handy wieder in der blauen Plastikbox mit den persönlichen Gegenständen von Steven Winter. Anschließend zieht er sein eigenes Smartphone hervor und wählt die Nummer von Jonas Reinke. Sein ehemaliger Praktikant begrüßt ihn mit gedämpfter Stimme.

»Moin, Tim, was gibt's?«

»Moin, Jonas. Du, ich bin hier zufällig im Gefangenentrakt auf Steven Winter gestoßen. Hast du den festgenommen? Bist du noch dran an der Sache?«

»Ach, hör bloß auf. Das ist total verzwickt, aber die Baake sitzt mir die ganze Zeit im Nacken und fordert Ergebnisse.«

»Ich hatte Winter im letzten Jahr schon einmal eingesperrt, daher kenne ich ihn und habe über Gerd auch einen ganz guten Draht. Er hat mich auf sein Alibi hingewiesen. Das habe ich soeben kontrolliert, und es wurde mir von einem Herrn Wagner von Eurogate bestätigt. Die Rufnummer habe ich überprüft. Sie gehört wirklich zum Eurogate. Winter hat mir außerdem per PIN Zugang zu seinem Handy gewährt. Zur Tatzeit wie auch den ganzen Tag davor und Stunden danach hat er keine Nachrichten geschrieben und keinerlei Telefonate geführt. Er hat also ein ziemlich wasserdichtes Alibi. Ich kann mir nicht vorstellen, dass er am Samstagabend über mehrere Stunden nichts an dem Handy macht, wenn er nicht arbeitet.«

»Oh Mann, das ist doch alles Mist. Ich habe es Frau Baake gesagt: Wir haben den Falschen festgenommen«, erwidert Jonas leicht verzweifelt. »Sie meinte, ich solle mir etwas einfallen lassen, damit er eingesperrt bleibt, aber auf dem Tatmittel sind keine Fingerspuren von ihm, sondern von jemand anderem. Ich erwarte jeden Moment einen Anruf von Stani und Jürgen, ob sie den gesicherten Fingerabdruck einem Eintrag in ihrer Datenbank zuordnen konnten.«

»Dann habt ihr ja wirklich nichts gegen ihn in der Hand«, folgert Dombrowski.

»Nur die Aussage des Informanten.«

»Ohne weitere belastende Beweise ist die nichts wert.« Dombrowski hält kurz inne. Er will Jonas nicht zu sehr bedrängen, denn er ahnt, wie sehr sein ehemaliger Praktikant unter Druck steht. Die Baake erwartet einen zugeführten Täter. Erst recht, nachdem sie ihren Fahndungserfolg bereits voreilig auf der Pressekonferenz verkündet hat. »Tut mir leid, wenn es dir Ärger einbringt, aber du solltest Steven schnellstmöglich wieder nach Glasmoor bringen lassen. Der läuft ja nicht weg. Falls du neue Beweismittel findest, weißt du jederzeit, wo du ihn zu fassen kriegst. Ihn aber der Freiheit zu berauben, nur weil Frau Direktorin es so will, das ist keine gute Wahl.«

»Ja. Du hast ja recht. Sagst du unten Bescheid, dass ein Gefangenentransporter ihn zurück nach Glasmoor bringen soll?«, bittet Jonas.

»Na klar. Ich kümmere mich darum. Ruf mich an, wenn ihr den wahren Täter habt.« Dombrowski legt auf und schaut zum Wachhabenden, der das Telefonat mit angehört hat. »Der Herr Winter darf zurück nach Glasmoor. Per Streifenwagen bitte. Er ist zu Unrecht hierher verbracht worden. Könntet ihr das veranlassen?«

»Jo. Geben wir Bescheid«, bestätigt der Grauhaarige mit einem zustimmenden Nicken.

»Danke. Dann sammle ich mal meinen Freund ein.«

Dombrowski geht zur Zelle Nummer siebzehn zurück, wo Gerd und Steven sich angeregt unterhalten.

»So, ich habe das Alibi überprüft und mit dem zuständigen Sachbearbeiter gesprochen. Es geht gleich mit dem Streifenwagen zurück nach Glasmoor«, erklärt er, als die beiden ihn bemerken.

»Danke. Vielen Dank.« Die Erleichterung steht Steven ins Gesicht geschrieben. »Dürfte ich vorher noch einmal kurz mit meiner Tochter telefonieren?«, bittet er mit rehgleichem Augenaufschlag.

»Das Telefon ist jetzt wieder in der Plastikbox beim Wachhabenden«, wehrt Dombrowski ab. »Wir haben auch noch zu tun, in anderer Sache.«

»Du kannst meins nehmen«, wirft Gerd ein und zieht sein Handy aus der Hosentasche. »Oh, warte mal. Wat is denn mit dem Ding schon wieder los? Nee, ne. Oh Mann. Is aus. Moment.« Gerd drückt den Powerknopf an der Seite, und das Handy startet wieder. »Ich hab mich schon gewundert, dass dat Ding gar nichts mehr von sich gibt. Oha. Dörte hat vierzehnmal versucht anzurufen. Die hab ich ja völlig vergessen.«

Gerd drückt auf »Rückruf« und wartet auf ein Freizeichen, doch bevor das erklingt, nimmt Dörte bereits ab.

»Sach mal, spinnst du, Gerhard? Erst lässt du uns einfach in der Hafencity stehen, und dann machst du sogar dat Handy aus. Was ist denn los bei dir? Wo bist du überhaupt? Ich hab mir Sorgen gemacht, dass du schon wieder Tüdelkram anstellst. Komm du mir nach Hause, Gerhard. Komm du mir nach Hause«, schimpft sie laut.

»Ja, 'tschuldigung. Ist Emilia bei dir?«, fragt Gerd.

»Ja, natürlich. Irgendjemand muss sich ja kümmern. Du bist das nicht, und Stevens Anruf haben wir auch noch verpasst, sodass Emilia, ohne ihm Gute Nacht zu sagen, einschlafen muss. Ich habe ihr schon ein halbes Buch vorgelesen, aber sie macht kein Auge zu.«

»Da kann ich etwas Gutes tun. Er steht direkt neben mir.« Gerd gibt sein Telefon an Steven weiter, dem unvermittelt Tränen der Rührung und Freude in die Augen steigen.

Nach ein paar Minuten beendet Steven das Gespräch mit seiner Tochter und gibt Gerd das Handy zurück. »Vielen Dank. Das bedeutet mir wirklich viel. Und dir auch danke, dass du mir geglaubt hast. Ich weiß, das ist nicht selbstverständlich«, sagt er mit aufrichtigem Wohlwollen zu Dombrowski und geht ein paar Schritte auf ihn zu.

74

In der Küche seines Hauses schmiert Ali Bernbuch mit hungrigem Blick Butter auf zwei Scheiben Schwarzbrot, die er anschließend mit Katenschinken belegt. In einer Glaskanne lässt er gleich mehrere Teebeutel in heißem Wasser ziehen, das sich zunehmend bräunlich verfärbt.

Ruhe strahlt er aus, doch in seinem Kopf rumort es gewaltig. Die heutigen Erkenntnisse lassen vermuten, dass sie morgen zwei Marihuanaplantagen finden könnten, und wer weiß, was sich außerdem im Wohnhaus von Kampe befindet. Eine Plantage allein braucht bereits viel Personal, um geerntet und abgebaut zu werden, jede weitere entsprechend mehr. Und dann ist da noch diese Sache im Hafen, die Dombrowski umtreibt. Es könnte unglaublich aufwendig werden, die Arbeit zu bewältigen. Doch keiner der beiden Fälle erlaubt einen Aufschub. Also muss er am Morgen, so schnell es geht, agieren, damit die Kollegen am Nachmittag den Einsatz im Hafen unterstützen können.

Die klingelnde Eieruhr reißt Ali aus seinen Gedanken und erinnert ihn daran, die Teebeutel aus dem Wasser zu entnehmen. Er trägt die Teekanne zum Esstisch und stellt daneben den Teller mit den Schinkenbroten ab. Die erste Tasse Tee gießt er direkt ein und setzt sich auf den Stuhl am Kopfende des Esstischs.

Nachdenklich streicht er mit Daumen und Zeigefinger über seinen Schnurrbart, dann entsperrt er den Bildschirm seines Handys, öffnet den Messenger und beginnt zu tippen. Mühsam, Buchstabe für Buchstabe, gibt er die Nachricht ein und drückt schließlich auf »Senden«.

An der schleswig-holsteinischen Ostsee haben sich Scotty und ihre neue große Liebe Ole ein lauschiges Plätzchen unweit des Strandes gesucht und ihren gemeinsam erworbenen VW-Bus so geschickt darauf platziert, dass sie aus der geöffneten Heckklappe direkt aufs leicht aufgewühlte Meer schauen können. Scotty lässt die Füße hinausbaumeln und schaut verliebt zu ihrem kahlköpfigen Traummann, der gerade leise Musik eingeschaltet hat und bemüht ist, eine Flasche Rotwein zu öffnen.

In der Spüle des ausgebauten Bullis stehen die beiden Teller mit Resten von Dosenravioli, die sie zuvor genossen haben. Nicht weil sie besonders gut geschmeckt hätten, eher weil die Mahlzeit so herrlich kitschig und ursprünglich ist. Ganz so, als wären sie beide wieder fünfundzwanzig.

Mit einem schnalzenden Geräusch löst sich der Korken aus dem Hals der Flasche. Ole legt das Schweizer Taschenmesser mitsamt dem daran hängenden Korken beiseite, nimmt zwei Pappbecher und gießt ein.

In diesem Moment leuchtet Scottys Handy auf. Als sie die Vorschau der eingegangenen Nachricht auf dem Display sieht, greift sie das Handy und öffnet die Nachricht.

»Alles klar?«, fragt Ole vorsichtig, der sich nach Kräften bemüht, den befüllten Pappbecher aus dem zweiten herauszuziehen, ohne den Wein auf dem ausgeklappten Bett zu verteilen.

»Fährst du mich bitte nach Hause?«, fragt Scotty sanft.

»Nein.«

»Aber ich habe morgen früh einen spontanen Einsatz, und ich muss –«

»Du musst wohl eher mich fahren, denn ich werde mir auf dem Rückweg diese Flasche Wein einverleiben«, wirft Ole ein und zwinkert Scotty dabei zu. »Und wenn du dich morgen mit deinen Ganoven rumplagst, darfst du ein gehörig schlechtes Gewissen haben, denn nur deinetwegen habe ich dann mit Sicherheit einen gnadenlos schlimmen Kater.«

In der Nähe von Elmshorn in einem vor einigen Jahren gegründeten Neubaugebiet hat Ernie seinen Nachwuchs ins Bett gebracht, geht zum Kühlschrank, entnimmt ihm eine Flasche Bier, öffnet sie und trinkt ein paar kräftige Schlucke.

Nachdem er auch das vierte Kind mit einer Gutenachtgeschichte in den Schlaf gelesen hat und über kleine Drachen, Bananen in Panama, Überraschungen an SAMStagen und Zauberer und Muggel einiges Neues und so manches schon Bekannte erfahren hat, will er sich endlich zu seiner Frau auf die Couch setzen. Mit dem Handy in der Hand lässt er sich ächzend in die Kissen fallen.

»Stöhn nicht so. Ich mache das die ganze Woche, wenn du deiner Arbeit nachgehst«, wirft sie von der Seite ein und streicht über ihren Bauch, der bereits die baldige Ankunft eines weiteren Sprosses verkündet.

»Ich mache das ja auch gerne, denn ich liebe unsere Kinder, aber ganz ehrlich, jetzt bin ich froh, dass ich Feierabend habe.«

Ernie entsperrt sein Handy, liest eine eingegangene Nachricht, beantwortet sie und setzt die Bierflasche an die Lippen, um sie in einem Zug zu leeren.

»Hast du Durst?«, fragt seine Frau verwundert.

»Nee, aber morgen früh einen Einsatz. Ich muss ins Bett.« Er steht auf, küsst seine Frau auf die Stirn und geht ohne weitere Worte die Treppe hinauf, um sich für die kurze Nacht fertig zu machen.

Auch Bert sitzt in seinem Wohnzimmer auf der Couch, als im Gruppenchat der Dienststelle Alis Nachricht eingeht. Er ist wieder einmal gar nicht zufrieden mit dem »Tatort«. Der Fall spielt nur eine untergeordnete Rolle, und es geht ausschließlich um die persönlichen Probleme der Ermittler. Natürlich sind sie verwandt mit dem Opfer und haben zusätzlich noch ein kleines Alkoholproblem. Bert verdreht die Augen hinter seiner rechteckigen Brille und stützt missmutig den Kopf in die Hand, da bemerkt er das Brummen seines Handys.

»Oh. Einsatz morgen. Das ist doch mal was.« Er schaltet den Fernseher aus und legt die Fernbedienung auf den hellen Fernsehtisch.

Seine Frau war mal wieder klüger. Sie hat bereits vor achtzig Minuten die erste Ausfahrt genommen und ist vor dem Fernseher eingeschlafen. Er wird sie gleich wecken, direkt nach dem Zähneputzen, wenn er ins Bett geht.

»Nächste Woche tue ich mir den ›Tatort‹ nicht mehr an«, murmelt er. Wohl wissend, dass er am nächsten Sonntagabend doch wieder vor dem Fernseher sitzen wird, um dem langjährigen Format noch eine letzte Chance zu geben.

In einem Dorf bei Buchholz in der Nordheide südlich von Hamburg, unmittelbar angrenzend an eine Ackerfläche, steht ein Gartenschuppen. Doch der äußere Schein trügt, denn im Inneren befinden sich nicht nur Gartengeräte und Werkzeug. Dort hängt auch eine große Leinwand, auf der die letzte Pyrenäen-Etappe läuft. Mühsam quält Lasse sich den Berg hinauf.

Die Fans jubeln ihm vom Rand her zu, doch sein Fokus liegt unmittelbar auf der Straße, auf der mit weißer Kreide geschriebene Aufmunterungen der Fans zu lesen sind.

Die Schwierigkeitsstufe des Spinning-Rads ist auf Anschlag gedreht. Die letzten Kilometer lassen die Oberschenkel noch einmal kräftig brennen, denn er will die Etappe unbedingt in persönlicher Bestleistung bestehen. Gelegentlich fallen Schweißtropfen von seiner Stirn auf das Display des Handys, das am Lenker montiert ist und die Zeit misst. Die Fensterscheiben des Schuppens sind von der schwülwarmen Luft beschlagen, das Wasser rinnt nur so an Lasses Körper hinab und bis in seine Schuhe, in denen sich gefühlt bereits kleine Pfützen sammeln.

Das Handy vibriert einmal kurz, und eine Nachricht erscheint am oberen Rand, doch Lasse hat jetzt noch keinen Blick dafür. Er kämpft weiter gegen den Berg, auf dem lediglich noch zweihundert Meter zurückzulegen sind. Keuchend steht er in den Pedalen und ringt um jede Sekunde. Erneut vibriert das Handy in der Halterung, und er sieht von den Kollegen erst einen, dann mehrere Daumen, die nach oben zeigen.

Jetzt bleib bloß dran, Lasse. Du kannst es schaffen, denkt er verkniffen. Nur noch fünfzig Meter. Dreißig. Zehn.

Geschafft. Hektisch drückt Lasse auf die Stopptaste und lässt die Beine langsam austrudeln. Er traut sich kaum, auf das Ergebnis zu schauen, tut es dann aber doch und freut sich. Er hat es tatsächlich geschafft. Dreißig Sekunden schneller als beim letzten Mal. Mit einem Grinsen steigt er vom Sattel. Die Radschuhe klackern auf dem Estrichboden, der besprenkelt ist mit Lasses Schweiß. Er nimmt einen kräftigen Schluck aus der Trinkflasche und schaut dann auf die eingegangenen Nachrichten.

Nachdem er Alis Bitte um Unterstützung am kommenden Morgen gelesen hat, bestätigt er mit einem Daumen nach oben, nimmt seine Sachen und geht hinüber ins Haus, um noch schnell zu duschen, bevor er sich hinlegt. Ausgepowert genug, um sofort einzuschlafen, ist er auf jeden Fall.

Ali, der nach dem Versenden der Nachricht seinen Tee ausgetrunken hat und ins Badezimmer gestapft ist, sitzt im Schlafanzug auf der Kante seines Bettes. Die Füße stecken noch in den Hausschuhen. Er wirft einen letzten Blick auf das Handy, bevor er es lautlos stellt, und freut sich, denn nach und nach haben alle Kollegen des Rauschgiftdezernats ihr rechtzeitiges Erscheinen zugesagt.

Das ist Familie, denkt er und legt sich hin. Nur noch wenige Stunden, dann muss er bereits am Flughafen sein.

75

Der Streifenwagen, der Steven Winter zurück in die JVA Glasmoor bringt, kommt direkt vor dem Eingangstor zum Stehen.

Steven schnallt sich bereits los, bevor das Auto endgültig anhält. Er greift nach dem Türgriff, doch die Kindersicherung ist aktiviert, und so ist er gezwungen, sitzen zu bleiben.

»Mögen die Herren mir dann bitte die Tür öffnen? Ich danke«, näselt er auf die feine englische Art. Der Beifahrer steigt aus und öffnet die Tür für ihn. Bevor Steven sich erhebt, wendet er sich aber noch kurz dem Fahrer zu. »Ich danke für die angenehme Fahrt. Morgen benötige ich Ihre Dienste allerdings nicht. Da werde ich selbst fahren. Sie dürfen sich freinehmen.«

Steven spürt, dass sein Witz nicht sonderlich gut ankommt, allerdings ist ihm das egal. Er ist froh, dass er seine Begleiter los ist, nachdem er mehrere Stunden in einer Zelle der Polizei verbringen musste.

Ohne einen Gruß zum Abschied kehrt er den grimmig dreinschauenden Beamten den Rücken zu und betritt die Justizvollzugsanstalt. Dort wird er von den Schließern mit einem freundlichen »Willkommen zurück« in Empfang genommen.

Auf schnellstem Wege geht er in Begleitung eines Schließers zu dem Gebäude, in dem sich seine Zelle für die Nacht befindet. Über eine steinerne Treppe gelangen sie in das erste

Obergeschoss des Hauses, wo der Schließer die Zugangstür für ihn öffnet und gleich nach dem Betreten wieder hinter ihm verschließt.

Auch wenn der Einschluss ihm immer noch ein beklemmendes Gefühl verleiht, so empfindet Steven heute ausnahmsweise ein Gefühl der Freude und Genugtuung. Sie hatten einfach nichts gegen ihn in der Hand. Sie werden ihm auch künftig nichts mehr anhaben können, und durch Gerd und dessen Kollegen hat er die Polizei nun sogar auf seiner Seite. Den Freund und den Helfer.

Auf dem Weg zu seiner Zelle schaut er noch kurz bei Ashraf und Alex vorbei. Sie springen auf, als er den Kopf durch die Tür schiebt.

»Hey, Stevie-Baby. Da bist du ja! Ich hab doch gesagt, dass es hilft, die richtige Nummer im Handy unter einem falschen Namen zu haben.« Alex' Finger sind bandagiert. Er geht ein paar Schritte auf Steven zu und bleibt unmittelbar vor ihm stehen. Seine Augen verengen sich zu schmalen Schlitzen, und er schaut Steven durchdringend an. »Wieso haben Sie dich laufen lassen?«

»Zum einen habt ihr mir mein Alibi zurückgegeben. Die haben dir komplett abgenommen, dass du im Hafen hockst. Außerdem konnten sie keine Fingerabdrücke von mir an dem Schlagstock finden. Die Bullen hatten also nichts gegen mich in der Hand. Wie auch? Ich war ja arbeiten. Aber irgendeine Petze soll mich angeschwärzt haben. Gar nicht lustig. Vielleicht wolltet ihr mich ja loswerden?« Steven hält Alex' Blick stand und starrt ihn ebenso misstrauisch an wie der ihn.

»Bullshit, Digger. Der Plan hat komplett funktioniert. Gier wurde bestraft, und die Bullen können uns gar nichts. Du bist morgen wieder dabei mit Ashraf und Ivan. Ich warte auf dem Parkplatz auf euch«, versichert Alex, dessen Anspannung sichtlich nachlässt. »Was meinst du damit, dass dich jemand verpfiffen hat?«, setzt er nach.

»Haben die Bullen gesagt. Irgendein Spitzel hat behauptet, dass ich einen Offizier auf dem Kiez verprügelt hätte. Wirkt auf mich so, als wenn mich jemand aus dem Weg haben wollte. Irgendeine Idee, wer das sein könnte?«, erklärt Steven.

Alex setzt sich aufs Bett und starrt nachdenklich vor sich hin. Zunehmend verfestigt sich ein finsterer Gesichtsausdruck. Nach gefühlten Minuten schaut er auf und sagt zu Ashraf, der abwartend im Raum steht und auf eine Ansage wartet: »Ashraf, geh bitte zu Marek und mach ihm klar, dass er morgen nicht für uns arbeiten wird.«

Ashraf und Alex wechseln einen Blick. Steven spürt, dass die beiden eine Ahnung haben, wer ihn verraten hat, und dass es ganz und gar nicht in ihrem Sinne war. Weshalb sie es nicht auf sich beruhen lassen werden. Dann verlässt Ashraf ohne ein weiteres Wort die Zelle.

76

Nur in einem einzigen Büro des Rauschgiftdezernats brennt noch Licht. Tim Dombrowski schreibt an den letzten Sätzen des Berichts, den er für die Akte von Daniel Paschke benötigt. Der Feierabend ist nah. Endlich kann er zur Ruhe kommen, zumal er weiß, dass der Tag schon wieder früh beginnen wird. Ali Bernbuch benötigt jeden verfügbaren Kollegen für den Einsatz.

Dombrowski mag gar nicht daran denken, was alles gemacht werden muss, falls sich der Plantagenverdacht bestätigen sollte. Alles muss vermessen, fotografiert, von der Spurensicherung nach Finger- und DNA-Spuren abgesucht werden. Der Elektriker muss, nachdem er die Arbeitssicherheit hergestellt hat, überprüfen, ob der Strom, der zur Aufzucht genutzt wird, illegal dem Stromzähler entzogen wird, und auch die Biologen und Chemiker müssen ihre Vergleichsproben nach einer bestimmten Formel aus den Marihuana-Anbaufeldern entnehmen.

Es könnte alles so einfach sein, denkt Dombrowski. Pflanzen zählen, anschließend ernten und samt dem Equipment in der

Müllverbrennungsanlage entsorgen. Aber leider muss alles fein säuberlich dokumentiert und in der Asservatenlagerhalle der Polizei bis zum Abschluss des Prozesses aufbewahrt werden.

Und dann muss er sich morgen noch um die erwartete Schiffslandung kümmern, bei der mit der Bergung von größeren Mengen Kokain zu rechnen ist. Es wird also nicht nur ein verdammt früher Tag, sondern zugleich ein besonders langer werden.

Nachdem der Bericht fertig geschrieben, ausgedruckt und beschriftet ist, geht Dombrowski schnell noch alles mehrfach kopieren. Er versucht, sich nicht besonders über den Papierstau im bereits lebensälteren Netzwerkkopierer aufzuregen, und legt geduldig Papier nach, als dieses zwischenzeitlich aufgebraucht ist. Als der Kopierer jedoch meldet, es müsse nun auch der Toner für einen weiteren Ausdruck gewechselt werden, was lediglich vom entsprechenden Personal der Vertragsdruckerei erledigt werden darf, platzt ihm der Kragen. Und da ihn am Sonntagabend zu dieser späten Stunde ohnehin niemand hört, schimpft er auf das Gerät ein, als würde der Kopierer dadurch den Betrieb wieder aufnehmen.

Da steht auf einmal Fred im Türrahmen und schenkt Dombrowski ein süffisantes Lächeln. »Ich weiß schon, warum ich lieber auf der Straße arbeite.«

Verärgert löscht Dombrowski den Kopierauftrag und geht zum nächsten Netzwerkdrucker. Dort legt er die noch zu kopierenden Seiten auf das Gerät, wendet sich Fred zu, der ihm unaufgefordert gefolgt ist, und schaut ihn verbissen an.

»Dreckskopierer!«, schimpft er noch einmal kurz. »Hast du die Berichte dabei?«

»Jo. Observationsbericht und Festnahmebericht habe ich hier«, bestätigt Fred und klopft demonstrativ auf den großen braunen Umschlag, den er unter dem Arm hält.

»Sehr schön. Das freut mich. Die Akte gegen Lennart Kampe ist quasi fertig. Ich füge noch schnell die Kopie der Akte von Daniel Paschke hinzu, damit der Ermittlungsrichter auch weiß, wo er das Kilogramm Kokain rausgeholt und an wen er es geliefert hat, und dann sollten wir die Durchsuchungsbeschlüsse zeitnah erhalten. Wie schaut es aus bei Kampe?«

»Pascho und Jayjay sind vor Ort geblieben. Sie wollen erst pennen, wenn ihr die Hütte morgen früh übernommen habt. Das Risiko, dass der Typ das Zeitfenster nutzt, um die Bude zu verlassen, war ihnen zu groß. Sie wechseln sich mit dem Aufpassen ab.«

»Mir soll es recht sein. Ich werde die Akte so weit fertig machen und gleich morgen früh die Beschlüsse holen.«

»Warum nicht jetzt schon?«, fragt Fred.

»Ähm, weil …« Dombrowski ist für einen Moment sprachlos. »Eigentlich hast du recht. Wegen der Koksgeschichte kriegen wir zumindest einen Beschluss für das Haus und das Bunkerauto, und alle Objekte zeitgleich schaffen wir morgen früh eh nicht. Danke, Fred. Damit wird die Nacht noch kürzer, als sie eh schon ist.«

»Wo steckt eigentlich Gerd? Ich dachte, der wäre auch hier?«

»Der ist Hals über Kopf aufgebrochen. Ich denke mal, dass er zu Hause versuchen will, die Wogen zu glätten. Dörte fand seinen Ausflug am Nachmittag gar nicht lustig. Zumal er sie dafür mitten in der Hafencity allein hat stehen lassen.«

Bei der Vorstellung, wie Gerd gerade bei Dörte zu Kreuze kriecht, müssen beide spontan lachen.

»Was mir allerdings Sorgen bereitet«, wirft Dombrowski ein und wendet sich Fred mit einem Stapel Kopien im Arm zu, die er soeben dem piependen Netzwerkdrucker entnommen hat. »Gerd hat sich mit diesem typischen Blick von mir verabschiedet, den er hat, wenn er irgendwas ausheckt. Ich befürchte, dass er wieder Dummheiten anstellen wird.«

»Damit ist bei ihm immer zu rechnen. Lassen wir uns überraschen. Er steht ja zum Glück auf unserer Seite. Ich muss dann mal nach Hause. Morgen wird es früh, und ich will ja nicht die ganze Nacht durchmachen. In diesem Sinne, Dumbo.« Fred winkt Dombrowski mit der Hand über dem Kopf zu, während er in Richtung Fahrstuhl weggeht.

»Ich leg mich jetzt erst einmal hin. Die Akte kann ich auch

morgen vor dem Einsatz zum Eil-Staatsanwalt schicken. Zumindest den Beschluss für die Wohnanschrift dürften wir ja im Handumdrehen erhalten«, sagt Dombrowski, als Fred im Fahrstuhl verschwunden ist, dessen Türen sich wie eine Himmelstür geöffnet und im gleißenden Licht wieder geschlossen haben, und stockt. »Jetzt spreche ich schon mit mir selber. Langsam wird es verrückt, Dumbo!«

Er zieht sich in das Büro von Scotty zurück und kuschelt sich in den Schlafsack, in dem Claire letzte Nacht geschlafen hat. Er genießt den Geruch ihres Parfüms und fühlt sich ihr ganz nah, obwohl sie bereits wieder abgereist ist.

»Nächstes Wochenende fahre ich zu ihr und überrasche sie«, beschließt Dombrowski. »Nein, noch besser: Wenn wir morgen fertig sind, mache ich mich direkt auf den Weg zu ihr. Jawohl. Das wird eine Überraschung.«

Zufrieden stellt er sich den Wecker im Handy, dreht sich mit dem Gesicht zur Wand und beginnt bereits nach wenigen Sekunden, lautstark zu schnarchen.

77

Die Nacht wird langsam vom Morgengrauen erhellt, die Sterne am Himmel verschwinden. Auch wenn noch kein Sonnenstrahl den Horizont überwindet, so wird das Schwarz über dem Hamburger Flughafen nach und nach zu einem dunklen Blau.

Ali Bernbuchs unscheinbare, dunkle Mittelklassenlimousine, deren schwarze Lackierung durch das gelbe Licht der Laternen dunkelbraun schimmert, nähert sich dem am Rand des Flughafens befindlichen Gelände der Lufthansa-Luftwerft und hält an der niedergelassenen Schranke.

Ali hält seinen Dienstausweis aus dem Fenster und murmelt ein paar verschlafene Sätze. Daraufhin öffnet sich die Schranke, und Ali biegt erst links und dann gleich wieder rechts ab, auf eine Straße, die direkt auf den Hubschrauberhangar der Hamburger Polizei zuläuft, unbeeindruckt von einem Airbus, der in voller Größe auf dem Parkplatz vor dem Hangar steht und offenbar auf eine Wartung wartet.

Vor dem Polizeigebäude steigt Ali aus, steckt sich eine Zigarette an und nimmt mehrere kräftige Züge. Er trägt einen Einsatzanzug, auch wenn es für den anstehenden Flug nicht nötig gewesen wäre, aber weil die Hubschraubercrew uniformiert fliegt, gibt es ihm ein gutes Gefühl, einheitlich gekleidet zu sein.

Die Zigarette raucht er nicht auf, sondern drückt sie in einem Aschenbecher vor dem Eingang aus und betritt das Gebäude. Die paar Züge reichten ihm fürs Erste, und sicherlich wird er vor dem Flug noch eine weitere Möglichkeit zur Nikotinzufuhr erhalten.

»Moin, Ali!«, wird er als regelmäßiger Fluggast sogleich begrüßt. »Magst noch 'nen Kaffee?«

»Gern!« Er folgt dem Mann im dunkelgrünen Overall mit Fliegerabzeichen in den Aufenthaltsraum der Wache.

»Schön. Dann können wir alles noch einmal besprechen. Du hast uns die Objekte ja bereits zugesandt.« Johannes Freimann, der Pilot des Polizeihubschraubers »Libelle«, gießt zwei Becher mit Kaffee voll, stellt sie auf einen grauen Tisch und setzt sich. Auch Ali nimmt Platz und nippt an seiner Tasse. Kurz darauf kommen ein weiterer Mann im Einsatzanzug mit entsprechenden Fliegerabzeichen sowie ein Mann in einer dunklen Schutzpolizeiuniform hinzu.

»Sieh an. Dann sind wir ja komplett«, stellt Johannes fest. »Das sind Mats Breuer, mein Co-Pilot, und Deniz Yesilkaya, unser neuer Flugbegleiter, frisch von der Bereitschaftspolizei zu uns gekommen. Er passt auf uns und den Vogel auf, falls wir den Heli mal auf einer Kreuzung stehen lassen müssen.«

Sie betrachten gemeinsam die Luftaufnahmen der Gebäude, die sie gleich abfliegen wollen. Ali kontrolliert, ob es die richtigen Häuser sind, und bestätigt dies, nachdem er einen kräftigen Schluck von seinem schwarzen Kaffee genommen hat.

»Dann sollten wir jetzt auch starten, ansonsten wärmt uns

die Sonne die Dächer zu sehr auf. Noch eine letzte Zigarette, Ali?«, fragt der Pilot, wohl wissend, welche Antwort er von Ali erhalten wird.

»Jupp, da bin ich dabei.«

Sie gehen durch die Halle, in der ein Hubschrauber steht, an dem ein Mechaniker gerade Wartungsarbeiten durchführt, und durch das bereits geöffnete Tor, vor dem ein prachtvoller rot-weiß-blauer Polizeihubschrauber auf der Landefläche steht. Ali verschlägt es jedes Mal die Sprache, wenn er auf eins dieser Wunderwerke der Technik zugeht. An der Nase des Hubschraubers ist die große Wärmebildkamera befestigt, die ihnen Aufschluss darüber geben soll, ob sich eine Verdachtslage für die Gebäude erhärtet.

Ali setzt sich hinten auf den Sitz, der linksseitig am Fenster ist, setzt die Kopfhörer auf, über die er den Gesprächen der Piloten lauschen kann, und schaut erwartungsvoll aus dem Fenster.

»Was wollt ihr eigentlich genau feststellen bei den Objekten?«, fragt der uniformierte Beamte. »Ist mein erster Einsatz dieser Art«, erklärt er, als Ali ihn zunächst skeptisch betrachtet.

»Du kennst ja vielleicht diese Leute, die Häuser mit einer Wärmebildkamera abfilmen und den Besitzern sagen, wo Kältebrücken sind, oder?«

Der Kollege nickt.

»Genau das Gleiche machen wir. In den Marihuanaplantagen ist es wegen der Lampen nicht nur taghell, sondern auch extrem warm. Da herrschen hohe Temperaturen, die wir an den Fenstern und an anderen Stellen erkennen können. Wenn ein Haus ungewöhnlich viel Wärme abstrahlt, selbst wenn das nur an bestimmten Stellen geschieht, können wir relativ sicher davon ausgehen, dass dort eine Plantage ist, und sie räumlich sogar ziemlich genau eingrenzen.«

»Okay. Das klingt gut. Dann bin ich mal gespannt«, erwidert Yesilkaya.

»Es gibt aber Häuser, die sind derart gut gedämmt, oder die Täter haben extra noch Dämmplatten eingebaut und andere

Vorkehrungen getroffen, dass wir nichts sehen können. Ebenso gibt es Häuser, bei denen alles zu glühen scheint, obwohl es am Ende nur die völlig überheizte und schlecht isolierte Wohnung der Großmutter ist. Das Ergebnis des Fluges liefert uns also nur ein weiteres Indiz. Mehr nicht.«

»Check.«

»Genug gequatscht? Dann würden wir jetzt starten«, meldet sich Johannes Freimann, wartet jedoch keine Antwort ab, sondern betätigt bereits mehrere Schalter und Hebel.

Die Rotorblätter beginnen, sich zu drehen, und werden immer schneller, bis der Stahlvogel sanft wie ein Fahrstuhl vom Boden abhebt und aufsteigt. Nach kurzer Zeit sind sie bereits mehr als fünfzig Meter hoch in der Luft und fliegen in Richtung Volksdorf davon, den ersten Strahlen der Sonne entgegen, die langsam über den Horizont lecken und den blauen Himmel in orange-rosarote Farben tauchen.

Bereits nach wenigen Minuten haben sie das Zielobjekt erreicht, fliegen nun deutlich höher, damit der Krach der Rotorblätter am Boden nicht gehört wird, und aktivieren die Wärmebildkamera, nachdem sie das Haus im Fokus haben. Das milchige Bild lässt für den Laien kaum etwas erkennen, vergleichbar mit den ersten Ultraschallbildern eines Kindes, doch die Piloten und Ali Bernbuch kennen sich aus. Sie sehen, dass keine besonderen Anzeichen auszumachen sind. Sie fliegen drei Runden um das Haus herum, versuchen es mit mehreren Filtern, doch sie können keinerlei Auffälligkeiten feststellen.

»Das kann eigentlich gar nicht sein«, schimpft Ali verschnupft. Er war fest davon ausgegangen, dass auch in diesem Haus eine Plantage betrieben wird. Es ist sehr groß, viel zu groß für eine einzelne Person.

»Wir müssen weiterfliegen, sonst steht die Sonne bereits zu hoch, wenn wir in Harburg ankommen«, wirft der Co-Pilot mahnend ein.

Ali nickt resignierend.

»Kein Marihuana. Aber ein Kaninchen hat der im Garten«, sagt Deniz Yesilkaya feixend.

»Sehr lustig«, entgegnet Ali verbissener, als es notgetan hätte.

»Doch. Schau doch mal. Da auf dem Rasen. Da sitzt es, stocksteif. Für eine Maus ist es zu groß.« Nachdrücklich zeigt der Beamte mit seinem Finger auf den Monitor, und tatsächlich kann man in der breiten Rasenfläche einen kleinen, hellen Punkt erkennen.

»Was ist das denn?«, fragt Ali interessiert, während der Pilot bereits mit der Kamera heranzoomt.

»Schwer zu sagen. Ein Kaninchen oder etwas anderes Lebendes ist es definitiv nicht. Müsst ihr am Boden nachschauen. Es ist auf jeden Fall sehr warm.«

Der Pilot beendet die Videoaufnahme und deaktiviert die Kamera. Kurz darauf erhöht er die Geschwindigkeit und nimmt Kurs auf Harburg.

78

Die kleine Kapelle auf der Klippe hoch über Étretat ist mit weißen Seidentüchern und herrlichen Blumengestecken festlich geschmückt und bis auf den letzten Platz mit Familie, Freunden und Kollegen gefüllt. Ungeduldig wartet Dombrowski vor dem Altar. Der Hochzeitsmarsch erklingt, gespielt auf zwei Schifferklavieren. Im Takt der Musik schreitet Claire, geführt von ihrem Vater, durch das Portal der normannischen Kapelle und kommt mit langsamen Schritten auf Dombrowski zu. Als sie voreinander stehen, greifen sie sich an den Händen und schauen einander tief in die Augen. Dombrowski verschlägt es den Atem, so schön und voller Sinnlichkeit ist die Braut.

»Wir sind hier zusammengekommen, um die sich liebenden Claire und Dumbo zu vermählen«, verkündet Gerd Sehling, der auf einmal in einem dunklen Kollar vor ihnen steht. »So frage ich dich, Dumbo, willst du die hier anwesende Claire –«

Das Schrillen eines Telefons durchbricht die spannungsvolle Stille in der Kapelle und lässt Dombrowski erwachen. Er stöhnt auf, schaut auf das Display und sieht, dass es bereits Viertel vor sechs ist. In fünfzehn Minuten werden die ersten Kollegen für den Einsatz eintreffen. Hektisch wischt er über sein Handy, um den Weckruf auszuschalten, steigt aus dem Schlafsack und zieht sich Hose und Schuhe an.

Nach mehrfachem Augenreiben entdeckt er auf dem Schreibtisch vor sich ein Tetrapak Kakao, mit einem kleinen Klebezettel daran, auf dem »Melde mich nach dem Flug, Ali« geschrieben steht. Dombrowski freut sich über die liebe Geste des Kollegen, auch wenn es ihm unangenehm ist, dass er ihn hier schlafend gesehen hat. Er pikt den Strohhalm in die Packung, und mit den ersten Schlucken erlangt er auch langsam alle Sinne wieder.

»Gut. Rufen wir den Staatsanwalt mal an.« Dombrowski geht zum Telefon auf Scottys Schreibtisch und wählt die Nummer von Staatsanwalt Schmidt.

»Schmidt«, kommt es einsilbig aus dem Telefon.

»Moin moin, Tim Dombrowski hier, vom Rauschgiftdezernat.«

»Sie fehlen mir gerade noch. Hamburg spielt die ganze Nacht verrückt, und jetzt kommt wieder irgendwas Eiliges, wofür ich vermutlich noch diverse Beschlüsse beantragen muss«, grummelt Staatsanwalt Schmidt wenig begeistert.

»Ja und nein. Es ist eilig, aber ich brauche erst einmal nur einen Beschluss für die Meldeanschrift des Kokainlieferanten. Das Kokain konnten wir gestern ja bereits beim Abnehmer sicherstellen, und nun wollen wir uns den Lieferanten vornehmen.«

»Und wieso erst jetzt der Anruf? Hätte man nicht gestern schon anrufen müssen? Und kann das dann nicht noch warten, bis der zuständige Kollege in zwei, drei Stunden zum Dienst antritt?«, meckert der Staatsanwalt, dem auch eine Mütze Schlaf fehlt, wie Dombrowski an den schleppend gesprochenen Silben merkt.

»Die Schriftlage ist gerade erst fertig geworden, daher rufe ich erst jetzt an. Der Lieferant hat nichts von der Übergabe mitbekommen, daher bestand heute Nacht keine Gefahr im Verzuge, aber wir befürchten, dass er aufgrund der Zuführung des Abnehmers zum Amtsgericht und durch dessen Recht auf einen Anwalt zeitnah von der Festnahme erfahren wird, und wollen möglichst schnell bei ihm durchsuchen.« Dombrowski verschweigt vorsichtshalber das kurze Nickerchen, das er sich gerade gegönnt hat, um die Laune des Staatsanwalts nicht noch weiter zu verschlechtern. »Wir haben auch noch zwei Fahrzeuge. In einem davon wird gebunkert. Es steht in einem Parkhaus im Mexikoring.«

»Soso, und nun soll ich Durchsuchungsbeschlüsse beantragen. Dann werde ich mal Richterin Feldschön anrufen. Gibt ja keinen triftigen Grund, warum sie mehr Schlaf kriegen sollte als ich. In der Zwischenzeit hätte ich gerne alles einmal elektronisch übersandt. Mit Frau Feldschön sollte das relativ unkompliziert klappen. Aber das ist doch schon wieder alles Käse, Dombrowski. Machen Sie das eigentlich immer extra, wenn ich Bereitschaft habe?«

»Es werden im Verlauf des Tages wohl noch weitere Beschlüsse beantragt werden müssen, denn wir haben den Verdacht, dass der Händler Lennart Kampe auch Cannabisplantagen betreibt«, bemerkt Dombrowski vorsichtig, weil die Zuständigkeit aufgrund des Nachnamens in das Dezernat von Staatsanwalt Schmidt fällt.

»Darum kann sich dann der zuständige Buchstabendezernent kümmern«, erwidert Schmidt leichthin und stutzt, als er merkt, dass er das ist. »Moment mal. Wie heißt der? Kampe? Das ist doch jetzt nicht Ihr Ernst, Dombrowski? Kokainhändler, mehrere Plantagen, alles spontan über Nacht festgestellt? Das können Sie vielleicht Oberstaatsanwalt Kapischke erzählen, aber doch nicht mir«, wütet er.

»Es ist aber wirklich so«, verteidigt sich Dombrowski. »Herr Sehling konnte gestern –«

»Der alte Sehling hat also auch schon wieder seine Finger im Spiel? Wann genießt der eigentlich endlich seinen Ruhestand und hört auf, der arbeitenden Bevölkerung nur noch mehr Arbeit zu machen? Nun gut. Eins nach dem anderen. Ich kümmere mich um den Beschluss für das Haus und das Auto, und dann lege ich mich hin und warte auf den nächsten Anruf. Meine Handynummer haben Sie ja. Bis später.«

»Danke, Herr Schmidt. Die E-Mail geht gleich raus«, erwidert Dombrowski erleichtert und hört nur noch das Klicken in der Leitung, als Schmidt auflegt. Im selben Moment öffnet sich die Eingangstür zum Dezernat, und an den trippelnden Schritten auf dem Gang hört Dombrowski, dass es Scotty ist, die hereingekommen ist.

»Guten Morgen!«, begrüßt sie ihn gut gelaunt, als sie ihr Büro betritt. »Uuh, Pumakäfig. Lange Nacht?«, bemerkt sie mit krauser Nase und einem Blick auf das Feldbett im Büro.

»Jo. So ist es. Mal wieder, aber was soll man machen? Schön, dass du kommen konntest.« Dombrowski gibt den Bürostuhl frei, doch Scotty, die in voller Radfahrermontur im Büro steht, winkt ab.

»Bleib ruhig sitzen. Ich muss eh noch schnell duschen. Und mach mal das Fenster auf, die Luft ist … nun ja, verbraucht, würde ich sagen«, erwidert sie grinsend.

»Ja, versteh schon. Aber ich muss eh an meinen Platz, um dem Staatsanwalt die bisherigen Berichte zu übersenden.« Dombrowski öffnet das Fenster, rollt den Schlafsack auf, klappt das Feldbett zusammen, räumt beides in einen Schrank und geht mit dem Trinkkakao in sein eigenes Büro, als Ernie und Lasse grüßend den Flur betreten, gefolgt von dem wortkargen Bert.

»Moin!«

»Moin moin.«

»Moin zusammen. Ich brauche noch einen Moment. Macht euch so weit fertig, dann sehen wir uns gleich vorne im Besprechungsraum. Vielleicht ist bis dahin auch der Rest eingetroffen«, ruft Dombrowski ihnen zu, ehe er die versprochene E-Mail an Staatsanwalt Schmidt absendet.

79

Lennart Kampe schreckt hoch und sitzt senkrecht im Bett, die Augen weit aufgerissen. Salzige Schweißperlen rollen ihm von der Stirn, die Haare sind verklebt. Er reibt sich über das Gesicht, greift nach seiner Brille auf dem Nachttisch, um überhaupt etwas erkennen zu können, und steht auf.

Seit gestern ist für Lennart alles anders. Er hat eine Grenze überschritten, der er sich niemals nähern wollte. Eine stetige Unruhe treibt ihn seither um. Die ganze Zeit hat er das Gefühl, etwas Falsches getan zu haben und verfolgt zu werden. Nicht einmal sein letzter Joint des gestrigen Tages, der ihm eigentlich das Gefühl von Leichtigkeit schenken sollte, verhalf ihm zur gewohnten Entspannung und erhofften Gleichgültigkeit.

Lennart schaut aus dem Fenster, durch das bereits die ersten Sonnenstrahlen fallen. Auf der Straße kann er nichts Ungewöhnliches erkennen. War es doch nur ein Traum, der ihn bis zum Morgen verfolgt hat? Er war im Moment des Aufwachens überzeugt, etwas gehört zu haben. Schritte, schwere Schritte von vielen Personen, die sein Zuhause angreifen. Lennarts Herz schlägt noch immer kräftig gegen sein Brustbein. Nervös geht er zu einer Plastikdose und beginnt, sich mit zittrigen Fingern einen ersten Joint aus dem darin befindlichen Marihuana-Tabak-Gemisch zu drehen.

Die Aktion gestern gibt Lennart ein schlechtes Gefühl, ganz anders als das Marihuana. Er beißt sich vor Ärger auf die Lippen, schaut in den Spiegel und brüllt sich an. Er tritt näher. Die Augen sind rot von der unruhigen, beinahe durchwachten Nacht. Lennart steckt sich den fertigen Joint zwischen die Lippen und zündet ihn an. Er liebt den Geschmack, doch genießen kann er ihn nicht. Der aufkommende Rausch löst Panik bei ihm aus, einen Wahn, den er so nicht kennt. Er ist auf einmal wieder überzeugt, dass jemand draußen vor der Tür sein muss, dass er jemanden gesehen hat, doch auch ein weiterer Blick aus dem Fenster offenbart nichts Ungewöhnliches.

Wütend über die eigenartige Wirkung drückt er den Joint

nach weniger als der Hälfte aus und geht ins Bad, um eine erfrischende Dusche zu nehmen. Er hasst es, kalt zu duschen, doch heute lässt er das eisige Wasser gnadenlos auf seinen Kopf prasseln. Schnaufend steht er da, in der Hoffnung, dass sich die Hitze in seinen Gedanken legt, dass es wieder so wird, wie es vorher war. Doch die bis gestern gelebte Gleichgültigkeit, die alles so leicht erscheinen ließ, will sich nicht einfinden. Ganz egal, wie oft er von kalt auf warm und zurück wechselt.

Lennart steigt aus der Dusche, trocknet sich hektisch ab und zieht sich frische Sachen an. Zähne putzend geht er nach unten in die Küche, reißt den Kühlschrank auf und entnimmt ihm wie gewohnt eine Plastikbox mit belegten Broten sowie ein Fruchtgetränk, stellt beides auf den Tresen und beendet das Zähneputzen am Spülbecken.

Am Frühstückstresen sitzend stellt er fest, dass er keinen Hunger verspürt. Er trinkt den Drink aus und stellt die Plastikbox zurück zu den anderen im Kühlschrank.

Unzufrieden schaut er sich im Wohnzimmer um. Sein Blick fällt auf das dort aufgebaute Schlagzeug. Er setzt sich auf den Hocker und fängt an, wild zu trommeln, immer schneller und immer heftiger schlägt er um sich, völlig losgelöst vom Klang, nur gesteuert durch die Emotionen. Er weiß, dass niemand diesen Lärm ertragen kann, erst recht nicht die Nachbarn, die durch die auf Kipp stehenden Fenster alles mitbekommen, aber er spürt dadurch eine Art Befreiung. Die Gleichgültigkeit und Gedankenlosigkeit, die er so vermisst hat, kehren zu ihm zurück, und er drischt weiter auf die Trommeln und Becken ein, bis er vor Ekstase schreiend und weinend in sich zusammensackt.

80

Der Helikopter hat die im goldenen Licht der Morgensonne glänzende Elbphilharmonie passiert und ist weiter über Hamburgs Dächer geschwebt. Gerade befinden sie sich im Landeanflug auf die Anschlussstelle Heimfeld, wo das nächste Objekt überprüft werden soll.

Fasziniert schaut Ali auf die vielen kleinen Autos, die sich über die Straßen quälen. Wie im Miniaturwunderland in der Hafencity, deren Ausstellung mit ihren vielen kleinen Einzelheiten er so sehr liebt. Weit unter ihnen liegt nun auch der ehemalige Getränkemarkt, der gestern in den Fokus der Fahnder geriet. Die Piloten aktivieren den Filter der Wärmebildkamera, und selbst ein ungeübtes Auge kann auf dem Bildschirm in großen Teilen des Gebäudes eine erhebliche Wärmeabstrahlung erkennen. Die Fenster scheinen förmlich zu glühen, und auch das Dach ist rückwärtig zumeist deutlich wärmer als im Eingangsbereich des Gebäudes. Die umliegenden Bauten sind auffallend kühler.

»Ich denke, das ist ein klarer Fall, Kollegen. Wir können direkt weiterfliegen«, meldet Ali per Funk an die Piloten.

»Du bist der Chef, Ali. Aber ich denke auch, dass es hier keine zwei Meinungen gibt. Zumal der Laden dort unten, dem Unkraut auf dem sandigen Gästeparkplatz nach zu urteilen, schon länger nicht mehr in Betrieb ist«, stimmt der Co-Pilot zu.

Wenige Minuten später kreist der Hubschrauber über dem ehemaligen Obsthof im Alten Land. Endgültig zufrieden lehnt sich Ali Bernbuch im Sitz zurück. Auch hier liefern die Bilder eine Bestätigung des Verdachts. Die Fenster sind erwärmt, obwohl das Haus gemäß ihren Beobachtungen nicht bewohnt ist. Die Ergebnisse sollten ohne Weiteres ausreichen, um einen Durchsuchungsbeschluss für beide Objekte zu erhalten, da hegt Ali keinerlei Zweifel. Zur Not gehen sie einfach über die Schlüsselgewalt von Lennart Kampe, der theoretisch ja auch in diesen Häusern weiteres Kokain gebunkert haben könnte und die Schlüssel sicherlich bei sich trägt.

Ali gibt an die Piloten durch, dass sie umkehren können. Er ist sicher, dass sie noch heute in den beiden Häusern auf

Marihuanaplantagen stoßen werden. Umso mehr stellt sich wieder die Frage, wo er die Polizeikräfte hernehmen soll, um dem Arbeitsaufwand gerecht zu werden.

»Na dann. Bitte einmal über die Elphi zurück zum Flughafen«, wünscht sich der Kollege in Uniform, der sein Smartphone gar nicht mehr weggesteckt hat und voller Begeisterung eine Luftaufnahme nach der anderen macht.

81

In der Eppendorfer Altbauwohnung von Steven Winter und dessen Freundin wirbelt Gerd Sehling unter lautem Getöse in der Küche, schwenkt Bratpfannen mit Rührei und Pfannkuchen, presst Orangensaft aus, drapiert frisch vom Bäcker geholte Brötchen und Croissants im Brotkorb und richtet Aufschnitt und Käse kunstvoll auf kleinen Tellern an. Auf dem Herd blubbert Wasser in einem Kochtopf, und die Garzeit der weißen Eier, die darin liegen, wird begleitet vom lauten Ticken einer kleinen, altmodischen Eieruhr. Im Hintergrund dudelt Musik aus dem Radio, immer mal wieder unterbrochen von Nachrichten aus Hamburg und der weiten Welt sowie kessen Sprüchen der Radiomoderatoren.

Als auch die Kaffeemaschine brodelt und den Geruch frischen Kaffees verbreitet, reibt Gerd sich freudig die Hände, in der Hoffnung, dass seine Mühen die liebe Dörte besänftigen werden. Leise schleicht er zur Tür von Emilias Zimmer und öffnet sie einen Spaltbreit. Zu seiner Überraschung ist es im Innern nicht mehr dunkel. Vom Nachttisch schlägt ihm ein gedämpfter Lichtschein entgegen. Emilia und Dörte sitzen wach in Emilias Bett und schauen ihm aufmerksam entgegen.

»Onkel Gerd! Ist das Essen fertig? Tante Dörte hat gesagt, dass du heute bestimmt besonders lieb sein wirst und den ganzen Tag Zeit für mich hast und ich darum auch nicht in den Kindergarten muss.« Freudestrahlend krabbelt die Kleine unter ihrer Decke hervor, läuft Gerd entgegen und schaut ihn erwartungsfroh an.

»Ähm, ja, also Frühstück wäre dann tatsächlich fertig«, druckst Gerd herum.

»Mmh, es duftet nach Pfannkuchen. Aber auch irgendwie verbrannt«, stellt Emilia fest und geht schnuppernd in den Flur.

»Ah, Mist. Ich muss den letzten Pfannkuchen noch aus der Pfanne holen.« Ungestüm mogelt sich Gerd an Emilia vorbei und läuft zur Pfanne, deren Inhalt er nur noch in den Mülleimer werfen kann. Emilia hat sich inzwischen den Teller mit den geglückten, aufeinandergestapelten Pfannkuchen geschnappt und ihn zum Tisch getragen.

»Super!«, urteilt sie mit glänzenden Augen.

Dörte ist ihnen in die Küche gefolgt und steht nun neben dem gedeckten Tisch. »Das sieht wirklich super aus. Es duftet nach schlechtem Gewissen, mein lieber Gerhard.«

»Nun ja, es war gestern nicht in Ordnung, euch einfach so stehen zu lassen, aber es war wirklich wichtig, und mein Handy war dann aus. So habe ich gar nicht mitbekommen, dass du angerufen hast. Ich muss dir das alles später in Ruhe erzählen. Nicht hier und jetzt«, entgegnet Gerd mit einem leichten Kopfnicken in Richtung Emilia, die zwar nur Augen für die Pfannkuchen hat, aber mit gespitzten Ohren am Frühstückstisch sitzt.

»Ich hoffe nur, dass deine Fürsorge der Vergangenheit geschuldet ist und du nicht schon wieder für den nächsten Alleingang vorbauen willst«, mahnt Dörte und betrachtet ihren Mann durchdringend.

»Nun ja, ich würde Dumbo heute nur einen kleinen Gefallen tun wollen. Es ist wirklich wichtig, Dörte. Aber dann bin ich ganz bald wieder da, und wir können nach Hause fahren«, gesteht Gerd.

»Das kannst du vergessen, Gerhard«, antwortet Dörte schnippisch. »Du meinst wohl, du brauchst hier bloß irgendwann zu erscheinen und dann tanzen die Mäuse wieder nach deiner Nase. So geht das nicht!«

Gerd wagt nicht, auf Dörtes Einwand zu reagieren.

»Steven muss heute arbeiten, da werde ich einen Teufel tun und nach Hause fahren, weil der Herr es sich so denkt. Emilia und ich haben uns für den Zoo und anschließend zum Tretbootfahren im Stadtpark verabredet, damit ihre Mutter ungestört und konzentriert im Homeoffice arbeiten kann. Entweder mit Herrn Sehling oder halt ohne ihn. Und nun werde ich erst einmal das köstliche Frühstück genießen. Das haben wir uns schließlich mehr als verdient. Und wir müssen ordentlich Kraft tanken für unseren heutigen Ausflug, nicht wahr, Emilia?«

»Genau!« Die Kleine sitzt mit ebenso erhobener Nasenspitze da wie Dörte, die direkt neben ihr Platz genommen hat.

»Na gut, die Damen. Ihr müsstet mich allerdings kurz entschuldigen. Ich muss ein, zwei Telefonate führen.« Gerd verlässt die Küche und geht ins Ankleidezimmer von Stevens Freundin, wo er die Tür hinter sich schließt und sein Telefon aus der Hosentasche zieht.

»Na, Gerd? Ist der Kopf noch dran?«, wird er süffisant begrüßt, als Dombrowski abhebt.

»Ich war Frühstücksgentleman, mein lieber Dumbo. Das macht sich immer gut. Gleich düse ich mit den beiden in den Zoo, und dann fährt Dörte mit Emilia auf dem Stadtparksee Boot.«

»Ja, okay«, bestätigt Dombrowski gedehnt.

»Wann kommt die MS Santa Rosa am Eurogate an?«

»Laut dem VesselFinder im Internet legt sie um sechzehn Uhr planmäßig an.« Bei Dombrowski raschelt es im Hintergrund, und er wirkt auf Gerd ein wenig abgelenkt.

»Okay. Dann ist ja noch genug Zeit. Seid ihr schon im Einsatz, oder was ist da los bei euch?« Gerd kann seine Neugier nicht zügeln. Viel zu sehr ist er bereits wieder im Alltag seiner früheren Arbeit angekommen.

»Die anderen sind schon unterwegs. Momentan bin ich allein im Präsidium, Ali fliegt noch mit dem Hubschrauber die mutmaßlichen Plantagen ab. Ich muss jetzt erst mal den Einsatz koordinieren und gleichzeitig alles für den Nachmittag vorbereiten«, erklärt Dombrowski bereitwillig, ganz so, als wäre Gerd noch immer fester Bestandteil des Dezernats.

»Okay, Dumbo. Dann wünsche ich gutes Gelingen. Bis später.« Gerd legt auf und sucht in seinen Kontakten nach der Rufnummer von Petra Windheim.

»Guten Morgen, Gerd. So früh auf den Beinen?«, begrüßt ihn die Leiterin der Duckdalben.

»Jo. Ich wollt mich für den Dienst am Nachmittag melden. Joe hatte mich gebeten, seine Kollegen von der Santa Rosa abzuholen. Sie würden wohl gerne wieder mit mir fahren, und ich habe mir den Montagnachmittag nun extra freigeschaufelt und könnte das übernehmen.«

»Ach, prima. Wenn das so ist, sage ich Matthias Ücke Bescheid, dass er heute doch nicht länger bleiben muss. Er will ja, wenn möglich, immer nur ein paar Stunden arbeiten und ist jetzt bereits im Einsatz. Danke, Gerd. Schön, dass du dich so begeistert einbringst.«

Gerd hat für einen Moment ein schlechtes Gewissen, dass er nur die halbe Wahrheit gesagt und diese auch noch erheblich verbogen und frisiert hat. Aber im Sinne der guten Sache ist eine kleine oder größere Notlüge durchaus mal erlaubt. Er verabschiedet sich und ruft Helmut Lieblich an. Nach mehreren Klingelzeichen geht dieser mit einem herzlich gemeinten »Wat willst du?« ans Telefon.

»Ich habe einen Wagen von den Duckdalben organisiert. Ich hatte das gestern mit Markus besprochen, weil ihr vom Fahrzeug aus gut den Zugang zum Schiff beobachten könnt.«

»Dat stimmt schon, aber wie lang? Die Matrosen juckeln doch immer gleich zu dem Auto, damit ihr sie in die Schifffahrtsmission fahrt.«

»Ja, das lass mal meine Sorge sein. Darum kümmere ich mich schon.«

»Wenn du meinst. Du sammelst Markus dann vorher ein?«, fragt Helmut Lieblich und legt nach Gerds Bestätigung und einer knappen Verabschiedung auf.

Gerd passt das ganz gut, denn er muss dringend den Nächsten anrufen.

»Hallo, Gerd!«, ruft Joe erfreut ins Telefon. »Ich bin gerade in Rotterdam. Du musst noch mehrere Wochen auf mich warten.«

»Ja, ich habe eine Bitte. Kennst du die Crew von der MS Santa Rosa?« Nervös wartet Gerd auf eine Antwort.

»Ich kenne dort einige. Die Welt ist klein, Gerd. Es ist ein Schwesterschiff der MS Valderrama. Aber warum fragst du?«, erkundigt sich Joe irritiert.

»Kannst du sie bitten, möglichst ein, zwei Stunden später von Bord zu gehen? Es ist wirklich wichtig. Ich hole sie auch persönlich ab und werde am Abend eine große Party für sie schmeißen, mit Freibier und Karaoke«, verspricht Gerd treuherzig.

»Ich kann es ihnen sagen. Du weißt ja, dass Bier und Karaoke unser wunder Punkt sind. Aber du musst dein Wort halten, Gerd. Ich möchte mein Gesicht nicht verlieren.«

»Versprochen! Ich halte mein Wort. Danke, mein Freund!« Gerd verabschiedet sich und beendet das Gespräch.

Zufrieden geht er zurück zu seiner Frau. Er muss ihr dringend den weiteren Verlauf des Tages erklären. Allerdings mit Vorsicht. Er weiß ja, dass es keine Freude für sie ist, wenn er plötzlich mit unerwarteten Plänen auf sie zukommt.

82

In der Nebenstraße in Volksdorf stößt Pascho seinem eingenickten Fahrer Jayjay mit dem Ellenbogen in die Seite, woraufhin dieser sich am eigenen Schnarchen verschluckt und wild zu husten beginnt.

»Was ist denn? Ist meine Zeit schon wieder rum?«, fragt er verschlafen.

»Nee, es geht gleich los.« Pascho deutet mit einem Kopfnicken in Richtung Wohnhaus.

»Ist der Kampe noch da?«, fragt Jayjay, während er sich den Schlaf aus den Augen reibt.

»Hätte ich dich nicht früher geweckt, wenn er das Haus bereits verlassen hätte?«, entgegnet Pascho mit leicht überheblichem Blick.

»Hmm, stimmt.«

»Seit dem Schlagzeugkonzert ist nichts mehr passiert. Kein Geräusch, kein Zucken der Vorhänge. Gar nichts.« Aufmerksam beobachtet er die Kette an Polizisten in Einsatzanzügen, die sich langsam an das Haus heranschleichen.

Dann öffnen beide leise ihre Türen, um den Kollegen zu folgen.

»Steht die äußere Absperrung?«, flüstert Scotty dem hinter ihr stehenden Ernie zu, der die Frage per Funk weitergibt. Kurz darauf kommt von Jayjay und Pascho die Bestätigung.

Aus einer Tasche an ihrem Einsatzanzug nimmt Scotty eine Plastikkarte und zieht sie leise mit der Kante zwischen Türrahmen und Tür hindurch. Sie schiebt und drückt auf Höhe des Schlosses ein wenig daran herum, während die Anspannung der Beamten zunehmend steigt. Hinter Scotty stehen zehn Polizisten mit gezogenen Waffen, die jeden Moment ein Klacken der Tür erwarten, bereit, das Haus zu betreten.

Mit einem letzten Ruck öffnet sich die Tür.

»Dass die jungen Leute von heute ihre Haustür nicht abschließen, ist doch immer wieder erstaunlich«, resümiert Scotty sichtlich zufrieden, während die maskierten Männer an ihr vorbei ins Haus eilen.

»POLIZEI!« – »POLIZEI!« – »POLIZEI!«, ertönen die Rufe der Beamten, während sie beginnen, nacheinander die Räume im Erdgeschoss zu sichern. »Wohnzimmer sauber!« – »Küche sauber!« – »Gästezimmer sauber!«

Scotty steht mit Bert an der Treppe und sichert sie nach oben und unten ab. Sie schauen jeweils in eine Richtung, beobachten und lauschen, ob sie etwas aus dem Keller oder dem Obergeschoss vernehmen können, doch sie hören nichts. Bewegungen können sie ebenfalls nicht feststellen und warten, bis die Kollegen sich wieder bei ihnen eingefunden haben.

Mit katzenhaften Schritten geht Scotty die Treppe hinauf, begleitet von mehreren Kollegen, die ihr, ohne ein Wort zu verlieren, folgen. Schon häufig haben sie diese Situationen geübt, eher seltener in der Praxis erprobt. Häuser dieser Größe sind ungewohnte Zielobjekte im Rauschgiftdezernat.

»POLIZEI! Leisten Sie keinen Widerstand!«, brüllt Scotty in den leeren und ruhig daliegenden Flur. Ihre Stimme bricht kurzzeitig angesichts der Kraft und Anspannung, die sie hineinlegt. Sie betritt ein Ankleidezimmer und sichtet es rundherum. Die Schränke haben keine Türen. Es ist niemand zu sehen, der oder die sich hier versteckt hält. »Ankleidezimmer sauber!«, ruft sie nach draußen.

»Schlafzimmer sauber!«, ruft Kuno vom anderen Ende des Flurs.

»Badezimmer sauber!«, »Sportzimmer sauber!«, rufen Ernie und Lasse.

»Obergeschoss sauber!«, fasst Scotty zusammen und geht wieder hinab zu Bert, der noch immer den Treppenabgang beobachtet. Er hat das Licht eingeschaltet.

»Herr Kampe, wir wissen, dass Sie zu Hause sind. Hier ist die Polizei!«, brüllt Bert in den Keller hinab. »Kommen Sie langsam hervor und legen Sie die Hände an die Wand, sodass ich sie sehen kann.«

Bert horcht. Er hört nichts. Keine Bewegung, keine Antwort. Er nimmt seine Taschenlampe und geht Stufe für Stufe in den Keller hinab. Das Untergeschoss ist gut beleuchtet. Trotzdem benutzt er die Taschenlampe, um für jeden Fall gerüstet zu sein. Sie wissen nicht, wo Lennart Kampe sich befindet, ob er sich vor Angst versteckt oder einen Angriff plant. Lediglich die leisen Schritte, die Bert die Treppe hinab folgen, sind zu hören.

»POLIZEI!«, schreit er noch einmal.

Vor ihm liegt ein kühler, gefliester Flur. Lediglich zwei feuerfeste Türen gehen davon ab. An einer prangt ein gelbes Schild mit der Aufschrift »Heizungskeller«.

Bert schlägt mit der Faust gegen die Tür. »Herr Kampe. Hier ist die Polizei. Wir kommen jetzt rein.«

Scotty zieht die Tür weit auf, sodass Bert mit der Taschenlampe hineinleuchten kann. Hinter einer halbhohen Mauer stehen drei nach Heizöl stinkende Tanks. Die blaue Heizung auf der gegenüberliegenden Seite brummt leise vor sich hin. Bert tastet mit der freien Hand nach einem Lichtschalter. Zwei Neonröhren an der Decke flackern auf.

Im nunmehr grellen Licht kann Bert den Raum inspizieren. Er blickt hinter die weiß angestrichene Mauer, doch dort ist niemand. Er steigt darüber hinweg und schleicht hinter die Tanks, wo er jedoch ebenfalls keine Person entdecken kann. »Heizungsraum sauber!«, ruft er.

Draußen im Flur schlägt Ernie an das kalte Metall der anderen Feuerschutztür. »Herr Kampe, hier ist die Polizei! Wir kommen jetzt rein. Machen Sie keine Dummheiten!«, ruft er, und erneut zieht Scotty für ihn die Tür auf.

Der Raum liegt im Halbdunkel, lediglich durch zwei Kastenfenster fällt erstes Tageslicht herein und scheint auf den grünen Transporter.

Die Polizeibeamten strömen hintereinander in die Garage, reißen die Türen zum Laderaum und die Fahrertür auf, doch das Auto ist leer. Auch unter dem Fahrzeug ist niemand zu entdecken.

Keiner ruft, dass die Garage sauber ist. Alle schauen sich verwundert und teilweise achselzuckend an.

»Pascho für Ernie«, funkt Ernie, der als Erster wieder zur Sprache findet.

»Ja, wir hören.«

»Seid ihr sicher, dass unsere Zielperson das Haus nicht verlassen hat?«

»Ja. Natürlich. Das Grundstück hat einen zwei Meter hohen Zaun. Wenn er nicht unbemerkt zu den Nachbarn rübergeklettert ist, muss er im Haus sein.«

»Stand jetzt muss er geklettert sein. Wir suchen das Haus noch einmal ab. Pascho und Jayjay, ihr könnt ebenfalls reinkommen und beim Durchsuchen helfen. Wir treffen uns im Erdgeschoss zur Einteilung.«

»Ja, verstanden«, entgegnet Pascho.

Scotty hat unterdessen Dombrowskis Nummer gewählt.

»Und, habt ihr ihn? Plantage?«, fragt er neugierig.

»Nee, ich muss dich enttäuschen. Die Zielperson ist nicht im Haus – und auch keine Plantage«, berichtet Scotty, die sich wesentlich mehr erhofft hatte, niedergeschlagen.

»Aber Pascho hatte ihn doch betreten sehen, und er hat das Objekt mit Jayjay die ganze Nacht im Blick gehabt. Ist der Transporter weg?«, hakt Dombrowski nach.

»Nein, der ist noch da. Vor Kurzem war auch noch zu hören, wie er Schlagzeug spielt. Der hat eins mitten im Wohnzimmer stehen. Aber jetzt ist er weg.«

»Vielleicht hat er was bemerkt und ist durch den Garten abgehauen. Habt ihr den schon abgesucht?«, will Dombrowski wissen.

»Dort standen Jayjay und Pascho, als wir betreten haben. Und warum sollte er geklettert sein, bevor wir kamen? Das ergibt doch keinen Sinn. Er hat auch keinen Gartenschuppen oder so. Praktisch nur Rasen. Und der Zaun ist hoch. Ich glaube nicht, dass er da rüber ist«, gibt sich Scotty skeptisch. »Das ist so ein Metallzaun mit dünnen Stäben und Spitzen. Lädt nicht zum Klettern ein.«

»Dann muss er noch im Haus sein«, schlussfolgert Dombrowski. »Durchsucht noch einmal alle Räume und gebt Bescheid, wenn ihr ihn habt.«

»Ja, so machen wir es. Ich melde mich bei dir.«

»Alles gut. Wir finden ihn schon noch«, gibt sich Dombrowski zuversichtlich.

»Dein Wort in Gottes Ohr«, entgegnet Scotty und gibt den anderen ein Zeichen, dass sie mit der zweiten Durchsuchung beginnen sollen.

83

Jonas Reinke schaut immer wieder nervös auf seine Armbanduhr. Bis Mittag soll er endlich ein Ergebnis geliefert haben. Dann steht eine Dienstbesprechung mit sämtlichen Polizeiführern an, zu der Kriminaldirektorin Baake nicht mit leeren Händen erscheinen will. Erst recht nicht, nachdem sie den Ermittlungsergebnissen medial vorgegriffen hat.

Doch die neuen Beweise sind erdrückend, und so steht er nun hier im Ausgangsbereich der Justizvollzugsanstalt Glasmoor, um den auf schnellstem Weg erwirkten Haftbefehl zu vollstrecken, den er zusammengerollt in den Händen hält. Mit Argusaugen wird er von den herauskommenden Häftlingen auf ihrem allmorgendlichen Weg in die Freiheit beäugt. Er ist ein Fremdkörper in dieser Umgebung, den Rücken an die Wand gedrückt, das helle Hemd, das er tief in die Jeans gesteckt hat, schlackert an den dünnen Armen. Die Hosenbeine liegen auf dunklen Lederhalbschuhen auf. Der Argwohn der Insassen gründet sich jedoch vor allem auf die Anwesenheit der beiden groß gewachsenen, breiten und kahlköpfigen Schutzpolizisten, die neben ihm stehen und verkniffen dreinschauen.

Als Steven Winter ins Foyer tritt, treffen sich ihre Blicke. Fast ein wenig reumütig nickt Jonas ihm zu, während Stevens Blick an dem ihm wohlbekannten rosafarbenen Zettel in seiner Hand haften bleibt. Blasser werdend, kommt er unvermittelt auf Jonas Reinke zu und bleibt wenige Meter vor ihm stehen. »Was wollen Sie jetzt schon wieder?«

»Die Wahrheit«, sagt Jonas Reinke ernst.

»Was für eine Wahrheit? Sie wissen gar nichts«, braust Steven auf.

»Wir haben Beweise!«, hält Jonas dagegen und beginnt, ein wenig unbeherrscht mit der rosafarbenen Papierrolle herumzuwedeln.

»So wie gestern? Das ist doch haltlos. Ich habe ein Alibi! Kapieren Sie das endlich. Ich kann nicht an zwei Orten gleichzeitig sein.«

Jonas winkt ab. »Ich würde mich gerne noch länger mit Ihnen unterhalten, aber ich habe zu tun. Sie entschuldigen mich?« Ohne eine Antwort abzuwarten, geht er an Steven Winter vorbei auf einen großen kahlköpfigen Mann zu, dessen struppige Augenbrauen sich skeptisch zusammenziehen. Der rechte Wangenknochen ist angeschwollen, und seine Körperhaltung lässt vermuten, dass er erhebliche Schmerzen an den Rippenbögen verspürt. »Herr Wasilaw?«

»Was wollen Sie?«, fragt Marek Wasilaw barsch, wobei er eine breite Zahnlücke preisgibt, wo eigentlich ein Schneidezahn sein sollte.

»Mein Name ist Reinke. Ich bin vom Kriminaldauerdienst des Hamburger Landeskriminalamts. Ich habe hier einen Haftbefehl für Sie. Meine beiden Kollegen werden Sie jetzt zum Amtsgericht überstellen, wo der zuständige Haftrichter den Haftbefehl verkünden wird.«

»Wieso? Was soll ich gemacht haben?«, fragt Marek verbissen.

»Sie haben vorgestern Abend den Schiffsoffizier Sergej Kruschkow von der MS Valderrama mit Hilfe eines Teleskopschlagstocks auf St. Pauli erheblich verletzt und sind anschließend geflüchtet.«

»Das ist doch lächerlich«, mischt sich Steven Winter von der Seite her ein. »Sie suchen nur einen Sündenbock. Marek, sag ihnen, wo du gewesen bist. Das darfst du dir nicht gefallen lassen. Alles haltlos, was der Grünschnabel hier behauptet.«

»Wir haben Ihre Fingerabdrücke auf der Tatwaffe sichern können«, erklärt Jonas Reinke weiter, ohne Steven zu beachten.

»Den habe ich vielleicht mal in der Hand gehabt und mir angeschaut. Das beweist gar nichts – und erst recht nicht, dass damit zugeschlagen wurde.« Marek Wasilaws dunkle Augen glühen vor Wut.

»Auf dem Knüppel konnten wir außerdem die DNA von Kruschkow sichern. Des Weiteren haben wir die Aussage eines Zeugen, der Sie erheblich belastet! Alles zusammen hat offenbar ausgereicht, um diesen Haftbefehl für Sie auszustellen. Und nun möchte ich Sie bitten, den Kollegen ohne Widerstand zu ihrem Streifenwagen zu folgen.«

»Was soll das bitte wieder für ein Zeuge sein, den Sie da aus dem Hut zaubern?«, echauffiert sich Steven erbost.

»Lass gut sein, Digger«, flüstert Ashraf ihm zu und zieht ihn am Arm aus dem Vorraum des Gebäudes, bevor Jonas Reinke auf den Einwurf eingehen kann.

»Herr Kommissar, warten Sie!«, fordert Marek auf einmal mit flehender Stimme. »Das ist alles ein Irrtum.« Er beugt sich zu Jonas Reinke vor und raunt ihm zu: »Ich bin einer von euch. Rufen Sie Toni an. Er wird Ihnen das bestätigen.«

»Ich kenne keinen Toni.«

»Ich bitte Sie, rufen Sie Toni an. Ich bin da gerade an etwas ganz Großem dran. Sie müssen mir glauben. Ich bin einer eurer V-Männer. Was Sie mir vorwerfen, habe ich alles im Sinne von Tonis Auftrag gemacht!«, flüstert Marek verzweifelt.

»Ich glaube kaum, dass Sie von einem Kollegen den Auftrag erhalten haben, einen Schiffsoffizier zusammenzuschlagen«, wehrt Jonas ab und gibt den Kollegen ein Zeichen, dass sie sich des Verhafteten annehmen sollen.

»Nein, so war das ja auch nicht. Sie verstehen nicht. Ich habe das nur getan, um etwas für Toni rauszufinden«, versucht Marek, sich zu erklären.

»Das Geständnis zumindest habe ich soeben gut verstanden. Folgen Sie jetzt bitte den Kollegen und leisten Sie keinen Widerstand.«

Niedergeschlagen lässt Marek Wasilaw sich Handfesseln anlegen und geht mit gesenktem Haupt hinter einem der Polizeibeamten her nach draußen, gefolgt von Jonas Reinke und dem zweiten Schutzpolizisten, der sich nach dem Verlassen der Haftanstalt mit entschiedener Miene die unter den Arm geklemmte Mütze auf den Kopf setzt.

84

Nachdenklich grübelnd drückt Tim Dombrowski auf einem kleinen roten Schaumstoffball herum, den ein grimmig dreinschauender Smiley ziert. Sein Blick ist ziellos aus dem Fenster gerichtet, an dem sich bereits ein paar feine Tropfen vom beginnenden Regen absetzen.

Ein Signalton reißt ihn aus seinen Gedanken. Auf dem Bildschirm ist eine neue E-Mail eingegangen. Sie stammt von Ali Bernbuchs Handy und trägt den Betreff »Plantagenfotos«.

In der E-Mail schreibt Ali, dass er soeben gelandet sei und sich nun auf den Rückweg zum Polizeipräsidium machen werde. Mehrere Bilder sind angehängt, die Dombrowski nacheinander öffnet. Er erkennt das ehemalige Bauernhaus auf Anhieb wieder. Zufrieden betrachtet er die Bilder, die wie Negative aussehen, mit hellweißen Flächen, wo im Gemäuer die Fenster sind, und dem teilweise weiß schimmernden Dach. Dort strahlt eindeutig starke Wärme ab, während die Außenwände dank ihrer robusten Bauweise dunkel sind.

Dombrowski kennt solche Aufnahmen aus anderen Ermittlungen, in denen er einen Plantagenverdacht hatte. Doch hier ist es besonders deutlich.

Sein auf dem Tisch liegendes Handy beginnt zu klingeln. Es ist Scotty.

»Hey, Dumbo!«, begrüßt sie ihn mit leichter Hektik in der Stimme. »Wir haben das Haus noch mal grob durchsucht, aber Lennart Kampe ist nicht auffindbar. Es riecht hier ziemlich nach Gras. Das kann allerdings an den Joints liegen, die gehäuft im Aschenbecher in der Küche liegen. Wir würden jetzt erst einmal alles fotografieren und dann mit der Durchsuchung beginnen.«

»Kannst du ein paar Leute entbehren? Wir müssen dringend das Auto in der Garage sichern, und für die anderen beiden Objekte benötige ich zwei Leute, die sich den Hut aufsetzen und die Durchsuchungen leiten«, bittet Dombrowski zögerlich.

»Du, das Haus hier ist riesig. Wir brauchen eine Ewigkeit, wenn wir Kräfte abgeben.«

»Ja, ich weiß, aber wenn er nicht dort ist, hält er sich vielleicht in einem der anderen Objekte auf. Wir sollten schnell handeln und auch diese Häuser sichern. Ihr könnt euch ja Zeit lassen, oder hast du heute noch was vor?«, fragt Dombrowski verschmitzt

»Nein, nein, du hast recht. Ich schicke dir Kuno, Ernie, Jayjay und Bert. Wen magst du wohin genau haben?«

»Ernie und Bert am besten erst einmal in den Mexikoring zum Fahrzeug. Die beiden sind ja eh unzertrennlich. Kuno kann direkt zum alten Bauernhof fahren und Jayjay zum ehemaligen Getränkemarkt nach Heimfeld. Falls ihr den Schlüssel findet, kann Ernie das Auto dann ja zum Präsidium bringen. Ansonsten müssten wir den irgendwie abschleppen lassen. Aber schaut mal auf der Beifahrerseite vom grünen Transporter. Gerd hat gesagt, dass der dort rumgewurschtelt hat, bevor er zum Bunkerfahrzeug gegangen ist.«

»Verstanden. Gebe ich so weiter. Jayjay nach Heimfeld. Kuno zum Bauernhof. Ernie und Bert zum Parkhaus. Bis später.«

Bevor Dombrowski bestätigen kann, hat Scotty bereits aufgelegt.

Er legt das Handy beiseite und wählt auf dem Dienstapparat die Nummer von Staatsanwalt Schmidt, der sich nach wenigen Freizeichen mit hörbarer Müdigkeit in der Stimme meldet.

»Moin moin, Herr Schmidt. Ich hätte jetzt alles zusammen für die Plantagen im Alten Land und in Heimfeld. Ich muss nur noch die Wärmebilder in meinen Bericht einfügen. Soll ich Ihnen alles per E-Mail übersenden?«

Es herrscht Stille in der Leitung. Dombrowski fragt sich, ob der Staatsanwalt wirklich wach oder mit dem Kopf auf dem Schreibtisch direkt wieder eingeschlafen ist. Auf keinen Fall will er zu forsch sein. Immerhin braucht er die Beschlüsse, und das auch noch ziemlich zügig. Eine schlechte Laune des Staatsanwalts wäre da überhaupt nicht förderlich.

»Sind Sie schon in dem ersten Objekt?«, fragt Schmidt auf einmal.

»Ja. Dort haben wir die Zielperson aber nicht angetroffen.«

»Was? Wieso das denn nicht? Haben Ihre Leute nicht aufgepasst?«, brüllt Schmidt verständnislos, mäßigt sich aber gleich wieder. »Dann, ähm, haben Sie überhaupt Leute für die anderen Objekte?«

»Die kriege ich schon. Zur Not ziehe ich die Bereitschaftspolizei und den Dauerdienst hinzu.«

»Ja, dann machen Sie das bitte und rufen Sie mich danach wieder an. Nicht dass ich hier etwas auf Gefahr im Verzuge anordne, wenn Sie erst in ein paar Stunden anrücken können. Das muss schnell gehen.«

»In Ordnung, ich melde mich gleich wieder.« Dombrowski beendet das Gespräch, während er im Handy bereits nach dem Kontakt von Scholle sucht, der mit seiner Fahndungsgruppe für Harburg zuständig ist.

»Dumbo!«, begrüßt dieser ihn freudig. »Was können wir für dich tun?«

»Moin, Scholle! Seid ihr im Dienst?«, fragt Dombrowski vorsichtig, denn die frühen Morgenstunden sind nicht unbedingt die Lieblingszeit der Fahndungsgruppen.

»Hör bloß auf. Wir haben einen ganzen Einsatzzug bekommen und kontrollieren gerade die bereits ordentlich genervten Fahrer im Berufsverkehr auf Drogen und Alkohol. Der Stau, den wir hier verursachen, reicht schon gefühlt bis Buxtehude

»Wie wäre es, wenn ihr Drogen anstatt Autos aus dem Verkehr zieht? Wir bräuchten Unterstützung für zwei Plantagen.«

»Oh. Das würde ich gern machen, aber die Chefs reißen mir die Ohren ab, wenn ich hier jetzt abrücke. Wir haben auch schon ziemlich viele rausgezogen, die der Kontrolle recht geben, weil sie vom Wochenende entweder noch völlig bekifft sind oder den Geist vor der Arbeit mit Speed und Koks wiederbelebt haben.«

»Dann hattet ihr doch schon einen schönen Erfolg. Und genug Stau solltet ihr langsam, aber sicher auch produziert haben«, erwidert Dombrowski grinsend.

»Ich frag mal oben nach. Wo müssten wir denn hin?«

»Einmal brauche ich Kräfte für einen alten Bauernhof im Alten Land und dann für ein Objekt direkt bei der Anschlussstelle Heimfeld zur A 7.«

»Moment mal. Genau da stehen wir gerade. Wir ziehen die Leute für die Kontrolle auf den Parkplatz unter der Autobahnbrücke. Wo ist die Plantage denn genau?«

»Neben eurem Parkplatz. Der alte Getränkemarkt.«

»Ah ja. Da stehe ich direkt vor. Das Gelände ist aber umzäunt. Niemand dort, würde ich sagen. Was schwebt euch denn so vor?«, fragt Scholle interessiert. »Ich würde einfach mal zwei Leute aufstellen, die den Zugang bewachen. Das Objekt habe ich im Blick, in den letzten zwei Stunden war da aber nichts los. Das kann ich sicher sagen.«

»Okay. Das ist schon mal gut. Dann hab eines deiner beiden Augen bitte weiterhin auf den Eingang gerichtet. Ich schicke dir Jayjay vorbei. Vielleicht könnt ihr ihm ja später ein paar Hände borgen, wenn wir dort betreten.«

»Das kriegen wir hin. Die Jungs machen ihre Pause sicherlich gern in einer Plantage. Jayjay kann sich dann ja bei mir melden. Bis später, Dumbo.«

Dombrowski legt auf. »Das wäre der erste Streich«, sagt er zu sich selbst und wählt die Nummer des Dienststellenleiters der Gemeinsamen Ermittlungsgruppe Rauschgift, bei der in paritätischer Zusammensetzung Beamte der Hamburger Polizei und des Zolls zusammenarbeiten. Sie waren Dombrowski in der Vergangenheit schon häufig eine Stütze, wenn kurzfristig mehr einsatzwillige Ermittler benötigt wurden.

»Moinsen! Was kann ich für dich tun, Dumbo?«, begrüßt ihn die tiefe, leicht heisere Stimme von Florian Himmelsruh.

»Gut, dass du da bist, Engel. Ich brauche eure Unterstützung für eine Plantage.«

»Ja, wo denn? Und vor allem wann?«

»Am besten sofort, und es geht ins Alte Land. Ich würde einmal kurz in den Sachverhalt einweisen, wenn du Leute findest. Vor Ort ist dann Kuno der Ansprechpartner. Der zieht gerade von Volksdorf rüber ins Alte Land.«

»Ja, verstanden. Ein paar Leute sind schon hier. Ich geh mal über den Flur und melde mich gleich wieder. Das sollten wir hinkriegen«, stimmt Florian zu und beendet das Gespräch nach einer kurzen Verabschiedung.

Dombrowski trommelt mit den Händen einen Tusch auf dem Schreibtisch. Er lächelt, während er ein weiteres Mal die Nummer von Staatsanwalt Schmidt wählt.

»Das ging ja schnell«, begrüßt ihn der inzwischen wacher klingende und auch wesentlich freundlicher aufgelegte Staatsanwalt.

»Ich habe die Kräfte so weit zusammen. Sie befinden sich praktisch auf der Anfahrt. In Heimfeld sind Teile bereits vor Ort.«

»Okay. Dann ordne ich hiermit die Durchsuchungen auf Gefahr im Verzuge an. Schicken Sie mir die Daten zu, damit ich hier alles protokollieren kann?«

»Das geschieht in diesem Moment. Vielen Dank, Herr Schmidt. Ich melde mich später wieder bei Ihnen.«

»Das steht zu befürchten«, antwortet Schmidt und beendet das Gespräch. Im selben Moment drückt Dombrowski auf »Senden« und steht auf.

Jetzt ist genau der richtige Moment, um einen Kakao anzurühren und Claire anzurufen. Wer weiß, wann er heute noch einmal Zeit dafür findet.

85

Unter dem neuen Autobahndeckel über der Autobahn 7 zwischen Eidelstedt und Stellingen, auf dem neue Parkanlagen Platz finden sollen und der die unzähligen Anwohner zugleich vom ständigen Lärm abschirmt, fährt Steven gemächlich auf der rechten Spur. Es ist noch ausreichend Zeit bis zum Beginn der Arbeit am Eurogate. Somit besteht kein Grund für Hektik oder zum Rasen.

Leise ist es im Auto. Die sonst immer laufende dröhnende Musik hat Steven nicht eingeschaltet. Er denkt über die Festnahme von Marek nach. Auch Ashraf neben ihm auf dem Beifahrersitz ist ruhig. Grübelnd schaut er aus dem Seitenfenster, wo die Neonlampen an ihnen vorbeizufliegen scheinen. Den Kopf hat er in die Hand gestützt, den Ellenbogen auf den Türrahmen.

»Digger, Hauptsache, Marek hält die Fresse bei den Bullen«, gibt Ashraf von sich und durchbricht die Stille.

»Ja, Mann. Aber das wird er schon«, erwidert Steven einsilbig.

»Aber was ist, wenn er seinen Arsch retten will? Er weiß, dass heute was geht.«

Steven antwortet nicht.

»Oder meinst du, er hat doch Ehre und hält die Schnauze?«

»Was sollte er schon sagen? Konkretes weiß er nicht, oder?« Steven trommelt mit den Fingern aufs Lenkrad. »Nein, Mann. Marek sollte es begriffen haben.«

»Ich meine nur. Ich hab ihm gestern gut gegeben, weißt du. Nicht dass ich der Nächste bin, den sie einkassieren. Keinen Bock wieder auf den Geschlossenen.«

»Lass gut sein. Wird schon alles«, sagt Steven beschwichtigend.

»Aber Digger. Alex meint, dass Marek V-Mann sein kann, weißt du? Was ist, wenn der doch erzählt, was wir machen? Wenn er auspackt und die Bullen ihm Glauben schenken?« Ashraf reibt sich über die kurz geschorenen Haare und streicht anschließend mit dem Zeigefinger über die Narbe auf seiner Wange.

»Wir machen ja nichts mehr. Arbeiten, Schlafen, Familie. Und das jeden Tag. Mach dir keinen Kopf.«

»Digger, der weiß aber Bescheid. Das ist gefährlich, Digger«, führt Ashraf weiter aus, hält aber inne, als Steven in Stellingen abrupt von der Autobahn abfährt und kurze Zeit später von der Kieler Straße auf einen großen Parkplatz einbiegt. »Wo willst du hin, Digger?«, fragt Ashraf irritiert.

»Steig aus!«, fordert Steven, schaltet den Motor aus und öffnet die Fahrertür. Nachdem er ausgestiegen ist, entfernt er sich ein paar Schritte vom Fahrzeug und wartet dort auf den ihm verdutzt nachfolgenden Ashraf. »Bist du bescheuert, im Auto zu reden? Die Bullen hatten das gestern in den Händen. Schon vergessen? Du bist doch dabei gewesen. Was ist, wenn die Wichser Mikrofone eingebaut haben, hä? Schon einmal darüber nachgedacht? Ich hab keinen Bock, in den Knast zu müssen, weil du im Auto die Fresse nicht halten kannst. Also halt für den Rest des Weges dein Maul und nerv mich nicht mit Marek. Der hat seine Probleme, wir haben unsere. Der kann uns gar nichts. Das hast du ihm gestern ja auch nachdrücklich erklärt. Vergessen hat er das mit Sicherheit nicht. Alex soll ihm seinen Anwalt schicken. Der wird ihm schon erklären, dass es nicht klug ist, zum Verräter zu werden. Und jetzt fahren wir weiter.«

Steven geht zum Mustang zurück und wartet, bis auch Ashraf, der einen Moment schweigend stehen bleibt, wieder in das Fahrzeug eingestiegen ist. Dann dreht er die Musik laut auf und lässt den Motor an, bevor er mit quietschenden Reifen anfährt und kurze Zeit später wieder auf der Autobahn ist.

86

Mit einem Fluch auf den Lippen rüttelt Ernie am Griff des Handschuhfachs, das anscheinend verschlossen ist. Da entdeckt er im Augenwinkel den Autoschlüssel, der im Zündschloss steckt. Er zieht ihn heraus und öffnet mit Spannung das Handschuhfach. Es ist leer.

Ernie zieht eine Taschenlampe aus der Gürteltasche und leuchtet den Innenraum aus. Er begutachtet alle Stellen des Fachs, drückt mit den Fingern prüfend gegen die Wände. An der Rückwand spürt er einen geringeren Widerstand. Mehrfach stößt er mit den Fingerspitzen dagegen. »Da ist doch was. Das ist doch nicht normal.«

»Lass mich mal«, bittet Bert, der neben Ernie steht und sich neugierig verbiegt, um ebenfalls einen Blick in das Handschuhfach zu erhaschen.

»Ich hab es gleich. Das muss doch irgendwie aufgehen. Ganz ehrlich. Das ist schon auffällig, dass in dem Handschuhfach so gar nichts drin ist. Wer hat denn bitte nichts da drin? Die Rückwand ist total wackelig. Aber ich kann sie nicht greifen«, murmelt Ernie vor sich hin und fummelt weiter im Handschuhfach herum.

»Komm, lass mich mal«, drängelt Bert.

»Na gut. Ich hol schon einmal einen Schraubendreher zum Aufhebeln«, erwidert Ernie. Er richtet sich auf und geht in Richtung Werkbank.

»Brauchst du nicht«, ruft ihm Bert kurz darauf hinterher. Er hockt auf dem Beifahrersitz und ist halb in das Handschuhfach reingekrochen. »Ging doch ganz einfach. Man muss nur oben rechts in der Ecke drücken, und schon klappt sie auf. Hier ist sie. Die kann man komplett rausnehmen. Darum ist das Handschuhfach auch leer. Gibst du mir mal deine Taschenlampe?« Er streckt einen Arm zur Tür hinaus und bewegt auffordernd die Finger.

»Nee, lass mich mal.«

»Wir haben doch keine Zeit, Ernie.«

»Na gut«, gibt Ernie sich geschlagen und drückt Bert die Taschenlampe in die Hand. Der zieht wenig später einen Autoschlüssel aus dem Versteck und schwenkt ihn vor Ernies Augen hin und her.

»Sieh an. Geht doch. Dann lass uns mal in die City Nord düsen.«

Die beiden nehmen die Treppe zurück ins Erdgeschoss, rufen Scotty zu, dass sie den Schlüssel haben, und hasten zu ihrem Dienstwagen. Dort setzen sie das kleine Blaulicht aufs Dach und fahren mit Vollgas und Sirene davon.

Im Präsidium in Alsterdorf ist Tim Dombrowski noch immer allein auf dem Flur. Eigentlich sitzt Otto Kuhnert um diese

Uhrzeit schon immer schräg gegenüber im Büro, trinkt Kaffee und kaut Kekse. Das heißt, wenn er nicht gerade in der Tiefgarage ist und zwei Zigaretten raucht. Heute jedoch ist sein Stuhl verwaist. Ungewohnt, denn selbst im Urlaub und am Wochenende sitzt er gerne dort und stöbert in den Datenbanken. Aber anscheinend ist er noch nicht wieder gesund.

Das Klacken der Eingangstür kündigt die Ankunft eines Kollegen an, doch nicht Otto, sondern Ali Bernbuch und Harry Goldutt gehen gleich darauf den Flur entlang. Ali berichtet ihrem Chef von den Geschehnissen am Wochenende und scheint ihm soeben die Ergebnisse seines heutigen Rundflugs darzulegen.

»Guten Morgen, die Herren!«, grüßt Dombrowski, als sie an seiner Bürotür ankommen.

»Moin, Dumbo! Da überlässt man dir blauäugig eine Kleinigkeit, und du machst aus der Mücke mal wieder einen Elefanten. Du weißt doch, wie viel wir hier zu tun haben«, beschwert sich Harry sogleich. Eigentlich freut er sich immer, wenn sie erfolgreich ein Verfahren bestreiten, doch der Ausfall von Otto und die weiterhin unbesetzte Stelle von Gerd führen dazu, dass in solchen Fällen der Personalmangel in der Abteilung spürbar wird.

»Eigentlich war es Gerd, der uns auf die Plantage und Alex Freiberg aufmerksam gemacht hat«, stellt Dombrowski klar.

»Der kann auch die Füße nicht stillhalten. Frau Baake hat sich bereits beklagt, dass er seine Finger im Spiel hat. Wenigstens konnte der Täter festgenommen werden. Ansonsten hätte die mich noch mehr damit genervt.« Harry hasst es, in seiner Freizeit von der Kriminaldirektorin angerufen zu werden. Dombrowski vermutet, dass daher ein Teil seines Unmuts rührt.

»Sie kann froh sein, dass jetzt der Richtige in Haft sitzt. Erst hatte sie ja den Falschen festnehmen lassen«, gibt er zu bedenken.

»Das stellt sie natürlich ganz anders dar. Du hättest sie mal hören sollen. Sie hat mich direkt im Anschluss an die Festnahme angerufen. Wegen der staatstragenden Bedeutung des Sachverhalts, so ihre Worte, will sie beim Polizeipräsidenten damit offenbar prahlen und fragte, ob wir auch noch etwas hätten. Ich wusste natürlich mal wieder nichts von euren Ermittlungen und musste mir was ausdenken. Nachher tanzt die wieder im Kreis, wenn sie nicht ausreichend informiert ist. Da könnt ihr mir ruhig immer mal Bescheid geben.«

»Wir sind ja noch dabei«, erwidert Dombrowski mit schlechtem Gewissen.

»Brauchst du noch Unterstützung? Oder kommst du klar?«, fragt Harry nun interessiert, so als hätte er sich den ganzen Frust soeben von der Seele gesprochen.

»Nee, alles gut. Ich habe genug Kräfte für die Plantagen und für das Bunkerfahrzeug. Am Nachmittag sind dann noch die Fahnder von der Wasserschutzpolizei mit dabei. Und von uns stehen bis dahin vielleicht auch wieder ein paar zur Verfügung.«

»Ich bin ebenfalls bereit. Wohin soll ich fahren?«, fragt Ali voller Eifer. »Ich hol auf jeden Fall das Plantagenequipment aus dem Lager. Das werden wir heute wohl brauchen.«

»Ja, gute Idee. Die Leute von der GER sind schon unterwegs und eingewiesen. Die haben bereits eine Einsatzbox mit ins Alte Land genommen und treffen dort gleich Kuno. In Volksdorf brauchen wir wohl keine. Dort ist weder eine Plantage, noch wurde der Beschuldigte dort angetroffen. Ich würde daher vorschlagen, dass du Jayjay nach Heimfeld begleitest.«

»So machen wir es. Was war das denn jetzt im Garten in Volksdorf?«, fragt Ali neugierig.

»Was meinst du genau?« Dombrowski ruft am PC das Wärmebild des Hauses auf. Er vergrößert den Bildausschnitt und entdeckt nun ebenfalls die kleine, aber deutliche Wärmeabstrahlung im Garten. Als hätte der Pilot einen hellen Punkt in das Beet gemalt. Mit zusammengekniffenen Augen betrachtet er die Stelle. »Ich ruf mal Scotty an.«

Auf dem Esstisch vor Lasse und Scotty steht eine schwarze Sporttasche, deren Verschluss weit geöffnet ist. Lasse greift hinein und holt den nächsten Haufen unsortierter Scheine heraus. Sie ordnen die Scheine nach ihrem Wert und bündeln sie zu Stapeln von jeweils eintausend Euro. Mehr als vierzig Stapel haben sie am Tischrand nebeneinander abgelegt, obwohl sich die Tasche bis jetzt kaum merklich geleert hat.

Scottys Smartphone klingelt so laut und schrill, dass es in den Ohren schmerzt, doch sie zählt die Fünfzig-Euro-Scheine weiter ab, bis sie bei zwanzig angekommen ist, legt den Stapel neben die restlichen und nimmt dann den Anruf von Dombrowski entgegen.

»Hallöle!«, trällert sie fröhlich ins Telefon, bemüht, mit der freien Hand schon mal die nächsten zwanzig braunen Scheine zusammenzusuchen.

»Scotty, ich bin es. Seid ihr schon im Garten gewesen?«

»Also ehrlich, Dumbo, immer mit der Tür ins Haus. Willst du gar nicht wissen, was wir hier gefunden haben?«

»Na, wenn du so fragst, will ich das natürlich schon gern wissen.«

»Eine Tasche voll Bargeld. Lasse und ich zählen noch. Das wird dauern.«

»Weil ihr nicht rechnen könnt?«

»Nein, du Blödmann. Es ist so viel.« Scotty hüpft auf ihrem Stuhl ein wenig hin und her, während sie durch das große Terrassenfenster in den lang gezogenen Garten schaut und sich fragt, was Dombrowski dort wohl suchen mag. »Was soll denn im Garten sein? Der sieht ziemlich karg aus.«

»Ich schicke dir gerade ein Bild. In einem Beet ist ein Wärmepunkt. Schau mal bitte nach, was das ist.«

»Aber ich zähl erst mal das Geld zu Ende, okay?« Scotty wendet sich wieder der Tasche zu und legt die nächsten Fünfziger aufeinander.

»Nee, mach mal bitte jetzt. Die Scheine laufen dir schon nicht davon. Die kannst du auch gleich noch zählen.«

»Na gut. Warte.« Scotty schaut sich kurz auf dem soeben per Messenger erhaltenen Bild die Position an und steht auf, um in den Garten zu gehen. Sie reißt die Terrassentür auf, und ein kräftiger Windstoß weht herein.

»Nee, ne? Scotty, mach die Tür wieder zu!«, brüllt Lasse.

Scotty wagt erst, sich umzuschauen, als sie draußen steht und die Terrassentür zugedrückt hat. »Laufen können die Scheine nicht, aber fliegen, Dumbo«, sagt sie grinsend und wendet sich dem Garten zu.

Es hat angefangen zu regnen, dicke Tropfen fallen ihr auf das Haar und in den Kragen. Systematisch sucht sie das Beet nach Auffälligkeiten ab und entdeckt genau in der Mitte eine kleine Erhöhung, die aussieht wie ein Kasten. Darauf steht ein kitschiger nackter Engel, der ihr sanftmütig entgegenschaut. Eine Seite des Sockels, auf dem er steht, ist offen. Sie hält ihre Hand vor die Öffnung und spürt warme Luft, die aus einem Rohr geblasen wird. Ungeachtet dessen, dass ihre Hände und Hosenbeine sich in den feuchten Erdboden drücken, kniet sie sich hin und riecht, getrieben von einer Ahnung, an dem Abzug. Ein Lächeln legt sich auf ihr Gesicht.

»Dumbo, ich habe da so eine Idee, wo wir unsere Zielperson finden werden. Ich melde mich gleich wieder bei dir.« Sie legt auf und rennt zurück zum Haus, wo sie unbedacht erneut die Terrassentür aufreißt.

87

»Guck mal, Onkel Gerd, der sieht genauso aus wie du!«, brüllt Emilia euphorisch durch das Orang-Utan-Haus im Hagenbecks Tierpark.

»Werd nich frech, meine Kleine«, erwidert Gerd in tadelndem Tonfall, doch seine Augen sind von Lachfalten umgeben.

Auch Dörte muss lachen, was Gerd ein wenig beruhigt. Das Frühstück und seine Bereitschaft zum Zoobesuch haben sie offenbar besänftigt. Sie war nicht einmal sauer, dass er nicht mitkommt zum Tretbootfahren. Auch wenn Dörtes Begründung, dass das Boot dann viel leichter sein werde und auch keine Schieflage habe, ihn doch ein wenig getroffen hat.

In unbeobachteten Momenten schaut er immer mal wieder auf sein Telefon, doch bislang hat er keine Nachricht von den ehemaligen Bürokollegen erhalten. Er will seinerseits auch nicht stören. Könnte ja sein, dass sie gerade sehr viel um die Ohren haben.

Lieber genießt er die Stunden mit Emilia und Dörte im Zoo und erfreut sich an den glänzenden Augen der beiden Damen. Auch wenn sie gerade abwechselnd ihn und den ältesten Affen betrachten und kichernd miteinander vergleichen.

»Wenn ihr das gleich beim Pavianfelsen auch macht und mir dabei auf den Hintern schaut, nehme ich es euch aber übel«, scherzt er und schaut auf die Uhr. »Wollen wir langsam weiter? Der Zoo ist groß, es gibt noch viel zu sehen, und ihr wollt ja nachher auch noch Boot fahren.«

»Nur die Ruhe, Gerhard. Du kommst schon rechtzeitig los. Du hast die Uhr, doch wir haben die Zeit«, antwortet Dörte in spitzem Tonfall und wendet sich wieder den Orang-Utans zu.

88

Im Keller des Hauses von Lennart Kampe schleichen Scotty und ihre Kollegen auf die Feuertür zur Tiefgarage zu. Den Heizungsraum hat sie als Zielort bereits ausschließen können. Sie öffnen die Tür möglichst geräuschlos und betreten den Raum, dessen kalter Betonboden mit blauer Farbe angemalt ist.

Scotty zieht ihr Taschenmesser aus der Einsatztasche und schaut auf den Kompass im Griff. Sie wartet, bis er sich endgültig ausgerichtet hat, und schaut dann in westliche Richtung. Dort steht eine Schrankwand, die sich über die komplette Breite der Garage erstreckt.

»Was ist da drin gewesen?«, fragt sie ihre Kollegen, die sich neben ihr aufgestellt haben und sie abwartend betrachten.

»Werkzeuge, Malsachen und andere Dinge, die man für das

Haus so braucht. Nichts Besonderes, würde ich sagen.« Lasse zuckt mit den Schultern.

»Wir müssen den Schrank abziehen. Dahinter befinden sich weitere Räumlichkeiten«, entgegnet Scotty selbstbewusst und schreitet sogleich zur Tat.

Nacheinander rütteln die Kollegen an den verschiedenen Schrankteilen. In der Mitte lässt sich ein Teilstück leicht bewegen. Alle verstummen, als sie dessen gewahr werden, und ziehen ihre Schusswaffen aus den Holstern. Die Pistolen auf den Boden gerichtet, stellen sie sich hinter Scotty in Position.

Scotty gibt Lasse ein Zeichen, woraufhin er den Schrank vorsichtig aus der Lücke herauszieht. An der Rückwand sind Dämmmatten befestigt, passgenau zurechtgeschnitten, die den Geruch nach Marihuana bisher zurückhielten. Nun strömt er in die Tiefgarage.

»POLIZEI!«, brüllt Scotty. »Herr Kampe, machen Sie keine Dummheiten. Wir wissen, dass Sie dort drin sind.« Das helle Licht von Natrondampflampen schimmert Scotty entgegen, als sie durch den Schrank in den dahinterliegenden Raum tritt. Sie leuchten alles gut aus, dennoch aktiviert sie ihre Taschenlampe und legt sie mit der zweiten Hand an ihre Pistole.

Langsam geht sie weiter, gefolgt von ihren Kollegen. Das Surren von Ventilatoren und Vorschaltrelais ist zu hören, feuchte Luft schlägt den Beamten entgegen, die Wärme ist wie zu erwarten drückend. Links und rechts im Raum stehen metergroße Marihuanapflanzen in Töpfen, deren Blätter im leichten Wind der Ventilatoren zittern. Ein dunkler Vorhang versperrt die Sicht auf den rückwärtigen Durchgang in den nächsten Raum.

»POLIZEI!«, schreit Scotty erneut und geht mit erhobener Waffe weiter.

»Nicht schießen!«, brüllt eine winselnde Stimme hinter den Stoffbahnen. »Ich ergebe mich. Aber bitte nicht schießen.«

»Legen Sie sich auf den Boden und strecken Sie Ihre Arme zur Seite aus!«, ruft Scotty aus sicherer Deckung hinter der Mauer neben dem Durchgang.

»Okay. Ich lege mich jetzt hin. Ich bin unbewaffnet. Nicht schießen. Ich tue niemandem etwas.«

Scotty zieht den Vorhang gerade so weit zur Seite, dass sie ganz kurz um die Ecke in den dahinterliegenden Raum schauen kann. Im Gang zwischen mehreren Pflanztischen liegt Lennart Kampe, dessen Arme links und rechts unter den Tischen verschwinden. »Sie sollen sich auf den Bauch legen. Nicht auf den Rücken. Umdrehen. Aber langsam.«

»Oh. Entschuldigung. 'tschuldigung. Das wollte ich nicht. Ich drehe mich jetzt um.«

»Rutschen Sie ein wenig in meine Richtung, damit ich Ihre Arme sehen kann. Und drehen Sie die Handflächen nach oben«, weist Scotty den sichtlich zitternden Marihuanazüchter an, der sich, aus Angst, zu ungestüme Bewegungen zu machen, langsam mit den Fußspitzen nach vorne schiebt.

Scotty gibt Lasse ein Zeichen. »Mein Kollege wird Sie jetzt fesseln. Wenn Sie sich dagegen wehren, werden wir Gewalt anwenden.«

»Ich-ich-ich bin kooperativ. Ich mache nichts«, stottert Lennart Kampe, während er Handschellen angelegt bekommt.

»Herr Kampe, Sie sind vorläufig festgenommen wegen des Verdachts des Anbaus von Marihuana und des Handels mit Kokain in nicht geringer Menge. Sie müssen sich hierzu nicht äußern und können jederzeit einen Anwalt befragen. Haben Sie das verstanden?« Scotty geht auf den verunsichert dreinblickenden Lennart zu, nachdem Lasse ihm beim Aufstehen mit auf den Rücken gefesselten Händen geholfen hat.

»Ja, verstanden«, erwidert Lennart Kampe niedergeschlagen. »Was passiert mit meinen Pflänzchen?«, fragt er vorsichtig.

»Die werden wir gleich ernten.«

»Alle?«

»Natürlich alle. Und das Equipment nehmen wir ebenfalls mit. Wir werden auch Ihre weiteren Plantagen durchsuchen, Herr Kampe. Gibt es dort irgendwelche Vorrichtungen, die meine Kollegen gefährden könnten?«, will Scotty wissen und schaut dem jungen Mann eindringlich in die kleinen Augen.

»Nein. Es gibt keine Fallen oder so was«, räumt der sogleich ein. Dann scheint sein Denkvermögen wieder einzusetzen, denn er erstarrt. »Moment mal. Welche Plantagen meinen Sie? Ich habe keine weiteren Plantagen. Nur diese hier. Das ist alles für meinen Eigenbedarf.«

»Netter Versuch, Herr Kampe. Für die Menge, die ich allein in diesem Raum sehen kann, müssten Sie ganz schön viel rauchen. Nimmt man dann noch die Erträge im Alten Land und in Heimfeld dazu, wo wir mit Sicherheit ebenso fündig werden, ist ein Eigenbedarf wohl erst recht vom Tisch. Und Ihren Kokainhandel wollen wir auch nicht vergessen.«

»Mit Kokain habe ich nichts zu tun«, widerspricht Lennart Kampe, während seine Schultern jedoch kraftlos nach unten sacken.

»Aber Sie haben es übergeben. Wem gehört das Kokain?«

»Ich sag jetzt erst mal gar nichts mehr«, antwortet Lennart leise und senkt resigniert den Blick.

»Rufst du einen Streifenwagen für ihn, Lasse? Ich muss Dumbo Bescheid geben, dass wir ihn gefunden haben«, bittet Scotty ihren Kollegen und wendet sich dann noch einmal dem Festgenommenen zu. »Sie können jederzeit mit uns sprechen, Herr Kampe. Überlegen Sie es sich gut, ob Sie wirklich Ihren Kopf für andere hinhalten und für mehrere Jahre in den Bau gehen wollen.«

Für den Bruchteil einer Sekunde schaut Lennart auf und senkt sogleich wieder nickend, aber wortlos den Kopf.

89

Ashraf und Steven, die während der restlichen Fahrt kein Wort mehr miteinander gewechselt haben, steigen auf dem Parkplatz gegenüber dem Eurogate-Terminal aus dem Auto und holen ihre Rucksäcke aus dem Kofferraum. Nach wenigen Schritten findet Ashraf die Sprache wieder.

»Digger, was machen wir jetzt mit Marek? Wir können kein Risiko mit ihm eingehen.« Mit besorgtem Blick bleibt er stehen.

Steven wendet sich ihm zu. »Ruf endlich euren Anwalt an. Er soll das Mandat übernehmen. Leg ihm einfach drei große Scheine auf den Tisch, und Marek wird mit Sicherheit keine Aussage machen. Und jetzt komm. Wir haben zu tun.«

Ashraf zieht im Gehen sein Handy aus der Jackentasche und ruft die Nummer des renommierten Strafverteidigers auf, der Alex und auch ihn selbst beim letzten Verfahren vertreten hat. Thilo Müller versteht die Jungs von der Straße, weil er selbst auf St. Pauli aufgewachsen ist. Seine Mutter wollte, dass er etwas Vernünftiges lernt, aber Thilo Müller biss sich in der Schule durch und schaffte nach dem Abitur auch das Jurastudium. Nach und nach machte er sich einen Namen in der Szene, weil er die Sprache der Klienten spricht und sich der klassischen Ethik und Moral der Juristen nicht so sehr verpflichtet fühlt. Bei ihm gilt, dass derjenige entscheidet, der die Anwaltskosten trägt, und nicht allein der Mandant. Dafür versucht er alles, um mit phantasievollen Geschichten die Tatumstände zu relativieren, das Motiv zu entkräften oder Zeugen unglaubwürdig zu machen. Und wenn das alles nichts nützt, dann helfen ihm die anderen Jungs, die er so lange kennt und denen er immer wieder aus der Patsche hilft. Sie können, wenn ein Zeuge zu viel plaudert, sehr überzeugend sein.

»Moin, Ashraf«, grüßt Thilo Müller, als er den Anruf entgegennimmt. »Wo liegt dein Problem?«

»Digger, ein Kumpel von mir wurde von den Bullen hopsgenommen. Marek Wasilaw heißt er und wurde soeben nach Holstenglacis gebracht.«

»Gibt es einen Haftbefehl?«

»Ja, schon. Er soll keinen Scheiß bauen«, gibt Ashraf hektisch an.

»Ich werde mich gleich beim Gericht legitimieren und ihn aufsuchen. Den Rest besprechen wir morgen ab vier Uhr in meiner Kanzlei. Nicht am Telefon, einverstanden?«

»Ja, okay«, bestätigt Ashraf.

»Und denk an die Kaffeekasse. Bis morgen.«

Das Gespräch ist beendet. Ashrafs Nerven beruhigen sich, während er durch das Drehkreuz am Eingang geht.

»Alles geklärt?«, fragt Steven, der auf der anderen Seite auf ihn wartet.

»Denke schon, Digger. Thilo kümmert sich«, entgegnet Ashraf zögerlich.

»Siehst du. Alles wird gut, Digger. Na, los. Heute ist Geburtstag«, sagt Steven und schlägt ihm aufmunternd auf den Rücken.

Die beiden gehen hinauf in die Umkleideräume, wo Ivan bereits seine Arbeitsmontur angezogen hat und auf sie wartet.

»Moin. Alles klar, Ivan?«, grüßt Steven und öffnet seinen Spind.

Ivan antwortet nicht; er schaut nur einmal kurz auf und sagt: »Wir haben noch drei, vier Stunden Zeit, bis unser Schiff kommt. So lange müssen wir die Kollegen auf der MS Coral Bay unterstützen. Seht zu, dass wir rauskommen. Die Zeit ist knapp.« Er schließt seinen Spind ab und verlässt den Raum.

»Was ist los mit ihm?«, fragt Steven irritiert.

»Neue machen ihn nervös, weißt du. Aber das legt sich. Man muss sich sein Vertrauen erst erarbeiten.«

»Ja. Kein Problem. Verstehe ich. Ich werde ihn nicht enttäuschen.«

Sie ziehen sich hastig um, Steven streicht noch einmal zart über das Foto von Emilias Gesicht und schließt mit einem stummen Seufzen die Tür.

90

Die Stader Straße führt aus Harburg hinaus in Richtung Neugraben. Eine vierspurige Bundesstraße, die jederzeit gut befahren ist und auf der die Arbeitnehmer aus dem südwestlichen Hamburger Speckgürtel in die Stadt gelangen. Jeder, der nicht im Westen der Stadt arbeitet oder regelmäßig den Stau vor den Elbtunnelröhren umfährt, ist mit der Stader Straße bestens vertraut. Gerade kommt den Spätaufstehern unter den Pendlern mit hoher Geschwindigkeit ein ziviler Streifenwagen entgegen, dessen Abblendlicht immer wieder aufleuchtet und auf dessen Dach ein kleines, bei Tageslicht recht unscheinbares Blaulicht blinkt. Jayjay sitzt am Steuer, setzt kurz entschlossen ein freundliches Lächeln auf, als er mit knapp fünfundsiebzig Stundenkilometern den städtischen Blitzer passiert, und freut sich innerlich auf das nächste Erinnerungsfoto an seiner Pinnwand.

Beinahe zeitgleich fährt Ali Bernbuch mit einem großen silbernen Transporter von der Autobahn 7 in Heimfeld ab, ebenfalls mit Blaulicht, und schaltet das Martinshorn ein, um über die rote Ampel zu fahren. Die übrigen Verkehrsteilnehmer halten an oder scheren auseinander, um ihm die Durchfahrt zu ermöglichen, und schauen dem Einsatzfahrzeug hinterher. Manche voller Neugier, worum es wohl gehen könnte, andere froh darüber, dass das Blaulicht nicht ihnen galt, weil sie eben noch mit dem Handy hantierten oder mit Restalkohol zu kämpfen haben.

An der Kreuzung finden Ali und Jayjay zueinander und fahren die letzten Meter bis zur Plantage in Kolonne, ehe sie vor dem Zugangstor zum Grundstück zum Stehen kommen. Hier werden sie bereits von Scholle erwartet, der einen großen Bolzenschneider und ein Brecheisen in der Hand hält, die er aus dem Kofferraum eines Streifenwagens mitgebracht hat.

Scholle ist ein großer, schlanker Mann mit schwarzer Designerbrille, der inzwischen deutlich mehr graue als blonde Haare auf dem Kopf hat, aber dennoch jung geblieben wirkt und dessen Lachfalten von einem fröhlichen Menschen zeugen.

»Moin moin, ihr beiden. Da seid ihr ja endlich«, begrüßt er Ali und Jayjay in breiter hamburgischer Mundart. »Ihr macht hier ja ordentlich Werbung für unseren Verein«, ergänzt er mit einem Blick auf die leuchtenden Blaulichter.

»Wenn die Autofahrer dadurch gewarnt sind, können die Kollegen uns ja gleich alle helfen«, erklärt Jayjay mit einem süffisanten Grinsen und nickt in Richtung der vielen Kollegen, die mit der Kontrolle der herausgezogenen Fahrzeuge beschäftigt sind.

»Lass die man machen. Meine Fahnder kommen rüber und helfen. Habe ich bereits mit meinen Chefs abgesprochen. Der Verkehr ebbt auch langsam ab. Da werden wir nicht mehr gebraucht.«

Neben Scholle stehen zwei weitere Kollegen, ein groß gewachsener, breitschultriger Mann mit tätowierten Armen und blauen Augen, der äußerlich an einen Wikinger erinnert, und ein kleiner Südländer mit kurzen dunklen Haaren, dessen dunkle Augen vor Einsatzbereitschaft lodern. Mit der dunklen Bomberjacke und den hellen Sneakers könnte er auch auf jeder Rapper-Bühne stehen, tatsächlich sind Kurt und sein Partner Venus aber langjährige Fahnder in Hamburgs Süden.

»Wollen wir dann mal, oder müssen wir noch warten?«, fragt Scholle ein wenig ungeduldig.

»Wir können loslegen. Nach dir«, fordert Ali den Kollegen auf und bedeutet ihm mit einer Handbewegung, endlich Gebrauch von dem Bolzenschneider am Vorhängeschloss zu machen.

Kurze Zeit später ist die Eingangstür zum Büro des ehemaligen Getränkemarkts aufgehebelt, und Ali, Jayjay, Scholle, Venus und Kurt treten ein. Weitere Polizeibeamte umstellen derweil das Gebäude und passen auf, dass niemand durch die eigentlich verrammelten Fenster das Weite sucht.

Im Büro bleiben die fünf erst einmal verwundert stehen. Hier gibt es ein Schrankregal, einen Schreibtisch und einen Stuhl. Sonst nichts. Der Raum hat keine Tür ins dahinter befindliche Lager.

»Dede für Scholle«, beginnt Scholle zu funken.

»Dede hört.«

»Ähm, seht ihr irgendwo noch einen weiteren Eingang ins Haus?«

»Nein. Rundherum gibt es keine weitere Tür.«

»Ja. Verstanden«, erwidert Scholle und wendet sich wieder

den anderen zu. »Ihr habt es gehört. Der Zugang muss sich hier befinden.«

»Dann reißen wir die Schränke von der Wand. Nach dem, was von Scotty vorhin über Funk zu hören war, hat der Junge anscheinend ein Faible für Türen hinter Schränken«, stellt Ali fest.

Kurt und Venus lassen sich nicht zweimal bitten und beginnen, die Wandregale beiseitezuräumen.

Eine glatte graue Feuerschutztür ohne jede Klinke kommt zum Vorschein.

»Das ist jetzt ein Witz, oder?«, wirft Scholle entgeistert ein. »Wo ist der Trick?«

Mit diebischer Freude lässt Venus einen kleinen Schrank in der Ecke umfallen, dass alle Anwesenden erschrocken zusammenzucken. Dahinter hat er eine Metallschnur entdeckt, die in ein Loch in der Wand führt. Ohne weiter darüber nachzudenken, zieht er an der Schnur, bis er ein Rucken spürt und die Metalltür in der Wand wie von Geisterhand aufschwingt.

»Sesam, öffne dich!«, ruft Venus erfreut und folgt den Kollegen, die mit gezogenen Waffen den Raum hinter der Tür betreten.

91

Dörte, Emilia und Gerd stehen auf dem Gipfel des künstlichen Bergs im Hagenbecks Tierpark und beobachten die Tiere, die unter ihnen am Hang herumlaufen, grasen oder in der Sonne dösen.

Fröhlich lachend hüpft Emilia die Treppen hinab, singt dabei ein Lied aus dem Kindergarten über wilde Affen und fehlende Kokosnüsse. Sie läuft einige Meter vorweg.

»Dörte, ich muss jetzt wirklich los«, flüstert Gerd seiner Frau rastlos zu.

»Ich weiß, Gerhard. Ich hoffe, du konntest die gemeinsame Zeit genießen«, erwidert Dörte mit traurigem Unterton.

»Dörte, ist doch nicht aller Tage Abend heute«, hält Gerd dagegen.

»Tante Dörte, da vorne ist ein Streichelzoo mit Ziegen. Darf ich die füttern? Bitte, bitte.« Emilia steht mit bettelndem Blick vor den beiden und streckt ihnen ihre Hand entgegen.

»Na los. Lauf schon einmal vor, Emilia«, stimmt Dörte betont fröhlich zu. »Ich spreche nur noch kurz mit Onkel Gerd, denn der muss jetzt los. Ich komme gleich nach.«

»Oh, schade. Warum musst du denn los, Onkel Gerd? Ich will, dass du bei uns bleibst.« Emilia schiebt schmollend ihre Unterlippe vor und schaut mit großen Augen zu Gerd hinauf.

»Ich muss etwas Wichtiges erledigen, Emilia. Meine ehemaligen Kollegen brauchen meine Hilfe. Aber wir sehen uns heute Nachmittag wieder. Versprochen! Und weißt du was? Ich habe dafür gesorgt, dass meine Kollegen euch in zwei Stunden am Ausgang abholen. Mit einem richtigen Auto von der Kriminalpolizei. Die fahren euch dann nach Hause, okay?«

»Ehrlich? Das ist ja toll. Mit Blaulicht und Polizeikelle?«

»Bestimmt! Komm, lass dich mal drücken.« Gerd breitet seine Arme aus und drückt Emilia, als diese ihm um den Hals fällt. »Viel Spaß im Streichelzoo, und grüß mir nachher die Walrösser.«

Gerd richtet sich auf, schaut Dörte wehmütig an, dreht sich von den beiden weg und geht mit schnellen Schritten in Richtung Ausgang.

Die Gewissheit, dass das, was er jetzt machen muss, seine Frau und ihn von der lieb gewonnenen Emilia trennen wird, treibt ihm unaufhaltsam Tränen in die Augen.

92

Vor ihrem mit Reet gedeckten Haus im Alten Land sitzt Edda Preiß mit einem Flechtkorb voller Wollknäule zwischen den Füßen auf ihrer Bank. Ein Faden führt nach oben zu ihren Stricknadeln, mit denen sie Masche für Masche strickt und gelegentlich eine für ihr Muster fallen lässt. Sie braucht sich nicht sonderlich darauf zu konzentrieren, die Muster beherrscht sie im Schlaf. Ihre gesamte Familie wird jedes Jahr mit Pullovern, Schals und Mützen für den Winter versorgt, ob sie wollen oder nicht. Und wehe, die Sachen werden in ihrer Gegenwart nicht getragen.

Stricken ist außer Haus neben Kartoffelschälen ihre liebste Beschäftigung. Sie wirkt beschäftigt, tut etwas Sinnvolles, und ihre immerzu neugierige Nachbarin Berta kann später beim Bäcker oder im Hofladen nicht tratschen. Das Letzte, was sie gebrauchen kann, ist, dass die Dorfgemeinschaft den Eindruck erhält, sie würde tagsüber auf der faulen Haut liegen. Das gab es in den letzten sechsundsiebzig Jahren nicht und soll es auch in Zukunft nicht geben.

Ihr Hauptinteresse gilt allerdings dem Haus gegenüber. Dort geht etwas vor, was ihr nicht geheuer ist. Spannend und reizvoll zugleich.

Zu gerne würde sie wissen, was der junge Mann, der den alten Hof gepachtet hat, dort drüben treibt, und überlegt, wie sie es herausfinden könnte. Vielleicht sollte sie ihm mal ein Stück Kuchen vorbeibringen, wenn er wieder mit dem grünen Lieferwagen vorfährt. Unter guten Nachbarn tut man das ja, und von gestern hat sie noch ein schönes Stück gedeckten Apfelkuchen im Kühlschrank stehen.

Zufrieden beginnt Edda Preiß zu nicken. Das ist eine wahrlich gute Idee. Warum ist sie nicht bereits früher darauf gekommen?

Vielleicht wird sie ja von dem jungen Herrn auf eine Tasse Kaffee eingeladen. Vorausgesetzt, er weiß, was sich gehört. Bei der heutigen Generation kann man da nicht immer ganz sicher sein, wenn man bedenkt, was alles so in der Zeitung steht.

Im Augenwinkel bemerkt sie die neugierige Berta, die wieder einmal hinter ihrer Gardine kauert. Die wird Augen machen, wenn ich nachher rübergehe, denkt Edda Preiß und kann sich ein verschmitztes Grinsen nicht verkneifen.

Ihr Lächeln versteinert, als in diesem Moment zwei dunkelgraue Limousinen und ein silberner Transporter auf das Grundstück fahren, gefolgt von einem großen blau-silbernen Laster der Polizei.

Edda Preiß steht der Mund offen, als aus den Fahrzeugen diverse Personen in dunkelblauen Einsatzanzügen springen, auf deren Rücken »Polizei« geschrieben steht. Sie ziehen ihre Waffen und sind bereits im nächsten Moment außer Sicht.

Ein lauter Rumms, gefolgt von Rufen der Polizisten, ertönt. Sie steht auf und reckt den Hals. Auch Berta versucht, durch ihre Scheibe hindurch etwas zu erkennen.

»Ich glaube, ich backe lieber mal ein frisches Blech Butterkuchen«, murmelt Edda Preiß leise und stiefelt zurück ins Haus. Es gilt, keine Zeit zu verlieren.

93

Im Parkhaus am Mexikoring fahren Ernie und Bert mit dem Dienstwagen zur dritten Ebene hinauf. Während Bert den Wagen lenkt, auch weil Ernie beim Fahren gerne mal kleine Hindernisse übersieht, die selten geringfügige Schäden hinterlassen, drückt Ernie auf die Fernbedienung des gesuchten Fahrzeugs. Gerd Sehlings Beschreibung zufolge muss es hier irgendwo sein, und tatsächlich sehen sie am hinteren Ende ein kurzes Aufleuchten. Mit einem kräftigen Rucken bringt Bert das Fahrzeug unmittelbar vor dem roten Sportwagen zum Stehen.

»Bing! Sie dürfen sich jetzt abschnallen und das Fahrzeug durchsuchen«, witzelt er mit nasaler Stimme. Ernie verdreht leicht die Augen, schnallt sich ab und steigt aus.

Auf der Etage ist keine andere Person zu sehen. Erst recht niemand, der sich für ihr Zielfahrzeug interessieren würde.

»Dann fangen wir doch mal an.« Ernie entnimmt seiner Jackentasche ein paar Plastikhandschuhe, die er sich über die Hände streift. Er öffnet die Beifahrertür und schaut in einen völlig leeren und aufgeräumten Fußbereich. »Hoffentlich ist es diesmal nicht in irgendeinem Versteck verbaut«, unkt er düster. »Das dauert dann wieder Stunden, bis wir das aufkriegen.«

»Ach, Quatsch, da liegt einfach eine fette Sporttasche im Kofferraum mit ein paar Kiloblöcken Kokain darin, die wir locker an den Henkeln packen und mitnehmen können«, witzelt Bert und betätigt den Kofferraumgriff. »Siehste, hier haben wir sie doch.«

»Ja, ist klar«, entgegnet Ernie, der gerade im Begriff ist, die Rückwand des leeren Handschuhfachs zu demolieren, gepresst. Das leise Ratschen eines Reißverschlusses lässt ihn jedoch aufblicken.

»Bingo!«, freut sich Bert. »Hab ich's nicht gesagt? Das Leben kann so einfach sein.«

»Das ist jetzt nicht dein Ernst.« Ernie zieht den Kopf aus dem Fußraum, richtet sich auf und geht zu Bert, um ebenfalls einen Blick in den Kofferraum zu werfen.

Vor ihnen steht neben mehreren leeren Einkaufstüten verschiedener Supermärkte eine schwarze Sporttasche, deren Inhalt aus milchpaketgroßen Klötzen besteht. Auf den ersten Blick sind es mehr als acht Pakete. Um keine Spuren zu vernichten, schließt Bert den Reißverschluss der Tasche und den Kofferraumdeckel, ehe er nach vorne geht und auf dem Fahrersitz des eleganten Zweisitzers Platz nimmt, dessen Motor er beim Starten ordentlich aufheulen lässt.

»Was gedenkst du zu tun?« Ernie betrachtet ihn verwundert von der Seite.

»Na, ich fahre die Asservate rüber zum Präsidium. Das Auto beschlagnahmen wir als Tatmittel. Es ist ja ein Bunker für Betäubungsmittel gewesen, und du darfst mir mit dem Dienstwagen folgen, wenn du kannst.« Bert reicht ihm den Schlüssel des Dienstwagens und wartet, bis Ernie in Richtung ihres Autos geht. »Und, Ernie!«, brüllt er ihm hinterher. »Lass unseren Wagen bitte heil, okay?«

94

Als Gerd Sehling das rot verklinkerte und mit blauen Wellen verzierte Vereinsgebäude der Duckdalben erreicht, steht Petra Windheim in ihrer geliebten gelben Windjacke auf dem gepflasterten Parkplatz und winkt ihm fröhlich zu.

»Du bist aber wirklich früh dran, mein lieber Gerd«, sagt sie, nachdem er sein Wohnmobil rückwärts eingeparkt hat. »Schön, dass du wieder Zeit hast. Elmo steht schon bereit für dich.« Sie zeigt auf den roten Bus am Ende des Parkplatzes.

»Sehr schön. Dann mal her mit dem Schlüssel. Ich fahr direkt rüber.«

»Ist es nicht ein wenig früh? Du kannst gerne drinnen noch einen Kaffee mit uns trinken.« Petra sieht Gerd mit so treuherzigem Blick an, dass es ihm schwerfällt, das Angebot abzulehnen.

»Das ist wirklich lieb. Ich möchte aber noch ein wenig am Kai stehen und die frische Luft genießen. Ich hab Joe versprochen, dass ich nachher für die Matrosen eine kleine Feier im Clubheim schmeiße. Da will ich vorher noch ein wenig Kraft tanken«, lügt er verlegen.

»Schön! Dann sehen wir uns ja am Abend. Singst du wieder?«

»Nicht, wenn es sich vermeiden lässt«, erwidert Gerd, schnappt sich den Schlüssel und verabschiedet sich von Petra, die in Erinnerung an seine letzte Gesangseinlage leise vor sich hin kichert.

Zügig, aber nicht überhastet fährt Gerd mit Elmo vom Parkplatz und über den Waltershofer Damm zum Zollamt in der Finkenwerder Straße, wo er sich mit Markus verabredet hat.

Der steht bereits mit mehreren Kollegen draußen, raucht eine Zigarette und unterhält sich.

Gerd muss bei dem Anblick ein wenig schmunzeln, denn die Gruppe, die sich um Markus versammelt hat, könnte dem Aussehen nach auch auf der Gegengerade des FC St. Pauli stehen und gegnerische Spieler wild pöbelnd mit Bierbechern bewerfen. Ein wenig nebulös und anrüchig, jedenfalls nicht so, wie der Bürger sich üblicherweise Polizeibeamte vorstellt. Direkt verkleidet sind sie aber auch nicht. Sie scheinen im Alltag tatsächlich so unterwegs zu sein und sich in ihrer Kleidung wohlzufühlen.

Vor ihnen parken unterschiedliche Fahrzeuge, an denen sie zum Teil lehnen oder ihre Kaffeebecher auf den Dächern abgestellt haben.

Gerd hält an und steigt aus dem roten Bus. »Moin moin, ihr Lieben. Braucht hier jemand zufälligerweise eine Mitfahrgelegenheit?«

»Jo, kann losgehen«, begrüßt ihn Markus, wirft seine Zigarette auf den Boden und tritt sie aus. Statt zur Beifahrertür zu gehen, öffnet er die Heckklappe und steigt in den Kofferraum. Gerd schließt sie und klopft zweimal mit der flachen Hand gegen die Scheibe. Dann setzt er sich wieder auf den Fahrersitz und startet den Motor. »Nächster Halt – Eurogate!«

»Willst du den Plan wissen?«, fragt Markus als körperlose Stimme aus dem Heck.

»Auch wenn das Drehbuch am Ende immer von den Bösen geschrieben wird, würde mich schon interessieren, was ihr so vorhabt.«

»Die anderen werden auf dem Parkplatz in Position gehen. Wenn die Jungs mit dem Stoff auftauchen und ihn übergeben, schlagen sie zu. Wir beobachten den Kai und geben ihnen Bescheid, wann der Stoff von Bord gebracht wird.«

»Und was ist, wenn die Stelle der Übergabe nicht eingesehen werden kann?«, hinterfragt Gerd kritisch.

»Die anderen werden auf dem gesamten Parkplatz verteilt sein. Das kriegen sie schon mit.«

»Die Übergabe muss aber ja nicht wieder dort stattfinden. Was ist, wenn es diesmal anders läuft?« Gerd ist nicht überzeugt von dem Plan. »Wir können uns keine Fehler erlauben!«, bekräftigt er.

»Wird schon. Du wirst sehen. Wir können per se nicht alles

abdecken, ohne aufzufallen. Erst recht nicht dort. Augen auf und richtig reagieren ist die Devise«, hält Markus im Kofferraum dagegen, hörbar unzufrieden, dass der gefasste Plan auf wenig Gegenliebe stößt.

Gerd passiert das Zugangstor zum Eurogate-Terminal und fährt den gewohnten Weg bis zur Kaimauer, wo die MS Santa Rosa in Kürze anlegen soll. Er parkt den Wagen und steigt aus. Am Ende des Hafenbeckens kann er bereits den blauen Rumpf und die weiße Reling des Containerschiffs ausmachen. Mit zusammengekniffenen Augen entziffert er den verwaschenen Namensschriftzug am Bug der Santa Rosa. Die bunten Container auf dem fast vierhundert Meter langen Meeresriesen sind weit nach oben aufgetürmt. Die Größe wird am Fuße der Kaimauer noch einmal deutlich beindruckender sein.

Mit wiegendem Gang geht Gerd zurück zum Auto und setzt sich hinter das Steuer. »Hast du es schön gemütlich dahinten?«, erkundigt er sich mit einem sarkastischen Lachen. »Ich glaub, es dauert noch ein Weilchen.«

»Ich mach 'ne Runde die Augen zu. Bevor Steven und seine Ganovenbrüder das Schiff betreten, wird hier ja eh nichts passieren. Und du hast einen guten Aussichtsposten, also sag Bescheid, wenn es losgeht«, erwidert Markus und verstummt – ebenso wie das Lachen von Gerd, dem bewusst wird, dass er gefordert ist. Es weicht einem stolzen und zufriedenen Lächeln.

95

Zufrieden legt Dombrowski den Hörer auf. Er genießt den Moment, schaut aus dem Fenster und freut sich über den Ermittlungserfolg.

Scotty hat soeben abschließend mitgeteilt, dass in der Sporttasche fast eine Viertelmillion Euro waren und im Luftschutzkeller des Hauses eintausend erntereife Pflanzen sichergestellt werden müssen. Noch immer hat Dombrowski ihre begeisterte Stimme im Ohr, was für eine professionelle und saubere Plantage das doch sei, so eine habe sie bislang noch nie zu Gesicht bekommen. Keine frei herumhängenden Drähte, unter von Düngemittel trübem Wasser stehende Fußböden oder wilde Konstruktionen, an denen die heißen Natrondampflampen notdürftig mit Kabelbindern befestigt wurden. Bei Lennart Kampe war offenbar alles fein säuberlich wie von einem Meister seines Fachs aufgebaut.

Auch Jayjay schätzt, dass in dem Getränkemarkt rund zweieinhalbtausend Pflanzen stehen, von denen sich ein gutes Drittel in voller Blüte befindet.

Die erste Meldung kam von den Kollegen im Alten Land. Sie teilten mit, dass im Obergeschoss des Hauses alles andere als Äpfel angebaut würde. Die Plantage soll sich ebenfalls auf dem neuesten Stand der Technik befinden, auch wenn die meisten Pflanzen dort noch relativ klein sind.

Dombrowski bedenkt die nächsten Schritte. Er muss die Spurensicherung und die KTU alarmieren, damit sie zu den Objekten ausrücken. Vor dem Abschluss ihrer Tätigkeit wird man nicht mit der Ernte beginnen können.

Anschließend muss er mit Simon Dietereit sprechen, der als Hüter der polizeilichen Asservatenkammer nur mäßig begeistert sein wird, dass gleich drei große Plantagen in Gitterboxen bei ihm eingelagert werden müssen. Vor Kurzem hatte er noch stolz berichtet, dass er endlich ein Licht am Ende des Tunnels entdecken könne und ein wenig Platz in den immerzu überfüllten Räumlichkeiten geschaffen habe.

Dieser Einsatz ist wahrlich erfolgreich gelaufen. Dombrowski schaut zur Tür, durch die Ernie und Bert nahezu zeitgleich den Raum betreten und eine dunkle Sporttasche vor ihm auf dem Boden abstellen.

»Habt ihr mir was mitgebracht?«, fragt Dombrowski und steht auf, um voller Neugier auf die Tasche zuzugehen.

»Vorsicht, Spurenträger, mein lieber Dumbo! Aber da ist auf jeden Fall mehr Kokain drin, als es dem guten Herrn Kampe recht sein dürfte«, entgegnet Ernie, der sich schützend vor die Tasche stellt und Dombrowski warnend die Hand im blauen Einweghandschuh entgegenstreckt.

»Ist ja schon gut. Ich wollte ja gar nichts anfassen«, wehrt Dombrowski schmunzelnd ab, während Bert eine riesengroße Papiertüte auseinanderfaltet, auf die Tasche zugeht und sie vorsichtig in Gänze hineinschiebt. »Dann schreibt ihr bitte den Durchsuchungsbericht für das Bunkerfahrzeug und den Wiegebericht für das Kokain in der Tasche. Die Ernte in den Plantagen wird sicherlich noch viele Stunden in Anspruch nehmen. So kann ich Kampe mit eurer Sicherstellung schon einmal dem Haftrichter überstellen, damit er für die nächsten Wochen einen neuen Wohnsitz erhält.«

»Braucht Kuno keine Hilfe?«, fragt Ernie, der lieber in den nächsten Einsatz fährt, als das Erlebte niederzuschreiben, ein wenig enttäuscht.

»Der muss auf die Kriminaltechnik warten. Er hat aber auch genug Einsatzkräfte und wird hoffentlich noch zusätzliche Unterstützung vom technischen Einsatzzug erhalten. Die müssen sich allerdings aufteilen, weil wir immerhin drei Plantagen auf einen Schlag haben.«

»Dann setzen wir uns mal dran«, wirft Bert ein, schiebt die Brille mit dem Zeigefinger den Nasenrücken hinauf und hievt den Papierbeutel auf einen Handwagen, den er im Flur abgestellt hat. »Je schneller wir es angehen …«

»… desto schneller können wir wieder raus!«, frohlockt Ernie, der trotz oder gerade wegen seiner vielen Kinder, die zu Hause auf ihn warten, den späten Feierabend niemals scheut.

Stille kehrt auf dem Flur ein, nachdem Ernie und Bert im Eiltempo die Berichte erstellt haben und wieder losgefahren sind. Alles, was im Dienst ist, befindet sich auf der Straße, während Dumbo allein in der Dienststelle sitzt und grübelt. Er muss für die Kollegen in den Plantagen noch vieles organisieren und zugleich an den möglichen Einsatz am Nachmittag denken. Als sich die Tür zum Rauschgiftdezernat ein weiteres Mal öffnet und sich schleppende Schritte und ein kehliges Schnaufen seinem Büro nähern, weiß er die Geräusche zwar zu deuten, wundert sich aber dennoch sehr, denn mit diesem Kollegen hat er heute wirklich nicht mehr gerechnet.

»Otto?«, begrüßt Dombrowski den großen, blassen Mann mit den teils hellbraunen, teils ergrauten kurzen Haarstoppeln überrascht. »Ich dachte, du bist krank.«

»Joa, so kann man das sagen«, antwortet Otto knapp und atmet lautstark ein und aus. Sein Gesicht ist fahler als sonst, die Augen nicht voll der gewohnten Lebensfreude, und die sowieso tiefen Tränensäcke unter den kleinen Augen wirken noch ausgeprägter. Er trägt ein kurzärmliges Hemd, so wie immer, egal ob im tropisch schwülen Sommerwetter oder im sibirischen Winter mit eiskalten Ostwinden. Es spannt leicht über dem Bauchansatz und fällt darunter luftig über die beige Jeans.

»Was machst du dann hier? Solltest du dich nicht ausruhen, wenn du krank bist?«

»Mir ist zu Hause die Decke auf den Kopf gefallen. Ich musste mal raus.«

»Und dann kommst du hierher?«, hinterfragt Dombrowski skeptisch, auch wenn er sich Otto ohne Büroalltag in dessen Leben kaum vorstellen kann.

»Nee, so ist es nicht. Ich war im Stadtpark spazieren«, erzählt Otto schulterzuckend.

»Du? Spazieren? Dein Ernst? Wie schlimm ist es denn? Sind dir die Zigaretten ausgegangen?« Normalerweise bringt Otto wenig bis nichts dazu, sich mehr als nötig zu bewegen – fern von jeglicher Kaffeemaschine und Keksdose.

»Also, rauchen sollte ich in Zukunft nicht mehr, sagt mein Arzt.«

Betretenes Schweigen breitet sich im Raum aus, während Dombrowski im Stuhl zusammenschrumpft. Zwar wird im Kollegenkreis häufiger geunkt, dass es bei dieser Lebensweise mit Otto einmal ein schlimmes Ende nehmen könnte, doch die Einkehr in die Realität lässt ihn erstarren. Erst ein weiteres schweres Aufatmen von Otto holt Dombrowski aus seiner Reglosigkeit.

»Ich hab dir immer gesagt, dass du mit dem Rauchen aufhören sollst!«, wirft Dombrowski ihm inbrünstig vor.

»Hättest du mal energischer machen sollen«, erwidert Otto geradezu verschmitzt und grinst. »Mach dir keine Vorwürfe. Ich weiß, wer schuld ist, und ärgere mich über meine eigene Dummheit. Aber ich kann es im Moment nicht ändern und schaue nach vorne. Mein Arzt hat einen klaren Plan, und der Spaziergang hat mir geholfen, die Gedanken zu sortieren. Ich werde jetzt für ein paar Monate ausfallen, aber heute bin ich hier und will vor Beginn der Therapie noch einmal dabei sein. Nicht mitmachen, aber dabei sein. Tu mir also den Gefallen und behalt die Neuigkeit vorerst für dich. Unsere Kollegen sollen sich auf ihren Job konzentrieren und nicht unnötig abgelenkt werden. Ich bleibe hier und lausche einfach dem, was draußen geschieht, um mir alles für die nächsten Monate im Hinterstübchen abzuspeichern. In schweren Stunden werden mir die guten Erinnerungen sicherlich helfen, den bevorstehenden Kampf durchzustehen und zu gewinnen.« Ottos Wange zuckt, als sich sein Gesicht zu einem verkniffenen Lächeln verzieht. »Keine Sorge, Dumbo. So schnell werdet ihr mich nicht los. Jetzt hole ich mir einen Kaffee und ein paar Kekse und setze mich zu dir. Dann kannst du mir erzählen, was alles passiert ist, und ich passe anschließend auf, dass ihr es nicht noch verbockt.«

Kehlig lachend geht Otto in das gegenüberliegende Büro und lässt Dombrowski für einen Augenblick allein mit seinem auf ihn einströmenden Mitgefühl, der Wut über die lebensbedrohliche Krankheit und der Bewunderung für Ottos Optimismus und die gelebte Lebensfreude, die der Kollege sich trotz der unausgesprochenen, aber schicksalhaften Diagnose nicht nehmen lässt.

96

»Steven, das Schiff ist da. Wir müssen rüber«, brüllt Ashraf und steckt sein Handy zurück in die Hosentasche.

Sie stehen weit unten im Schiffsbauch und lösen gerade die letzten Metalllaschen an den Containern vom Schiffsrumpf, Steven an einem Ende der Containerreihe, Ivan und Ashraf am anderen.

»Okay, ich bin hier auch durch«, ruft Steven zurück, löst die letzten drei Ösen und klettert über eine Leiter hinauf auf das Oberdeck, von wo sie per Gangway zurück auf den Kai gelangen.

Nebeneinander gehen Ivan, Ashraf und Steven die Pier entlang. Auf dem Rücken tragen sie die Rucksäcke, die sie vorhin aus Alex' Büro geholt haben. Es sind exakt solche wie die, die sie beim letzten Mal genutzt haben. In einem Sideboard bewahrt er, originalverpackt, einen ganzen Stapel davon auf.

Beim zweiten Mal tut's nicht mehr weh, summt Steven in Gedanken und fühlt sich irgendwie befreit. Er weiß genau, was jetzt passieren wird, und geht nicht mehr nervös in eine unbekannte Situation hinein. Der Ablauf ist komplett identisch mit dem letzten Mal. Die Rucksäcke, ein Schiff, vermutlich ist es auch wieder ein Mitglied der Bordbesatzung, das sie für sie befüllen wird.

Steven sieht, wie Ashraf aus der Brusttasche seines Arbeitsanzugs einen gefalteten Briefumschlag hervorzieht.

»Willst du es noch offener machen?«, fragt er ein wenig verstimmt.

»Was soll passieren? Willst du uns anzeigen?« Ashraf lacht und funkelt Steven an. »Hier gibt es niemanden, der nichts zu verbergen hat oder das Gleiche macht wie wir. Keiner wird es wagen, irgendetwas zu unternehmen. Das ist unser Gate. Wir haben das Sagen. Also entspann dich und mach einfach deinen Job.«

»Ist ja gut. Unzulängliche Vorsicht und ein zu hohes Maß an Selbstsicherheit hat mich und viele meiner Freunde in der

Vergangenheit einiges gekostet. Es macht mich unsicher, wenn jemand so offen damit umgeht.«

»Steven hat recht, Ashraf. Wir sind hier zwar unter uns, aber man weiß nie. Du kannst es auch an Deck rausholen«, bekräftigt Ivan.

Ashraf folgt dem Rat widerwillig. »Denk ja nicht, dass du hier jetzt das Sagen hast. Verstanden?«, zischt er in Stevens Richtung.

»Alles gut, Digger. Ich stelle gar keine Ansprüche. Lasst uns arbeiten.«

Die drei kommen der MS Santa Rosa Schritt für Schritt näher. Vor der Gangway zum Schiff steht ein roter Bus der Schifffahrtsmission. Er wirkt verlassen, doch schemenhaft ist eine Gestalt am Steuer zu erkennen.

»Aber guck, da hätten wir jetzt vielleicht einen ungewollten Zeugen gehabt.« Steven blickt skeptisch zu dem Fahrzeug hinüber. Je näher sie kommen, desto deutlicher ist der Rücken des Fahrers zu erkennen. Die Schiebermütze auf dem Kopf und der Haaransatz lassen Stevens Puls nach oben schnellen. Unwillkürlich erscheint vor seinen Augen das Bild der kleinen Emilia, die ihn lächelnd anschaut. Ihr herzliches Lachen klingt in Stevens Ohren.

Als sie an dem roten Bus vorbeigehen, betrachtet Steven aus dem Augenwinkel den Mann hinter dem Steuer, und die Gewissheit, dass es sich bei dem Fahrer um Gerd Sehling handelt, treibt ihm den Schweiß auf die Stirn.

Ohne sich noch einmal umzuschauen, geht er die Gangway hinauf und betritt das Deck der MS Santa Rosa. Dort steht in hellem Uniformhemd und einer im Wind flatternden dunklen Stoffhose der erste Offizier und erwartet sie mit verschlagenem Blick. Die rotblonden Haare sind kurz rasiert, und die helle Haut schimmert rötlich braun.

»Erst Geld«, instruiert er sie ohne Umschweife, als sie ihm die Rucksäcke entgegenhalten. Ashraf sieht seinen Einsatz gekommen und schlägt den dicken Umschlag gegen die Brust des Offiziers.

»Spar dir das Zählen, Jurij, kannst du eh nicht. Stimmt so.«

»*Da.* Wirr sind Ehrenmänner, niech wahrr?«, antwortet Jurij Wolf in flüssigem Deutsch, aber mit starkem russischem Akzent. »Ich brauch nix zählen. In einer Stunde habt ihr Pause.« Ohne ihre Reaktion abzuwarten, nimmt er die Rucksäcke an sich und geht zum Heck des Schiffs, wo die Brücke zwanzig Meter in die Höhe ragt und zwischen dem Aufbau und der letzten Containerreihe verschwindet.

»Okay. In einer Stunde hier. Und jetzt an die Arbeit.« Ashraf zieht sein Handy aus der Hosentasche und beginnt, eine Nachricht zu schreiben. »Worauf wartet ihr?«, fragt er aggressiv, als Steven und Ivan sich nicht rühren. »Ich geb bloß Alex Bescheid. Keinen Bock, nachher unnötig lange auf dem Parkplatz zu warten. Wir wollen nicht unvernünftig werden, oder?«

97

Im knallroten Bus vor der MS Santa Rosa sitzt Gerd Sehling geduldig wartend auf dem Fahrersitz. Er hat den Kopf in die Hand gestützt und schweigt. Aufmerksam verfolgt er den Funk der Zivilfahnder, der leise aus dem Handfunkgerät dringt, das er sich von Markus hat geben lassen und in die Mittelkonsole des Autos gelegt hat.

Die ehemaligen Kollegen sind gerade dabei, sich auf dem Parkplatz für den geplanten Zugriff zu positionieren. Den kurzen Funksprüchen kann man eine konzentrierte Anspannung anhören. Keiner macht überflüssige Sprüche, jeder ist auf die Sache fokussiert.

Gelegentlich wird in kurzen Sätzen diskutiert, welche Position besser geeignet ist oder wo am ehesten mit der Übergabe zu rechnen ist. Am Ende jeder Diskussion entscheidet der Käpt'n, wie es gemacht wird, und sorgt für Stille auf dem Kanal.

»Achtung von Gerd, unsere drei Lascher verlassen das Deck mit Rucksäcken bepackt, die offensichtlich gut gefüllt sind«, meldet Gerd an den Käpt'n und seine Männer, als die drei Lascher auf der Gangway erscheinen. Er spürt das Kribbeln im Magen, das ihm in seinem Rentenalltag so sehr fehlt. Genau diese Momente sind es, die er vermisst. Nicht die Bürokratie und die Schreiberei, aber die positive Anspannung, wenn eine Festnahme bevorsteht. Das ist für ihn wie ein Elfmeter im Fußballstadion vor ausverkauften Rängen. Es gibt diese eine besondere Chance, die genutzt werden muss. Das Spiel ist im Anschluss zwar nicht vorüber, aber er kann es entscheidend zugunsten der eigenen Mannschaft beeinflussen.

»Sie sind am Ende der Gangway angekommen und haben schwer zu schleppen. Dat sieht man.« Gerd versucht, den drei Männern so regungslos wie möglich allein mit seinem Blick zu folgen. Steven kann er kaum sehen. Er wird von dem hochgewachsenen Mann an seiner Seite verdeckt. Mit ihm und dem kleineren, bulligen Arbeiter hatte er am Samstag nach dem Angriff auf den First Mate der MS Valderrama im Blauen Freimaster gesprochen. »Markus, melde du weiter«, wispert er in Richtung Kofferraum. »Ich will mich jetzt nicht umdrehen.«

»Von Markus: Die drei Männer gehen in Richtung Ausgangsbereich. Sie passieren das Hauptgebäude. Jetzt keine Sicht mehr. Sie dürften bald bei euch eintreffen.«

»Ihr bleibt dort, falls sie umkehren. Wir wollen keine Bewegung am Gate riskieren.«

»Ja, verstanden. Wir bleiben hier«, bestätigt Markus, der ungern eine Festnahmesituation verpasst, und klingt enttäuscht.

»Von Qualle: Am Parkplatz trifft der schwarze Geländewagen unserer Zielperson ein. Er hält an der Schranke. Der Fahrer ist nicht zu erkennen. Er öffnet die Schranke mit einer Karte und kommt auf den Parkplatz gefahren.«

»Von Joker: Die drei Rucksackträger kommen gerade durch das Drehkreuz.«

»Der Geländewagen parkt auf einem Platz nahe der Schranke ein. Hier scheint Schichtwechsel zu sein. Mehrere Personen verlassen das Gelände und gehen zu ihren Fahrzeugen.«

»Jungs, wir gehen kein Risiko ein. Die Rucksäcke geraten nicht außer Kontrolle«, fordert der Käpt'n mit Nachdruck.

»Vom Turm: Wir brauchen aber die Übergabe. Erst zugreifen, wenn die Rucksäcke im Geländewagen sind«, meldet sich Dombrowski aus seinem Büro per Funk zu Wort.

»Ihr habt es gehört. Freigabe zum Zugriff, sobald die Rucksäcke im Fahrzeug sind«, konkretisiert der Käpt'n die Anordnung.

»Drei Fahrzeuge an der Schranke zum Verlassen. Unsere drei Rucksackträger passieren die Schranke. Ich habe dahinter keine Sicht. Joker, kannst du sie sehen?«

»Negativ, Qualle. Vor mir steht gerade ein Laster. Steward, Käpt'n, habt ihr Sicht?«

»Keine Sicht«, antwortet Steward, der am anderen Ende des Parkplatzes steht. »Soll ich vorziehen? Oder als Fuß über den Parkplatz?«

»Wir bleiben im Auto. Qualle, Joker, hat einer wieder Sicht? Romy, Obacht, falls der Wagen den Parkplatz verlässt.«

»Achtung von Qualle: Die drei Lascher kommen vom Parkplatz zurück. Sieht so aus, als wären sie ohne Rucksack. Einen Moment. Unser Geländewagen setzt sich auch in Bewegung. Zugriff auf den Wagen?«

»Sind sie ohne Rucksack?«, dröhnt Dombrowskis von Aufregung geprägte Stimme durch den Funkkanal.

»Ja, keine Rucksäcke mehr an den Personen«, bestätigt Joker. »Sie sind bereits kurz vor dem Drehkreuz. Die rennen beinahe zurück. Gleich wieder auf dem Gelände.«

»Der Geländewagen passiert die Schranke, Romy du musst übernehmen«, meldet Qualle hektisch.

»Romy, du bleibst dran an dem Geländewagen. Die Rucksäcke müssen drin sein. Wir ziehen nach. Zugriff bei erstbester Gelegenheit«, weist der Käpt'n sein Team an.

»Ja, ich bin dran. Ist noch jemand mit mir?«

»Niklas und Smutje sind direkt hinter dir, Romy.«

»Der Geländewagen darf nicht außer Kontrolle geraten«, wirft Dombrowski ein.

»Dumbo, kümmere du dich um die Kavallerie für die Lascher und melde dich direkt bei Markus, wenn du jemanden hast. Wir schnappen uns den Wagen.«

»Romy spricht jetzt: Wir sind auf dem Waltershofer Damm und fahren auf die Zufahrt zur Köhlbrandbrücke zu, linke Spur mit siebzig.«

»Wir sind direkt hinter dir, Romy«, bestätigt Niklas.

»Gleichbleibende Geschwindigkeit. Zugriff auch mit zwei Wagen?«, fragt Romy.

»Nein, Romy. Wir versuchen, zu euch aufzuschließen. Auf der Brücke geht es eh nicht. Wenn wir dran sind, kommt von mir die Freigabe«, wehrt der Käpt'n ab.

»Ja, verstanden. Wir sind jetzt am Kopf der Brücke angekommen. Weiterhin mit siebzig Stundenkilometern.«

Das laute Klingeln von Markus' Handy tönt durch den Bus. Markus nimmt das Gespräch an und stellt auf Lautsprecher.

»Markus, Dumbo hier. Ich habe die Wache angerufen. Die schicken euch zwei Streifenwagen. Sie kommen erst zu euch, wenn wir den Geländewagen haben, und melden sich bei dir auf dem Handy, sobald sie beim Zollamt auf dem Parkplatz stehen. Okay?«

»Ja, verstanden«, bestätigt Markus.

»Dumbo«, brüllt Gerd von vorne.

»Wat is?«

»Die drei kommen gerade aufs Schiff zugelaufen. Wäre ja nicht so schön, wenn sie jetzt an Bord gehen, oder?«

»Nein, wäre es nicht. Das läuft hier gerade alles nicht so perfekt«, entgegnet Dombrowski unzufrieden.

»Ich kann die drei ein wenig aufhalten. Vielleicht reicht das ja aus, bis die Uniformierten eintreffen«, schlägt Gerd vor.

»Du bist Pensionär, Gerd«, dröhnt Ottos kehlige Stimme aus dem Telefon.

»Moment mal, bist du nicht krank, Otto?«

»Touché«, gibt Otto zu.

»Aber kein Risiko, Gerd«, ergänzt Dombrowski streng.

»Du kennst mich doch.«

»Eben.«

Gerd steigt, ohne weitere Worte zu verlieren, aus und flaniert mit wackelndem Gang auf der Pier hin und her. Dabei sieht er ab und an den drei Männern entgegen, die direkt auf ihn zukommen.

»Moin moin«, begrüßt er sie fröhlich, als sie in Hörweite sind. »Kennen wir uns nicht irgendwoher?«

Steven, Ashraf und Ivan bleiben unmittelbar vor ihm stehen und betrachten ihn irritiert.

»Was gibt's denn? Benötigen Sie Hilfe?«, fragt Steven förmlich.

»Mir is nur ein bisschen langweilig. Die Matrosen kommen irgendwie nich in die Puschen, wisst ihr. Ich steh hier wie so 'n Dödel und warte die ganze Zeit. Habt ihr vielleicht mal 'ne Zigarette für mich? Ich hab meine letzten bereits aufgeraucht.«

Ivan zieht eine Packung polnischer Zigaretten aus der Tasche und hält sie Gerd zur Selbstbedienung hin. Mit einem Schnippen seines Zeigefingers lässt er eine Zigarette gekonnt aus der Packung hervortreten, die Gerd dankend entnimmt.

»Und? Raucht ihr eine mit? Allein rauchen macht doch einsam.«

Jetzt kramen auch Ashraf und Steven ihre Packungen hervor und stecken sich eine an. Genüsslich rauchend stehen sie da, und auch die restliche Anspannung ist nun verflogen.

Auf dem Veddeler Damm folgt Romy weiterhin dem dunklen Geländewagen, der unmittelbar vor ihr fährt. Im Rückspiegel beobachtet sie dabei die Fahrzeuge hinter sich. Die Wagen vom Käpt'n und von Joker kann sie bereits erkennen. Doch sie sind noch zu weit entfernt, um bei einem Anhaltemanöver mitwirken zu können.

»Wir kommen auf die Straße Am Saalehafen. Er folgt weiter der Hauptstraße in Richtung Hafencity. Normale Geschwindigkeit. Keine hektischen Fahrmanöver«, berichtet sie über Funk.

»Ja, wir tasten uns langsam ran. Nur noch vier Fremdfahrzeuge zwischen uns. Wenn wir bei euch sind, ziehen wir vorbei und blockieren ihn vorne. Romy, du hinten. Niklas, Smutje und Joker, ihr kommt von der Seite«, gibt der Käpt'n vor. »Zur Not erst in der Hafencity.«

Nacheinander bestätigen alle per Funk den Plan.

»Wir passieren die Freihafenbrücke und kommen auf die Versmannstraße.« Romy beobachtet aufmerksam das Fahrverhalten ihrer Zielperson. Kein Schlingern, kein Zucken entgeht ihr. Die durch Baustellen nur einspurige Versmannstraße hindert die anderen Kollegen vorerst daran, unauffällig und ausreichend zu ihr aufzuschließen. Doch der Wagen vor ihr fährt gemütlich, mit fünfzig Stundenkilometern, die Straße entlang. Nur noch ein kleines Stück, denkt Romy, nur noch ein kleines Stück, dann wird die Straße zur mehrspurigen Überseeallee und ermöglicht den anderen, endgültig heranzukommen. Nicht mehr lange, dann haben wir dich. Zu ihrem Ärger schalten jetzt alle Ampeln auf Grün. Immer dann, wenn man es am wenigsten gebrauchen kann.

Kurz vor dem Übergang zur Überseeallee gibt der Fahrer des Geländewagens plötzlich Gas. Ansatzlos beschleunigt er den schweren Wagen um zwanzig Stundenkilometer und bringt Romy vor Überraschung kurz ins Stocken, ehe sie ebenfalls das Gaspedal durchdrückt.

»Zielperson beschleunigt. Er scheint uns bemerkt zu haben«, funkt sie und schließt wieder zu dem Fahrzeug auf. »Shanghaiallee passiert. Jetzt auf der Magdeburger Brücke.«

»Romy, wir sind dran«, bestätigt der Käpt'n, der gemeinsam mit Joker die linke Spur nutzt, um aufzuschließen.

»Wir passieren das 25hours Hotel. Die nächste Ampel wird rot. Er gibt weiter Gas. Okay, er bleibt auf dem Gas. Die Ampel wird er bei Rot nehmen.« Romys Stimme überschlägt sich beinahe vor Aufregung. Sie fährt ebenfalls über Rot und folgt dem Geländewagen auf den schmalen zweispurigen Dalmannkai.

»Okay. Wir ziehen in die Gegenspur.«

»Gegenspur ist frei!«, bestätigt Romy hektisch. »Ich bleib hinter ihm dran.«

Im selben Moment saust eine dunkelgraue Limousine an

Romy vorbei und setzt sich neben den Geländewagen. Kurz vor dem Ende des Dalmannkais tritt der Fahrer auf einmal auf die Bremse, dass die Reifen quietschen, um die scharfe Kurve zum Großen Grasbrook zu durchfahren. Der schwere Wagen bricht mit dem Heck leicht aus, gerät ins Schlingern und verliert deutlich an Geschwindigkeit. Das ist der Moment, den der Käpt'n nutzt, um seine Limousine schräg vor das dunkle Fahrzeug zu setzen und die Straße zu blockieren. Zwei weitere zivile Dienstfahrzeuge zischen an Romys Wagen vorbei und halten mit quietschenden Reifen seitlich des SUV.

»Polizei! Stopp! Keine Bewegung!«, schreien die Beifahrer, die zuerst aus den Fahrzeugen springen und deren kräftige Stimmen von den kahlen Hochhauswänden widerhallen. Sie gehen mit gezogenen Waffen auf den Geländewagen zu.

»Ich will die Hände sehen. Die Hände!«, brüllt Niklas Alex Freiberg an, der die Hände vom Lenkrad nimmt und sich zum Seitenfenster dreht. »Tür auf! Aber langsam!«

Alex Freiberg folgt Niklas' Anweisungen mit der rechten Hand, während er die linke, dick bandagierte Hand weiterhin an die Scheibe gedrückt hält und nach einem kurzen Rucken die Tür ein Stück weit aufschiebt.

»Wenn Sie eine Waffe ziehen, schieße ich! Verstanden?«, brüllt Niklas, während erste schaulustige Passanten anhalten und die Vorgänge beobachten. Manche von ihnen heben ihre Smartphones und beginnen, das Ganze zu filmen. »Legen Sie die rechte Hand auf das Dach! Und jetzt lösen Sie mit der linken den Gurt! Gut. Die linke Hand auf das Dach! Steigen Sie ohne schnelle Bewegungen aus und lassen Sie sich auf die Knie sinken. Legen Sie sich auf den Bauch, die Hände zur Seite. Okay.« Niklas geht auf Alex Freiberg zu, der wie angewiesen vor ihm auf dem Asphalt liegt. Von dem aufkommenden Rummel auf den Gehwegen nimmt er nichts wahr. »Sie sind vorläufig festgenommen. Ich werde Sie jetzt fesseln.«

»Ich habe nichts getan. Was wollen Sie von mir?«, wirft Alex Freiberg ein und schaut mit zur Seite gedrehtem Kopf blinzelnd zu Niklas empor.

»Sie werden beschuldigt, mit Betäubungsmitteln Handel zu treiben. Alles Weitere klären wir später, Herr Freiberg.«

Alex Freiberg lässt die Stirn auf den Asphalt sinken, während ihm die Hände gefesselt werden. Kräftige Hände packen ihn an den Armen und helfen ihm beim Aufstehen.

»Wir werden Sie jetzt ins Polizeipräsidium fahren«, belehrt Niklas den Festgenommenen.

»Warum denn? Ich habe nichts getan«, wiederholt Alex Freiberg mit Nachdruck. »Oder wird man wegen einer übersehenen roten Ampel bereits verhaftet?«

»Es geht um die Drogen in Ihrem Fahrzeug!« Niklas zeigt auf den Geländewagen.

»Welche Drogen denn? Ich habe keine Drogen im Auto. Ich arbeite im Hafen, da kann ich mir Drogenkonsum nicht erlauben. Und wissen Sie, ich will ehrlich sein. Ich bin Freigänger aus Glasmoor. Ich kann mir keinen Fehltritt leisten, sonst kriege ich 'nen Abschuss und muss erst mal wieder nach Santa Fu. Ich versuche gerade, mir ein neues Leben aufzubauen. Der Job im Hafen ist super. Sicher und sehr gut bezahlt. Das verbaue ich mir doch nicht mit dem Besitz von Drogen«, beteuert Freiberg. »Aber bitte. Schauen Sie gerne nach. Ich habe nichts zu verbergen. Mein Auto ist Ihr Auto. Tun Sie sich keinen Zwang an und schauen Sie einfach nach.«

»Das werden wir. Aber schön, dass Sie von sich aus einwilligen«, entgegnet Niklas mit aufgesetzter Freundlichkeit.

Im Hintergrund beginnt auf Knopfdruck von Joker bereits die Heckklappe des Geländewagens zu piepen, die sich mittels elektronischer Hydraulik öffnet und einen Einblick in die dahinter befindliche gähnende Leere gewährt. Nichts ist zu sehen, was Rückschlüsse auf den Verbleib der Rucksäcke zulässt.

Erschrocken schaut Niklas zu Alex Freiberg, der nur mit den Schultern zuckt. »Ich habe Ihnen doch gesagt, dass Sie sich irren. Mit Drogen will ich nichts mehr zu tun haben. Das war früher, aber die Vergangenheit lasse ich hinter mir.«

Joker, Romy und der Käpt'n stehen gänzlich perplex vor dem Kofferraum. Sie schauen in die Reserveradmulde, doch dort liegen lediglich ein schmalspuriger Ersatzreifen, gelbe Warnwesten und ein Wagenheber sowie das originalverpackte Warndreieck.

»Dumbo für den Käpt'n«, beginnt der Leiter der Fahndungsgruppe zu funken.

»Ja, ich höre dich«, entgegnet Dombrowski mit verheißungsvollem Unterton.

»Dumbo, das Auto ist leer«, gesteht der Käpt'n. »Können die Rucksäcke in ein anderes Auto gegangen sein?«, fragt er die beiden Kollegen neben sich, besorgt, dass sie eine falsche Entscheidung getroffen haben könnten.

Dombrowski fehlen unterdessen die Worte. »Das ist hoffentlich nicht euer Ernst?«

»Leider doch!«

»Auf dem Weg zum Anhalteort kann er nichts rausgeworfen haben, oder?«

»Nein, Dumbo. Ich hatte durchgehend gute und freie Sicht«, sagt Romy.

»Die Lascher sind auch direkt zu dem Geländewagen gegangen. Ich habe niemanden an den anderen Fahrzeugen gesehen«, ergänzt Joker. »Und als sie gingen, waren die Rucksäcke nicht mehr da. Die müssen in dem Auto sein.«

»Dann schraubt das Ding auseinander und meldet euch, sobald ihr etwas habt. Beeilt euch! Gerd redet sich im Hafen vermutlich bereits um Kopf und Kragen.«

Am Eurogate-Terminal diskutieren Ivan, Ashraf, Steven und Gerd über unfaire Arbeitsbedingungen und stellen fest, dass früher alles besser war. Immer wieder hört man Gerds Zuhörer auflachen. Sie scheinen sich ehrlich für seine Geschichten zu interessieren. Vermutlich, weil sie seit Jahren die ersten Menschen sind, die diese Erzählungen zum ersten Mal hören.

Mitten in einer seiner wild ausgeschmückten Geschichten klingelt plötzlich Gerds Telefon. Unauffällig schaut er auf das Display und nimmt das Gespräch an. »Gerd von den Duckdalben hier, wer ist dran?«

»Ich bin es, Gerd«, erklingt Dombrowskis Stimme.

»Ach moin, Frau Windheim. Was gibt es Neues?« Gerd setzt ein fröhliches Lächeln auf.

»Es gibt Schwierigkeiten bei der Durchsuchung des Geländewagens. Die drei Rucksäcke sind nicht auffindbar. Entweder sind sie gut versteckt oder noch auf dem Parkplatz, in einem anderen Fahrzeug, das wir nicht kennen.«

»Aber ich bleibe jetzt erst einmal hier und warte ab, oder, Frau Windheim?«

»Ja, natürlich«, entgegnet Dombrowski. »Du musst ja auf die drei aufpassen. Sind sie noch bei dir?«

»Ja, ich warte hier. Haben die Jungs denn alles erbrochen?«

»Was?«, fragt Dombrowski irritiert.

»Na, wenn man was aus den Tropen drinhat, dann bricht man doch alles aus, was irgendwie auszubrechen geht, oder nicht?«, hakt Gerd nach.

»Ach so, ja, sie sind dabei. Zur Not bauen wir das Auto komplett auseinander.«

»Dann sag ich hier mal Bescheid, dass das Tropeninstitut auf dem Weg ist, nicht wahr? Die machen dann einen Schnelltest, und wenn der negativ ist, können alle normal weiterarbeiten, und ich kann die Jungs von Bord endlich mitnehmen, oder?«

»Ja, die Wagen sind schon direkt bei euch um die Ecke und kommen, sobald wir grünes Licht geben können.«

»Na, dann hoffen wir mal, dass es schnell geht. Wir wollen hier ja nicht ewig stehen«, erwidert Gerd und legt auf. »Dat war meine Chefin von den Duckdalben. An Bord der Santa Rosa besteht Verdacht auf Tropenfieber. Das Gesundheitsamt bringt irgendwelche Mediziner her, die an Bord die Matrosen testen sollen, damit sie uns hier keine Seuche einschleppen. So lange soll niemand von Deck gelassen werden und auch niemand an Bord gehen. Wäre nett, wenn mir noch einer 'ne Fluppe spendieren könnte.«

»Eine Zigarette geht noch. Dann erzähl aber auch die Geschichte von dem Typen zu Ende, der zu blöd war zum Holzspalten«, fordert Ivan, der sich prächtig unterhalten fühlt.

»Jo, wo war ich stehen geblieben? Ach ja, der Daumen war zerquetscht, und ich war bemüht, das platte Ding zu verarzten und den Typen davon abzuhalten hinzuschauen, da kam dessen Kumpel um die Ecke, sieht den Daumen und brüllt: ›Ach, du Scheiße!‹ Der Typ guckt nun doch hin, wird kreidebleich und kippt schnurstracks aus den Latschen.«

Lautes Gelächter ertönt, während Gerd ansatzlos zur nächsten Erzählung übergeht.

In der Hafencity hat der Käpt'n inzwischen einen Koffer mit verschiedenen Werkzeugen aus dem Kofferraum des Dienstwagens geholt und Qualle vor die Füße gestellt, der sich freudig ans Werk macht und beginnt, den Innenraum des Fahrzeugs auseinanderzunehmen.

»Wir könnten das hier auch abkürzen«, sagt der Käpt'n leise zu Alex Freiberg, ohne ihn eines Blickes zu würdigen. »Das würde ich auch in meinen Bericht schreiben. Könnte sich positiv auswirken für Sie, und das Auto würde heil bleiben.«

Alex Freiberg schweigt und schaut mit bleichem Gesichtsausdruck auf Qualle, der Anstalten macht, mit einem Brecheisen die Innenverkleidung des Kofferraums zu lösen.

Während der Kerl dort alles verwüstet, begutachtet eine junge dunkelhaarige Frau in aller Seelenruhe die Rückenlehne der Rückbank. In Alex steigt Hitze auf, und die zuvor erblasste Haut rötet sich beim Anblick der Polizistin, die mit ihren zarten Fingern durch die Ritze zwischen Deckplatte und Kopfstütze streicht.

»Qualle«, sagt sie zu ihrem Kollegen. »Gibst du mir bitte einen Schraubendreher?«

Qualle unterbricht kurz seinen Einsatz brachialer Gewalt und kommt ihrem Wunsch nach.

Noch einmal schiebt sie die Finger in den Spalt und stoppt an einer aufgerauten Stelle im Lederbezug. Sie schiebt den Schraubendreher in den Zwischenraum, und es ertönt ein leichtes Klicken. Mit den Fingern streicht sie weiter an der Lehne entlang und drückt den Schraubendreher an einem weiteren rauen

Punkt in die Ritze, woraufhin mehrfach ein Klicken ertönt. Damit verbunden löst sich wie von Geisterhand die Platte der Rückenlehne und senkt sich ab. Dahinter verbergen sich die drei Rucksäcke.

»Ich würde sagen, wir haben einen Fund, Käpt'n«, verkündet Romy. Vorsichtig öffnet sie den Reißverschluss an einer der Taschen und hält kurz darauf ihren erhobenen Daumen hoch.

»Dumbo, wir haben die Rucksäcke«, meldet der Käpt'n an Dombrowski, der mit einem unverständlichen Brüllen antwortet.

Die beiden Streifenwagen kommen mit Blaulicht auf die Gangway der MS Santa Rosa zugefahren.

»Oha, dat muss ja ein schlimmer Virus sein, wenn die Ärzte schon von den Bullen gebracht werden müssen«, witzelt Gerd, als er den kritischen Blick seiner drei Gesprächspartner bemerkt.

Die Streifenwagen kommen unmittelbar vor dem Bus zum Stehen, und aus jedem der Fahrzeuge springen drei Polizisten heraus, die direkt auf die quatschenden Männer an der Pier zulaufen.

Erst als die Beamten ihre Schusswaffen drohend ergreifen und laut »Polizei« rufen, kommen bei Ashraf, Ivan und Steven Zweifel auf, dass es sich bei ihnen tatsächlich um die Eskorte des Gesundheitsamts handelt.

»Du hast uns verarscht!«, schimpft Ashraf mit vor Wut funkelnden Augen, als die Beamten seine Arme ergreifen und sie mit einer Handschelle fesseln. »Ich rate dir eins. Lass dich nie wieder hier blicken, du Bastard. Ich werde dich vernichten. Das Hafenbecken ist tief. Ich schwöre, ich kriege dich«, brüllt er unaufhörlich, während ihn die Beamten zum Streifenwagen ziehen.

Ivan sieht Gerd eher anerkennend an. »Deine Geschichten waren trotzdem gut«, resümiert er trocken, als ihn die Besatzung des zweiten Streifenwagens abführt.

Gerd und Steven schauen den die Festnahmen abtransportierenden Streifenwagen schweigend hinterher. Zwischenzeitlich ist auch Markus aus dem Bus ausgestiegen und hat an Stevens Handgelenke Handschellen angelegt.

»Fährst du mich?«, fragt Steven Gerd mit einem bittenden Blick.

Der schaut sich auf der verlassenen Pier um und sieht ihm anschließend traurig in die stahlblauen, kraftlosen Augen. »Sieht ganz so aus, mein Lieber. Sieht ganz so aus!«

98

Im Fond vom roten Bus hat Steven Winter auf der hinteren Sitzbank Platz genommen. Mit einem kräftigen Rauschen zieht Markus die Schiebetür von innen zu und setzt sich neben ihn auf die Bank.

Steven kriegt von alledem nichts mit. Er merkt auch nicht, dass er von Markus angeschnallt wird, bevor Gerd den Motor startet. Gedankenverloren blickt er auf die kalten Handschellen um seine Gelenke, die durch drei stabile Metallringe miteinander verbunden sind. Sie sind nicht sonderlich fest, doch eng genug, um Steven keine Chance zu geben, die kräftigen Hände daraus zu befreien.

Steven schaut in die rauen Innenflächen seiner Hände. Die Handlinien verschwimmen vor seinen Augen und weichen dem Antlitz von Emilia, der er all seine Gedanken widmet in diesem schweren Moment der Ungewissheit. Er spürt die Beschleunigung des Fahrzeugs, aber er will den Blick nicht aus den Handflächen nehmen. Er will das Bild vor Augen behalten, das er so klar darin erkennen kann. Was wird Emilia sagen, wie reagieren?

»Du hättest mich gleich am Anfang informieren müssen, Steven«, wirft ihm Gerd vom Fahrersitz aus vor. »Ich bin doch dein Freund. Deine Tochter ist wie eine Enkelin für uns.«

Steven spürt, wie ihm Emilias Bild zu entgleiten droht. Er

wehrt sich dagegen, doch die Ereignisse der letzten Tage treten vor sein inneres Auge. Mit einem leichten Nicken bestätigt er, dass er Gerd zuhört. Als der nicht weiterspricht, gleitet er wieder in seine Gedanken ab.

Das Rauschen der Autobahn erinnert Steven an ihren Aufenthalt in Barcelona, wo sie im Hotel am Meer wohnten. Lachend sitzt Emilia vor ihm, freut sich über den langen, breiten Strand und das tiefblaue Wasser, dessen Wellen an der Meereskante auf den feinen Sand rollen.

Steven hat kein Zeitgefühl. Er wünschte, die Fahrt würde ewig dauern. So sehr genießt er die schönen Erinnerungen, die ihn mit Glück erfüllen. Er weiß gar nicht, wo sie gerade sind, und traut sich kaum, aufzuschauen, weil die Umgebung ihm verraten könnte, dass ein Ende der Fahrt nah ist.

Gerd verringert plötzlich spürbar die Geschwindigkeit. Das regelmäßige Klackern des Blinkers durchbricht die Stille im Bus. Steven will einen Blick riskieren, will schauen, an welcher Abfahrt sie von der Autobahn fahren, und sieht eine gelb-rote Tankstelle, auf deren Dach in großen blauen Buchstaben »Harburger Berge« geschrieben steht.

Irritiert sucht er Gerds Blick im Rückspiegel, der ihn kurz ansieht und sich dann wieder auf die Fahrbahn konzentriert.

»Sind wir schon da?«, fragt Steven ängstlich, lehnt sich gegen die Seitenscheibe und betrachtet den Schriftzug, der in diesem Moment über ihnen verschwindet.

»Jo. Wir sind in den Harburger Bergen«, antwortet Gerd und reduziert immer weiter die Geschwindigkeit, ohne an einer Zapfsäule zu halten.

»Wo sind sie?«, fragt Steven verunsichert. Seine größte Angst, wegen der er die ganze letzte Nacht kein Auge zugetan hat, scheint wahr zu werden. Doch in diesem Moment sieht er die Antwort auf seine Frage am Straßenrand stehen.

Auf einem Parkstreifen steht ein dunkler Kleinbus mit getönten Scheiben, vor dem ein kleines blondes Mädchen aufgeregt nach ihnen Ausschau hält. Neben Emilia stehen ihre Mutter und Dörte Sehling.

Stevens Herz macht einen Satz. »Und wie geht es weiter?«, fragt er.

»Das besprechen wir gleich. Deine Lieben freuen sich jetzt erst einmal darauf, dich hier zu sehen«, erwidert Gerd. »Markus, nimm unserem Begleiter doch bitte die Handschellen ab. Emilia soll sich nicht erschrecken.«

»Heißt das, meine Freundin ist einverstanden und geht den Weg mit mir?«, wagt Steven leise zu fragen und erstarrt versunken im Sitz, während Markus ihm die Handschellen abnimmt. Gerd parkt neben dem dunklen Bus ein, schaltet den Motor ab und steigt aus, um seine Frau, Stevens Freundin und Emilia zu begrüßen.

Tränen stehen Gerd in den Augen, als er das kleine Mädchen umarmt und zu Dörte aufblickt, die von den gleichen Abschiedsgedanken geplagt zu sein scheint.

»Meine liebe Emilia«, sagt er leise.

»Ist es wahr, was Tante Dörte sagt?«, will Emilia mit jammernder Stimme wissen.

»Dat kann ich dir erst beantworten, Liebes, wenn du mir erzählst, was sie zu dir gesagt hat.«

»Sie sagt, dass wir uns jetzt verabschieden müssen von euch und uns nicht mehr wiedersehen werden. Vielleicht niemals wieder.« Dicke Tränen rollen aus den dunkelbraunen Augen der Kleinen, während sie schluchzend die Nase hochzieht.

»Ich befürchte, dass Tante Dörte damit recht hat, Emilia. Wir beide haben dich sehr lieb. Doch manchmal müssen sich Wege trennen, damit man selbst auf dem rechten Weg bleibt, verstehst du?«

Emilia schaut Gerd fragend an und weiß offensichtlich nicht, was er damit meinen könnte.

»Aber man sieht sich immer zweimal im Leben, Emilia. Ich bin mir ganz sicher, dass unsere Wege sich noch einmal kreuzen werden. Irgendwann sehen wir uns bestimmt wieder. Lässt du mich bitte kurz allein mit deinem Vater sprechen? Am besten nimmst du Tante Dörte kräftig in den Arm, denn die wird dich mindestens genauso doll vermissen wie ich.«

»Ja, das mache ich«, antwortet Emilia tapfer, wischt sich eine letzte Träne aus dem Augenwinkel und rennt anschließend zu Dörte, in deren ausgebreitete Arme sie springt.

»Nun zu dir!« Gerd wendet sich Steven zu, der noch immer auf der Rückbank im Bus sitzt. »Ich würde mir wünschen, dass es einen anderen Weg für uns gibt. Deine Tochter ist uns wirklich ans Herz gewachsen. Ich habe auch viel von dir gelernt, mein Freund. Ich hatte in meiner beruflichen Vergangenheit den Blick zu häufig von dem Menschen hinter dem Täter abgewandt und es damals nie für möglich gehalten, dass ein Verbrecher sich so entwickeln kann, wie du es getan hast. Dass es jemandem möglich ist, sich derart von der eigenen Vergangenheit abzuwenden, auch wenn sie ihn aus unterschiedlichen Gründen schnell wieder einholen kann. Ich gebe zu, dass ich an dir gezweifelt habe, als ich das Auto sah, mit dem der Täter geflüchtet ist, der den russischen Offizier zusammengeschlagen hatte. Ich habe dir nicht geglaubt, dass du bei der Arbeit warst. Ich dachte, du hättest dich wieder dazu anstiften lassen, etwas sehr Unkluges zu tun. Und die Geschichte hätte ehrlich gesagt auch anders ausgehen können, wenn der wahre Täter nicht seine Fingerspuren auf dem Schlagstock hinterlassen hätte. Und wenn du dich in der Zelle nicht endlich dazu entschlossen hättest, mich und Dumbo ins Vertrauen zu ziehen. Dann hätten die Kollegen dich weder entlasten noch den wahren Täter ergreifen können.«

Gerd fängt an, langsam vor dem Bus auf und ab zu gehen, bleibt abrupt vor der offenen Schiebetür stehen und schaut Steven nachdrücklich an.

»Nur dank deiner Angaben zu dem heutigen Job, der dir von Alex aufgedrängt wurde, konnten wir außerdem alles auf eine Karte setzen und zum richtigen Zeitpunkt am richtigen Ort sein. Es ist uns heute gelungen, eine Tür im Hafen zu schließen. Wir müssen uns nichts vormachen, denn jeder, den wir einbuchten, ist problemlos ersetzbar. Egal ob im Hafen, beim Verkauf auf der Straße, bei der Herstellung oder beim Transport. Solange die Nachfrage da ist und es Geld am Handel mit Drogen zu verdienen gibt, wird es immer Leute geben, die diesen Weg einschlagen, von dem du nun glücklicherweise abgezweigt bist. Sei froh und dankbar für deine Familie. Sie hat dich gerettet, mein Lieber. Dort drüben stehen die Kollegen vom Zeugenschutz. Sie werden euch mitnehmen und sicher unterbringen. Euch beim Neustart helfen. Dumbo hat mit dem Staatsanwalt gesprochen und ihm deine Geschichte erzählt. Er wird auf einen Haftbefehl gegen dich für die Bergung des Kokains am Samstag verzichten. Mit ein wenig Glück und einer umfangreichen Aussage deinerseits wird das Verfahren vielleicht sogar eingestellt. Immerhin warst du durch Freibergs Position am Eurogate in einer ausweglosen Notlage. Du wirst weit weg sein und die Chance auf ein neues Leben in Sicherheit erhalten. Nun ist es an dir, diese letzte Möglichkeit zu nutzen. Halte dich fern von allem, was dich ins alte Leben zurückziehen kann. Konzentriere dich auf das, was wirklich wichtig ist: auf Emilia, auf deine Freundin und auf euer gemeinsames Leben. Ich werde dich vermissen.«

In Stevens Augen steht ein unruhiges Zittern. Sie füllen sich mit Tränen, die er mit einem leichten Blinzeln über die Wangen direkt in den blonden Bart hineinlaufen lässt.

»Gerd, du bist der Vater für mich geworden, den ich niemals hatte. Einer, der sich für mich einsetzt und mich ehrlich unterstützt.« Steven atmet tief ein und wischt sich die Tränen mit einem Ärmel aus dem Gesicht. »Ich weiß nicht, wie das hier ohne dich ausgegangen wäre. Aber ich werde meinen Weg weitergehen und mich nicht davon abbringen lassen. Egal, was passiert oder wer da kommt. Das verspreche ich dir. Ich werde dich nicht enttäuschen!«

Gerd streckt seine Hand aus und nickt Steven zu, der sich erhebt, einschlägt und von Gerd an dessen Brust ziehen lässt. Die beiden umarmen sich kräftig, klopfen einander mehrfach auf den Rücken und verdrücken ein paar Tränen. Sie werden sich nicht wiedersehen, das wissen beide, doch es gibt keine andere Wahl. Zu gefährlich wäre eine Zukunft in Hamburg. Zu viele Leute kennen Steven, die eine Gefahr für ihn oder seine Familie darstellen könnten.

Steven wischt sich über die Augen, zieht sein Handy aus der Tasche und drückt es Gerd in die Hand. »Hier, bevor ich es vergesse. Auf dem Handy ist ein Video vom First Mate der Valderrama, wie er das Kokain aus dem Container herausholt. Das sollte auch für ihn als Beweis ausreichen. Ihr könnt das Telefon gerne behalten. Es ist mein letztes Stück Vergangenheit.«

»Danke, Großer. Ich werde es Dumbo geben. Und jetzt sieh zu, dass du abhaust. Auf der Santa Rosa sehnen mich die Matrosen herbei, denen ich ein ordentliches Fest versprochen habe.« Gerd winkt ab, als Steven sich aus der Umarmung löst und ihn verwundert anschaut. »Vergiss es. Deine Familie wartet. Leb wohl, Steven.«

»Leb wohl, Gerd.« Steven dreht sich um, läuft zu dem dunklen Bus hinüber und steigt gemeinsam mit seiner Freundin und Emilia ein, ohne sich noch einmal umzudrehen.

Dörte schaut den dreien lange nach, auch wenn sie hinter den getönten Scheiben niemanden erkennen kann. Als der Bus in der Auffahrt zur Autobahn verschwunden ist, steht Gerd neben ihr. Sie nehmen einander weinend und sich gegenseitig tröstend in die Arme.

»Ich bin froh, dass ich dich habe, Dörte«, flüstert Gerd seiner Frau schluchzend ins Ohr. »Schön, dass du immer für mich da bist, wenn ich dich brauche.«

Danksagung

Es ist das erste Mal, dass ich eine Danksagung schreibe. Bislang habe ich stets das persönliche Wort vorgezogen. Doch ich möchte die Chance ergreifen und all denjenigen, die einen Anteil daran tragen, dass ich mich nun »Verlagsautor« nennen darf, einmal öffentlich Danke sagen.

Weil ich die Wichtigkeit der einzelnen Personen gar nicht abzuwägen wage, will ich einfach chronologisch vorgehen.

Ich danke Jan Gadow, meinem Jugendfreund, der mir in einem Urlaub vor fünfundzwanzig Jahren am Strand von Kos die Frage stellte, was ich in meinem Leben mal erreichen will. Auf die Gedanken meines sechzehnjährigen Ichs soll hier nicht weiter eingegangen werden, aber er erzählte mir, dass er später mal ein Buch schreiben wolle. Alles sei vergänglich und werde in Vergessenheit geraten, philosophierte er unter dem weiten Sternenhimmel, aber ein Buch, das bleibe.

Auch wenn ich zu diesem Zeitpunkt selbst noch keinen Gedanken daran verschwendet habe, einmal ein Buch zu schreiben, so hat er vielleicht die Saat gelegt, die nun erste Früchte trägt.

Ich danke Axel »Max« Pohling. Einem wunderbaren Menschen, der mit seiner Herzlichkeit und Ehrlichkeit den entscheidenden Beitrag dazu leistete, dass unsere Dienststelle zur Familie wurde. Ihn in die Pension zu verabschieden fiel uns allen schwer, ihm wohl am meisten, und veranlasste mich, ein Buch über unsere Arbeit zu schreiben. Eine Geschichte, die ihm in seinem Trennungsschmerz aufzeigen sollte, dass der Ruhestand nicht das Ende des Wirkens im Rauschgiftdezernat bedeuten muss.

Ich danke dem Flurfunk der Kollegen, durch den mein Abschiedsgeschenk für »Max« so sehr beworben wurde, dass immer mehr auf mich zukamen und mir zu verstehen gaben, dass sie das eigentlich als Unikat gedachte »Ich war Bulle« ebenfalls gerne lesen würden.

Ich danke meiner Faulheit, daraufhin nicht für jeden Interessenten ein Buch gedruckt, sondern das Buch im Selfpublishing veröffentlicht zu haben, damit es jeder selbst bestellen konnte – wodurch viel mehr als die erwarteten fünf bis zehn Kollegen und Freunde das Buch lasen.

Eine schlimme Erkrankung meines langjährigen Kollegen »Holgi« brachte mich auf die Idee, einen zweiten Band zu schreiben, als Genesungsgruß mit fünfzig Extraseiten voll der besten Wünsche von vielen nationalen und internationalen Kollegen. So würden wir alle vielleicht einen Teil zur Aufheiterung und Genesung von »Holgi« beitragen.

Erst als auch diese Geschichte fertig geschrieben war und erneut gefiel, kam bei mir der Gedanke auf, dass ich das Schreiben doch ein wenig professioneller angehen könnte.

Ein Traum war geboren. Der Wunsch, meine Bücher einmal in einem echten Buchladen stehen zu sehen. Sie nicht nur heimlich in ein Regal zu stellen und nach einem schnellen Selfie wieder zu entfernen, sondern einen festen Platz im Verkaufsregal zu erhalten.

Dank dafür gebührt nicht zuletzt meinen Leserinnen und Lesern, die mich mit positiver und konstruktiver Kritik befeuerten, ihrer Begeisterung Worte verliehen und mich zusätzlich motivierten.

Ich danke meinem Mannschaftskollegen Dean, der mir die Buchhandlung Am Sand in Harburg ans Herz legte, und dem Ehepaar Schmitt, das mich mit offenen Armen empfing, sowie Frau Gesterding, die meine Bücher mit gefühlt sechs Armen verkaufte. Sie gaben mir den Mut, weitere Buchhandlungen anzusprechen, und so ging mein Traum tatsächlich in Erfüllung.

Ich danke Herrn Schmitt, der den Worten von Frau Gesterding (»Diese Bücher brauchen einen Verlag!«) Folge leistete und mich an mehrere Verlagsvertreter vermittelte. Mit dem Exposé zu diesem meinem dritten Buch konnte ich am Ende bei Emons überzeugen, und auch ihnen und meiner Lektorin Marit Obsen sei gedankt, dass sie dieser etwas anderen Version eines Krimis zustimmten und ihr neue Perspektiven schenken.

Das alles ist einer einzigen verrückten Idee entsprungen, nämlich der, einem verdienten und beliebten Kollegen ein besonderes Abschiedsgeschenk zu machen.

Ich danke dem Leben, das aufregend, spannend, fröhlich und glücklich macht. Es kann so herrlich unvorhersehbar sein.